SIMON MOCKLER

Das Midas-Kartell

GOLDMANN
Lesen erleben

Buch

Während der Überprüfung der angesehenen Londoner Bank Wittgenstein entdeckt Daniel Wiseman, Mitarbeiter einer Wirtschaftskanzlei, dubiose Geldgeschäfte. Als er die Wahrheit ans Licht bringen will, wird er gefeuert. Doch Daniel gibt nicht auf: Er verfolgt die Spur bis nach Guatemala und recherchiert dort auf eigene Faust weiter – ein gefährliches Unterfangen, denn bald sind skrupellose Verfolger hinter ihm her. Kurz entschlossen zieht Daniel die verdächtigen Gelder von den Konten der Bank ab. Das gesammelte Beweismaterial kann er gerade noch per Paket an einen alten Freund schicken, bevor er verschleppt wird.

Als Daniels Sendung bei Markus Cartright in London eintrifft, sind auch ihm die Auftragskiller bereits dicht auf den Fersen. In letzter Sekunde gelingt dem Fotojournalisten samt dem Paket die Flucht. Zunächst ergeben Daniels rätselhafte Hinweise wenig Sinn für Markus, doch er macht sich trotz der Gefahren auf die Suche nach Daniel und kommt den dunklen Machenschaften eines weltumspannenden Kartells auf die Spur, das nun auch ihn um jeden Preis aus dem Weg räumen will …

Weitere Informationen zu Simon Mockler
sowie zu lieferbaren Titeln des Autors
finden Sie am Ende des Buches.

Simon Mockler

Das Midas-Kartell

Thriller

Aus dem Englischen
von Kristiana Dorn-Ruhl

GOLDMANN

Dieses Buch ist auch als E-Book erhältlich

MIX
Papier aus verantwortungsvollen Quellen
FSC® C014496

Verlagsgruppe Random House FSC® N001967
Das FSC®-zertifizierte Papier *Holmen Book Cream* für dieses Buch liefert Holmen Paper, Hallstavik, Schweden.

1. Auflage
Deutsche Erstveröffentlichung Juli 2013

Umschlaggestaltung: UNO Werbeagentur, München
Umschlagmotiv: Copyright © Getty Images/Michael Blann; FinePic, München
Redaktion: Alexander Groß
KS · Herstellung: Str.
Satz: DTP Service Apel, Hannover
Druck und Bindung: GGP Media GmbH, Pößneck
Printed in Germany
ISBN: 978-3-442-47599-5
www.goldmann-verlag.de

Besuchen Sie den Goldmann Verlag im Netz

Prolog

Royal College Boarding School
1987

Daniel Wiseman wickelte sich enger in die raue Wolldecke, um sich gegen den Wind zu schützen, der an den hölzernen Fensterrahmen rüttelte. Er fror, er war einsam, und er hatte Heimweh. Nichts in den bisherigen zwölf Jahren seines Lebens hatte ahnen lassen, dass es ihm einmal so elend ergehen könnte. Zu Hause in Connecticut hatte er ein warmes Bett mit Spiderman-Decke gehabt. Die Haushälterin hatte Haferkekse für ihn gebacken, die in der Küche zum Abkühlen auf einem Drahtgitter lagen. Er hatte Modellboote gebaut und auf dem See hinter dem Schindelhaus seiner Eltern fahren lassen, und wenn der Wind die Segel blähte, hatten seine Freunde und er ihr Taschengeld darauf verwettet, welches davon am weitesten kommen würde.

Im Royal College gab es keinen See, keine Kekse und keine Freunde. Hier gab es nur schwammigen Pudding und fettige Pommes; es gab Ballspiele mit idiotischen Regeln, die man im knietiefen Matsch spielte. Im Unterricht langweilte er sich entweder zu Tode, oder er wurde von glatzköpfigen Männern schikaniert, weil er die lateinischen Verben nicht konjugieren konnte und Baseball viel logischer fand als Kricket. Bis in den Abend hinein gab es Hausaufgaben zu erledigen; fernsehen, Cartoons oder Comics zu lesen war verboten. Daniel hasste alles an diesem Internat, und zwar von den Kuppen seiner knubbeligen Finger bis in die Spitzen seiner widerspenstigen blonden Haare. Das Schlimmste aber war, dass sein eigener Vater ihn in diesem abgeschiedenen Teil der Galaxie namens England ausgesetzt hatte.

Daniel drehte sich auf den Rücken und stützte sich auf die Ellbogen. Er hatte etwas gehört. Ein Rascheln. Vielleicht eine Maus oder eine Ratte. In diesem Dreckloch wäre das jedenfalls nicht überraschend. Zwinkernd gewöhnte er seine Augen an die Dunkelheit. Eine Bodendiele knarrte. Gestalten bewegten sich durch den Schlafsaal, tintenschwarze Schatten ergossen sich über den Boden. Ein hämisches Kichern ertönte, dann schienen alle den Atem anzuhalten. Daniel riss die Augen auf. Da waren Menschen im Raum, die ihn beobachteten. Dunkle Konturen mit bleichen Mondgesichtern. Maskierte Gestalten, die aus dem Finstern auftauchten. Irgendetwas Schreckliches würde gleich geschehen.

Durch das dicke Sackleinen konnte Daniel nichts sehen, aber hören konnte er – flüsternde Stimmen, unbestimmte Geräusche von allen Seiten. Er schlotterte, die Kälte schnitt durch seinen dünnen Pyjama, aber er zitterte auch vor Angst. Die älteren Jungen hatten ihn aus dem Bett gezerrt, ihn mit einem Paar Sportsocken geknebelt, bis er fast erstickt war, und ihm die Haube über den Kopf gezogen. Es ging über das Kricketfeld und hinter den alten Pavillon. Um das leere Schwimmbecken hatte sich eine Gruppe Schaulustiger versammelt, um sich die Show anzusehen.

Einer riss ihm den Sack vom Kopf. Drei Gesichter schwebten drohend über ihm, drei ausgebeulte, grinsende Winston-Churchill-Masken.

»Mitbürger, Freunde und Römer, hört mich an«, wandte sich der größte der drei Churchills an das Publikum. »Wir haben den Neuen, und wir haben seinen kostbarsten Besitz. Möge die Zeremonie beginnen.«

Daniel musste zusehen, wie sein Koffer geöffnet und der Inhalt in den Morast gekippt wurde. Alles, was ihm seine Mutter eingepackt hatte, damit das Heimweh nicht so schlimm wurde. Die Menge johlte.

»Gegenstand Nummer eins«, sagte Churchill und hielt ein Modellboot hoch. Daniels J-Klasse-Jacht, die schnellste in seiner Sammlung.

»Weg damit!«, krakeelte die Menge. Das Boot fiel zu Boden, ein Fuß stampfte auf den Mast, zertrümmerte den Rumpf und stieß die Reste in die im Schwimmbecken verbliebene Wasserpfütze. Die Umstehenden johlten.

»Der nächste!« Ein Superman-Heft wurde hochgehalten, Daniels Lieblingscomic. Es folgte die gleiche hirnlose Prozedur. Das Heft wurde zerfetzt. Die Tränen, die Daniel bislang hatte zurückhalten können, begannen zu quellen.

»Was haben wir denn da?«, verkündete der dritte Churchill und hielt einen ramponierten Teddybär in die Luft. Ein Kichern ging durch die Menge.

»Wie heißt er?«, fragte er.

Statt zu antworten, überlegte Daniel ernsthaft, ob er sich in den leeren Pool stürzen sollte. Wenn er sich den Kopf aufschlug, würden sie einen Krankenwagen holen, das müssten sie tun, und dann wären sie schuld, und er könnte hier endlich weg. Ein Stoß in den Rücken, und er fiel mit den Knien in den Schlamm.

»Antworte. Wie heißt er?«

Daniel bekam kein Wort heraus. Stattdessen stand er mit bebenden Schultern langsam auf. Auf seiner Pyjamahose wuchs ein dunkler Fleck, und um seine Füße bildete sich eine kleine Pfütze.

Durch die Menge ging Bewegung. Ein großer Junge bahnte sich einen Weg hindurch nach vorn. Markus Cartright hatte genug gesehen. Normalerweise nahm er an diesen kindischen Ritualen nicht teil, und jetzt wusste er auch wieder, warum. »Verdammt noch mal«, murmelte er und packte das Plüschtier, um es dem Kleinen zurückzugeben.

»Das reicht«, sagte er laut.

In der eintretenden Stille sah Daniel den Jungen an, der eingegriffen hatte. Jeder in der Schule wusste, wer er war. Daniel hatte seine Klassenkameraden über ihn reden hören und wusste: *Cartright ist einer, der immer Ärger macht; er besäuft sich im Pub und zettelt Prügeleien an. Sein Vater ist irgendeine Art von Gangster. Dass der noch nicht im Knast sitzt, liegt einzig und allein daran, dass er die Polizei besticht.*

»Alles klar bei dir?«, erkundigte sich Markus an Daniel gewandt. Daniel nickte. Markus' Augen schimmerten sonderbar grünlich.

»Das hättest du nicht tun dürfen, Cartright.« Die drei Churchills traten näher.

»Du weißt doch, welche Strafe …« Ehe Churchill eins den Satz beenden konnte, hatte Markus ihm die Maske vom Gesicht gerissen, ihn an den Haaren gepackt und ihm seine Zigarette auf der Wange ausgedrückt. Ein scharfer Schrei erfüllte die Luft. Markus verdrehte dem Jungen den Arm hinter dem Rücken und stieß ihn mit dem Kopf voran in das tiefe Ende des Pools, wo er mit einem dumpfen Schlag aufkam und erstickt aufschluchzte. Die beiden anderen wichen zurück und zogen ihre Masken ab. »Komm schon, Markus«, versuchten sie, ihn zu beschwichtigen, »das ist doch nur ein Spiel. Wir machen das jedes Jahr.« Rasche, gezielte Hiebe in Gesicht und Nieren folgten, dann lagen beide am Boden. Mit seltsam konzentrierter Miene trat Markus zu, immer und immer wieder.

Daniel wollte wegsehen, konnte aber nicht. Es bereitete ihm beinahe selbst ein schlechtes Gewissen, wie Markus die beiden attackierte. Irgendwann drehte sich sein Retter zu ihm um und hielt mitten im Treten inne, als er Daniels Blick auffing. Mit einem tiefen Atemzug stemmte er die Hände in die Hüften.

»Ach, was soll's? Ist sowieso Kraftverschwendung«, sagte er und spuckte auf den Boden. Dann bückte er sich und hob das zerrissene Comic-Heft auf, wischte es ab und reichte es Daniel. Auf dem durchnässten Cover kämpfte Superman gegen Lex Luthor. Ob Markus zu den Guten oder zu den Bösen gehörte, war schwer zu sagen. Es konnte durchaus sein, dass er sich nur eingemischt hatte, weil er sich prügeln wollte.

»Wenn du wieder mal in Schwierigkeiten steckst, kommst du gleich zu mir, okay?«, sagte Markus im Vorbeigehen.

Daniel Wiseman nickte, den Blick auf die beiden Jungen am Boden gerichtet. Es sollten achtzehn Jahre vergehen, bevor er auf das Angebot zurückkam.

1

Guatemala City
Juli 2005

Die Straßenlaternen flackerten, während mitsamt der tief stehenden Sonne das letzte Tageslicht aus der Stadt verschwand. Die Glockentürme des alten Kolonialviertels hoben sich gegen das Porzellanblau des Himmels ab, ein Blau, wie man es nur in Städten hoch über dem Meeresspiegel zu sehen bekam. Danny Wiseman wandte den Blick vom Schlafzimmerfenster ab und betrachtete sich in dem verschmierten Spiegel über der Spüle. Sein dreißigster Geburtstag. Allein, hier in dieser Stadt. Er schüttelte den Kopf. Es fühlte sich mehr wie der fünfzigste an. Ausgemergelte Züge mit grauen Tränensäcken unter geröteten Augen blickten ihm entgegen. Schwere, müde Glieder. Den Babyspeck, der ihn durch seine Schulzeit begleitet hatte, hatte er mit nächtlichen Überstunden und durch frühmorgendliches Training im Fitnessstudio längst weggearbeitet. Außerdem hatte ihm seine Karriere wenig Zeit für gemütliche Restaurantbesuche gelassen.

Er kehrte zum Schreibtisch zurück und schob sich auf dem glatten Deckel der Gideon-Bibel eine Kokain-Line zurecht, die dritte an diesem Abend. Den Kopf über dem Buch sog er das weiße Pulver durch eine zusammengerollte Fünfzigdollarnote ein. Ein Stich, gefolgt von Schwindel, durchfuhr ihn, als die Droge durch seine Synapsen schoss. Er warf die Bibel auf das Bett. Gott wäre deswegen sicher nicht beleidigt. Die Droge nahm er nicht aus Gewohnheit, sondern aus Notwendigkeit. Zu viel Arbeit, zu wenig Zeit. Der Laptop-Bildschirm schimmerte bläulich im Dunkeln. Die Zahlen darauf wurden klarer und größer. Codezeilen standen stramm und sprangen wie von selbst in die richtige Aufstellung. Ungeduldig wischte er mit bebenden Fingern den roten Tropfen weg, der ihm aus der Nase lief, und begann wie wild zu tippen. Nicht mehr lange. Der Coup stand kurz bevor.

Seit vier Monaten versteckte er sich jetzt hier in Guatemala City. Das Bett hatte er kaum gebraucht, jede verfügbare Oberfläche in seiner Bude war mit Ausdrucken übersät, überall stapelten sich Unterlagen, im Flur, in der Küche, im Bad. Auf dem Fußboden verstreut lagen Polaroids von den Opfern, die er hatte aufspüren können.

Das Chaos um ihn herum spiegelte seinen Geisteszustand wider. Seine Welt sah aus wie von Franz Marc gemalt, zerbrochene Formen, voller Halbwahrheiten und Geheimnisse. Irgendwie gelang es ihm, sie und sich selbst aufrechtzuerhalten. Tief in ihrem Innern gehorchte sie einer Logik, einer bestimmten Ordnung. An diesen Gedanken klammerte er sich, während er sich durch die Codes arbeitete, Passwörter knackte und Gelder auf Offshore-Konten transferierte: sieben verschiedene Konten unter sieben verschiedenen Namen. Die Zahlen flackerten vor seinen Augen, als er die Daten überprüfte.

Schließlich hob er das Gesicht vom Bildschirm und blinzelte ein paarmal. Sein Blick fiel auf das Foto, das am anderen Ende des Schreibtischs im Halbdunkel stand. Emily, die in ihre Kaffeetasse lachte, in einem Café in Venedig, am Canale Grande, im Hintergrund Palazzi im Schein der tief stehenden Herbstsonne. Der Moment, kurz bevor sie ihm sagte, dass sie ihn liebte, die Augen voller Verheißung.

Danny wandte sich ab. Er hätte das Bild längst wegwerfen sollen, zusammen mit dem ganzen anderen Zeug. Emily war genau wie alle anderen, wie sein Chef, seine Freunde und sein statusbesessener Vater. Sie weigerten sich, ihm zuzuhören, und erklärten ihm stattdessen, er hätte den Verstand verloren. Sie wollten nichts wissen von seinen Entdeckungen, den verästelten Buchungssystemen der Banken und deren Geheimnissen. *Du solltest mal Urlaub machen. Du solltest zum Arzt gehen. Ehrlich, Daniel, weißt du eigentlich, dass du paranoid klingst? Wie ein Psychopath?* Er hörte förmlich die herrische Stimme seines Vaters durch das Zimmer hallen. *Ohne Beweise kann man niemanden anklagen. So läuft das nicht. So kann man einen Fall nicht vorbringen oder gar gewinnen.*

Sein Vater Edward Wiseman, der vernunftgelenkte Staatsmann, der stets das passende Argument parat hatte. Er hatte immer noch gute Verbindungen, kannte Leute bei der Inneren Sicherheit – oder besser gesagt, bei den privaten Sicherheitsdiensten, die das Ministerium für die Drecksarbeit benutzte. Es wurmte Danny, dass der Alte seine Kontakte nicht nutzen wollte, um ihm zu helfen. Wiseman senior war so besorgt um sein politisches Vermächtnis, dass er dem Instinkt seines Sohnes nicht traute. Was, wenn der auf etwas stieß, was seinen Ruf schädigte? Wobei Danny bezweifelte, dass sein Vater tatsächlich so viel Vertrauen in ihn hatte. Wahrscheinlich hatte er vor allem Angst, sich durch irgendeine absurde Verschwörungstheorie lächerlich zu machen.

Danny schob die Gedanken beiseite. Einen Menschen gab es noch, an den er sich wenden konnte. Eine letzte Chance.

Hoffentlich würde er auf diesen Kontakt nicht zurückgreifen müssen.

Ein Klopfen an der Tür ließ ihn zusammenfahren.

»Was ist? Was wollen Sie?«, fragte er mit panischer Fistelstimme und sprang auf die Füße.

»Abendessen. Ich bringe Ihnen Ihr Abendessen.« Es war die Wirtin. Nur die Wirtin.

Er sperrte die beiden Schlösser der Eingangstür auf, schob den Riegel zurück und zog sie einen Spaltbreit auf. Draußen im Flur stand Margarita mit einem Teller Chili.

Sie spähte vorsichtig auf das Durcheinander hinter ihm. Der Amerikaner war mit zwei schwer aussehenden Taschen und einem nervösen Grinsen auf seinem verschwitzten Gesicht angekommen und hatte für sechs Monate im Voraus bezahlt. Sein einziger Wunsch war gewesen, dass die Wohnung Sicht zur Straße bot.

Beim Anblick dieses Chaos – maskierte Figuren, mit dickem Stift an die Wand gekritzelt, daneben unleserliche Sudeleien, zum Teil dick und schwarz durchgestrichen – fragte sie sich, ob sie ihn nicht bitten sollte, wieder auszuziehen. Die Summe, die er bezahlt hatte, würde für eine vollständige Renovierung mehr als genügen, doch allmählich begann es in der Wohnung zu stinken, nicht nur durch das schmutzige Geschirr, das sich in der Spüle stapelte. Wenn er sie nicht bald sauber machen ließ, würden die Ratten kommen.

»Gracias«, sagte er und griff gierig nach dem Teller. Er stieß die Tür mit dem Fuß zu und schob sich einen Löffel voll von dem heißen, scharfen Rindfleisch in den Mund. Kauend betrachtete er die Wände des Zimmers. Sein System. So passte alles zusammen. Eine große Karte mit Nadeln und Bändern, die die verschiedenen Zielpunkte in der Stadt miteinander verbanden, jeweils mit Notizen versehen.

Danny fuhr sich mit der Hand durch die Haare. Draußen war es inzwischen dunkel. Ein paar räudige Köter schnüffelten am Laternenpfahl. Die Straßen, die tagsüber voller Menschen waren, lagen verlassen da. Auf der gegenüberliegenden Seite des breiten Boulevards parkte ein verrosteter, verbeulter Dodge Pick-up. Danny dachte sich nichts dabei. Die alte Karre stand schon da, seit er hier wohnte, ein fester Bestandteil des Straßenbilds. Er nahm Baseballkappe und Jacke und ging die Wendeltreppe nach unten. Er brauchte Luft. Er brauchte Dope; irgendetwas, das ihn durch die kommenden paar Tage brachte und seinen Verstand wachhielt – und den Totalzusammenbruch hinausschob, dem er sich unausweichlich näherte.

2

Gloria Ferrovia überprüfte ihren Lippenstift im Rückspiegel des Dodge. Sie zog einen Schmollmund und rückte ihren BH zurecht. Die vereinzelten grauen Strähnen in ihrem dunklen Haar waren in diesem Licht nicht zu erkennen. Sie nahm ihren Mascara aus der Handtasche und tuschte sich die Wimpern nach, dann hob sie ihr Halskettchen an den Mund und küsste den Anhänger.

Der Amerikaner erschien im Eingang des Mietshauses, blickte rasch rechts und links die Straße entlang und hastete dann los, an seinen Füßen wie immer die unvermeidlichen Converse, deren weiche Sohlen auf dem Pflaster keinen Laut erzeugten. Normalerweise hatten Fremde stets mit der Luft in der Stadt zu kämpfen, die durch die Höhe dünn und außerdem mit Abgasen geschwängert war.

Gloria griff zum Mobiltelefon. »Er verlässt das Haus.«

»Bleiben Sie dran.« Die Stimme am anderen Ende klang schroff und ungeduldig.

Gloria stieg aus dem Wagen und zupfte unbeholfen mit einer Hand an ihrem engen Rock, der ihr über die Schenkel hochgerutscht war, während sie in der anderen das Handy hielt. Sie hatten ihr gesagt, sie solle so gut wie möglich aussehen, aber auf keinen Fall wie eine Nutte. Sie sollte Klasse ausstrahlen, aber auch, dass sie noch zu haben war. Als ob die wüssten, was Klasse bedeutete.

Der Amerikaner wirkte noch konfuser als sonst und blieb ständig stehen, um über die Schulter zu blicken. Doch sie kannte alle Seitengässchen und Eingänge, in die man sich ducken konnte – das alte Kolonialviertel von Guatemala City war voller Schatten; der überladene spanische Barock mit seinen imposanten Säulen und wuchernden Arabesken spaltete das orangegelbe Licht der Straßenlaternen in zerrissene Formen auf. *Heute nehmen Sie Kontakt auf*, hatten sie ihr gesagt. *Sprechen Sie ihn an und führen Sie ihn zur alten Kirche Santa Maria, in die Straße dahinter. Da wird ein roter Transporter stehen. Sie bringen ihn dorthin, und dann verschwinden Sie so schnell wie möglich.*

Sie hatte nicht weiter nachgefragt. Sie hatte nicht wissen wollen, wer dieser Amerikaner war. Sie hatte nur das Geld genommen. Wenn er dadurch mit bösen Menschen zu tun bekam, dann war es eben so. Man hatte ihr fünfhundert Dollar im Voraus gegeben, und fünfzig weitere bekam sie für jede Nacht, die sie im Dodge saß. Zwei Wochen lang dasitzen und beobachten: Das war der einfachste Job, den sie je gehabt hatte. Viel besser jedenfalls, als in den Cafés der Zona Viva zu bedienen, wo man unablässig den grapschenden Fingern der Touristen und ausländischen Geschäftsmänner ausweichen musste.

Der Amerikaner verschwand am Ende der Straße in einer Bar. Gloria blieb stehen und überprüfte im Schaufenster einer Apotheke noch einmal ihr Äußeres. Dann ging sie ein paar Schritte weiter, ehe sie ihre Turnschuhe auszog und in die Handtasche steckte. Es war Zeit für die High Heels. Sie wartete noch zwei Minuten, dann stieß sie die Tür zur Bar auf und trat ein.

»Me gustaría la especialidad de la casa«, sagte Danny. *Ich möchte die Spezialität des Hauses.* Der Barmann musterte die geröteten Adern um seine Nasenlöcher und die geweiteten Pupillen und bedeutete ihm mit einem Nicken, ins Hinterzimmer durchzugehen. Die Bar war leer. Es war Montagabend. Danny ging an den billigen Chromstühlen vorbei und wartete vor der Hintertür. Als er hörte, wie der Türöffner summte, trat er hindurch. Vor ihm erschien eine weitere Tür mit einer Klappe, die sich sofort öffnete. Er legte zwanzig Dollar auf das kleine Bord darunter. Die Klappe ging zu, und als sie sich erneut öffnete, lag auf dem Bord ein Plastiktütchen mit drei Gramm Kokain. »Gracias«, murmelte er. Persönlich war der Service hier nicht gerade.

Danny kehrte in die Bar zurück. Inzwischen war noch jemand gekommen, eine Frau, die mit dem Barmann sprach.

»Kommen Sie, trinken Sie noch was, bevor Sie gehen«, sagte der Barmann. Danny warf einen raschen Blick auf die Frau, die einen Minirock und hohe Absätze trug. Doch sie ignorierte ihn. Gut so. Das Letzte, was er jetzt gebrauchen konnte, war eine Bordsteinschwalbe, die ihn belästigte. Normalerweise endete das immer damit, dass er die Frau bezahlte, damit sie ihn in Ruhe ließ. Normalerweise.

»No, gracias«, lehnte er mit nervösem Lächeln ab.

»Kommen Sie schon. Geht aufs Haus.«

Danny wusste nicht recht, was er tun sollte. Wenn das Kokain etwas taugte, würde er wiederkommen müssen. »Okay«, sagte er schließlich, nahm das angebotene Bier und setzte es an die Lippen.

»Herzlichen Glückwunsch zum Geburtstag«, murmelte er und leerte das Glas, ohne abzusetzen.

»Du hast Geburtstag?«, sagte die Frau. »¡Feliz cumpleaños!« Sie hob mit feierlicher Geste ihr Glas, und ein Lächeln erhellte ihre Züge, die ihm zunehmend attraktiver erschienen.

»Danke«, erwiderte er, überrascht von ihrem Blick und der stummen Aufforderung, die er darin las.

Gloria wandte sich an den Barmann. »Noch eins«, sagte sie und deutete auf ihr leeres Glas. »Und du?«, fragte sie Danny, der erst murmelte, dass er nach Hause müsse, weil dort Arbeit auf ihn warte, dann aber doch nickte.

Das dürfte wohl ein Kinderspiel werden, dachte Gloria. Umso besser. Umso einfacher wurde dieser Job. Sie überlegte, wie lange sie ihn wohl beschwatzen müsste, bis sie ihn so weit hatte, dass er mit ihr kam.

»Du bist Amerikaner, nicht wahr? Das höre ich an deinem Akzent. Bist du hier im Urlaub?«

Danny wischte sich mit der Hand übers Gesicht. Seine Haut prickelte. Er sollte das nicht tun. Er sollte mit niemandem reden. »Irgendwie schon. Ich mache Recherchen und wollte mal weg. Ist so eine Art Arbeitsurlaub.« *Halt die Klappe, Danny*, beschwor er sich. Doch die Worte überschlugen sich förmlich, so eilig hatten sie es, seinen Mund zu verlassen. Es war so lange her, dass er mit einem anderen Menschen gesprochen hatte. Er blickte wieder Gloria an. Mit einer Frau.

»Tja, dann sind Sie hier genau richtig«, erklärte der Barmann, der mit einem von Schmutz befleckten Geschirrtuch ein Glas polierte. »In dieser Stadt kann man sich verlieren. Was machen Sie denn beruflich?«

»Ich bin Wirtschaftsprüfer«, entgegnete er rasch.

Der Barmann hob die Augenbrauen. Die Frau sah aus, als hätte sie ihn nicht richtig verstanden.

»Wirtschaftsprüfer?«, wiederholte sie. Der Mann schien nicht zu hören, fingerte unsicher an seiner Stirn herum und murmelte unverständliche Worte vor sich hin. Gloria und der Barmann tauschten einen skeptischen Blick.

»Alles okay mit Ihnen? Vielleicht sollten wir ein Taxi für Sie rufen«, sagte der Barmann. »Wo wohnen Sie denn?«

Danny blickte auf. Was hatte der Typ gesagt? Warum wollte der wissen, wo er wohnte? »Das ist alles ein Irrtum. Ich sollte gar nicht hier sein. Entschuldigen Sie, aber ich muss jetzt gehen.«

Er schob sich an der Frau vorbei, stolperte über einen niedrigen Tisch, fand sein Gleichgewicht wieder und stieß die Tür auf. Nichts wie raus. Er drehte seinen Kopf hin und her, um die Straße hinauf- und hinabzublicken. Da war niemand. Vielleicht fing er schon an zu halluzinieren. Vielleicht aber auch nicht. Er joggte zu seiner Wohnung zurück.

»Mierda«, sagte Gloria leise und trat von der Bar weg, um nach draußen zu gehen, wo sie sich eine Zigarette anzündete und ihr Telefon herausholte. »Er ist weg.«

»Wohin?«

»Weiß ich nicht. Wahrscheinlich zurück in seine Wohnung. Ein Spinner.« Am anderen Ende der Leitung herrschte Stille.

»Führen Sie uns zu der Adresse. Danach brauchen wir Sie nicht mehr«, sagte die Stimme dann.

»He, ich kann nichts dafür«, protestierte sie. »Sie schulden mir noch Geld für die letzten beiden Nächte …«
Doch die Leitung war bereits tot.

3

Unter schwerem, hektischem Atmen öffnete Danny die Tür zu seiner Wohnung. Er besprengte über der Küchenspüle sein Gesicht mit Wasser und steckte dann den Kopf unter den Wasserhahn. So war es schon besser. Er spürte, wie sein Gehirn wieder zu arbeiten begann und sein Herzschlag sich beruhigte. Es war ein Fehler gewesen, sich auf ein Gespräch einzulassen. Aber es war so lange her, dass er zuletzt mit jemandem geredet hatte. Und dann diese Frau … Voller Wut auf sich selbst griff er zu einem Handtuch und rubbelte sich energisch den Kopf. Schluss damit. Zurück an die Arbeit.

Als er auf dem Weg ins Schlafzimmer aus dem Küchenfenster blickte, fiel ihm ein roter Transporter auf, der hinter dem alten Dodge hielt, auf den Vordersitzen drei dunkle Gestalten. Er blieb stehen und sah einen Moment zu. Niemand stieg aus, doch dann ging jemand auf das Fahrzeug zu. Die Frau aus der Bar. Sie winkte den Männern im Transporter zu und deutete auf sein Haus.

Er musste nicht hinsehen, um zu wissen, was als Nächstes geschehen würde.

Danny packte in aller Eile sämtliche Unterlagen, Notizen, Zeichnungen und Fotos zusammen und stopfte sie in eine Plastiktüte. Mit klopfendem Herzen eilte er die Treppe hinunter zur Wohnung seiner Wirtin und klopfte an die Tür.

»Margarita! Margarita, bitte! Hier ist Danny. Ich brauche

Ihre Hilfe. Bitte, Margarita!« Keine Antwort. Er klopfte erneut.

»Was soll das werden? Wollen Sie die Toten auferwecken?« Margaritas Mann öffnete in Hemdsärmeln und Hosenträgern, sein großer Bauch hing ihm über den Hosenbund. Im Hintergrund lärmte ein Fernseher.

»Bitte, nehmen Sie das und schicken Sie es an folgende Adresse ...« Er reichte dem Mann die Tüte voller Papiere, die bereits an mehreren Stellen zu reißen drohte, und kritzelte Namen und Adresse seines alten Schulkameraden Markus Cartright auf einen Zettel. Freund wäre zu viel gesagt gewesen – heutzutage hatte Markus sowieso nur noch Zeit für seine Arbeit und seinen Suff. Als Danny zuletzt in London gewesen war und sich telefonisch bei ihm gemeldet hatte, hatte er nicht einmal zurückgerufen. Danny zögerte kurz, ehe er den Zettel mitsamt einem Fünfzigdollarschein übergab. Hoffentlich musste er diese Entscheidung nicht irgendwann bereuen.

»Wer ist da?«, ertönte Margaritas Stimme über das Dröhnen des Fernsehers.

»El loco de arriba«, rief ihr Mann zurück. *Der Spinner von oben.* »Er will, dass wir etwas für ihn bei der Post aufgeben.«

»Ja, ja«, kam die Erwiderung in ungeduldigem Ton. Um diese Tageszeit schaute sie *Mi Pecado,* ihre Lieblingsseifenoper. Da ließ sie sich von nichts und niemandem stören.

»Ja, ja«, wiederholte ihr Mann und nahm die Tüte entgegen.

Drei Stufen auf einmal nehmend stürmte Danny in seine Wohnung zurück. Er zerlegte seinen Laptop mit einem Brotmesser und zertrat die Festplatte. Die restlichen Papiere übergoss er mit Feuerzeugbenzin und zündete sie an. Dann setzte er sich vor das Feuer und sah zu, wie die Zeichnungen an der Wand im flackernden Schein tanzten.

4

Flood Street, London, zwei Wochen später

Die Straße war auf die Seite gekippt, und trotzdem blieben die Reifen des Wagens irgendwie an der vertikalen Fläche haften. Markus Cartrights whiskygetränktes Hirn verstand nicht recht, warum sie nicht alle abrutschten und mit lautem Platschen in die Themse fielen.

»Noch so eine Nummer wie diese, und Sie sind wegen Beamtenbeleidigung dran«, sagte die Stimme über ihm.

Markus zuckte zusammen, als sich das Knie des Mannes in seinen Rücken bohrte und seine Wange gegen die raue Oberfläche der Straße drückte.

»Schon gut, schon gut. Um Himmels willen«, erwiderte er. »Was immer sie Ihnen auch erzählt hat – es ist immer noch mein Haus. Und zwar ganz und nicht nur zur Hälfte.«

»Ist das so?« Der Polizist drehte den Kopf von ihm weg in Richtung Tür, in der die Frau stand. Ihre schmale Silhouette hob sich gegen das Licht ab, das aus dem Haus drang.

Markus spürte, wie der Druck in seinem Rücken nachließ.

»Nun ja, juristisch gesehen, mag das stimmen, aber …«

Die Frau wurde von einer zweiten Stimme unterbrochen. »Hören Sie, Officer, darum geht es hier nicht«, sagte ein Mann in überheblichem Ton. »Tatsache ist, dass er hier aufgetaucht ist und meine Partnerin sich bedroht fühlte. Schauen Sie sich doch an, in welchem Zustand er ist.«

Partnerin? Partnerin?! Das Wort hallte dröhnend in Markus' Schädel wider. Es war kaum einen Monat her, dass er ausgezogen war, und schon nannte dieses anmaßende kleine Arschloch Natalie seine *Partnerin*.

»Ich habe niemanden bedroht. Ich habe nur darum gebeten, mein Haus betreten zu dürfen.«

Der Polizist nahm sein Knie von dem Mann im dunklen Anzug. Verdammte häusliche Gewalt. Es war immer das Gleiche, ob in einem Wohnblock in Hackney oder einer Nobeladresse wie dieser hier in Chelsea.

»Sie machen bitte keine Schwierigkeiten, wenn ich Sie jetzt aufstehen lasse, Sir«, sagte er betont langsam zu Markus.

»Glauben Sie mir, ich habe nicht die Absicht, irgendjemandem Schwierigkeiten zu machen.« Der Polizist trat mit steifen Schritten zurück und sah misstrauisch zu, wie der Mann im Anzug aufstand.

»Außer vielleicht diesem Arschgesicht da drüben«, fügte er mit einem angedeuteten Lächeln seelenruhig hinzu, während er sich den Anzug abklopfte.

Der Polizist fand das nicht sonderlich lustig und machte drohend einen Schritt auf ihn zu.

»He«, sagte Markus und hob die Hände. »War nur ein Witz.«

»Sehe ich aus, als hätte ich Humor?« Der Polizist fixierte ihn streng. Er war kräftig gebaut, fast so groß wie Markus, und seine schweren, rohen Züge sahen aus, als hätte ein Kind sie aus Knete geformt – ein Kind, das ebenfalls keinen Sinn für Humor hatte.

»Möchten Sie Anzeige erstatten?«, fragte er das Paar im Türrahmen. Im Grunde gab es gar keinen Anlass. Vielleicht wäre es später noch zu einer Eskalation gekommen, wenn er nicht dazwischengegangen wäre. Beide antworteten gleichzeitig, die Frau mit Nein und der Mann mit Ja. Dem Polizisten war der Kerl alles andere als sympathisch.

»Also, was ist jetzt?«, hakte er ungeduldig nach.

»Nein«, sagte der Mann schließlich. »Wir belassen es diesmal dabei.«

Markus musste sich sehr zusammenreißen, um nicht die Beherrschung zu verlieren. Bei was? Er hatte überhaupt nichts getan. Okay, vielleicht hatte er ein wenig länger an die Tür geklopft als nötig, vielleicht war er ein bisschen zu laut geworden und hatte ein oder zwei Bemerkungen über die Beischlafgewohnheiten von Natalies neuem Lover gemacht – aber *getan* hatte er nichts. Andernfalls könnte er nämlich nicht mehr sprechen, der arrogante Schnösel, geschweige denn Anzeige erstatten.

»Ich werde jetzt Ihre Personalien aufnehmen und eine Verwarnung aussprechen, verstehen Sie das?«

Markus nickte und atmete tief durch.

»Kommen Sie mit«, sagte der Beamte und führte ihn ein Stück weiter die Straße hinunter, um unter einer Laterne stehen zu bleiben. »Sie müssen sich erst mal beruhigen. Machen Sie einen Spaziergang. Wie heißen Sie?«

»Markus Cartright.« Der Polizist wich einen Schritt zurück und musterte ihn.

»Cartright?«, wiederholte er, als wäre der Name ein Lied, an dessen Interpreten er sich nicht erinnern konnte.

Markus nickte. Ob der Mann seinen Vater kannte? Solche Dinge hatte er schon öfter erlebt; einmal, als er wegen zu schnellen Fahrens auf der Waterloo Bridge angehalten worden war, und ein anderes Mal, als man ihn auf die Polizeiwache in Marylebone geschleppt hatte, weil er einen Polizisten fotografiert hatte, der auf einen aggressiven Betrunkenen losging. Es waren immer die älteren Bullen, denen Ivan Cartright noch ein Begriff war, diejenigen, denen sein Fahndungsfoto ein vertrautes Bild war und die einst lange Nächte vor seinen Klubs ausgeharrt hatten. Monatelang war damals gegen seinen Vater ermittelt worden; am Ende war er wegen Hehlerei und schwerer Körperverletzung angeklagt worden, doch beide Verfahren waren eingestellt worden, nachdem die Zeugen verschwunden waren. Markus war seinem Vater wie aus dem Gesicht geschnitten: die gleichen scharfen Augen, hohe Wangenknochen und eigentümlich abwärts gebogene Mundwinkel, die ihm stets den Anschein gaben, als hätte er sein Gesicht zu einer höhnischen Grimasse verzogen.

»Mein Vater«, sagte Markus. »Ivan Cartright war mein Vater.«

Der Polizist hob seine schwere Hand und kratzte sich an der Wange. Dann drehte er sich um und spuckte einen Schleimklumpen neben Markus' Schuh auf die Straße.

»Verstehe«, erwiderte er. »Dann haben Sie jetzt seine Geschäfte übernommen?«

»Die gibt es nicht mehr. Ich habe seine Betriebe nach seinem Tod geschlossen. Ich bin Journalist, Fotojournalist.«

Der Polizist sah ihn ungläubig an. Genauso hätte er ihm erzählen können, er hätte sich den Pfadfinderinnen angeschlossen.

»War es schlimm?«

»Was?«

»Sein Tod.«

Markus zuckte die Achseln. »Ich bezweifle, dass er überhaupt viel davon mitbekommen hat.«

»Ein Jammer«, seufzte der Polizist. »Ihre Personalien bitte.«

Markus musste einen Augenblick nachdenken, ehe er sagen konnte, wo er wohnte. Es war ungewohnt, sein Fotostudio in Brixton als Heimatadresse zu nennen – andererseits lebte er seit zwei Wochen wirklich dort. Er konnte sein Zeug da am besten unterbringen; das meiste stapelte sich in Kartons zwischen der Studioausrüstung und leeren Fastfood-Behältern.

»Kann ich jetzt gehen?«

Der Polizist war unentschlossen. Der Ton dieses Typs gefiel ihm nicht. Ebenso wie der Ausdruck auf seinem Gesicht. Die gleiche Arroganz, die gleiche Mir-kann-niemand-was-anhaben-Mentalität wie bei dem Alten. Wenn er vorher gewusst hätte, wer der Kerl war, hätte er ihn gleich einkassiert, in eine Zelle gesteckt und ein paar Kollegen gebeten, ihn nicht aus den Augen zu lassen. Die Ähnlichkeit war frappierend. Und jeder kannte die Gerüchte über den alten Cartright. Was er mit Leuten gemacht hatte, die ihm in die Quere gekommen waren.

Er zog eine Grimasse. »Machen Sie schon, dass Sie wegkommen«, sagte er schließlich widerstrebend.

Markus wandte sich ab und steuerte auf die King's Road zu. Es war vierzehn Jahre her, dass sein Vater im eigenen Pool ertrunken war, und doch machte es Markus jedes Mal fertig, wenn er daran dachte. Ivan Cartright war gut darin gewesen, andere fertigzumachen, er hatte geradezu ein besonderes Talent dafür gehabt, und das war ihm beim Aufbau seines Klub-Imperiums in Soho – Spielhöllen, Striplokale, ein bisschen Schutzgelderpressung nebenbei – äußerst nützlich gewesen. *Nicht schlecht für den kleinen Rotzlöffel aus der Tschechoslowakei, was?*, pflegte er mit einem Glitzern in den Augen zu sagen, wenn er Gästen sein Haus in Hampstead zeigte. Das Haus hatte er zu derselben Zeit gekauft, als er seinen Namen änderte: von Javanovic in Cartright. Mit einem englisch klingenden Nachnamen ließen sich im London der Siebzigerjahre wesentlich einfacher Geschäfte machen.

Markus sah sich nach einem Taxi um. Einerseits hätte er am liebsten das Werk vollendet, das er mit der halben Flasche Whisky begonnen hatte, und sich einen Vollrausch angesoffen. Halb betrunken zu sein war irgendwie Zeitverschwendung. Es war wie das schlechte Remake eines alten Filmklassikers – die gleiche Story, aber die falsche Atmosphäre. Andererseits war er immer noch so erbost über den Anblick von Natalie und ihrem neuen Kerl, dass er am liebsten Löcher in eine Steinmauer gehackt hätte. Er winkte ein Taxi heran, das auf der Straße wendete. Die hellen Lichter der Cafés und Bars malten Muster wie aus flüssigem Neon auf die schwarzen Hochglanztüren.

»Wohin?« Der Fahrer lehnte sich aus dem Fenster.

»Eastend, Southampton Row 115.«

5

Markus stützte sich mit geschlossenen Augen auf die Ellbogen. Schon zum zweiten Mal an diesem Abend lag er mit dem Gesicht nach unten auf dem Boden. Nur dass diesmal kein Polizist über ihm war, der ihm das Knie in den Rücken stemmte, sondern jemand, der ihn auszählte. *Drei, vier, fünf*. Er schüttelte den Kopf, und Schweiß spritzte auf den Ringboden. *Sechs, sieben*. Noch gab er sich nicht geschlagen. Als er sich aufrichtete, protestierte seine Rückenmuskulatur heftig, aber die Seile halfen beim Aufstehen. Das Zählen hatte aufgehört. Der Gegner war eine verschwommene

Gestalt, die vor ihm herumtänzelte, ein Grinsen unter dem Kopfschutz.

»Komm schon, Marky-Boy, gib auf, lass uns lieber einen trinken gehen«, rief Steve fröhlich mit breitestem Cockney-Akzent und schlug ungeduldig die Boxhandschuhe aneinander. Markus war etwas aus der Übung – als sie noch jünger waren, hätte Steve ihn nie so leicht mit einem linken Haken erwischt.

»Eine Minute hab ich noch«, keuchte Markus. »Um dir zu zeigen, wie ein Profi verliert.«

»Das könnte dir so passen.« Steve lachte und duckte sich unter Markus' schnellem linkem Aufwärtshaken weg.

Markus hatte seit den Zeiten, als sie zusammen trainiert hatten, zwar ein paar Pfund zugelegt, aber er war immer noch leichtfüßig und stark. Steve zuckte zusammen, als ihn ein Körperschlag traf, und tänzelte nach links, wo er mehrere Jabs auf die Gürtellinie einsteckte. In dem Moment, als die Ringglocke ertönte, landete Markus einen schweren Haken auf seinem Kinn, dem ein Schlag in den Magen folgte, bei dem er sich nur noch einkrümmen konnte.

»Verdammt noch mal«, sagte Steve und rang um Atem, »bist du auf deine alten Tage taub geworden? Die Glocke ging schon vor einer halben Stunde.«

Markus wandte sich ab und zog sich in seine Ecke zurück, ohne seinen alten Freund anzusehen. In ihm kochte immer noch die Wut. Er spuckte den Zahnschutz aus und riss mit den Zähnen an den Schnüren seiner Handschuhe.

»Also?«, fragte Steve.

»Wie wäre es mit einem Bier? Geht auf mich«, erwiderte Markus. Mehr Entschuldigung war von ihm nicht zu erwarten.

Sie gingen um die Ecke ins King's Head, ein schäbiges Pub mit wackeligen Stühlen, aber vernünftigem Ale. An der Bar reihten sich mit ernsten Mienen die Stammgäste auf, deren Hocker im Lauf der Jahre die Form ihrer Hintern angenommen hatten.

»Sagst du mir jetzt, was du hast, oder müssen wir uns noch mal gegenseitig auf die Mütze hauen?«, fragte Steve. Seit der Beerdigung des alten Cartright hatte er Markus nicht mehr so gesehen, mit finsterem Blick und saurem Whisky-Atem.

»Du meinst, ich bin nicht nur wegen deiner angenehmen Gesellschaft hier?«, entgegnete Markus und bezahlte das Bier.

Steve hob sein Glas und leerte es zur Hälfte. »Tu mir einen Gefallen und quatsch keinen Unsinn. Du kommst praktisch gar nicht mehr in diesen Teil der Stadt. Also, was ist los?«

Markus nahm den Whisky, den er zum Nachspülen bestellt hatte. Er hatte noch niemandem von der Trennung erzählt, weil er sie selbst noch nicht so ganz begriffen hatte.

»Erinnerst du dich an Natalie?«, setzte er schließlich an und bedeutete dem Barmann, eine weitere Runde zu bringen. »Es läuft nicht besonders gut.« Er fuhr sich mit der Hand durch das kurzgeschorene Haar. »Wobei das noch ziemlich untertrieben ist. In den letzten Monaten war es offener Krieg. Ich muss beruflich oft ins Ausland. Das findet sie gar nicht gut. Sie will, dass ich damit aufhöre.«

»Dann hör damit auf«, riet Steve knapp. »Du kannst mir nicht erzählen, dass du es immer noch toll findest, mit einer halben Tonne Fotoausrüstung auf dem Rücken durch beschissene Sümpfe und Wüsten zu kriechen. Ich dachte, du hättest dich zur Ruhe gesetzt?«

Markus zuckte die Achseln. »Das dachte ich auch.« Er drehte das leere Whiskyglas auf dem Tisch.

»Hat sie dir ein Ultimatum gestellt?«

»Mehrere. Am Ende sind wir immer bei Mila.«

»Wie alt ist sie jetzt?«

Markus musste einen Moment überlegen. »Drei. Ihr Geburtstag war kurz vor Weihnachten.«

»Und? Wurde groß gefeiert?«

»Ja. Ich konnte aber nicht dabei sein, weil ich einen Auftrag in Bagdad hatte.« Er fing Steves Blick auf, in dem er so etwas wie Missbilligung zu erkennen glaubte.

»Ich bin selbstständig. So eine Gelegenheit lässt man sich doch nicht entgehen«, versuchte er sich zu rechtfertigen.

»Du meinst, *du* lässt dir so etwas nicht entgehen«, erwiderte Steve. »Hör zu, wenn es um das Kind geht, darfst du es nicht vermasseln. Wenn sie meint, dass du nicht oft genug da bist, wird sie sich jemand anders suchen.«

»Das hat sie schon«, sagte Markus. »Verdammt, das hat sie schon.«

Jetzt war es raus. Die Frau, mit der er fünf Jahre zusammen gewesen war, hatte ihn abserviert, sie hatte Markus Cartright für einen Fernsehproduzenten abserviert. Sein Ego lag immer noch auf der Straße vor seinem ehemaligen Zuhause.

»Ohne Scheiß«, sagte Steve nach einer angemessenen Pause.

»Ohne Scheiß. Ich bin letzten Monat ausgezogen.«

Steve nahm einen Bierdeckel in die Hand und fing an, an den Ecken zu zupfen. »Wer ist es? Soll ich ihm zeigen, wo es langgeht?«

Markus musste beinahe lachen, doch dann sah er, dass Steve es ernst meinte. »Nein, aber danke für das Angebot.

Es ist jemand, mit dem sie zusammenarbeitet. Ein Typ Ende zwanzig. Ich bin ihm ein paarmal begegnet. Hab ihn, um ehrlich zu sein, für schwul gehalten. Außerdem sieht er aus wie zwölf.«

»Willst du nicht versuchen, es wieder hinzubiegen – für das Kind?«

Markus schluckte. Er hatte darüber nachgedacht. Aber er konnte ihr nicht verzeihen. Es ging einfach nicht. »Vielleicht kommt irgendwann eine Zeit, in der ich nicht jedes Mal, wenn ich sie sehe, einen Stein gegen eine Wand schleudern will. Aber im Moment muss ich mich von ihr fernhalten.«

Um 00:15 Uhr wankte Markus an der U-Bahn-Station Liverpool Street über die Rolltreppe nach unten und bestieg den Zug der Central Line. Stevie war ein Kumpel, ein richtig guter Kumpel. Er sollte ihn viel öfter besuchen. Er hätte es auch in den zurückliegenden Jahren viel öfter tun sollen. Das Problem war, dass Natalie so snobistisch war. Sie mochte es nicht, wenn er sich mit seinen alten Freunden aus dem Boxgym traf. Schon gar nicht in ihrem gemeinsamen Haus. »Woher kennst du diese Leute überhaupt?«, hatte sie entsetzt ausgerufen, als er eines Abends mit einem blauen Auge und blutigen Fingerknöcheln heimgekommen war.

Er hatte versucht, es ihr zu erklären. Steve war der Sohn des Chauffeurs seines Vaters gewesen. Sie waren zusammen aufgewachsen. Zumindest so lange, bis Markus ins Internat kam. Steve war ein guter Kerl, er war zuverlässig und außerdem ein guter Boxer. »Also, ich will gar nicht wissen, was das für Primatenhirne sind, die ihre Zeit damit verbringen, sich gegenseitig die Köpfe einzuschlagen«, hatte Natalie in provozierend affektiertem Ton entgegnet. *Lass es gut sein,* beschwichtigte er sich selbst und schloss die Augen.

Es hatte keinen Sinn, immer wieder an die alten Streitereien zurückzudenken. Er war kurz davor einzuschlafen, als er seine Station erkannte: Oxford Circus. Er hievte sich müde aus dem Sitz und wartete, bis sich die Türen öffneten. Jetzt umsteigen in die Victoria Line. Der Weg zum Fotostudio war ihm alles andere als vertraut. Die meisten seiner Sachen waren noch unter dem Feldbett verstaut … nein, das stimmte gar nicht. Die meisten seiner Sachen hatte sich Natalie unter den Nagel gerissen, bevor sie die Türschlösser auswechseln ließ.

Mit unsicheren Schritten überquerte er die Brixton Road, die trotz der späten Stunde voller Autos und Busse war, die Fußgänger anhupten, und kehrte taumelnd in sein Studio zurück. Die Treppe des alten Lagerhauses hochgehen, den Schlüssel ins Schloss fädeln, das klappte alles noch ganz gut. Doch die Tür schwang von allein auf – so ging das normalerweise nicht. Normalerweise musste man vorher den Schlüssel drehen. Er trat über die Schwelle. Das Holz um das Sicherheitsschloss war gesplittert. Auch das war nicht so, wie es sein sollte.

Sein vom Alkohol benebeltes Gehirn brauchte einen Augenblick, um zu reagieren, nicht mit Angst, Entsetzen oder Panik, nein, mit Verärgerung. Es müsste jemand kommen, um das zu reparieren. Er griff zum Handy. Was machte man, wenn man die Nummer eines Schlüsseldienstes brauchte, sich aber nicht einmal auf die Tasten konzentrieren konnte? Ihm fiel keine Lösung ein. Er stolperte im Raum herum. Auf den ersten Blick schien nichts entwendet worden zu sein, jedenfalls keine seiner Kameras. Andererseits war es schwer zu sagen, so chaotisch wie es hier aussah. Er schob ein paar schwere Umzugskisten vor die Tür, damit sie nicht aufging.

Ich muss mich bloß kurz ausruhen, dachte er, einfach hier auf dem Fußboden. Dann ruf ich die Polizei und den Schlüsseldienst. Nur für einen Moment die Augen zumachen. Das Zimmer drehte sich um ihn und wirbelte ihn auf Wolken aus Whiskydämpfen in den Schlaf.

Doch lange schlief er nicht. Der kalte Luftzug, der durch die Tür drang, strich unangenehm über seinen Nacken und ließ ihn immer wieder aufschrecken. Er dämmerte weg, zuckte halb wach zusammen und fiel dann erneut in unruhigen Schlaf. Aus der Dunkelkammer am Ende des Flurs drang ein dumpfer Schlag. Instinktiv tastete er nach Natalie. Doch da war niemand, natürlich nicht. Er lag auf dem Boden in seinem Studio. Allein. Er rieb sich mit der Hand übers Gesicht. Seine Kehle fühlte sich an wie ein Staubsaugerbeutel, und der Raum drehte sich immer noch um ihn. Wasser – das war es, was er jetzt brauchte. Mühsam hievte er sich auf die Beine und zog sich an der Arbeitsplatte entlang. Das Mikrowellengerät zeigte in roten Ziffern 01:00 Uhr an. Mehr als ein paar Minuten hatte er also nicht geschlafen. Er griff zum Wasserhahn und nahm ein Glas vom Abtropfgitter. Und dann sah er ihn. Am Ende des Flurs. Ein Schatten, der sich aus dem Dunkeln löste, mit jeder Sekunde größer wurde, immer näher kam und sich auf ihn stürzte.

6

Pincanno Ranch, 50 km außerhalb von Guatemala City

Danny Wiseman öffnete die Augen, aber dadurch änderte sich nichts, alles blieb schwarz. Also schloss er sie wieder. Das Wasser stand ihm bis zum Hals. Den Boden konnte er mit den Füßen nicht erreichen, und seine Schultern schmerzten, weil er die Arme gegen die Seiten des Tanks pressen musste, um nicht unterzugehen. Sein Körper trug die Spuren ihres Verhörs. Abgerissene Fingernägel, mindestens drei gebrochene Rippen, die sich in seine Lunge bohrten, die Haut auf der Innenseite seiner Schenkel wund und rot von Elektroschocks.

Als sie ihn holten, hatten die Flammen bereits alles verzehrt, nur die Asche seiner Unterlagen glomm noch zu seinen Füßen. Sie traten nicht die Tür ein oder fuchtelten hektisch mit ihren Waffen herum, nein. Es waren Profis, die ihren Kunden gegenüber verantwortlich waren, und keine Gelegenheitsverbrecher. Er hörte ein leises Klicken, als sie das Schloss knackten, und beobachtete ihre Schatten in dem schmalen Lichtspalt unter der Tür. Es gab keine Möglichkeit für ihn, sich zu verstecken, und zum Wegrennen war er nicht geschaffen. Er hob die Hände über den Kopf.

»Hier, ich bin hier. Nicht schießen«, sagte er mit hoher Stimme. Sie waren zu dritt. Zwei davon sahen aus wie Einheimische, stämmig, muskulös, mit schläfrigem Blick, als würde sie die routinierte Brutalität ihrer Arbeit langweilen. Hinter ihnen folgte ein großer, schlaksiger Typ, lässig gekleidet in grauem T-Shirt, Jeans und ausgetretenen Nikes an den Füßen. Danny schätzte ihn auf Anfang vierzig. Seine Wangen waren voller Aknenarben, und seine Haut schimmerte rötlich, als würde er sich viel draußen aufhalten, ohne sich um Sonnenschutz zu scheren.

»Mr Wiseman?«, fragte er leise, mit einem Akzent, zu dem gut ein Stetson gepasst hätte, ein Südstaaten-Slang, der so stark war, dass man ihn sogar aus zwei fast geflüsterten Worten heraushörte. Danny nickte. Die Hände in die Seiten gestützt, ging der Mann langsam im Raum herum und betrachtete die Wände. Dann schaltete er das Licht ein. Wer auch immer er war, er schien es nicht eilig zu haben, und es war ihm offenkundig egal, ob die Leute auf der Straße sehen konnten, was er tat.

»Ich muss sagen, Ihre Kunstwerke gefallen mir, Danny. Ich habe früher selbst gern Comics gelesen, in meiner Kindheit natürlich. Das hier, der Typ in dem Umhang, erinnert mich an die frühen Sachen von Jack Kirby, *Captain America* und so weiter.« Er zeigte auf die Zeichnungen an der Wand und atmete tief durch. »Sie wissen, warum wir hier sind?«

»Ja«, antwortete Danny.

»Gut«, sagte der Texaner und setzte sich Danny gegenüber auf den Boden. Er verschränkte seine langen Beine, zog ein Butterflymesser aus der Hosentasche, klappte es auf und stocherte in der glimmenden Papierasche herum. »Es vereinfacht die Sache, wenn wir uns einig sind. Dann können wir nett und höflich bleiben. Sie wissen, dass Sie ein paar mächtige Leute sehr, sehr wütend gemacht haben, Danny, nicht wahr? Das geht nicht ohne Konsequenzen. Haben Sie das verstanden?«, fragte er lächelnd. Er klang, als plaudere er über das letzte Spiel eines Highschool-Footballteams.

Danny zuckte die Achseln.

Die Stimme des Mannes war zwar leise, schien aber dennoch den Raum bis in den letzten Winkel auszufüllen. »Ich frage noch einmal: Haben Sie das verstanden?« Er ließ das Messer beiläufig auf den Boden fallen, mit der Spitze voran. Der Griff schwang hin und her, als sich die Schneide tief in die Holzdielen bohrte.

»Ja, ich glaube schon.«

»Ich bin nicht wütend. Die bezahlen mich nicht dafür, wütend zu sein. Die bezahlen mich dafür, dass ich die Beherrschung nicht verliere. Mir ist völlig gleichgültig, was Sie getan haben. Ich will nur Informationen.« Der Texaner stand auf, trat ans Fenster und blickte über die Straße. »Ich bin sehr geduldig, Danny, sehr, sehr geduldig.« Er bückte sich und zog das Messer aus dem Boden. »Wo ist das Geld, mein Sohn? Wo ist es?«

Daniel Wiseman antwortete nicht.

Der Texaner schüttelte seufzend den Kopf und kniete sich dann hinter ihn. »Wenn Sie mir jetzt eine Antwort geben, wird es nicht einmal wehtun.« Er sah auf die Uhr und beobachtete, wie der Sekundenzeiger in lähmender Langsamkeit und doch unerbittlichem Takt vorrückte.

Dreißig Sekunden konnten eine lange Zeit sein, wenn man wartete. Er legte Danny einen Arm auf die Schulter. Er hörte den Mann kurz und flach atmen und spürte, wie sein Körper zitterte. Mit einem Griff in die Tasche förderte er seine Betäubungspistole zutage und sah noch einmal auf die Uhr. Die dreißig Sekunden waren verstrichen. So viel gab er ihnen immer. Dreißig Sekunden waren mehr als genug Zeit.

Er hielt Danny fest, als er sich zu wehren versuchte, und schoss ihm ins Genick. Die Beine zappelten noch einen Moment, dann lag er reglos da.

»Packt alles ein, was in der Wohnung ist. Wir müssen alles mitnehmen. Ich werde der Wirtin noch ein paar Fragen stellen.«

Über eine Woche lang hatten sie ihn gefoltert, und Danny hatte ein bemerkenswertes Durchhaltevermögen an den Tag gelegt, das seinen Peinigern zu schaffen machte. Nach acht langen Tagen und noch längeren Nächten ohne Ergebnis hatten sie beschlossen, eine andere Methode zu versuchen: den Wassertank. Der Entzug jeglicher Sinnesreize, um ihm die Orientierungsfähigkeit zu nehmen, in Kombination mit einem Cocktail halluzinogener Drogen, um seinen Verstand auszuschalten.

Um das Zeitgefühl nicht zu verlieren, zählte er. Manchmal ließ er sich treiben, wenn die Arme den konstanten Druck nicht mehr aufbrachten, sein Körper nach Erlösung schrie und in die Tiefe sinken wollte. Aber das ließen sie nicht zu. Sie zerrten ihn nach draußen in das gleißende Licht der Mittagssonne, brachten ihn mit Schlägen wieder zu Bewusstsein und warfen ihn erneut in das dunkle Wasser. In seinen Träumen sah er das Gesicht des Mannes vor sich, der seine Qualen inszenierte: kantiges Kinn, Sonnenbrille, Baseballkappe. Seine Befehle erteilte er flüsternd an maskierte Gestalten, die im Dunkeln über ihm schwebten.

Sie würden ihn nicht töten. Dessen war er sich sicher. An den Gedanken klammerte er sich, während sein Verstand allmählich schwand. Sie brauchten Informationen. Sie wollten wissen, wie er es gemacht hatte. Sie wussten, das Geld konnte nicht einfach so verschwunden sein, nicht eine solche Summe. Es musste irgendwo versteckt sein, in einem Labyrinth aus Decknamen, Offshore-Holdinggesellschaften und Nummernkonten. Aber von ihm würden sie es nicht erfahren. Ganz gleich, wie sehr sie versuchten, ihn zu verwirren, ihn an den Rand seines Verstandes zu bringen und sein Gehirn in Millionen kleine Teile zu zerlegen, um sich die Wahrheit als Puzzle zusammenzufügen.

Er hatte es weggezaubert, das Geld. Aus Rache für ihre bösen Taten. Er war der Richter. Ihre Bestrafung lag in seiner Hand. Er würde niemals aufgeben, er durfte niemals aufgeben. Dazu stand viel zu viel auf dem Spiel.

7

Hotel Ritz, Piccadilly, London, 06:00 Uhr

Isaiah Schenkel hörte ein Summen, das vom Nachttisch kam, die Vibrationen seines Pagers, die auf dem Holz hörbar waren, und zog sich das Kissen über den Kopf. Als das Summen trotzdem nicht verstummte, tastete er blind nach dem Gerät und entzifferte mit vor Müdigkeit trüben Augen die Nachricht. *Offizier C ist nicht erschienen. Zum Ort zurückkehren und überprüfen.*

Er warf den Apparat auf das Bett, streckte seine langen Glieder und kratzte sich die Haare am Bauch. Offizier C, das war Charlie Paige. Er war gestern Abend nicht aufgetaucht, obwohl er zu ihrer kleinen Party im Hotel hätte stoßen sollen, nachdem er den Umschlag in dem Fotoatelier abgeholt hatte. Doch Isaiah machte sich keine Gedanken. Charlie war früher Captain bei den Special Forces gewesen, bis ihm irgendwann klar wurde – früher als allen anderen –, dass man bei privaten Sicherheitsdiensten weniger gefährlich lebte und trotzdem mehr Geld verdiente. Vielleicht hatte er einfach beschlossen, sich woanders zu amüsieren.

Isaiah sah sich im Zimmer um. Auf dem Fußboden lagen leere Champagnerflaschen verstreut, an einem Lampenschirm hingen kunstvoll verzierte Dessous, und im Bett schlief eine halb nackte Blondine, deren Hintern von einem Laken mehr reizvoll in Szene gesetzt als verhüllt wurde. Er ließ den Blick über ihren Körper wandern. Wenn mehr Zeit wäre, hätte er nichts gegen eine weitere Nummer einzuwenden.

Er versetzte dem Typ, der vor dem Fernseher schlief, einen Tritt. Jacob Enderman, drittes Mitglied ihres Teams, hatte sich auf dem Boden eingerollt.

»Los, Jacob, komm schon. Eine Nachricht von Eule.« Neben ihm lag auch eine Frau, eine Brünette, die sich offenbar zum Schlafen in einen Vorhang gewickelt hatte. Wie viele Stripperinnen hatten sie eigentlich gestern Abend in diesem Klub aufgegabelt? Er stieg in seine Hose und trat Jacob noch einmal.

»Lass mich in Ruhe«, murmelte der Mann.

»Wo ist Charlie? Er ist nicht gekommen«, sagte Isaiah, diesmal in scharfem Ton.

Jacob brummte etwas Unverständliches und machte eine scheuchende Handbewegung.

»Was?«

»Schau doch mal im Bad. Wo ist das Problem?«, fragte Jacob.

»Charlie ist nicht gekommen. Eule will wissen, wo er steckt.«

Isaiah ging rasch in das mit Marmor verkleidete Badezimmer, doch da war niemand. Er stellte die Dusche an und hielt seinen Kopf unter das kalte Wasser. Es biss auf seiner Haut und klärte seinen benebelten Kopf. Einen freien Abend zum Feiern und Entspannen, mehr hatte er nicht gewollt. Hätte sich schon denken können, dass da irgendwas schiefgehen würde. Er sah in den Spiegel: verschwollene Augen, zerfurchte Züge, von Stoppeln geschwärztes Kinn. Vierzehn Jahre lang hatte er für den israelischen Geheimdienst gearbeitet, jetzt war er praktisch in Rente. Sein Job bei der Firma war nicht so anspruchsvoll wie seine frühere Arbeit. Er war körperlich nicht mehr in Höchstform, aber das war auch gar nicht nötig – nicht für den Observationsjob, den sie zu erledigen hatten.

Er kehrte ins Schlafzimmer zurück. Jacob war zum Glück bereits angezogen. »Wir fahren jetzt nach Brixton«, sagte er, »in die Wohnung der Zielperson, sehen, was mit Charlie ist, und holen den Umschlag ab.« Er öffnete die Tür zum Flur, zog dann aber seine Brieftasche heraus und entnahm ihr eine Handvoll Fünfzigpfundscheine, die er hinter sich warf – für die Mädels. Er hatte keine Erinnerung daran, ob er sie schon bezahlt hatte, aber er wollte nicht riskieren, dass sie ihm nachliefen und einen Riesenwirbel veranstalteten.

In einer angemieteten Garage unter den Bahnbogen von Vauxhall holten sie ihren weißen Ford Transit ab, der auf die Spedition David & Sons angemeldet war, eine der Scheinfirmen, die CeLo Enterprises benutzte, um in Großbritannien ihre Spuren zu verwischen. Die in Genf sitzende Sicherheitsfirma operierte weltweit, und ihr Hauptgeschäft bestand in Industriespionage, insbesondere Hightech-Hacking und Überwachung, das waren die sogenannten Soft Skills. Wenn nötig, boten sie aber auch knallharte Dienste an, die Art von Dienst, unter der Daniel Wiseman in Guatemala gerade zu leiden hatte. Die Geschäftsführung bestand aus Sicherheitsexperten, pensionierten Regierungsbeamten und einem Technologiefachmann, der mehrere Start-ups im Silicon Valley gegründet hatte. Die Außendienstagenten waren ebenso hoch qualifiziert, wenn auch weniger geneigt, in Anzug und Krawatte herumzusitzen oder beim Golf zu verlieren, um an einen neuen Vertrag zu kommen.

Von außen wirkte der Transporter ziemlich ramponiert; die Radkästen waren verrostet, und die Windschutzscheibe verunstaltete ein Riss. Um den heruntergekommenen Eindruck zu verstärken, hatten sie sogar mit ein paar lockeren Schrauben ein altes Vorhängeschloss an den Hecktüren befestigt. Im Innern freilich sah es anders aus. Ein Carbonkoffer enthielt Jacobs Ausrüstung: zwei leistungsstarke Computer, ein Ortungssystem mit ausfahrbarer Antenne und die Kontrollkonsolen für die Zoomobjektive auf den Kameras, die in die Außenspiegel eingebaut waren – das Beste vom Besten für all die Banker und Topmanager, von denen sie engagiert wurden, um deren Konkurrenten oder Ehefrauen auszuspionieren.

Jacob war für die Technik zuständig. Er konnte sich in E-Mail-Konten und Anrufbeantworterdienste einhacken, Handys orten oder ihre Signale blockieren, und das alles von diesem Transporter aus und ohne auch nur den geringsten elektronischen Fingerabdruck zu hinterlassen. Für den Nahkampf hingegen war er mit seinem Körpergewicht nicht geeignet, das gab er selbst freimütig zu. Seine drei Zentner in Bewegung zu setzen erforderte erhebliche Anstrengung und erzeugte Ausdünstungen, die man sonst nur aus der Central Line im Hochsommer kannte. Für die Drecksarbeit waren Isaiah und Charlie zuständig.

Jacob trommelte mit den Fingern auf das Lenkrad und fummelte am Radio herum. Bei dem starken Verkehr würden sie für die drei Kilometer eine halbe Stunde brauchen. An Stockwell vorbei schob sich ein dichter, unablässiger Strom von Pkws, Fahrrädern, Bussen und Fußgängern über die Brixton Road.

»Was passt besser, Paketzusteller oder Gasmann?«, fragte Jacob und bog auf der Suche nach einem Parkplatz in eine Seitenstraße ein.

»Zu dieser Tageszeit eher der Paketzusteller«, erwiderte Isaiah. Er kletterte nach hinten, wählte die passende Uniform aus und zog sich um. Dann öffnete er eines der Flightcases und nahm seine Jericho 951 heraus, die halb automatische Pistole, die er bei der israelischen Armee zu schätzen gelernt hatte. Dieses Modell war so umgebaut, dass es Flachkopfgeschosse aus Wolframcarbid abfeuern konnte, in der Branche liebevoll »Elefantenstopper« genannt. Wenn Isaiah den Schalldämpfer einsetzte, der nicht nur die Lautstärke, sondern auch die Geschwindigkeit dämpfte, nahm er gerne ein bisschen mehr Zunder mit. Nichts deutete darauf hin, dass er mit Problemen zu rechnen hatte, aber gute Vorbereitung lohnte sich immer.

»Fertig?«, erkundigte sich Jacob und kletterte ihm nach. Die Kopfhörer auf den Ohren, fuhr er den Computer hoch.

»So gut wie«, erwiderte Isaiah und klemmte sich den Ohrstöpsel an.

8

Tageslicht flutete durch die hohen Fenster des Ateliers und bildete goldene Pfützen auf dem Fußboden. Markus blinzelte in die unangenehm gleißende Helligkeit, die in seine Netzhaut stach. Mit gerunzelter Stirn musterte er das Paar Schuhe vor sich. Seltsam. Er kratzte sich das unrasierte Kinn. Das waren nicht seine Schuhe, ganz sicher. Diese hier hatten Gummisohlen und zeigten einen Baum als Logo. Er stützte sich auf die Ellbogen und lehnte sich mit dem Rücken an die Wand. Aus den Schuhen ragte jemand heraus, Beine, ein Körper … ein Kopf.

Markus wandte rasch den Blick ab, weil sich sein Magen zu drehen drohte. Würgend bemühte er sich, auf die Beine und ins Badezimmer zu kommen, was ihm aber nicht mehr rechtzeitig gelang. Er blickte über die Schulter. Der Kopf war unnatürlich verdreht, bis zur Unkenntlichkeit geschwollen und sah aus wie ein zerfetzter Kürbis. Über dem

Auge steckte ein gesplittertes Kristallwhiskyglas im Fleisch. Glasscherben lagen über den Boden verstreut. Markus musste sich erneut übergeben. Wie viel Kraft und wie viel Wut musste es gekostet haben, das Glas ins Fleisch zu treiben? Ein Schauer überlief ihn, als er zögernd auf die Leiche zutrat. Da war eine große Lache einer zäh-klebrigen dunklen Flüssigkeit. *Was um alles in der Welt hatte das zu bedeuten?* Auf dem Boden lag eine automatische Waffe mit Schalldämpfer.

Vorsichtig fasste er sich an den Hinterkopf, wo er eine große pochende Beule spürte. Seine Hände und Knöchel waren aufgeschürft. Allmählich kehrte die Erinnerung zurück. Sie waren unterwegs gewesen, hatten sich die Kante gegeben, Stevie und er. Dann der Eindringling. Die Wut, die in ihm hochgekocht war, der Frust über die vergangenen Monate, seine Verbitterung über die Trennung von Natalie – all das hatte sich verdichtet zu einem rauschhaft bestialischen Zorn auf diesen Unbekannten, der in seine Wohnung eingebrochen war. Er sah sich um. Auf der Arbeitsplatte war noch mehr Blut, die weißen Schrankoberflächen waren verschmiert. Das Blut musste von ihm stammen. Er tippte sich vorsichtig an die Nase und zuckte zusammen. Ein stechender Schmerz. Schnell zur Spüle. Er drehte den Hahn voll auf und hielt seinen Kopf darunter, um mit geschlossenen Augen darauf zu warten, dass er aus diesem Albtraum erwachte.

Aber nichts geschah. Alles blieb, wie es war. Er nahm ein Geschirrtuch und versuchte behutsam, sich die Haare zu trocknen. Der Unbekannte lag immer noch regungslos auf dem Boden. Markus bemühte sich, nicht auf das Glas in seinem Gesicht zu sehen, und betrachtete stattdessen den restlichen Körper. Der Kerl war bestimmt fast einen Meter fünfundachtzig groß, das war trotz seiner gekrümmten Haltung zu erkennen. Sein dunkles Haar war grau durchzogen, und er trug Handschuhe aus einem eigentümlich schimmernden Stoff mit Antirutschpads an Fingerspitzen und Handballen, die Markus sofort wiedererkannte: Manche Soldaten in Afghanistan hatten sie beim nächtlichen Patrouillendienst getragen. Ein paar seiner Reporterkollegen hatten damals wissen wollen, wo man diese speziellen Scharfschützenhandschuhe bekam, weil sie fanden, dass sie cool aussahen. Kaum denkbar, dass irgendein Londoner Durchschnittseinbrecher solche Handschuhe anzog, um in einem Büro einen Laptop zu klauen. Markus beugte sich über die Leiche. Der Typ hatte was im Ohr, ein hautfarbenes Minigerät. Einen Empfänger. Als sein Kopf wieder anfing, sich zu drehen, setzte er sich auf eine Umzugskiste und zog sein Handy heraus. *Reiß dich zusammen, Markus. Reiß dich zusammen. Du schaffst das.* Er wollte gerade die Polizei anrufen, als es an der Tür klopfte.

»Markus, bist du da drin?« Das war Albert, der alte Rasta aus der Etage darunter, der den Fulla-Flava-Imbiss in der Electric Avenue hatte. Er nutzte die Wohnung unter Markus' Atelier als Lager.

»Ja, warte, Albert. Ich komme sofort.« Langsam stand er auf. Mit dieser Sache hier musste er allein klarkommen. Auf gar keinen Fall wollte er seinen Nachbarn in Angst und Schrecken versetzen.

»Alles in Ordnung bei dir, Mann? Was ist das denn hier?«, fragte Albert mit Blick auf den gesplitterten Türrahmen. Markus stellte sich in den Türspalt, sodass Albert nicht an ihm vorbeisehen konnte.

»Ein Einbruch. Ich wollte gerade die Polizei rufen.« Er rieb sich das Gesicht.

Albert nickte. »Bei mir wollte letzte Woche so eine Gang von Jugendlichen einbrechen. Ich glaube ja, der Gangsta Rap ist schuld daran.«

Markus öffnete den Mund, schloss ihn dann aber wieder. Er war jetzt nicht in der Lage, über Jugendkultur zu diskutieren.

»Kann ich sonst noch was für dich tun, Albert?«

»Ich hab ein Päckchen für dich. Kam schon gestern. Der Postbote hat es bei mir abgegeben.«

»Danke«, antwortete Markus und nahm das Päckchen entgegen. In dem Moment summte die Gegensprechanlage hinter ihm, und er wandte sich irritiert um. Es summte erneut.

»Hört sich an, als wollte jemand was von dir.« Albert blickte kurz über das Treppengeländer nach unten, konnte aber offenbar niemanden sehen.

Markus machte einen Schritt in die Wohnung zurück, schloss die Tür und ging zur Gegensprechanlage.

»Hallo?«, sagte er in den Hörer. Keine Antwort. Er meinte zu hören, wie sich die Eingangstür öffnete und wieder schloss. Dann ertönten von unten Schritte.

Mit Schweißperlen auf der Stirn stand Markus da und starrte auf die Leiche am Boden. Warum hatte er Albert nur aufgemacht? Er hätte ihn einfach ignorieren und sofort die Polizei rufen sollen. Von draußen drang kein Laut herein. Vielleicht war es nur noch mal der Postzusteller, den irgendjemand hereingelassen hatte. Jetzt klimperte es leise vor der Tür, als versuchte jemand, möglichst lautlos Schlüssel aus einer Tasche zu fischen, um niemanden zu wecken. Dann ein Knirschen. Markus erstarrte. Erneut ertönten Schritte, diesmal schwer und resolut.

»Was machst du da? Willst du nachschauen, ob du noch

mehr abgreifen kannst?« Alberts Stimme im Treppenhaus klang jetzt wütend und provokant. Die Tür schwang auf.

Isaiah Schenkel sah drei Dinge – die Leiche auf dem Boden, die Zielperson mit dem Päckchen und einen Zeugen – und traf im Bruchteil einer Sekunde seine Entscheidung. In Situationen wie diesen machte sich bezahlt, dass er jahrelang trainiert hatte, ohne zu zögern mit brutaler Effizienz vorzugehen. Der Mann vor ihm hatte, was er brauchte: den Umschlag. Zuerst musste der Zeuge eliminiert werden. Er stieß den Rasta in die Wohnung und schoss ihm in den Rücken. Kollateralschaden. Der Mann war noch nicht auf dem Boden aufgekommen, da richtete sich die Waffe schon auf die Zielperson. Den Umschlag durfte er nicht treffen. Er wusste zwar nicht, was er enthielt, aber man hatte ihm eingeschärft, dass er wohlbehalten zurückkommen müsse. Wenn er ihn traf, würden die Kugeln den Inhalt zerfetzen. Ein Kopfschuss würde zwar mehr Sauerei verursachen, aber es gab keine andere Lösung. Er machte einen Schritt und trat in etwas Klebriges.

Instinktiv blickte er zu Boden und sah eine Lache aus geronnenem schwarzem Blut. Auf so etwas nicht zu achten, darauf war er eigentlich trainiert. Als er noch beim Mossad war, hätte er sich nicht ablenken lassen.

Der kurze Moment des Zögerns jedoch genügte Markus, um seine rechte Faust gegen die Wange des Fremden schnellen zu lassen. Es war sein Lieblingsschlag, ein mächtiger Jab, der den Gegner in aller Regel sofort in die Knie zwang. Die Mischung aus Kraft und Effet ließ den weichen Knochen unter dem Auge splittern und ins Fleisch eindringen. Es war ein extrem schmerzhafter Schlag, der völlige Desorientierung hervorrief.

Isaiah verlor das Gleichgewicht und stürzte rücklings

durch die Tür. Im Fallen hob er den Arm und feuerte eine Salve auf die Zielperson, die er nur verschwommen erkennen konnte und die hinter den Umzugskisten Deckung suchte. Holz splitterte, Papierfetzen flogen durch die Luft. Das Ziel hechtete ins Treppenhaus hinaus, mit sicherlich stechenden Schmerzen in der Schulter, in der Holzsplitter steckten. Isaiah taumelte ihm hastig hinterher, schoss erneut und traf die Glasscheibe in der Tür zum Notausstieg.

Markus nutzte die Öffnung und sprang hindurch. Seine Schritte hallten laut auf der metallenen Feuertreppe.

Isaiah spähte auf die Straße hinunter – überall Menschen, Passanten, Mütter, die ihre Kinder aus ihren Autos holten. Es war eine Sache, in einer Wohnung Chaos anzurichten – das konnte Jacob später beseitigen –, aber jemanden auf offener Straße zu erschießen war etwas ganz anderes. Er sah zu, wie die Zielperson in einen Wagen stieg und wegfuhr, und merkte sich das Kennzeichen.

»Was ist bei dir los? Gibt es was Neues von Charlie, over?«

Isaiah hörte Jacobs Stimme in seinem Ohrstöpsel und sprach gedämpft in das kleine Funkmikro, das er am Hals trug. »Charlie ist tot. Und es gab ein weiteres Opfer. Wir werden hier aufräumen müssen«, sagte er auf dem Weg zurück in das Fotostudio, wo er die Leiche des Rastamanns neben die von Charlie zog.

»Stell einen Peilsender auf das Handy der Zielperson ein und blockiere alle ausgehenden Anrufe, bevor du raufkommst. Sobald wir hier Ordnung gemacht haben, schnappen wir ihn uns.«

9

Markus nahm die Außentreppe halb springend, halb schlitternd. Am Boden angekommen fischte er mit zitternden Fingern seine Autoschlüssel aus der Tasche. Das Aufschließen war nicht einfach, weil seine rechte Hand von dem Punch ganz taub war – vielleicht hatte er sich dabei sogar einen Finger gebrochen. Schließlich stieg er ein und ließ den Motor an. Der alte Peugeot 205 GTi startete mit quietschenden Reifen. Markus umkurvte schlingernd Passanten, die die Straße überquerten, und sah dann in den Rückspiegel.

In einer engen Seitengasse blieb er mit dem Außenspiegel an einem geparkten Wagen hängen. Wohin er fuhr, war ihm egal – nur weg, möglichst schnell weg. Am besten zum Fluss, nach Limehouse im Osten der Stadt. Die Gegend kannte er gut. Er würde das Auto irgendwo unter einem Bahnbogen stehen lassen und von einem Café aus die Polizei rufen. Die sollten ihn abholen und dann gleich nach Albert sehen. Oh Mann. Albert, der Gedanke an sein Gesicht, die totale Arglosigkeit in seiner Miene, als sich der Angreifer umdrehte. Die Erkenntnis in seinen Augen, Sekundenbruchteile vor dem Schuss.

Sein Gehirn spielte ihm die ganze Szene noch einmal vor, Bild für Bild, als würde es selbst wie eine Kamera funktionieren. Einen weißen Fleck gab es, wie eine Linsenreflexion. Hinter der Waffe. Sosehr er sich auch bemühte, er konnte sich nicht an das Gesicht des Mannes erinnern. Nur an den Lauf der Waffe, die auf seinen Kopf gerichtet war. Dahinter war nur weißes Licht. Er blickte erneut in den Rückspiegel. Hinter ihm fuhr ein Ford Focus, eine Frau am Steuer. Er begann sich etwas zu entspannen, und das Zittern seiner Hände ließ nach. Er zog sein Handy heraus und wählte die Nummer der Polizei. Das Gerät piepste, hatte aber keinen Empfang.

Er blickte auf den Umschlag, den er auf den Beifahrersitz geworfen hatte. Es war ihm gar nicht mehr bewusst gewesen, dass er ihn unter dem Arm gehabt hatte. Die Briefmarken waren grellbunt, ein grün-rotes Karomuster und in der Mitte das Profil eines streng dreinblickenden Mannes. Der schwarze Poststempel war zur Hälfte verschmiert: *Correos de* … Der Rest war nicht zu entziffern. Aus Spanien? Lateinamerika? Albert hatte ihn gestern angenommen, und es hatte ihn das Leben gekostet. Was konnte so wichtig sein?

Markus nahm den Umschlag und riss mit den Zähnen daran. Als er ihn beinahe geöffnet hatte, musste er scharf bremsen, weil das Taxi vor ihm eine unerwartete Wendung machte. Der Inhalt des Päckchens fiel ihm auf den Schoß und verteilte sich im Fußraum. *Verdammt noch mal.* Überall war Papier, sogar unter den Pedalen. Er bog in eine Seitenstraße ab.

Abseits der Hauptstraße brachte Markus den Wagen zum Stehen und sammelte die losen Blätter auf. Er hatte keine Ahnung, was sie zu bedeuten hatten, abgebildet waren endlose Reihen von Zeichen, bestehend nur aus Nullen und Einsen. Zwischen den Blättern fanden sich ein paar einzelne Seiten aus Zeitungen und Magazinen, abgerissene Fahrkarten, das Bild einer spanischen Barockkirche aus einem Reiseführer und eine altmodische Tabakdose. Als er die Dose öffnete, blickten ihm Sorgenpüppchen entgegen, aus bunten Fäden eng gewickelt, mit winzigen schwarzen Perlen als Augen. Es war wie eines dieser Gedächtnisspiele: Präge dir die Gegenstände gut ein und verdecke sie dann mit einem Geschirrtuch; versuche, so viele wie möglich davon zu benennen.

Er griff nach einem Bild, dunkelrot, mit fetten gelben Lettern. Ein Ausriss aus einem Superman-Comic. Die Fahrkarten waren ausgestellt auf: *Snr Wiseman D.E.*

Wiseman? Von dem hatte er schon länger nichts mehr gehört. Das letzte Mal hatte er ihn gesehen, als er auf dem Weg zu einer Besprechung mit dem Bildredakteur der *Sunday Times* war. Vor dem Eingang hatte ein nervöser Typ auf ihn gewartet, mit geröteten Wangen, und die Haare klebten ihm an der verschwitzten Stirn. Markus hatte ihn gar nicht erkannt, er hatte ziemlich abgenommen, so sehr, dass es schon nicht mehr gesund aussah.

»Markus? Markus Cartright? Bist du das?«

Markus hatte den Mann angestarrt. Er war spät dran, und seine ohnehin begrenzte Geduld war für den Taxifahrer draufgegangen, mit dem er darüber gestritten hatte, welcher der kürzeste Weg zur Redaktion der *Sunday Times* sei.

»Ich bin's, Danny, wir waren zusammen im Internat. Ich war vor ein paar Jahren mal in einer Ausstellung von dir.«

Markus war das derangierte Äußere des Mannes nicht entgangen, der Jogginganzug, den er unter seinem Kamelhaarmantel trug, und die aufgesetzt fröhliche Miene, die den gehetzten Blick in seinen Augen aber nicht verbergen konnte.

»Danny?«, hatte er fragend erwidert. Er hatte nur noch eine vage Erinnerung an die Ausstellung, die Daniel meinte. Er hatte damals eine Fotostrecke über Kinder in den Favelas von Rio de Janeiro gemacht, die als Kuriere für die Drogengangs der Stadt arbeiteten, um überleben zu können – der Auftrag einer Stiftung für deren Weihnachtskampagne. Am Abend der Ausstellungseröffnung hatte er sich die Erinnerung an die Slums aus dem Hirn gesoffen, bis er so voll war, dass er der Stiftung sogar ein paar Hundert Pfund aus seinem Erbe gespendet hatte. Es war eines der wenigen Male gewesen, wo er das Geld ohne schlechtes Gewissen ausgegeben hatte. Daran erinnerte er sich noch. Ob er bei der Gelegenheit mit einem alten Schulkameraden gesprochen hatte, wusste er jedoch nicht mehr so genau.

»Ach ja, stimmt. Schön, dich zu sehen, Danny. Aber hör zu, ich …« Er musterte sein Gegenüber erneut. Danny sah aus, als hätte er in seinen Klamotten geschlafen und schon länger nicht mehr vernünftig gegessen. »Du siehst prima aus. Aber hör zu, ich kann jetzt nicht, ich bin auf dem Weg zu einem Meeting. Ruf mich doch mal an. Dann können wir über alte Zeiten quatschen.« Er wollte sich an Danny vorbeischieben, doch der rührte sich nicht vom Fleck. Er sah aus, als wollte er etwas sagen, doch dann machte er einen Schritt zur Seite, langsam und bedächtig, so als habe er Schmerzen.

»Wie ist deine Nummer?«, wollte er wissen.

Markus war schon fast durch die Drehtür. »Ruf die Bildredaktion an, die geben sie dir«, rief er über die Schulter.

Markus hatte am Empfang seinen Ausweis gezeigt und sich beeilt, zu seinem Meeting zu kommen. Als er sich kurz nach draußen umblickte, war die einsame Gestalt in dem Kamelhaarmantel verschwunden.

Er hatte keinen weiteren Gedanken mehr an den Vorfall verschwendet. In den folgenden Wochen waren immer wieder Nachrichten auf seinem Handy gewesen, in denen der alte Schulkamerad fragte, ob sie sich nicht auf einen Drink treffen wollten, doch er war zu den entsprechenden Zeiten nie in London gewesen. Er hatte sich aber auch nicht die Mühe gemacht zurückzurufen.

Markus hob die restlichen Blätter vom Boden auf und wollte sie zurück in die Verpackung stecken, als ihm die Polaroids ins Auge fielen.

Es waren zwei, und sie hatten sich in einer Naht des Umschlags verklemmt. Auf dem ersten war nicht viel zu erkennen, nur ein verschwommenes Gesicht in einer dunklen Umgebung. Die Kamera war zu dicht gewesen, sodass die Gesichtszüge stark überbelichtet und der Hintergrund fast schwarz waren. War das eine Frau? Es sah aus, als wäre ein Arm nach hinten gebogen, nein, beide Arme. Markus schaute genauer hin. Die Glieder schienen mit der Dunkelheit zu verschmelzen, auch die Beine, und sahen aus wie an Ellbogen und Knie abgetrennt. Er betrachtete das Gesicht der Frau, den Trotz in ihren Augen. Sie wollte, dass das Foto gemacht wurde. Sie wollte beweisen, dass sie keine Angst hatte, dass sie sich nicht geschlagen gab. Er nahm das zweite Foto. Kalkweiß vor dunkelbraunem Hintergrund. Gelbe Locken und etwas Rundes aus Plastik, in dem sich das Blitzlicht fing. Eine Puppe. Ein Kinderspielzeug. Und, fast unkenntlich verformt von Schmutz und Schlamm, kleine Finger, die nicht davon lassen wollten.

Auf der gegenüberliegenden Straßenseite war ein Café, aber die Vorstellung, jetzt die Polizei zu rufen und inmitten von lauter Fremden zu sitzen und zu warten, schien ihm wenig angenehm. Zum zehnten Mal las er die Adresse auf dem Umschlag. Die Sendung war tatsächlich für ihn bestimmt. Er ließ den Motor an und stöhnte vor Schmerz, als sich die Splitter von der hölzernen Umzugskiste in sein Fleisch bohrten. Er musste jetzt irgendwohin, wo er sich sicher fühlte.

10

Jacob schleppte die Ausrüstung die Treppe hoch, zwei schwere, luftdichte Leichensäcke und einen Pumpkanister mit schnell härtendem Polymerharz. Er hatte einen Overall an, was im Grunde praktisch war, doch die Beine waren zu lang, und der Saum verfing sich immer wieder in seinen Schuhen. Isaiah wartete an der Tür des Ateliers.

»Jetzt mach schon. Ich habe die Leichen bereits entkleidet. Wie lange braucht das Harz zum Aushärten?«

Jacob stellte die Sachen ab und atmete tief durch. Er hatte angefangen zu schwitzen, und das machte ihn unsicher. »Vielleicht fünfzehn Minuten. Charlie ist ziemlich groß. Das ergibt eine große Oberfläche. Aber mit dem Beschleuniger dürfte es auch in zehn Minuten klappen.«

»Gut. Wir haben genug Zeit, aber wir sollten uns trotzdem beeilen. Hast du das Handy der Zielperson geblockt?«

»Schon erledigt. Und die Ortung läuft. Wir brauchen nur noch die Simkarte, um das Zielsignal zu stören, damit wir den Peilsender anbringen können.« Jacob blickte sich anerkennend im Studio um. »Schön hier«, sagte er mit Blick auf die großen Fenster und hohen Decken. Seine Augen blieben an den beiden nackten Leichen auf dem Boden hängen, der des dünnen, drahtigen Jamaikaners und der des großen, muskulösen Charlie.

»Das würde ihm gar nicht gefallen. Nackt auf dem Boden irgendeiner fremden Bude liegen, und dann auch noch neben einem Schwarzen, rassistisch wie er war. Wie ist es passiert?«

Isaiah nahm ein zersplittertes Glas vom Sideboard. »Das hier steckte in seinem Gesicht.«

»Du siehst aus, als wäre dir was Ähnliches passiert.«

Isaiah fasste sich besorgt an sein blau geschwollenes Auge. Durch das gebrochene Jochbein und die zerfetzten Blutgefäße hatte es die Farbe einer Gewitterwolke angenommen. »Das war ein einziger Faustschlag, ein echter Volltreffer. Hör zu, ich gehe runter zum Transporter, um Eule anzurufen und die Spur der Zielperson aufzunehmen. Du packst die Leichen in die Säcke. Ich komme danach zurück und helfe dir, sie in den Wagen zu bringen. Ab dann hast du zehn Minuten, um hier Ordnung zu schaffen. Und mach schnell. Die Polizei wird bald auftauchen, und wenn du dann noch da bist, wirst du einiges zu erklären haben. Ebenso wie Eule. Und du weißt, wie er es hasst, Dinge erklären zu müssen.«

»Okay«, antwortete Jacob und zog bei einem der schwarzen Leichensäcke den Reißverschluss auf. Er bückte sich, stemmte seine Schulter gegen Charlies unteren Rücken und rollte ihn hinein. Die Leichenstarre hatte bereits eingesetzt. Er befestigte einen Schlauch an dem Harz-Kanister und setzte die Pumpe in Gang. Ursprünglich gedacht für gefallene Soldaten in heißen Regionen, waren die Leichensäcke luftdicht versiegelt. Dank dieser kleinen Besonderheit waren sie auch für seine Zwecke bestens geeignet. Das Harz würde die Leiche einschließen und den Verwesungsprozess verlangsamen. Auf diese Weise hatten sie etwas mehr Zeit, um einen passenden Ort für deren Entsorgung zu finden.

Auf dem Weg aus dem Studio blieb Isaiah an der Tür stehen, fasziniert von den gerahmten Fotos an der unverputzten Klinkerwand: Kinder beim Fußballspielen inmitten trostloser Ödnis, im Hintergrund zerbombte Häuser, am Himmel der Kondensstreifen eines tieffliegenden Kampfjets. Das Bild war schwarz-weiß, der Himmel trug einen unheilvollen Grauton, doch die Kinder waren so in ihr Spiel vertieft, dass sie ihre Umgebung gar nicht wahrnahmen. Auf dem Passepartout stand, mit Bleistift geschrieben: *Mostar, Bosnien 1994*. Das Foto daneben zeigte einen Mann in Anzug und Krawatte, eine Sturmmaske auf dem Kopf und eine Pistole in der Hand. Er stand vor einem Supermarkt in einer grauen, verlassenen Straße, und um seine polierten Schuhe hatten sich Wasserpfützen gebildet. Das Bild ließ ihn lächerlich und angsteinflößend zugleich wirken. Darunter stand: *Mad Mitch, Belfast 2003*.

Zwischen Verbrechern, Kriegsschauplätzen und abgeholzten Wäldern fand Isaiah ein Bild, das ganz und gar nicht in die Reihe zu passen schien: ein kleines blondes Mädchen, kaum älter als zwei Jahre. Sie saß in einer Tür, und das Licht von hinten fing sich in ihren Locken und verlieh ihr die Aura eines Engelswesens. Auf ihrem Schoß lag eine hochwertig aussehende Spiegelreflexkamera, und ihr verschmitztes Gesicht verriet, dass sie genau wusste, dass sie nicht damit spielen durfte. *Mila mit Daddys Leica 02/10/2004*.

Isaiah nahm das Bild von der Wand, schlitzte den Rahmen von hinten auf und steckte das Foto in die Tasche.

11

Carlyle Boxgym, 08:30 Uhr, Londoner Eastend

»Zum zweiten Mal in zwei Tagen? Verdammt noch mal, du kannst anscheinend von Prügeln gar nicht genug bekommen, was?«, rief Steve vom anderen Ende des Parkplatzes. Er hatte seinen alten Mercedes unter der Überwachungskamera neben dem Eingang abgestellt und mühte sich mit den Vorhängeschlössern an der Hintertür zur Boxhalle ab.

Markus ging langsam zu ihm hinüber. Seine Schulter wurde allmählich steif und schmerzte bei jeder Bewegung.

»Hast du eigentlich keine Arbeit, oder was?«, fuhr Steve spöttisch fort, doch das Grinsen schwand aus seinem Gesicht, als er sah, in welch miserablem Zustand Markus war. »Wow, du siehst aus wie gequirlte Scheiße. Und wenn ich mich nicht irre, sind das noch die Klamotten von gestern Abend. Was hast du getrieben?«

Markus hob die Hände. »Das ist eine lange Geschichte.« Er hielt inne. »Oder nein, eigentlich ist es schnell erzählt. Ich habe keine Ahnung, wie es anfing, warum es passiert ist oder wie es ausgehen wird.«

Steve stieß mit der Schulter gegen die Tür. Zuerst klemmte der hölzerne Türrahmen, doch dann gab das Blatt widerwillig nach. »Das klingt ziemlich geheimnisvoll für diese Tageszeit«, sagte er und bedeutete Markus, in die Trainingshalle voranzugehen, während er das Licht einschaltete, das flackernd und sirrend ansprang.

Markus setzte sich auf eine Bank neben dem Boxring und ließ den Umschlag zu Boden fallen. »Ich glaube«, sagte er langsam, den Kopf in die Hände gestützt, »ich glaube, jemand will mich umbringen.« Er sah Steve an. »Dafür«, fuhr er fort und zeigte auf den Umschlag zu seinen Füßen.

Steve wandte sich um und ging zum Eingang zurück, um ihn von innen zu verriegeln.

»Außerdem habe ich, glaube ich, jemanden getötet. Gestern Abend. Er war bewaffnet und ist in mein Studio eingebrochen.«

Steve blinzelte. »Hast du die Polizei geholt?«

»Nein, mein Telefon funktioniert nicht.«

»Hier, nimm meins.« Er warf Markus sein Handy zu. »Was ist mit deiner Schulter?« Die gesamte Schulterpartie von Markus' Jacke war mit einem dunklen Fleck überzogen.

»Ein Schuss. Hat mich verfehlt und ging in eine Umzugskiste. Das war heute Morgen. Zwei Mordversuche in zwölf Stunden. Warte …« Die Leitdienststelle hatte sich gemeldet. Eine näselnde weibliche Stimme mit Essex-Akzent. Markus sagte ihr, dass er mit der Polizei sprechen müsse. Er musste ihr seinen Namen nennen, seine Adresse und von wo aus er anrief. Wenigstens fragte sie ihn nicht auch noch nach seiner Schuhgröße, bevor sie endlich wissen wollte, warum er anrief.

»In meiner Wohnung liegen zwei Tote.«

»Sind Sie sicher?«

»Ja. Nein. Also, einer ist ganz sicher tot. Der andere hat eine Kugel in den Rücken bekommen.«

»Kannten Sie die Gentlemen?« Die Frau klang alles andere als schockiert.

»Einen davon. Es war mein Nachbar Albert Roots. Können Sie so schnell wie möglich jemanden hinschicken?«

»Ich habe Ihre Auskünfte bereits weitergeleitet, Sir. In spätestens zwanzig Minuten sollte jemand dort sein. Kann ich Sie unter dieser Nummer zurückrufen?«

»Natürlich«, antwortete Markus und reichte Steve das Handy zurück.

»Ich glaube, ich hab im Leben noch nie den Notruf gewählt«, sagte der und kratzte sich am Kopf. Er hatte den Erste-Hilfe-Koffer geöffnet und löste eine Pinzette aus ihrer sterilen Verpackung. »Die hören so was dauernd. Meist sind es Kids, die sich einen Scherz erlauben. Aber sie gehen dem immer nach. Lass mich mal deine Schulter sehen, dein Blut tropft schon auf den Boden.«

Als Markus die Jacke abstreifte, zuckte er vor Schmerz

zusammen, weil sich die Holzsplitter, die in seinem Arm steckten, im Stoff verfingen.

Steve stand auf und setzte die Schere an. »Das war hoffentlich kein teurer Anzug«, sagte er und zog den abgeschnittenen Ärmel ab.

»Er hat zweitausendfünfhundert Pfund gekostet, ist der einzige, den ich besitze, und außerdem hänge ich irgendwie an ihm.«

»Dann darfst du den Ärmel behalten«, erwiderte Steve und warf ihn ihm vor die Füße. Mit gerunzelter Stirn untersuchte er die Wunde näher. »Wo hast du gestanden, als er geschossen hat?«

»Gestanden? Ich bin um mein Leben gerannt.«

»Ich meine, warst du hinter der Packkiste oder daneben?«

»Dahinter. Glaube ich zumindest.«

»Wie groß war die Kiste, und was war drin?«, fragte Steve weiter, während er ein Stück Holz aus der Wunde zog, um sie dann zu desinfizieren.

»Aua, verdammt«, stöhnte Markus. »Etwa einen Meter breit und voller Decken, vielleicht waren auch Bücher drin. Hast du vor, eine Spedition aufzumachen, oder was?«

Steve ignorierte seine Bemerkung. »Hast du einen Knall gehört?«

»Einen Knall?«

»Ja, einen scheißlauten Knall. Hast du einen gehört?«

Markus versuchte, sich zu entsinnen, wie Albert zu Boden ging. Er hatte sein Gesicht vor Augen, aber an Geräusche konnte er sich nicht erinnern. »Ich glaube, da war kein Knall.«

»Hör zu, Markus. Wenn du eine handelsübliche Kugel in eine vollgepackte Holzkiste ballerst, wird sie gestoppt. Selbst eine .45er hätte da Probleme, mit Schalldämpfer sowieso. Dieses Ding hier hat die Kiste einfach durchschlagen, als wäre sie gar nicht da gewesen.« Er zupfte einen weiteren Splitter aus Markus' Schulter.

»Und?«

»Das bedeutet, es können keine normalen Geschosse gewesen sein.«

»Na und? Was spielt es schon für eine Rolle, was der Typ, der dich umbringen will, für Patronen benutzt?«

»Pass auf: In diesem Teil der Stadt kommt man ziemlich leicht an Waffen. In der Hälfte der Pubs in dieser Straße kannst du dir für fünfhundert Pfund eine geladene .45er besorgen. Aber Geschosse wie diese kriegst du hier nicht. Panzerbrechend, aus Material mit hoher Dichte. Der Typ kennt sich aus. Ein echter Profi«, erklärte er mit einem Anflug von Respekt in der Stimme, ehe er zurücktrat und sein Werk betrachtete. »Ich habe die Wunden mit Gewebekleber geschlossen und dann verpflastert. Das dürfte gut halten. Die meisten Boxer mögen das lieber, als genäht zu werden.«

Markus sah seinem Freund stirnrunzelnd ins Gesicht. »Woher weißt du das alles, Steve?«

»Ich mache immer Erste Hilfe, das weißt du doch. Du solltest sehen, wie die Jungs oft nach dem Kampf ausschauen.«

»Das meine ich nicht. Ich meine das, was die Munition angeht. Und erzähl mir nicht, du kennst dich damit aus, weil du so oft *CSI: Miami* guckst.«

Steve wandte sich ab und wusch sich im Waschbecken die Hände. »Ach komm, Markus. Mein Vater war doch nicht nur bei euch angestellt, um euch in der Gegend herumzukutschieren. Das musst du doch gewusst haben.« Er griff zu einem Handtuch.

»Dass dein Vater mitgemacht hat, weiß ich. Aber mir war nicht klar, dass du ebenfalls ins Geschäft eingestiegen bist.«

»Bin ich auch nicht. Also, jedenfalls nicht so richtig. Mehr als freiberuflicher Berater.« Er grinste.

Markus reagierte nicht darauf.

»Um ehrlich zu sein«, fuhr Steve sachlich fort, »waren wir alle ziemlich froh, als du nach seinem Tod alle seine Geschäfte abgewickelt hast. Der alte Herr war gut in seinem Job, aber Klubs zu leiten ist was für junge Leute. Vor allem wenn man nebenher auch noch Schutzgeld erpresst und Mädchen laufen hat. Man muss die Leute ständig daran erinnern, was sie für ein Mordsärger erwartet, wenn sie nicht parieren. Je älter man wird, desto schwerer fällt einem das.«

Markus schüttelte den Kopf. »Du wusstest, was er gemacht hat?«

»Mehr oder weniger.«

»Und fandest du das gut?«

»Ich konnte es mir einfach nicht aussuchen. Mein Vater hat mich sein Handwerk gelehrt, und ich bin in seine Fußstapfen getreten. Er hatte nicht das Geld, um mich ins Internat zu schicken oder mir jahrelange Reisen quer durch die Welt zu finanzieren.«

Markus wollte protestieren – er war nicht einfach so durch die Welt gereist, nicht zum Vergnügen jedenfalls, er hatte sein Handwerk gelernt, er hatte für Geld fotografiert, wo es möglich war, und umsonst, wo es nicht möglich war, zum Beispiel in Zentralafrika, Südamerika oder Indien –, doch Steve ließ ihn nicht zu Wort kommen.

»Niemand hat dir das übelgenommen, Markus. Die wussten alle, dass du nicht die Nerven für das Geschäft hast, aber sie wussten auch, dass du dich aufs Kämpfen verstehst. Du hättest es im Eastend praktisch mit jedem aufnehmen können. Es war jedenfalls gut, dass du die Klubs verkauft und den Erlös aufgeteilt hast. Auf diese Weise konnte ich meinen

Laden hier aufmachen.« Steves Telefon ließ einen schauderhaften Klingelton hören: *Eye of The Tiger*, unterlegt von blechernem Technobeat.

»Für dich«, sagte er und reichte es an Markus weiter.

Markus hörte mit ausdrucksloser Miene zu und murmelte eine Antwort. Dann ließ er den Arm sinken, bis er ebenso taub und nutzlos an seiner Seite hing wie der andere, den Steve gerade verarztet hatte.

»Die Polizei war im Studio«, sagte er.

»Und?«

»Nichts. Keine Leichen. Keine Spuren. Nichts.«

12

Isaiah Schenkel überprüfte seine Mailbox. Da waren drei unbeantwortete Anrufe von seinem britischen Kunden und einer von seinem Boss, dem Mann, den CeLo Enterprises eingeschaltet hatte, um diese Mission zu leiten, Malcolm Fretwell. Typisch, dass er nur einmal angerufen hatte. Wenn man ihn nicht binnen einer Stunde zurückrief, musste man schon eine plausible Erklärung parat haben. Jacob hatte ihm den Spitznamen »Eule« verpasst, weil er eine platte Nase hatte, die eigenartige Pfeifgeräusche machte, wenn er wütend war: ein Vermächtnis aus seiner Zeit als Nahkampftrainer bei den Marines, wo ihm der Nasenknorpel mehr als einmal zertrümmert worden war. »Eule« nannte Jacob dafür »Klops«.

»Hier ist das London-Team mit einem Statusbericht, over.« Er benutzte einen Zerhacker, um das Signal zu verschlüsseln, und so dauerte es eine Weile, bis Malcolms Antwort zu ihm durchdrang.

»Sprechen Sie«, sagte eine ruhige Stimme.

»Charlie ist tot. Ich wiederhole: Charlie ist tot.«

Diesmal war die Pause bis zu Malcolms Antwort noch länger.

»Haben Sie den Umschlag?«

»Negativ.«

»Haben Sie die Zielperson?«

»Negativ. Wir warten noch auf die Ortung. Die Zielperson hat den Umschlag.«

Malcolm wischte sich mit einem Taschentuch den Schweiß von der Stirn. Der Generator auf der Ranch war wieder einmal defekt, und die Deckenventilatoren funktionierten nicht. Viel schlimmer allerdings war, dass auch das Bier im Kühlschrank warm wurde. Je eher er diese Mission beendete und dieses gottverlassene Land verlassen konnte, desto besser. Er stand auf und ging zum Fenster. Die Schlagläden waren geschlossen und ließen nur Lichtstreifen durch, in denen Staubkörnchen tanzten.

»Würde es Ihnen etwas ausmachen, mir zu erklären, was da drüben los ist?«, sagte er mit ruhiger Stimme, seinen Ärger unterdrückend.

»Die Zielperson hat Charlie ausgeschaltet. Zumindest nehmen wir das an. Entweder das, oder er hatte einen Unfall, ist ausgerutscht oder so.«

»Und wo waren Sie und der Klops, als das alles passierte?«

Isaiah räusperte sich. »Na ja, da der Einsatz als minder riskant eingestuft war, haben wir uns einen Abend freigenommen. Charlie fand das in Ordnung. Er erledigt solche Dinge normalerweise im Schlaf.«

»Ganz offensichtlich nicht, Isaiah. War in der Wohnung irgendeine Spur von der Zielperson oder dem Umschlag?«

Isaiah wollte schon lügen und erzählen, da sei niemand gewesen, aber er wusste, dass Eule ihn durchschauen würde, ganz gleich, wie viel Mühe er sich gab. »Er war da. Er war da, als ich kam.«

Wieder eine von Eules Pausen. Diese hier fühlte sich endlos an. Er würde nichts mehr sagen, bis Isaiah erschöpfend erklärt hatte, was passiert war.

»Er ist entkommen. Mit dem Umschlag. Ich habe ein paar Schüsse abgegeben, aber nicht getroffen. Es gab auch einen Kollateralschaden. Ein Nachbar.«

Malcolm lugte durch einen Spalt im Fensterladen in den Hof hinaus, auf die verbeulten Pick-ups und den stählernen Wassertank unter der Veranda, in dem Danny Wisemans Verstand langsam aufweichte. Es war mehr als fraglich, ob aus ihm jemals irgendwelche nützlichen Informationen herauszubekommen waren. Der Kerl hatte einen eisernen Willen. Wenn sie ihn nicht zum Reden brachten, brauchten sie den Umschlag.

»Dann will ich das mal klarstellen. Nur damit ich sichergehe, dass ich nicht irgendeinen entscheidenden Hinweis verpasst habe. Ein unbewaffneter Zivilist hat also Charlie ausgeschaltet, ist Ihren Kugeln ausgewichen und mitsamt dem Umschlag getürmt, während Sie nichts Besseres zu tun hatten, als eine arme Sau von Nachbar zu erschießen, der das Pech hatte, zur falschen Zeit am falschen Ort aufzutauchen?«

Isaiah sagte nichts. Eules Nase fing an zu pfeifen.

»Der Klops räumt die Sauerei auf, nehme ich an?«

»Ja.«

»Vielleicht sollte ich nächstes Mal ihn schicken. Finden Sie den Kerl und holen Sie sich den Umschlag. Mir egal wie. Ich werde dem Kunden sagen, dass wir ihn haben.« Malcolm beendete das Gespräch. Wenn es nicht so verdammt heiß wäre, hätte er sich durchaus etwas mehr ereifern können. Er sah auf seine Armbanduhr. In Kürze war es wieder Zeit, Wiseman seinen Halluzinogen-Cocktail zu verabreichen.

13

Carlyle Boxgym, Londoner Eastend

»Nichts? Die Polizei hat nichts gefunden?« Steve wanderte in seinem kleinen Büro auf und ab und fuhr sich mit den Händen über seinen kahl rasierten Schädel. »Was meinen die mit ›nichts‹? Die können doch nicht alles weggeräumt haben. Wie sollen sie die Leichen rausgeschafft haben? Und dann das ganze Blut! Die können doch nicht zaubern.« Er drehte den Wasserhahn auf und bespritzte sich das Gesicht. »Ist dir klar, dass die dich finden werden? Dein Handy, dein Auto. Irgendwie werden sie dich aufspüren. Scheiße. Was ist mit dem Kerl, der dir den Umschlag geschickt hat?«

»Daniel Wiseman? Hab ich kaum gekannt. Er war in der Schule fünf oder sechs Jahrgänge unter mir. Und nicht gerade beliebt.«

»Hast du seither Kontakt mit ihm gehabt?«

»Ein- oder zweimal vielleicht, bei irgendwelchen Veranstaltungen, wo wir uns zufällig getroffen haben. Aber unterhalten haben wir uns dabei kaum.«

»Und was ist in dem Umschlag? Was, meinst du, will er von dir? Warum hat er ihn dir geschickt?«

Markus stand auf und blickte auf die Fotos, die Ausdrucke, die Fahrkarten. »Er will, dass ich mir das selbst zusammenreime. Die Tickets wurden für Fahrten von Guatemala

City in irgendwelche entlegenen Kleinstädte gekauft. Mein Spanisch ist ziemlich dürftig, aber in dem Zeitungsartikel, der beiliegt, scheint es um einen Politiker zu gehen, dem Korruption vorgeworfen wird.«

»Was ist mit diesen Püppchen?« Steve rieb sich das Kinn, doch dann fiel sein Blick auf den Überwachungsmonitor. Ein Transporter bog in den Parkplatz ein und hielt an. Das Bild war zu unscharf, um ins Innere sehen zu können. Niemand stieg aus.

»Was ist?«, fragte Markus.

Steve fixierte weiter den Bildschirm, ohne zu reagieren. Der Wagen wendete langsam. »Schau zu«, sagte Steve. »Wenn er jetzt links fährt, ist alles gut. Wenn er rechts fährt, sollten wir uns Sorgen machen.«

»Warum, was …« Der Wagen bog rechts in die Hauptstraße ein.

»Gib mir deine Klamotten.«

Markus runzelte die Stirn.

»Jetzt mach schon, verdammt noch mal«, drängte Steve. »Hier, zieh das an.« Er warf Markus einen Trainingsanzug zu, den er aus dem Schrank geholt hatte, und bückte sich dann unter den Schreibtisch, um zwei Stapel Geldscheine aus dem Tresor zu nehmen.

Markus zog Schuhe und Hose aus. »Was soll das mit dem Wagen?«

»Er biegt auf einen Parkplatz ab, fährt einmal im Kreis herum und dann in die gleiche Richtung weiter. Warum?«

Markus zog das Sweatshirt über den Kopf. »Um sein Navi zu testen?«

»Um sich die Nummernschilder der Autos anzusehen – und um zu schauen, wo der Eingang ist.« Er warf Markus das Bündel Banknoten entgegen. »Hier sind zehn Riesen.

Aber das ist ein Darlehen, ich will es zurückhaben. Nur damit du in den nächsten paar Tagen deine Kreditkarte nicht benutzen musst. Hier«, sagte er und warf Markus einen Autoschlüssel hin. »Hast du deinen Pass?«

»Im Prinzip schon.« Markus runzelte die Stirn. Er erinnerte sich dunkel, dass Natalie ihn ihm bei einem Streit abgenommen und quer durchs Zimmer geschleudert hatte. In der Flood Street. *Verdammt.*

»Mein Vorschlag: Benutze das Ding. Hau ab. Offenbar hast du einen Freund in Guatemala, der dich gerne sehen möchte. Ich werde deine Sachen anziehen und dazu eine Kappe auf den Kopf setzen und sie mit deinem Wagen auf eine falsche Fährte locken, um dir einen kleinen Vorsprung zu verschaffen.«

»Was soll ich tun?«

»Warte fünf Minuten. Dann ziehst du dir eine Wollmütze über und schlenderst gemütlich nach draußen, als hättest du alle Zeit der Welt. Und dann fährst du zum Flughafen.« Er stutzte. »Hörst du das?«

Markus spitzte die Ohren, war aber nicht sicher, was er hören sollte.

»Den Hund?« Von draußen drang gedämpftes Gebell herein.

»Der gehört zu dem Laden an der Ecke.« Steve blickte zu der flachen Wellblechdecke empor, bis zu der die hohen Fenster reichten.

Das Bellen verstummte, und es folgte ein seltsames Geräusch, das abrupt abbrach.

»Nimm mein Handy und schmeiß deines weg. Ich glaube, sie sind schon hier.«

14

Hotel Conquistador, Guatemala City, 17:00 Uhr

Gloria Ferrovia nahm einen Schluck von ihrem Martini und versuchte dabei, den russischen Geschäftsmann zu ignorieren, der sie vom anderen Ende der Bar aus verstohlen beobachtete. Immer wenn sie unter der verspiegelten Platte ihre Beine übereinanderschlug, wurde kurz ein schmaler Streifen nackter Haut über ihren Strümpfen sichtbar. Sie wusste, was der Mann dachte. Seit einer Dreiviertelstunde saß sie hier und nippte am selben Drink. Es war früh am Abend. Es gab nur zwei Möglichkeiten: Entweder sie war versetzt worden, oder sie wartete auf einen Kunden. Würde sie es durchziehen können, wenn sie tatsächlich jemand ansprach? Der Russe bestellte sich noch etwas, um sich Mut anzutrinken. Gloria verspürte ein Gefühl von Übelkeit im Magen, genauso wie heute Nachmittag, als sie ihren Sohn im Krankenhaus besucht hatte.

Es ging Vincent allmählich besser. Die Ärzte waren zuversichtlich, dass er vollständig genesen würde, aber es würde Zeit brauchen. Da immer noch die Gefahr bestand, dass sich die Wunden entzünden konnten, durfte er nicht nach Hause. Dabei war der Unfall bereits ein halbes Jahr her. Ein Freund hatte ihn nach dem Fußballtraining auf dem Moped mitgenommen, und sie waren unter einen Lkw geraten. Vincent hatte jetzt einen Haufen Nadeln und Drähte in den Knien und Gloria einen Stapel Arztrechnungen, die sie nicht bezahlen konnte.

Auf dem Weg von der Klinik nach Hause war sie an dem Haus vorbeigefahren, in dem der Amerikaner gewohnt hatte. Die Straße war auf einer Seite gesperrt gewesen, und der

Verkehr hatte sich gestaut. Die untersten drei Stockwerke sahen ausgebrannt aus; die steinernen Fensterstürze waren schwarz vom Ruß, die Eingangstür war mit Brettern vernagelt, und das ganze Grundstück war mit gelbem Absperrband abgeriegelt. Ganz offensichtlich hatte hier ein Brand gewütet, und das Haus war nicht mehr bewohnbar. Sie hatte am Straßenrand gehalten. Warum, war ihr selbst nicht ganz klar, doch sie wollte sich das Ganze näher ansehen, vielleicht herausfinden, was geschehen war. In einem entlegenen Winkel ihres Gehirns hatte sie das ungute Gefühl, dass sie etwas damit zu tun hatte. Doch sie schob den Gedanken beiseite. So ein Brand konnte immer passieren.

Nebenan putzte ein Mann eifrig die Treppe zum Eingang des Nachbarhauses, und eine alte Dame schrubbte energisch das Mauerwerk.

»Buenas tardes«, sagte Gloria.

Die Frau sah überrascht hoch. »Guten Abend«, erwiderte sie knapp und stand mühsam auf, um Gloria misstrauisch zu beäugen.

»Wissen Sie, was da passiert ist? Im Nachbarhaus?«

Die alte Dame zögerte. Für ihren Geschmack war Glorias Rock viel zu kurz und ihr Make-up zu dick aufgetragen, doch die Lust zu tratschen überwog dann doch ihre Vorurteile.

»Das?« Sie schüttelte heftig den Kopf. »Eine böse Geschichte. Die Inhaberin und ihr Mann müssen in irgendwas verwickelt gewesen sein.«

»In was denn?«, fragte Gloria.

Die alte Dame beugte sich näher zu ihr. »Irgendwas war da im Gange. Mitten in der Nacht kamen Leute. Es wurde laut. Und dann klang es, als würde eine Katze schreien.«

Gloria legte die Stirn in Falten. »Und dann brannte es?«

Die Frau nickte. »Aber Sie wissen ja: kein Rauch ohne Feuer«, sagte sie süffisant und deutete auf die geschwärzte Fassade, als würde das Mauerwerk ihre Mutmaßungen bestätigen. »Sie hätten sehen sollen, was hier los war: Die Feuerwehr war mit zwei Einsatzwagen da. Die ganze Nachbarschaft war wach. Uns haben sie evakuiert, weil sie eine lecke Gasleitung hinter dem Brand vermutet haben.«

»Und was wurde aus den Bewohnern?«

Die alte Dame zuckte die Achseln. »Die, die noch drin waren, haben es nicht mehr nach draußen geschafft.«

»Wie lange ist das her?«

»Eine Woche, vielleicht etwas länger. Warum interessiert Sie das eigentlich?«

Gloria runzelte die Stirn. »Nur so. Ich habe mal hier in der Gegend gearbeitet.«

Sie hatte sich verabschiedet, war zu ihrem Auto zurückgegangen und benommen nach Hause gefahren. Sie durfte sich jetzt nicht gehen lassen. Sie hatte Rechnungen zu bezahlen, also schlüpfte sie in den schwarzen Rock und die Bluse, die sie selbst genäht hatte, nach einem Foto von Penelope Cruz im *Hola!*-Magazin. Sie hatte die Teile zugeschnitten und auf der Nähmaschine ihrer Großmutter zusammengefügt, mit Nähten, die so zart waren, dass man sie kaum sehen konnte. Dabei hatte sie sich vorgestellt, wie sie damit auf eine Party oder zu einem Rendezvous gehen und wie sie damit auffallen würde. Wenn sie daran dachte, warum sie sie jetzt anzog, wurde ihr schlecht.

»Buenas noches«, sagte der Russe, der plötzlich neben ihr stand. Er war groß und dünstete eine Wolke Aftershave aus. Er strich ihr über den Unterarm und ließ lässig die Schlüsselkarte für sein Hotelzimmer neben ihr auf die Theke fallen.

»Doscientos por noche«, schob er rasch nach, *zweihundert für die Nacht*. Die Worte polterten wie in schweren russischen Stiefeln durch einen Nebel aus abgestandenem Zigarettenrauch.

Gloria zuckte bei seiner Berührung unwillkürlich zusammen und blickte auf. Aus dem Kragen seines kurzärmeligen Hemdes quollen dichte Haarbüschel, und seine Unterarme waren mit einem Vlies überzogen. Unmöglich. Sie konnte das nicht. Sie wandte sich ab, glitt von ihrem Hocker, wobei sie ihr Glas umstieß, und stürmte an ihm vorbei zum Ausgang.

15

Picanno Ranch, Guatemala

Daniel Wiseman fühlte sich sonderbar wohl. Er trug seinen besten Anzug, einen maßgeschneiderten Dreiteiler von Gieves & Hawkes in der Saville Row. Er war dreimal dort gewesen, bis alle Maße korrekt genommen und alle Details besprochen waren: der Schlitz im Rücken, das königsblaue Seidenfutter und die Paspel, die den Roséton aufnahm, der sich zart durch den Stoff zog. Sie hatten sogar die Vorderteile zusätzlich gefüttert, um seine leicht gebeugte Haltung auszugleichen. »Daran sollten Sie gut zehn Jahre Ihre Freude haben, Sir, es ist ein klassischer Schnitt. Trends kommen und gehen, aber ein Klassiker bleibt immer ein Klassiker. Ich bin sehr froh, dass Sie sich bei der Hose gegen die Aufschläge entschieden haben.«

»Ein Klassiker bleibt immer ein Klassiker.« Daniel nahm den affektierten britischen Akzent auf, den er im Internat gelernt hatte. Sobald er in den Staaten war, verfiel er in seinen gewohnten Neuengland-Dialekt, aber hier in London machte es Spaß, so zu tun, als wäre man ein Einheimischer. Das war so ziemlich alles, was er aus dem Internat mitgenommen hatte: die Fähigkeit, sich als elitärer Brite auszugeben und auf andere genauso herabzublicken, wie seine Mitschüler auf ihn herabgeblickt hatten. Für die astronomischen Summen, die sein Vater für die Schule lockergemacht hatte, war das nicht viel.

Daniel betrachtete sein Bild im Spiegel. Er sah gut aus. Er fühlte sich gut. Der Anzug war das Sahnehäubchen auf dem Kuchen, das er sich gegönnt hatte, nachdem er als Jahrgangsbester an der Harvard Business School seinen Master in Finanzwissenschaft abgeschlossen hatte. Am Montag würde er bei Hausmann & Sons anfangen, einer Wirtschaftsprüfungskanzlei mit Filialen in New York, London, Paris und Tokio. Sie hatten ihn von der Uni weg engagiert und sogar gefragt, wohin er am liebsten gehe wolle. Als er sich für London entschied, waren sie einverstanden.

Daniel liebte die Arbeit. Er liebte Zahlen, und er liebte Muster. Sie erschlossen sich ihm wie von selbst, wie eine komplexe Sprache, die aber unendlich viel prägnanter und präziser war als das launische Englisch. Und er erwies sich als bemerkenswert kompetent in seinem neuen Job. Nach sechs Monaten sprach ihn sein Chef an.

»Wir haben was für Sie, Daniel, etwas, das ein bisschen außergewöhnlich ist. Ich weiß, Sie sind noch nicht lange bei uns, aber es geht um einen äußerst wichtigen Kunden, und wir sind fest davon überzeugt, dass Sie der richtige Mann für diese Aufgabe sind. Außerdem würden Sie Ihr Personalprofil damit rasant aufwerten.«

Daniel lächelte dankbar und wartete ab, was ihm sein Chef anzubieten hatte.

»Zweifellos haben Sie schon von Wittgenstein's gehört, der letzten privaten Handelsbank der Stadt, die außerdem zu den ältesten Bankhäusern hierzulande gehört. Die Inhaber sind sehr stolz auf ihr Vermächtnis und erwarten, dass jeder, der mit ihnen Geschäfte macht, der Geschichte des Hauses gebührende Hochachtung entgegenbringt. Es werden also, fürchte ich, viele Kotaus von Ihnen verlangt werden. Und Sie sollten sich genauestens über das Haus informieren, bevor wir Sie darauf loslassen.«

Malcolm legte den Stift auf seinem Block ab. Daniels Mienenspiel war lebhaft, doch sein Blick war in sich gekehrt, der Vergangenheit zugewandt. Er war so weit weg, dass schwer zu bestimmen war, von wo man ihn zurückholen musste.

»Sie sollten ein Buch lesen, bevor Sie für die Bank arbeiten durften?«, fragte Malcolm.

»Zwei. Die Familie hatte zwei Biografien in Auftrag gegeben. Da erkennt man schon, wie sie sich selbst sahen. Das erste Geld machten sie im siebzehnten Jahrhundert mit dem Handel von Wolle. Verliehen ihr Überschusskapital an andere Branchen, zum Beispiel an die Spekulanten, die Schiffe in die Neue Welt sandten. Sie waren eine Handelsbank im ursprünglichen Wortsinn.«

Malcolm kratzte sich mit dem Stift am Kopf. Als er sich entschlossen hatte, LSD für das Verhör einzusetzen, hatte er nicht mit einer Geschichtsvorlesung gerechnet.

»Unter Napoleon kam dann der eigentliche Wohlstand. Sie finanzierten den Duke of Wellington, der am Ende Napoleon den Rest gab, erlitten ein paar Verluste in der Rezession der Zwanzigerjahre, haben sich aber all die Jahre gut gehalten. Heute gelten sie als die Vernunftlösung, weil sie unspektakuläre, aber zuverlässige Portfolios zusammenstellen. Zu ihrem exklusiven Kundenkreis gehören entfernte Verwandte des Königshauses, ein paar Adlige, die noch Geld haben, und ein paar prominente Fußballer und Stars der Unterhaltungsbranche, die den renommierten Namen schick finden.«

»Sie haben sich also gefreut, als Sie die Wittgensteins als Kunden übernahmen?«

»Natürlich. Wittgenstein's ist nicht einfach nur eine Bank, sondern ein Gentleman's Club. Die haben noch nicht einmal eine Niederlassung in der City, sondern operieren lieber vom Westend aus. Und Pieter ist ein leutseliger Firmenchef und extrem großzügig. Jedenfalls war er das, als ich ihn kennenlernte.«

Daniel starrte ins Leere. Er bemerkte nicht die Fliegen, die in dem fensterlosen Raum herumschwirrten, oder den Gestank der Farmtiere, der immer noch in den Wänden hing. Die Erinnerung an diese Frühlingsmonate in London, im neuen Job, in einer neuen Stadt, an die plötzliche Erkenntnis, dass ihm seine Arbeit wirklich Spaß machte, lief vor seinem inneren Auge ab wie ein Film.

»Steckt ihn wieder in den Tank«, sagte Malcolm zu den zwei Männern, die hinter ihm standen. Bis jetzt hatte er nichts Verwertbares gehört, nichts, was er Pieter berichten konnte. Daniel war viel zu weit weg. Er musste den Cocktail etwas verdünnen, sich Zeit lassen und konkretere Fragen stellen. Mit ein wenig Geduld würde er schon noch etwas erreichen. Zumindest redete der Gefangene endlich. Mit physischer Folter hatten sie ihn nicht so weit gebracht.

16

Isaiah sah die nervös wirkende Gestalt, die über den Parkplatz sprintete, im schmutzigen, zerrissenen Anzug, eine Kappe tief in die Stirn gezogen, eine braune Papiertüte an die Brust gedrückt. In seiner Hektik ließ der Mann seinen Autoschlüssel fallen, hob ihn wieder auf und rannte stolpernd auf den Peugeot zu.

Der Wagen wendete rasch und krachte dabei fast gegen einen Betonpfosten. Isaiah, der in einer Seitenstraße parkte, ließ den Motor an. Das würde eine knifflige Sache werden. Der Typ durfte ihm nicht zu weit vorausfahren, denn er sollte auf keinen Fall eine Polizeiwache erreichen, und dennoch musste Isaiah einen gewissen Abstand wahren. Der Peugeot beschleunigte heftig und fegte bei Gelb über die nächste Ampel. Isaiah trat das Gaspedal durch, raste bei Rot hinterher und konnte gerade noch einem Motorradfahrer ausweichen, der bei umspringender Ampel gestartet war. Sie befanden sich auf einer breiten Durchfahrtsstraße. Vor ihnen staute sich der Verkehr. Als der Peugeot plötzlich links in eine Seitenstraße abbog, folgte ihm Isaiah. Die Straße war schmal, und hin und wieder musste er halten und den Gegenverkehr durchlassen. Die Zielperson entfernte sich immer weiter. Am Ende der Straße kam eine Kreuzung, der Peugeot schoss darüber und steuerte auf eine Siedlung mit heruntergekommenen Wohnblocks zu.

Isaiah fuhr ihm nach. In Gegenden wie diese verirrte sich selten Polizei. Die Gebäude ragten zu drei Seiten eines Parkplatzes hoch, scheußliche Betonklötze, die das Licht abhielten, überzogen mit grünlich-schwarzen Schlieren, die der Regen hinterlassen hatte. An der Hälfte der Fenster hing die

Flagge mit dem Georgskreuz. Eines der Wohnsilos war unbewohnt und verbarrikadiert.

Wohin war er verschwunden? Da waren Müllcontainer, ein paar geparkte Pkws, einige Schrottkisten, aber auch mehrere richtig teure Karossen, wahrscheinlich Eigentum hiesiger Drogendealer. Isaiah fuhr im Schritttempo vorbei und spähte durch die Autofenster.

Der grüne Peugeot stand schräg zwischen zwei Recyclingtonnen, die Vorderräder auf der Bordsteinkante. Leer. Markus Cartright hatte offenbar beschlossen, zu Fuß weiterzugehen. Bitte, wenn er Katz und Maus spielen wollte. Isaiah hielt an. Die Kameras, die Jacob in seine Rückspiegel eingebaut hatte, konnten Wärmebilder anzeigen – wenn Markus in der Nähe war, würden sie ihn farbig abbilden. Isaiah kletterte über die Sitze nach hinten, stieg über die Leichensäcke, die sie am Boden fixiert hatten, und schaltete die Monitore ein. Blaugrüne Konturen, die sich um ihn herum bewegten, und das rötliche Glühen des warmen Peugeot-Motors wurden sichtbar. Aber nicht nur das. Neben seiner Fahrertür kauerte eine rote Gestalt, als wollte sie im nächsten Moment die Wagentür aufreißen oder ihm eins verpassen, sobald er ausstieg. Nicht zu fassen. Isaiah griff zu seiner schallgedämpften Jericho 951, öffnete vorsichtig die Hecktür und richtete die Waffe auf die kauernde Gestalt. In dem Moment, als er den Abzugsfinger krümmen wollte, fuhr der Mann zu ihm herum. Es war nicht Markus Cartright.

17

»Hallo? Natalie?« Markus hatte ihre Nummer in Steves Telefon getippt, ohne den Blick vom Verkehr abzuwenden. Immer war rot, wenn er an eine Ampel kam, und wenn sie dann endlich auf Grün umsprang, zockelten immer noch Touristen über die Straße. Er sah auf seine Armbanduhr. Es war kurz vor zwölf. Da holte sie Mila aus dem Kindergarten ab. Mit ein bisschen Glück würde er sie gleich zu Hause in der Flood Street antreffen und seinen Pass abholen können.

»Hallo?«, meldete sich eine männliche Stimme.

»Wer ist da?«

»Hier ist Guy. Wer ist da?«

»Guy, hier ist Markus.« Durfte dieser Schlappschwanz jetzt schon ihre Anrufe entgegennehmen? War er vielleicht so was wie ihr persönlicher Assistent? »Wo ist Natalie? Und warum benutzen Sie ihr Handy?«

»Ich benutze nicht ihr Handy. Sie hat es in der Küche liegen lassen. Außerdem geht es Sie überhaupt nichts an, wer an Natalies Telefon geht.«

Markus atmete tief durch. Es war jetzt nicht der richtige Moment, um einen Streit anzufangen. »Hören Sie, ich bin auf dem Weg zu Ihnen. Ich möchte meinen Pass abholen.«

Durch den Hörer tönte ein knurrendes Geräusch. »Das wird ihr nicht gefallen, Markus, nicht nach gestern Abend. Sie will Sie hier nicht haben, weil sie das aufregt, und wenn sie sich aufregt, fängt Mila zu weinen an.«

Markus krallte seine Hände fester um das Lenkrad.

»Wissen Sie was?«, fuhr Guy fort. »Ich bringe ihn zur Post. So umgehen wir einen erneuten Streit. Bestimmt hat sie Ihre neue Adresse irgendwo aufgeschrieben.«

Markus hörte, wie Schubladen aufgezogen wurden und Papier raschelte.

»Guy, hören Sie, tun Sie das nicht, nein …« Doch die Leitung war bereits tot.

Markus drückte den Fuß auf dem Gaspedal durch, bog gegen die Verkehrsrichtung in die Victoria Street ein und schlängelte sich zwischen den entgegenkommenden Autos hindurch und an der Ampel vor der U-Bahn-Station vorbei in die Vauxhall Bridge Road Richtung Chelsea Embankment – wenn er am Flussufer entlangfuhr, konnte er das Verkehrschaos am Sloane Square und in der King's Road umgehen. Der alte Mercedes röhrte vertrauenerweckend und kraftvoll. Von der Uferstraße aus ging es einmal scharf rechts ab, dann war er in der Flood Street. Mit quietschenden Bremsen kam er vor seinem Haus zum Stehen. Natalie war gerade vor ihm angekommen und versuchte, ihren Range Rover in eine ziemlich kleine Lücke zu manövrieren. Er fuhr neben sie.

»Natalie!«, rief er und kurbelte seine Scheibe herunter.

»Markus«, erwiderte sie und stieg aus dem Auto. »Was machst du hier?«, fragte sie misstrauisch. »Da kannst du nicht stehen bleiben.«

»Es wird nicht lange dauern«, sagte Markus, stieg ebenfalls aus, ging um den Mercedes herum und zog die Fondtür des Range Rovers auf. Er löste Milas Gurt und hob sie aus dem Kindersitz, um sie schwungvoll durch die Luft zu wirbeln. Sie quietschte vor Vergnügen.

»Lass das doch, sonst ist sie wieder völlig aufgedreht, und sie soll gleich Mittagsschlaf halten.«

Markus' Lächeln verzog sich zu einer Grimasse. Es fühlte sich an, als wären die Wunden in seinem Arm wieder aufgegangen. So viel zum Thema Wundkleber. Er stellte Mila auf den Boden.

»Was hast du heute im Kindergarten gemacht?«

»Wir haben eine Geschichte gelesen über einen Jungen, der hat einen Kuchen gestohlen, und ich habe ein Bild gemalt, und Mummy hat mir kein Eis gekauft, obwohl ich den Eiswagen gehört habe und sie gesagt hat, sie würde mir eins kaufen.«

»Na, dann kauf ich dir eins, wenn ich das nächste Mal vorbeikomme. Ich kenne die allerbeste Eisdiele, die es gibt.«

»Versprochen?«

»Versprochen«, sagte Markus und legte sich mit feierlicher Miene zwei Finger auf die Brust.

»Und wann willst du mal wieder einen Tag mit Mila verbringen?«, fragte Natalie. »Bist du schon aus dem Atelier ausgezogen?«

Markus schüttelte den Kopf. »Aber bald, vielleicht schon nächste Woche. Zuerst muss ich aber noch mal weg. Ein neuer Auftrag. Deshalb bin ich auch hier. Mein Pass ist, glaube ich, irgendwo da drin.« Er nahm Mila bei der Hand und führte sie die Stufen zum Eingang hoch. »Ist das okay, wenn ich mit reinkomme und ihn mir hole?«

Fühl dich wie zu Hause. Natalie lag die sarkastische Bemerkung auf der Zunge, aber irgendetwas an seiner Erscheinung ließ sie innehalten. »Du siehst furchtbar aus, selbst nach deinen Maßstäben zu urteilen«, sagte sie. »Und warum trägst du diesen scheußlichen Trainingsanzug?«

»Ich werd's dir erklären. Drinnen«, erwiderte er.

Das Haus war zweistöckig, ein typisch britisches Reihenhaus im georgianischen Stil, für Londoner Verhältnisse geräumig, mit großen Zimmern und Parkettfußboden; hinten schloss sich ein kleiner Garten an, den man über die Küche erreichte und einen Durchgangsraum, den Natalie hochtrabend »Frühstückszimmer« nannte. Die Ausstattung war edel und teuer, die Einbauschränke stammten aus Italien, und der Ofen konnte ein perfektes Soufflé backen, auf ein Zehntelgrad seine Temperatur gleichmäßig halten und sich auch noch selbstständig dampfreinigen. Das Einzige, was nicht zur Verfügung stand, war automatische Eheberatung – wie Markus in einer ihrer Auseinandersetzungen gestichelt hatte.

Guy lümmelte in einem Sessel an der Terrassentür und telefonierte. Seinem Tonfall nach zu urteilen war es ein geschäftliches Gespräch. Allein der Anblick verursachte Markus ein unangenehmes Kribbeln. Dieser lässig-stylische Look aus fließenden Stoffen und Gucci-Slippern. Dieser Anstrich von Dünkel. Guy war die Sorte Mann, die im Restaurant so laut telefonierte, dass man sie noch drei Tische weiter hörte. Und wie er schon dasaß, die Beine über der Armlehne, den Kopf angelehnt, als gehöre ihm das Haus. Am liebsten hätte Markus das dürre Bürschchen gepackt und durch die Scheiben befördert.

»Hallo, Guy!«, rief Mila fröhlich, ließ Markus' Hand los und trippelte quer durch das Zimmer auf ihn zu. Er lächelte sie ziemlich unbeholfen an, ohne sein Telefon vom Ohr zu nehmen. Stattdessen hielt er es so, dass das Mikro verdeckt war, und tätschelte ihr mit der freien Hand den Kopf.

»Natalie, meine Liebe, könntest du dich bitte um Mila kümmern, ich habe hier ein wichtiges Gespräch mit der Produktionsfirma.«

»Komm her, Mila. Guy organisiert Mummys neue Show.«

Markus riss die Augen auf. Wie hatte der Typ das geschafft?

»Komm auf meinen Schoß, Mila«, sagte er.

»Das ist es, was du gesucht hast, oder?« Natalie deutete

auf die Küchentheke. Guy hatte den Pass offenbar gefunden, denn er lag dort neben einem Briefumschlag, auf dem zumindest ein Teil von Markus' neuer Adresse stand.

»Ja, danke.« Er nahm den Pass und schob ihn in die Tasche seiner Trainingshose. »Sind noch andere Klamotten von mir hier? Ich würde mich gern umziehen und den Rest in einen Koffer packen, wenn das okay ist.«

»Vielleicht ist noch was in dem Verschlag unter der Treppe. Willst du mir nicht erzählen, was passiert ist? Was ist mit deinem Arm?«

Markus blickte auf seine Schulter. Auf dem Sweatshirt hatte sich ein dunkler Fleck gebildet.

»Und deine Hände …« Instinktiv ergriff sie seine Hand und strich rasch mit den Fingern über die geschwollenen Knöchel und den Bluterguss, der sich darum gebildet hatte.

Markus zuckte zusammen.

»Das könnte gebrochen sein. Ich gehe ein Coolpack holen.«

»Brauchst du nicht, ehrlich.«

Aber sie stand bereits am Gefrierschrank und holte eine Packung Tiefkühlerbsen, die sie ihm auf die Hand legte. Markus musste fast lächeln, und sie fing seinen Blick auf. Irgendwas war da immer noch zwischen ihnen, eine schwache Ahnung vergangener Zeiten. Guy bemerkte das auch. Plötzlich schien sein Telefonat gar nicht mehr so wichtig zu sein, denn er legte das Handy hin und kam durch den Raum geschlendert, um sich hinter Natalie zu stellen und ihr besitzergreifend den Arm um die Schultern zu legen.

»Sie sollten nicht einfach so unangemeldet hier aufkreuzen. Zumindest sehen Sie diesmal aus, als wären Sie nüchtern. Was gibt es denn so Wichtiges?« Guy fixierte ihn durch seine eckige Designerbrille.

»Ich werde Natalie erzählen, worum es geht, aber nicht Ihnen. Sie geht das nichts an.«

Guy schürzte die Lippen zu einer schmollenden Grimasse. Markus war so anders als die Medientypen, die er sonst herumkommandierte. Er war nicht sicher, wie er mit ihm umgehen sollte. Es waren nicht nur seine breiten Schultern. Da war auch etwas in seinen Augen, wenn er einen ansah, bohrend, durchdringend, taxierend. Entweder wurde man dann beiseitegelegt wie ein schlecht gerahmtes Foto, oder man wurde weiter fixiert, bis einem der Schweiß ausbrach.

»Ich denke, alles was Natalie betrifft, geht auch mich etwas an«, sagte er schließlich.

»Es geht um meine Arbeit, Guy. Darüber werde ich mit Ihnen nicht diskutieren. Es sind vertrauliche Informationen, aber Natalie muss Bescheid wissen, wo sie mich in den kommenden Wochen finden kann – wegen Mila, klar?«

Guys Augen verengten sich zu Schlitzen. »Wenn das hier wieder ausartet, solltest du deinen Anwalt einschalten, Natalie. Lass dich nicht von ihm überrumpeln«, sagte er bedeutungsvoll und verließ den Raum.

»Dieser Mann ist ein …« Markus senkte den Blick auf Mila, die auf seinem Schoß saß und auf dem Umschlag malte. »… *Arschloch*«, formte er tonlos mit den Lippen.

Natalie schüttelte den Kopf. »Du bist und bleibst ein Kindskopf, Markus.«

Der gute Wille, der kurz zwischen ihnen aufgeblitzt hatte, war schon wieder dahin.

»Wohin gehst du diesmal? Ruanda? Somalia? Wirst du wieder mal deinen Hals riskieren, für ein paar grobkörnige Bilder von Piraten mit Kalaschnikows? Oder vielleicht für einen gönnerhaften Schnappschuss von einem Hunger leidenden Kind?«

Markus wandte sich seiner Tochter zu und sprach ihr leise ins Ohr. »Mila, lauf in dein Zimmer und such dir ein richtig gutes Versteck. Ich komme dich dann suchen«, schlug er vor, und sofort glitt sie von seinen Knien und sauste die Treppe hoch.

»Bekomm ich eine Süßigkeit, wenn ich ein richtig gutes Versteck finde?«, rief sie über die Schulter.

»Na logisch.« An Natalie gewandt, sagte er: »Das war unter der Gürtellinie.«

»Ach ja? Nach deinen malträtierten Fingerknöcheln zu urteilen, hast du Übung in so was.«

»Hör zu, ich bin nicht hergekommen, um mit dir oder deinem *Liebhaber* zu streiten.«

»Stell dich nicht so an, Markus, du kennst ihn doch gar nicht. Guy ist charmant und nett, und er ist immer für mich da, wenn ich ihn brauche.«

»Natürlich ist er für dich da, er ist ja auch dein Produzent. Ihr arbeitet zusammen.« Er fuhr sich seufzend mit der Hand durchs Haar. »Schluss jetzt damit«, sagte er mehr zu sich selbst als zu Natalie. »Hier ist irgendetwas im Gange. Ich weiß nicht, wie ich es erklären soll.« Er sah sie an. »Jemand ist hinter mir her. Die glauben, dass ich etwas besitze, irgendwelche Informationen, die gegen sie verwendet werden könnten.«

Natalie musterte ihn misstrauisch, seinen Trainingsanzug und die schwarzen Ringe unter den Augen. Würde er gleich einen Nervenzusammenbruch haben, mitten in ihrer Küche?

»Gestern Abend haben sie in meinem Atelier eingebrochen. Heute Morgen kam wieder jemand und wollte mich erschießen. Daher das mit dem Arm. Ich habe die Polizei angerufen, aber die haben nichts gefunden. Keinen Hinweis, keine Spur.«

»Diese Leute, die dich verfolgen, siehst du die jetzt auch?«, erkundigte sich Natalie.

»Was?« Markus blickte sie scharf an. »Wovon redest du? Natürlich kann ich sie nicht sehen, verdammt noch mal. Verdammte Scheiße, Natalie.« Er zog eine kleine Reißverschlusstasche aus seinem Pulli, in die er den Inhalt des Umschlags gepackt hatte. »Das hier hat mir jemand geschickt, ein Typ namens Daniel Wiseman, ein früherer Schulkamerad von mir.« Er kippte die Blätter auf die Arbeitsplatte.

Natalie ließ ihren Blick darüberwandern, griff nach den Fahrscheinen und sah sich die Polaroids an, ohne etwas zu sagen.

»Wie war der Name noch mal?«, fragte sie schließlich.

»Wiseman, Daniel Wiseman.«

Natalie legte die Fotos vorsichtig zurück, als wären sie aus Zuckerguss, und griff zum Telefon. »Da hat jemand für dich angerufen, vor zwei oder drei Wochen. Ich wollte dir Bescheid sagen, aber du weißt ja, was hier los ist …« Sie verstummte und rief ihren Anrufbeantworterdienst an. *Sie haben siebzehn gespeicherte Nachrichten.* Sie klickte sich durch die Aufnahmen, Nachrichten von Markus, von Guy, von ihren Eltern. Schließlich hatte sie die, die sie suchte. Eine dünne Stimme, schwach und doch voller Autorität, amerikanischer Akzent, gebildete, kultivierte Ausdrucksweise.

»Mein Name ist Edward Wiseman. Ich bin auf der Suche nach einem Mr Markus Cartright. Im Zusammenhang mit Daniel Wiseman. Wir haben schon seit geraumer Zeit nichts mehr von ihm gehört. Ich gehe jetzt sein Adressbuch durch, seine Freunde in Großbritannien, um zu erfahren, ob sie vielleicht etwas wissen. Sie können mich erreichen unter …«

Markus schrieb die Nummer mit und holte sein Handy heraus.

»Sein Vater?«, fragte Natalie.

Markus nickte. »Ich bin ihm einmal begegnet, beim Stiftungsfest im Internat. Danny hat mich vorgestellt, als wäre ich sein bester Freund. Wenn ich so darüber nachdenke, war ich wahrscheinlich sein einziger Freund. Der Vater war, glaube ich, Diplomat. Danny hat ihn verehrt, aber sicher auch ein bisschen gefürchtet. Und irgendwie auch gehasst, weil er ihn nach England ins Internat geschickt hat.« Er hielt sich das Handy ans Ohr. »Das ist eine Nachricht für Edward Wiseman. Hier ist Markus Cartright. Rufen Sie mich unter dieser Nummer zurück.«

»Niemand da?«

Markus schüttelte den Kopf.

»Du solltest zur Polizei gehen.«

»Um was zu erzählen? Hallo, ich bin's noch mal, der Typ, wegen dem ihr vorhin schon mal eure Zeit verschwendet habt? Der Typ, den ihr gestern Abend fast wegen Trunkenheit und Erregung öffentlichen Ärgernisses festgenommen hättet? Der Sohn des Gangsters aus Soho, den ihr nie überführen konntet?«

»Ich meine es ernst, Markus. Wer sind diese Leute?«

»Die Namen stehen auf der Rückseite«, erwiderte Markus.

Nathalie drehte die Bilder um. »Das meine ich nicht, ich meine, was wollen die? Was ist passiert?« Sie sah ihn unverwandt an. »Das ist der Grund, warum du den Pass brauchst, oder? Nicht wegen eines Auftrags oder um in Urlaub zu fahren. Nicht für irgendwas Alltägliches. Du willst auf die andere Seite der Welt reisen, um auf eigene Faust Ermittlungen anzustellen. Markus Cartright, der Retter in der Not, Rächer der Witwen und Waisen.« Sie legte die Fotos in die Tasche zurück.

Markus starrte sie nur wortlos an.

»Entschuldige«, sagte sie schließlich.

»Du hast fast geklungen, als würde ich dir noch etwas bedeuten.«

»Natürlich bedeutest du mir etwas. Du bist der Vater meiner Tochter. Ich will ihr nicht eines Tages erklären müssen, dass sie dich nie wiedersieht, weil dir irgendeine Sensationsstory wichtiger war als sie.« Sie presste die Hände auf ihr Gesicht.

»Es ist keine Sensationsstory. Jedenfalls noch nicht.«

»Um Himmels willen, Markus, lass uns einfach in Frieden.«

Markus stand langsam auf. »Ich gehe nur meine Sachen holen«, sagte er. »Wenn dir irgendwas Ungewöhnliches auffällt, jemand, der vor dem Haus rumhängt oder so etwas, ruf sofort die Polizei.«

Natalie, die sich immer noch die Hände vors Gesicht hielt, reagierte nicht. Sie atmete tief durch und rief Guys Namen. Sofort ertönten seine Schritte auf der Treppe. Er rauschte an Markus vorbei und legte seinen Arm um sie.

»Alles okay bei dir?«, erkundigte er sich. »Ich habe Sie gewarnt, Markus. Ich habe Sie, verdammt noch mal, gewarnt.« Er schlug mit der Faust auf die Küchentheke. Ein Pudel, der sich mit einem Bullterrier anlegt.

»Mir geht es gut, Guy«, beschwichtigte Natalie. »Markus wollte gerade gehen, nicht wahr, Markus?«

18

»Was bitte war das gerade?«, fragte Guy. Seit Markus weg war, fühlte er sich besser. Dieser Mann hatte eine Art, sich zu bewegen, die absolut bedrohlich wirkte. Und selbst wenn er regungslos dastand, vermittelte er immer den Eindruck, als wollte er gleich zuschlagen. »Also? Was wollte er?«

»Nichts. Das war nur wieder mal typisch Markus, der sich einen feuchten Dreck um andere schert«, antwortete sie.

Guy nickte und griff nach seinem Laptop, um es sich damit in dem Sessel am Fenster gemütlich zu machen. »Ist das wirklich okay, wenn ich morgen wegfahre?«, fragte er und klappte den Rechner auf.

»Ja, natürlich. Ich komme schon klar. Es ist ja nur für ein paar Tage, nicht wahr?«

»Die neue Show ist einfach knapp geplant, und wir müssen die Locations noch klarmachen.«

»Ich sage doch, ich komme zurecht. Ich weiß, dass du da hinmusst.«

In gewisser Weise war sie froh, dass er wegfuhr. Sie wünschte sich Zeit für Mila – und für sich selbst. Die fünf Jahre mit Markus hatten ihr genug Seelenpein für den Rest ihres Lebens beschert. Und seit der Trennung war es nicht besser geworden. Aber sie war selbst schuld; sie hatte von Anfang an gewusst, wie er war.

Sie hatten sich bei einem Fotoshooting für die Werbekampagne zu ihrem neuen Kochbuch kennengelernt. Er war zu spät gekommen und hatte mit verkaterter Miene erklärt, dass er es hasse, Porträts zu machen, zumal von Leuten, die sowieso nur mittelmäßig berühmt waren.

»Ich mache das nur, weil sich mein Kollege eine Lebensmittelvergiftung zugezogen hat«, hatte er erklärt. »Es war eigentlich sein Job. Ich war ihm noch einen Gefallen schuldig.«

»Wie großzügig von Ihnen«, hatte sie gesagt. »Die Cupcakes da drüben müssen aufgestapelt werden, und falls die Töpfe auch mit ins Bild sollen, müssen sie vorher noch mal poliert werden. Beim Anrichten der Teller kann ich Ihnen helfen, aber wenn es darum geht, bei warmen Gerichten zu schauen, wie viel Dampf vom Teller aufsteigt, da muss dann ein Profi ran.«

Er hatte versucht, aus ihren klaren blauen Augen zu lesen, ob sie es ernst meinte oder nicht, und dann lächelnd geantwortet: »Schon gut, tut mir leid. Es ist früh am Morgen, das ist gar nicht meine Tageszeit. Außerdem mache ich so was normalerweise nicht. Mein Ding sind eher Leute mit Waffen in der Hand.«

»Würde es helfen, wenn ich eine Waffe in die Hand nehmen würde?«

»Ich glaube nicht, dass Sie eine brauchen.« Er packte einen Cupcake aus und biss herzhaft hinein. »Außerdem – die Dinger hier sind mir definitiv lieber als Kalaschnikows.«

Sie sah zu, wie er das restliche Törtchen in den Mund schob und nach einem zweiten griff. »Normalerweise ist übrigens der Star zickig und nicht der Fotograf, wussten Sie das?«

Er nahm seine Kamera und schoss ein paar Bilder, um die Belichtung zu prüfen.

»He, ich bin noch nicht so weit, meine Haare und das Make-up sind noch nicht gemacht.«

»Sie sehen toll aus, ganz großartig. Halten Sie das mal.« Er drückte ihr das Buch eines anderen Kochs in die Hand. Sie blickte auf das Cover und runzelte die Stirn, während Markus immer weiter knipste.

»Was soll ich damit? Die dürfen Sie gleich wieder löschen. Können wir jetzt bitte Haar und Maske machen?«, sagte sie zu einer der namenlosen Assistentinnen, die einen schwer behangenen Kleiderständer durch den Raum schob. Markus schoss ein Bild nach dem anderen. Sie warf das Kochbuch nach ihm, er duckte sich weg, und es landete auf den Cupcakes.

»Können Sie das noch mal machen?«, sagte er. »Das Licht war nicht gut.«

»Ach, hören Sie doch auf. Sie wissen schon, dass die Bilder nur rausgehen, wenn ich sie autorisiere?«

»Ich will nur ein bisschen Leben reinbringen«, erwiderte Markus und klickte sich durch die digitalen Aufnahmen auf dem Kameradisplay.

»Irgendwie habe ich das Gefühl, dass die Kriegsgebiete, in denen Sie fotografieren, erst so richtig kriegerisch werden, wenn Sie dort auftauchen«, sagte Natalie.

Er sah auf. »Und ich habe irgendwie das Gefühl, dass ich Sie zum Essen einladen möchte.«

Zu Beginn hatten sie viel Spaß gehabt. Markus mit seiner rastlosen Energie war anders als alle Männer, die sie bislang kennengelernt hatte. Er vergötterte sie und gab ihr das Gefühl, der Mittelpunkt des Universums zu sein. Und dann das viele Geld. Sobald sie nur irgendetwas in einem Schaufenster genauer ansah, gehörte es ihr – ob Kleid, Auto oder das Haus. Für sich selbst gab er keinen Penny aus, doch sie überschüttete er förmlich mit Geschenken. Doch als sie wissen wollte, woher der Reichtum stammte, wurde er einsilbig. Er habe geerbt, war alles, was sie aus ihm herausbekam. Fragte sie hartnäckiger nach, wurde er ärgerlich. Bald bekam die Beziehung Brüche. Er weigerte sich, sein Arbeitspensum zu reduzieren, selbst nachdem sie schwanger wurde, und nahm weiterhin Aufträge aus der ganzen Welt an, war wochenlang unterwegs und verschwand anschließend in seiner Dunkelkammer.

Natalie hatte gedacht, dass das Baby, seine Tochter, ihn

verändern würde, aber da hatte sie sich geirrt. Er musste fotografieren. Er konnte nicht anders. Er musste das Böse aufspüren und dokumentieren, es ans Licht zerren, koste es, was es wolle. Fünf Jahre hatte sie gebraucht, um zu begreifen, dass seine Bilder allesamt Selbstporträts waren. Nachdem er ihr endlich von seinem Vater erzählt hatte und wie er ums Leben gekommen war.

19

Steve kam in einem schummrig beleuchteten Raum zu sich. Ein Auge war zugeschwollen, und sein Kopf fühlte sich an, als hätte er sich mit einem Sack voller Schraubenschlüssel angelegt. Er versuchte, sich umzusehen. Da war etwas in seinem Mund, ein Lappen, der nach Benzin roch. Würgereiz stieg in ihm auf, doch er wusste, wenn er sich jetzt erbrach, würde er ersticken, und kämpfte dagegen an. Der Kerl mit der Waffe war aus dem Nichts aufgetaucht, mit emotionslosem Gesicht und dem Finger am Abzug. Steve hatte fest damit gerechnet, erschossen zu werden, doch dann hatte der andere nur mit seiner Pistole gewedelt.

Durch das offene Auge konnte Steve die abblätternde Tapete an der gegenüberliegenden Wand erkennen, eine gesprungene Fensterscheibe und nackten Betonfußboden. Es war eine der Wohnungen in der Siedlung, und er war mit Tape an einen Küchenstuhl fixiert.

»Sie sind wach. Ausgezeichnet. Wir können zur Sache kommen.«

Die Stimme drang aus einer Ecke des Raumes. Eine Kontur zeichnete sich gegen das Fenster ab. Der Akzent war schwer einzuordnen. Als hätte der Sprecher Englisch in den USA gelernt, dann aber viel Zeit in Europa verbracht. Er spielte lässig mit einem Wegwerffeuerzeug, schnippte es an und strich mit der Hand durch die Flamme.

»Sie werden den Geruch bemerkt haben, und Sie können bestimmt sehen, was ich in der Hand halte.«

Steve kämpfte gegen seine Fesseln, konnte sich aber keinen Millimeter rühren.

»Ich werde Ihnen jetzt den Knebel herausnehmen, und Sie erzählen mir, wo Markus Cartright ist. Verstanden?« Er beugte sich vor und riss Steve den Lappen aus dem Mund.

»Ich werde nicht mit Ihnen reden«, sagte Steve hustend.

»Ach nein?« Isaiah sah abwartend auf ihn herab und ging dann neben dem Stuhl in die Hocke. Das Feuerzeug flammte auf, doch das Feuer sprang nicht über.

»Wo ist Markus Cartright?«

»Nach dem Veilchen zu urteilen, das Sie im Gesicht haben, würde ich sagen, sind Sie ihm schon begegnet.«

Isaiah schüttelte gelangweilt den Kopf und hielt das Feuerzeug an den Boden. »Ich hoffe für Sie, dass Sie eine hohe Schmerzgrenze haben«, sagte er, während die blauen Flammen über den Beton züngelten, auf Steves Füße übersprangen, seine Schnürsenkel und den Saum seiner Jeans erfassten. »In meiner Jugend habe ich das Feuer sehr geliebt. Wir haben oft in palästinensischen Olivenhainen Feuer gelegt und zugesehen, wie die Bauern wie die Ratten über die Hügel schwärmten und versuchten, es zu löschen. Faszinierend, wie schnell es sich ausbreitet.«

Steves Augen weiteten sich, als die Flammen ihn erreichten und der Schmerz durch seinen Körper schoss. Das Feuer sprang von seinen Schenkeln auf seine Fingerspitzen über und auf die Härchen an seinen Armen. Er spürte, wie sie in der Hitze verglühten.

»Wo ist Markus? Was haben Sie mit dem Inhalt des Umschlags gemacht?«

»Nichts. Ich weiß nichts. Ich weiß nicht, wo er hin ist.« Steve blinzelte heftig. Die Hitze brannte in seinen Augen.

»Warum rufen Sie ihn nicht mal an? Sie dürfen mein Telefon nehmen.«

Steve konnte nicht anders, als mit verzerrtem Gesicht zu nicken. Der bittere Gestank versengter Haut und Haare drang ihm in die Nase. Der Stoff seiner Trainingshose brannte sich in seine Schenkel. Er versuchte zu schreien, doch es drang kein Laut aus seiner Kehle.

Isaiah holte einen Feuerlöscher und erstickte die Flammen mit CO_2-Schaum, bis Steve über und über weiß besprenkelt war.

»Rufen Sie Markus an und sagen Sie ihm, er soll mit dem Umschlag hierherkommen.«

Steve war in einen Schockzustand gefallen, sein Kopf nach vorne gekippt, und sein Herz klopfte wie wild gegen seinen Brustkasten, als ob es ihn sprengen wollte. Um ihn herum herrschte ein bitterer Geruch, der ihm in der Nase stach.

»Alles wird gut. Rufen Sie bitte Ihren Freund an.«

Steve konnte sich nicht mehr bewegen. Sein Atem ging kurz und keuchend. »Einen Notarzt. Bitte einen Notarzt«, brachte er mühsam heraus.

»Natürlich. Aber reden Sie jetzt mit Markus.«

Steve streckte seine verbrannten Finger zitternd nach dem Handy aus.

»Diktieren Sie mir die Nummer. Ich wähle für Sie.«

Sein Hirn war vernebelt, er war nicht in der Lage, klar zu denken. Er hätte den Mann einfach nur auf eine falsche Fährte locken sollen, so weit weg von Markus wie möglich.

Er hätte nicht versuchen sollen, ihm aufzulauern. Der Kerl würde ihn sowieso nicht laufen lassen. Er würde ihn töten und sich dann an Markus' Fersen heften. Die Typen waren Profis, das hatte er selbst gesagt. Steve hob den Kopf und erwiderte Isaiahs Blick. Er hatte nichts zu verlieren. Langsam schüttelte er den Kopf, während er sich auf den Schmerz konzentrierte und versuchte, ihn zu verdrängen.

»Nein«, flüsterte er und ließ den Kopf wieder sinken.

Isaiah hatte verstanden. Das Zeitfenster für Verhandlungen war wieder geschlossen, wie bedauerlich. Aber Verhöre waren nie sein Ding gewesen. Er hatte einfach nicht so viel Geduld wie Eule. Man durfte nicht gleich so heftig einsteigen. Er hätte besser mit Wasser oder Elektroschocks angefangen.

Steve war das Kinn auf die Brust gesunken, und seine Augen waren geschlossen.

Isaiah ging um ihn herum, hob den Feuerlöscher hoch über den Kopf und ließ ihn mit voller Wucht herabsausen, einmal und gleich noch einmal, nur um sicherzugehen. Hier hatte er genug Zeit verschwendet.

Isaiah hastete über den betonierten Flur, der zum Treppenhaus führte. Diese Sozialsiedlung mit ihren dunklen Gängen war bedrückend eng. Überall stank es nach Urin und Bleichmittel. Er klappte die Brieftasche des Mannes auf und sah sich den Inhalt an: etwas Bargeld, ein Führerschein, Kreditkarten. Im Laufschritt nahm Isaiah die Treppe. Er zog sein Handy heraus und wählte Jacobs Nummer. Als er sich gerade melden wollte, geriet er in eine Gruppe junger Schwarzer, die am Fuß der Treppe zusammenstanden.

Sie hatten sich die Kapuzen ihrer Sweatshirts über die Augen gezogen, und eine Wolke aus schwerem, süßem Rauch umgab sie. Vom Boden drang ein Knurren zu ihm herauf, und er blickte auf einen Hund, der nach ihm schnappte, ein Staffordshire Bullterrier. Neben der Tür war ein zweiter, von seinem Besitzer fest an der Leine gehalten.

»Hey, ganz locker, Mann. Wozu die Eile?« Ein großer Kerl mit blutunterlaufenen Augen und Rapper 2Pac auf dem T-Shirt verstellte ihm den Weg. Er hatte eine eigenartige dreieckige Narbe auf der Nasenspitze, als hätte ihm jemand mit dem Messer ein Stück herausgeschnitten.

Isaiah zog eine Grimasse. So was konnte er jetzt überhaupt nicht gebrauchen.

»Entschuldigen Sie bitte.« Er nahm kurz Augenkontakt auf und machte eine Bewegung, als wollte er sich an den jungen Männern vorbeischieben. Der Typ im 2Pac-T-Shirt hob die Hand.

»Nicht so schnell, Kumpel. Was geht ab? Hast du eine von den Crack-Schlampen im dritten Stock gefickt?« Die anderen lachten. »Sieht so aus, als hätte sie sich gewehrt«, fuhr er fort und drückte mit dem Handrücken leicht auf Isaiahs Auge.

Autsch, das tat weh. Isaiah dachte an die Waffe, die in seinem Achselhalfter steckte. Allmählich verlor er die Geduld. »Sehr witzig. Hören Sie, ich hab's eilig, und ich bin sicher, Sie müssen noch Ihre Hunde Gassi führen oder Gras rauchen oder was Sie sonst so treiben.«

Sein Gegenüber hob die Augenbrauen. »Wie wär's, wenn du jetzt mal dein Handy und deine Kreditkarten rausrückst? Anschließend verpassen wir dir dann eine ordentliche Abreibung, nur so zum Spaß.«

Isaiah blickte abrupt auf. Das war es! Wie konnte er so dumm sein? Das Handy – der Kerl da oben in dem Zimmer hatte kein Handy bei sich gehabt.

Er übergab das Bargeld aus Steves Brieftasche – eine ganz hübsche Summe, mindestens ein paar Hundert Pfund –, die Kreditkarten und den Führerschein. Dann schob er sich rasch vorbei, und der Mann ließ ihn gehen, vom Geld abgelenkt. Isaiah eilte über den Parkplatz, stieg in den Transit ein und blickte durch das Fenster. Wie schade, dass sie ihm nicht gefolgt waren. Er hätte gern ihre Gesichter gesehen, wenn er ihnen ein paar Kugeln in die Kniescheiben jagte.

Er ließ den Motor an und steckte sich im Rückwärtsfahren das Bluetooth-Headset seines Telefons ans Ohr. »Jacob, hier ist Isaiah. Wir treffen uns in Vauxhall unter den Bahnbogen. Du musst ein Handy für mich orten, das auf den Namen Steve Walsh registriert ist. Es führt uns ziemlich sicher zur Zielperson.«

20

Markus Cartright saß am Steuer des Mercedes und quälte sich im Schneckentempo aus London hinaus. Den Wagen würde er in Hounslow stehen lassen und für die restliche Strecke zum Flughafen die U-Bahn nehmen. In Natalies Altkleidersack unter der Treppe hatte er eine alte Jeans, ein Poloshirt und eine grüne Armeejacke gefunden, die er angezogen hatte; die übrigen Klamotten hatte er in eine Sporttasche gestopft. Es fühlte sich gut an, alte Sachen zu tragen. Sie waren bequem und vertraut. Die Jacke war ein Souvenir von einer Militärbasis in Wales, wo er vor seinem ersten wichtigen Auftrag ein Selbstschutztraining absolviert hatte. Eine große Zeitung hatte ihn in das belagerte Mostar geschickt und darauf bestanden, dass er diesen Kurs machte.

Das dreitägige Training im walisischen Brecon Beacons

National Park hatte nicht nur grundlegende Survival-Techniken beinhaltet, sondern auch den Umgang mit Handfeuerwaffen und wie man das Vertrauen potenzieller Entführer gewann. In seiner Gruppe waren zwei Fernsehreporter und ein Sanitäter gewesen.

»Knipsen Sie, so viel Sie wollen, aber wenn es brenzlig wird, ziehen Sie den Kopf ein und sehen Sie zu, dass Sie den Soldaten nicht im Weg stehen, verstanden?« Der Kursleiter, ein alter Haudegen aus Liverpool, hatte keinen Hehl daraus gemacht, wie er im Ernstfall ihre Überlebenschancen einschätzte.

Markus und die anderen hatten ernsthaft genickt. Das Training war sehr anstrengend gewesen, doch am Ende war ein ziemlich guter Schütze aus ihm geworden, mit ruhiger Hand und sicherem Auge. Die vielen Jahre mit der Kamera waren eine gute Vorübung gewesen.

Brenzlig wurde es dann tatsächlich, wenn auch nur einmal. Ein klarer blauer Morgen in Mostar. Markus war mit den UN-Friedenstruppen auf einer Patrouille unterwegs zu einem Dorf, um in Erfahrung zu bringen, ob es dort Truppenbewegungen oder Unruhen gegeben hatte. Zwei Kugeln durchschlugen die Windschutzscheibe ihres Land Rovers, eine erwischte den Fahrer am Arm, die andere zerfetzte die Rückbank, nur Zentimeter neben Markus. Der Fahrer hatte vor Schmerz aufgeschrien, es aber trotzdem irgendwie geschafft, den Fuß durchzudrücken und sie aus der Gefahrenzone zu bringen. Doch dann explodierte eine improvisierte Bombe neben dem rechten Vorderrad, die sie schlitternd in den Straßengraben beförderte. Mitten im Beschuss gelang es Markus, seine Tür aufzureißen und hinauszuspringen. Er packte den Fahrer und zog ihn mit sich in den Graben. Woher die Kugeln kamen, war nicht zu erkennen, um sie herum spritzten Erde und Asphaltstücke auf. Einer der Soldaten erwiderte das Feuer in Richtung der Berge, ein anderer hatte das Funkgerät aus dem Wagen geholt und gab ihre Position durch. Markus empfand eine Mischung adrenalingetränkter Gefühle, Erregung, Frustration, Wut, aber auch Furcht – Furcht davor, dass alles vorbei war, ehe er dazu kam, den Auslöser zu drücken.

Er hatte eine Rolleiflex-Kamera dabei, ein fast antikes Gerät, das aber so robust war, dass es den Sturz aus dem Auto unbeschadet überstand. Die Linse nahm alles auf, was er sah, das heillose Durcheinander um ihn herum, die aufspritzende Erde zu seinen Füßen, den Land Rover, der auf der Seite lag, den blutenden Arm des Fahrers. *Was zum Teufel tun Sie da?*, brüllte der Sergeant ihn an. *In Deckung, Kopf einziehen!* Markus nahm die Hügelkette ins Visier und drehte nach jedem Auslösen den Film ein Stück weiter, dann wandte er sich zu dem wild fluchenden Offizier hinter sich um und knipste eine Serie hässlicher Grimassen.

Die Schüsse kamen von einer Gruppe Häuser weiter oben am Hang. Der Funker stellte Kontakt zum Lager her und forderte Verstärkung aus der Luft an. In angespannter Stille warteten sie auf den Chinook-Transporthubschrauber. Keiner wagte sich aus dem Graben, um nicht einem Heckenschützen vor die Flinte zu laufen.

Es war seltsam gewesen, so zu warten. Markus erinnerte sich an die Geräusche des Waldes, an das Kreischen der Dohlen und den Wind in den Bäumen. Die Natur war unempfindlich gegen die Gefahr. Quälend zäh verstrich die Zeit, bis endlich der Helikopter über ihnen auftauchte und den Abhang mit schwerem Geschütz unter Beschuss nahm. Bäume und Häuser zerbarsten, Erdklumpen spritzten auf, und binnen Sekunden war der Weg wieder frei.

Erst nachdem der Chinook gelandet war und sie den Hügel hochgeklettert waren, um die Lage zu erkunden, entdeckten sie, was sie getroffen hatten: Die kleine Häusergruppe gehörte zu einer Schule. Sie hatten die Koordinaten durchgegeben, doch auf der Basis hatte niemand die Angaben überprüft. Wie ein Gespenst wankte Markus umher und bannte ein Schreckensbild nach dem anderen auf seinen hoch lichtempfindlichen Film, verdrehte und zerfetzte Leichen im nachlassenden Schein der Abendsonne. Meist sah er gar nicht selbst hin, sondern ließ die Kamera sein Auge und sein Gedächtnis sein.

Als sie wieder im Lager waren, reichte der kommandierende Offizier eine offizielle Beschwerde gegen Markus ein und verlangte den Film aus der Kamera. *Diese Fotos werden Sie niemandem zeigen. Sie sind als Kriegsberichterstatter hier und haben nur zu zeigen, was in unserem Sinne ist. Lesen Sie das in Ihrem Vertrag mit dem Verteidigungsministerium nach.*

Markus hatte ihm zugehört und war dann wortlos gegangen. *Kommen Sie zurück, ich befehle Ihnen, mir den Film zu übergeben.* Die Finger des Offiziers drückten sich plötzlich in seine Schulter. Markus fuhr herum und schlug die Hand weg. Der Soldat verlor fast das Gleichgewicht, fing sich aber wieder und nahm Drohhaltung ein; sein Blick war zornig, und die Hand wanderte zu seinem Hüftholster mit der Automatikpistole. *Entweder Sie übergeben mir jetzt ohne zu zucken den Film, oder ich jage Ihnen eine Kugel ins Bein, deklariere es als Unfall und lasse Sie nach Hause fliegen. Was ist Ihnen lieber?*

Markus erwiderte den Blick mit finsterer Miene. Der Soldat erinnerte ihn an seinen Vater. Genau wie dieser versuchte der Sergeant, ihn einzuschüchtern, um zu verhindern, dass die Menschen die Wahrheit erfuhren. Aber das war genau der Grund gewesen, warum er Fotojournalist geworden war: weil er dafür sorgen wollte, dass Menschen ihre Untaten nicht länger vor der Welt verbergen konnten. Menschen wie sein Vater.

Er schlug den Sergeant nicht zu fest, nur so, dass er für die nächsten Stunden außer Gefecht gesetzt war. Dann packte er seine Sachen, suchte seinen Presseausweis heraus und ließ sich von einer US-Einheit zu einem Stützpunkt nahe der Grenze zu Montenegro mitnehmen. Von dort aus brachte ihn ein Zug an die Küste, wo er eine Fähre nach Italien nahm. In Neapel bestieg er ein Flugzeug nach Hause, wo er die nächsten Wochen in seiner Dunkelkammer verbrachte. Allein mit seinen Negativen, einer Kiste Whisky und einem zunehmenden Gefühl von Paranoia. Sobald er eine Polizeisirene, Schritte auf der Treppe oder das Summen der Gegensprechanlage hörte, fürchtete er, dass jemand käme, um ihn zu holen.

In dieser Hinsicht hätte er sich keine Sorgen zu machen brauchen. Die Fotos tauchten in keinem Bericht auf, und die Armee hatte Wichtigeres zu tun, als sich um einen Fotojournalisten mit schlechtem Gewissen zu kümmern. Die Bilder waren unscharf und wenig aussagekräftig. Statt die Geschichte zu erzählen, verschleierten sie sie. Es war eine bedeutende Lektion, die er damals lernte: *Niemals wegsehen*. Markus sortierte die Fotos in das Regal in seiner Dunkelkammer, die ersten Reliquien seines ganz persönlichen Mausoleums.

Markus lenkte den alten Mercedes in eine Seitenstraße nahe der U-Bahn-Station, stieg aus und schwang sich die Sporttasche über die Schulter. Als Steves Handy klingelte, nahm er ab.

»Orange Networks, guten Tag, Ihr Vertrag steht kurz vor der Verlängerung. Wir möchten Ihnen gern ein besonderes Angebot für ein neues Gerät unterbreiten. Haben Sie Interesse?«, leierte eine gelangweilte Stimme herunter, irgendein namenloser Mitarbeiter irgendeines namenlosen Callcenters irgendwo in einer namenlosen Vorstadt.

»Nein, danke«, erwiderte Markus und beendete den Anruf. Er tippte die Nummer des Boxgyms ein, erklärte dem Anrufbeantworter, wo er den Wagen abgestellt hatte, und betrat dann mit energischen Schritten die U-Bahn-Station.

»Hast du eine Ortung?«, fragte Isaiah.

»Bin gerade durchgekommen. Die Daten sollten ausreichen, um seine Position zu bestimmen. Ich tracke jetzt das Signal, damit wir ihn verfolgen können.« Jacob saß mit dem Headset am Ohr hinten im Transporter. Isaiah hatte den Anruf mitgehört.

»Bist du sicher, dass er das war?«, fragte Jacob.

»Absolut. Es sei denn, die Toten haben plötzlich gelernt zu telefonieren.«

Den Bildschirm unverwandt im Blick zog Jacob eine Grimasse. Schon wieder ein Toter. Isaiah war gnadenlos. Das war das Problem mit Ex-Geheimdienstlern. Sie kannten kein Maß und keine Grenzen.

»Hast du Eule schon erzählt, dass es noch mehr Komplikationen gegeben hat?«

»Noch nicht. Mach ich, wenn er das nächste Mal anruft. Ich will erst Markus und den Umschlag in die Finger kriegen. Gib mir die Koordinaten seines Handys. Wir haben immer noch genug Zeit.«

21
Picanno Ranch

»Erzählen Sie mir, was Sie für die Wittgensteins gemacht haben, Daniel. Erzählen Sie mir von Ihrer Arbeit.« Malcolm wurde allmählich nervös, denn das Londoner Team hatte sich noch nicht gemeldet. Offenbar hatten sie sich fest vorgenommen, diesen Einsatz, der ein Kinderspiel hätte sein sollen, komplett zu vermasseln. Er atmete tief durch. Jetzt nur nicht nachlassen. Um sofort mitschreiben zu können, hatte er Papier und Stift auf dem Schoß liegen, und neben ihm standen in einem Kübel mit Eis mehrere Flaschen Bier bereit. Er hatte beschlossen, Daniels Gedächtnis über Umwege zu knacken, statt das Thema direkt anzusprechen.

Daniel schüttelte langsam den Kopf. Darüber durfte er nicht reden. Das war ein Geheimnis. Sein Geheimnis.

»Sie haben Sie gut behandelt, nicht wahr? Sie fühlten sich dort wohl. Mochten Sie Pieter?«

»Ja, er war sehr, sehr nett. Zu Anfang«, hörte er sich sagen. Aber so weit war das auch in Ordnung. Jeder kannte Pieter, Malcolm mit Sicherheit auch. Vor Daniels geistigem Auge erschien der Bankchef mit seinem blonden Schopf und seinen klaren blauen Augen. Der lässige Charme, mit dem er einen Händedruck erwiderte, sein ganz spezielles schiefes Grinsen. Wenn er sich vorstellte, hatte man das Gefühl, in einen exklusiven Klub aufgenommen worden zu sein, und wollte sich am liebsten überschwänglich bedanken. Pieter Wittgenstein war die Verkörperung von dreihundert Jahren erfolgreichem Finanzmanagement, Mensch gewordener Reichtum.

Er hatte sich Zeit genommen, Daniel höchstpersönlich

zu begrüßen, und sogar umständlich versucht, ihm einen Kaffee zu machen, bis die Sekretärin einschritt. »Pieter, bitte, lassen Sie mich das übernehmen«, flötete sie, legte ihm eine Hand auf die Schulter und schob ihn sanft beiseite. Seine Leute fühlten sich wohl in seiner Gegenwart. Er war alles andere als steif. Zwar trug er nur maßgeschneiderte Anzüge, dazu aber Hemden mit offenem Kragen. Krawatten zog er nur für Vorstandsmeetings an, wobei er sich dann meist bei einem seiner Senior-Manager eine für den Anlass borgte.

»Ihr Chef lobt Sie in den höchsten Tönen, Daniel. Er sagt, Sie seien ein neuer Stern am Himmel des Risikomanagements.«

»Das ist wahrscheinlich nur seine Art auszudrücken, dass ich ein Langweiler bin«, entgegnete Daniel. Wenn er über die Briten eines gelernt hatte, war es dies: Sie liebten Witze auf eigene Kosten. Wenn man hier etwas erreichen wollte, musste man sich über sich selbst lustig machen. In den Staaten würde man sich damit als Loser abstempeln; in Großbritannien aber bewies man damit, dass man genug Selbstbewusstsein besaß, um sein Licht getrost unter den Scheffel stellen zu können.

Pieter lachte. »Ganz sicher nicht. Außerdem könnte er das gar nicht beurteilen, schließlich verbringt er jede Stunde, die Gott ihm schenkt, hinter dem Schreibtisch. Hier«, er reichte Daniel den Kaffee. »Letztes Jahr habe ich ihn auf die Rennbahn in Ascot in unsere Privatloge eingeladen, aber er meinte, er habe zu tun. Einen Umschuldungsvertrag für einen Kunden in Hongkong aufsetzen. Unfassbar! Kommen Sie, ich zeige Ihnen, wo Sie arbeiten werden.«

Er führte Daniel über einen Flur, der nach Holzpolitur und Zigarren roch, und durch den mit Eiche verkleideten

Sitzungssaal bis zu einem kleinen Büro mit einer hohen Fensterluke und Regalen, die vom Boden bis zur Decke mit Aktenordnern vollgestopft waren.

»Der Ausblick beschränkt sich leider auf Aktenberge. Die Übersee-Konten sind auf CD-ROMs gespeichert, alles Übrige finden Sie im Intranet. Ich werde die Sekretärin bitten, Ihnen jeweils zu bringen, was Sie brauchen. Wir haben auch einen Koch hier, der für Meetings Imbisse vorbereitet. Wenn Sie ihm sagen, was Sie an Ihrem ersten Tag hier essen möchten, brutzelt er Ihnen bestimmt etwas.«

»Ich esse meist nur ein Sandwich.«

»Ich auch. Man muss schon ein bisschen auf die schlanke Linie achten, wenn man auf die vierzig zugeht.« Pieter klopfte sich auf den Bauch, der flach wie ein Brett war – anders als Daniels. »Sonst noch was?« Er machte ein eigenartig klickendes Geräusch mit der Zunge, runzelte die Stirn und legte die Hände auf die Hüften. »Nein, das war's dann«, erklärte er gut gelaunt. »Rufen Sie eine der Sekretärinnen, wenn Sie noch Kaffee möchten. Mein Büro ist in der obersten Etage. Wir setzen uns zusammen, sobald Sie sich eingerichtet und unser Revisionssystem genauer angesehen haben. Vielleicht Anfang nächster Woche?«

Daniel blickte auf die Akten an den Wänden. »In Ordnung.« Er würde auf jeden Fall genug zu tun haben.

»Ausgezeichnet. Dann überlasse ich Sie jetzt Ihrer Arbeit«, erklärte Pieter, machte auf dem Absatz kehrt und verließ den Raum, der ohne ihn noch trostloser aussah. Wittgenstein, die geballte Energie, die Hundert-Watt-Glühbirne im Anzug. Daniel ließ den Blick über die Akten wandern und zog dann eine aus dem Regal. Finanztransaktionsprotokolle. Am Ende des ersten Tages war ihm klar, dass ein paar lange Nächte vor ihm lagen. Er rief Emily an, um ihr zu sagen, dass er spät heimkommen würde, an diesem Abend und auch an vielen weiteren in den nächsten Wochen.

Am Ende der ersten Woche bemerkte Daniel, dass irgendetwas an den Zahlen, die er durchackern sollte, faul war. Die britischen Konten waren sauber, aber da gab es ein Investmentkonto unter einem dritten Namen, Einzahlungen, die sich keinem der britischen Kunden zuordnen ließen. Die Gelder hatten nichts mit dem Großbritannien-Geschäft zu tun, sondern führten über eine Reihe von Holdinggesellschaften nach Ostasien und von dort auf Konten in der Karibik. Immer waren es kleine Summen, jedenfalls für Geschäfte dieser Größenordnung; ein paar Millionen hier, ein paar Millionen da. Es würde sich sicherlich herausfinden lassen, wie viel insgesamt über diese Kanäle hereingekommen war, aber das würde viel Zeit in Anspruch nehmen und seine Prüfung der britischen Konten verzögern. Er beschloss, am nächsten Tag mit Pieter darüber zu reden. Offensichtlich gab es da einen Schurkenhändler, der versuchte, seine Spuren zu verwischen, indem er Geld von einem Konto aufs nächste schob. Die Beträge bewegten sich so rasant, dass man Gewinne und Verluste kaum nachvollziehen konnte.

»Daniel, was kann ich für Sie tun? Sagen Sie nicht, Ihnen ist die Arbeit ausgegangen«, begrüßte ihn Pieter mit einem lässigen Lächeln. Er saß hinter seinem Schreibtisch, einer modernen Konstruktion aus Glas und Stahl, die einen seltsamen Kontrast zu den holzvertäfelten Wänden und den impressionistischen Gemälden bildete.

»Oh, ganz im Gegenteil. Ich fürchte, ich habe da etwas entdeckt, was noch viel genauer untersucht werden sollte.«

»Das klingt aber ominös.« Pieter legte die Unterlagen

beiseite, die er gerade durchsah, und lehnte sich in seinem Stuhl zurück, um Daniel aufmerksam zu mustern.

»Es hat mit den Handelskonten zu tun, die Mittel in das Asien-Geschäft pumpen.«

»Ich wusste gar nicht, dass das in Ihren Unterlagen ist, Daniel.« Pieter runzelte die Stirn.

»Ist es auch nicht. Aber es könnte die Londoner Deals beeinträchtigen. Es ist unmöglich, die Zahlungsflüsse auf diesen Konten nachzuvollziehen, ohne tiefer ins Detail zu gehen. Ich könnte mir vorstellen, dass es da Asymmetrien gibt.«

»Asymmetrien? Ist das Finanzprüferjargon für Mauscheleien?«

»Nein, nein«, beeilte sich Daniel zu sagen. »Aber die Bewegungen dieser Konten sollten nachgeprüft werden. Ich finde nur keine Belege darüber.«

Pieter legte die Fingerspitzen aneinander und stützte sein Kinn darauf. »Es war richtig von Ihnen, damit zu mir zu kommen, Daniel. Jetzt verstehe ich voll und ganz, warum Ihr Chef so begeistert von Ihnen ist. Vielleicht hat sich einer unserer Broker im Fernen Osten auf riskante Deals eingelassen. Unsere Niederlassung in Singapur hat den Ruf, von der Hand in den Mund zu leben. Die Geschäfte dort sind zwar sauber getrennt von unseren britischen, aber ich werde trotzdem unser Compliance-Team bitten, sich der Sache anzunehmen und zu prüfen, ob die Kollegen dort alles im Griff haben. Gibt es noch was?«

Daniel rührte sich nicht von seinem Stuhl. Er war sich nicht sicher, ob das eine Abfuhr gewesen war. »Nein, das war alles. Vielen Dank.«

Mit einer seltsamen Mischung aus Unbehagen und Erleichterung kehrte er an seinen Schreibtisch zurück. Einerseits war er froh, dass er die Nachforschungen nicht selbst anstellen sollte. Es wäre eine erhebliche Mehrarbeit gewesen, und er hatte ohnehin genug zu tun. Doch irgendetwas an Pieters Reaktion hatte ihn irritiert; entweder nahm der Mann Daniels Entdeckung nicht ernst, weil er die Folgen nicht einschätzen konnte – oder er wusste längst, was los war.

Daniel verdrängte alle Gedanken an das Gespräch mit Pieter und vergrub sich zwei Tage lang in der Arbeit. Dann passierte etwas Merkwürdiges. Er machte wieder einmal Überstunden, schon hatte die antike Uhr im Sitzungssaal zehnmal geschlagen, da ertönten Schritte draußen auf dem Flur – von hohen Absätzen, ein Klang, den man sonst in diesem Haus nicht hörte. Die Bank war extrem konservativ; er hatte schon überlegt, ob in den Verträgen der weiblichen Mitarbeiter die Absatzhöhe auf zwei Komma fünf Zentimeter begrenzt war. Die Schritte hielten vor seiner Tür, dann klopfte es kurz.

»Herein«, sagte er, die Tür sprang auf, und eine Frau trat ein, aber was für eine Frau: Sie trug Abendgarderobe, ein elegantes, trägerloses schwarzes Kleid, das sich eng an ihren Körper schmiegte, und eine Perlenkette um den Hals; ihr Haar war hochgesteckt, nur ein paar lose Lockensträhnchen hüpften auf ihrer Schulter, als sie auf ihn zukam.

»Ich bin Samantha. Ich glaube, wir sind uns noch nicht vorgestellt worden. Sie sind der junge Mann, der die Revision macht?« Sie streckte ihm die Hand entgegen und zeigte lächelnd ihr strahlend weißes Gebiss.

»Hallo, äh, ja, ich bin Daniel. Ich wusste gar nicht, dass außer mir noch jemand hier ist. In welcher Abteilung arbeiten Sie denn?« Daniel hielt ihr ziemlich schlapp die Hand hin, die sie ergriff und schüttelte, ehe sie sich zu ihm vorbeugte, mitsamt ihrem Ausschnitt. Daniel erhaschte einen kurzen Blick auf nackte Haut, sah dann rasch weg und sortierte seine Unterlagen.

Samantha setzte sich auf die Schreibtischkante, schlug langsam ihre Beine übereinander und ließ lässig einen Stiletto von ihrer Fußspitze baumeln. »Im Bereich Kundenevent«, sagte sie und schenkte ihm erneut ein strahlendes Lächeln.

Daniel legte die Stirn in Falten. Er wusste nicht recht, was er sagen sollte. »Und? Haben Sie viel zu tun heute Abend?«, fragte er schließlich.

Statt zu antworten, glitt Samantha vom Schreibtisch und trat hinter ihn, um ihre Finger auf seine Schläfen zu legen und sie sanft zu massieren. »Das kommt ganz auf dich an.«

Daniel schlug das Herz bis zum Hals. So etwas war ihm noch nie passiert. Er war einfach nicht der Typ, dem so etwas passierte. Ihre Hände wanderten vorsichtig über seine Schultern, unter seinen Hemdkragen, und beschrieben kleine Kreise, während sie seine Knöpfe öffneten.

»Du bist ganz verspannt«, hauchte sie. »Bestimmt arbeitest du viel zu viel.«

Daniel zuckte innerlich zusammen. Emily wartete auf ihn, er hatte versprochen, spätestens um elf Uhr zu Hause zu sein. Er nahm Samanthas manikürte Hand von seinem Nacken. Schluss jetzt mit dem Unsinn. Er stand auf, um ihr ins Gesicht zu sehen, doch dann stand ihm der Mund offen, als er sah, dass sie bis auf die Perlen, die auf ihrer olivfarbenen Haut schimmerten, splitternackt war. Das Kleid war lautlos an ihr herab zu Boden geglitten. Zwei kleine, aber wohlgeformte Brüste erwiderten kokett seinen Blick. Er wich zurück, doch sie legte ihre Hand auf seine Wange.

»Komm schon, Daniel. Entspann dich. Genieß es«, sagte

sie und legte die andere Hand auf die rasch wachsende Wölbung in seiner Hose. Sie zog den Reißverschluss auf, schob ihre Finger in den Schlitz und holte seine Erektion heraus. Daniel versuchte zurückzuweichen, stieß jedoch erneut gegen den Schreibtisch. Während sein Verstand noch zu protestieren versuchte, hatte sein Körper schon längst kapituliert.

Eine Stunde später kehrte er in seine Wohnung zurück, mit dem sicheren Gefühl, dass noch immer der Geruch der Frau an seinem Hals und seinen Wangen haftete. Die Begegnung hatte ihn völlig aus dem Gleichgewicht gebracht, ja regelrecht geschockt. Das hatte nichts mit den vibrierenden, männlichkeitsfördernden Abenteuern zu tun gehabt, mit denen sich seine virilen Mitstudenten von der Verbindung gebrüstet hatten. Hoffentlich war Emily nach Hause gegangen. Der Gedanke, sie jetzt anzutreffen, versetzte ihn in blinde Panik. Sie würde ihn sofort durchschauen.

Emily war nicht nach Hause gegangen. Sie war auch nicht zu Bett gegangen, sondern wartete auf ihn. Er warf ihr ein schwaches Lächeln zu. Sie legte ihre Arme um ihn, doch er erwiderte den Druck nur kurz und schob sie dann rasch beiseite.

»Entschuldige, Em, ich bin total fertig. Und morgen um acht Uhr muss ich schon wieder dort sein. Allmählich wird es absurd.«

»Ich weiß, Schatz. Die nehmen dich ganz schön hart ran. Aber das wird ja nicht ewig so gehen. Komm, ich hol dir ein Glas Wein.«

Sie war so nett, so warmherzig. Sie hatten sich bei Hausmann & Sons kennengelernt, wo sie im gleichen Team gearbeitet hatten.

»Möchtest du was essen? Es ist Lasagne im Ofen. Die hab ich vorhin gemacht, für den Fall, dass du doch früher gekommen wärst.«

»Ach, Em, das hättest du doch nicht tun müssen. Du bist viel zu gut.« *Viel zu gut für mich*. Er fing sein Bild im Spiegel auf. Blauschwarze Ringe lagen unter den Augen, die ihm entgegenstarrten. War er wirklich noch dieselbe Person wie gestern?

Obwohl er fest damit gerechnet hatte, ahnte Emily nichts von seinem schmutzigen kleinen Geheimnis. Die Tage verstrichen mit Arbeit bis in die Nacht. Daniel prüfte die internen Zahlen, vergewisserte sich, dass die verzeichneten Gewinne zu den Handelsdaten passten, dass nichts verschleiert wurde und keiner der Broker versucht hatte, seinen Bonus künstlich aufzublähen. Die internen Zahlen schienen aber alle korrekt zu sein, und er vertiefte sich voll und ganz in seine Kolonnen. Die mysteriöse Samantha tauchte nicht mehr auf, wenn er spätabends noch dasaß, und nach einer Woche voller Excel-Sheets war er fast sicher, dass das Intermezzo nur eine Halluzination gewesen war, ausgelöst durch Überarbeitung.

»Daniel, kann ich kurz mit Ihnen sprechen?« Pieter streckte seinen Kopf durch die Tür.

»Natürlich.« Daniel sah auf, und seine Augen brauchten einen Moment, bis sie sich neu fokussiert hatten, nachdem er so lange auf den Bildschirm gestarrt hatte.

»Ich habe hier etwas für Sie.« Pieter stellte eine Magnumflasche Dom Pérignon auf den Schreibtisch. »Ich wollte mich nur für Ihre tüchtige Arbeit bedanken – und für die Warnung.« Er tippte sich mit dem Finger an die Nase.

»Die Warnung?«

»Über die Zahlungsströme der Konten in Ostasien. Wir haben das überprüft. Einer der Händler hat sich verspekuliert und dann große Summen aufgenommen, um die Verluste zu decken. Am Ende hat er versucht, das Ganze mit einem Labyrinth von Scheinkonten zu verschleiern.«

»Hoffentlich hat er die Bank nicht in Schwierigkeiten gebracht.«

»Ganz im Gegenteil. Am Ende warf sein Spiel Gewinn ab, und zwar einen ziemlich gewaltigen. Trotzdem können wir nicht zulassen, dass unsere Händler auf eigene Faust agieren. Der Mann hat eine Abmahnung bekommen, und außerdem wurde sein Bonus erst einmal bis nächstes Jahr ausgesetzt – nur für den Fall, dass der Deal doch noch schiefgeht.«

Daniel öffnete den Mund und schloss ihn wieder. Hatte er das richtig verstanden? Ein Mitarbeiter hatte seine Firma bewusst hintergangen und anschließend versucht, den Betrug zu verschleiern – und alles, was er dafür bekam, war ein Rüffel vom Chef?

»Aber …«

Pieter hob die Hand. »Hören Sie, Daniel«, sagte er streng, als stünde er vor einem Internatsschüler, der seine Schuhe nicht korrekt poliert hatte. »Ich will zu diesem Thema nichts mehr hören. Die Sache wurde über die entsprechenden Kanäle geregelt. Mehr gibt es dazu nicht zu sagen.«

»Aber können Sie ihm trauen? Was, wenn er das noch mal macht?«

»Sie dürfen mich ruhig altmodisch nennen, Daniel, aber ich glaube daran, dass man Menschen immer eine zweite Chance geben soll, damit sie aus ihren Fehlern lernen. Schließlich haben wir alle schon Dinge getan, auf die wir nicht stolz sind – Dinge, die möglichst niemand erfahren soll, nicht wahr?«

In seiner Stimme war nicht der geringste Anflug einer Drohung oder Provokation. Doch die folgende Stille war bedeutungsschwer. In diesem Moment wusste Daniel, dass er einer Inszenierung aufgesessen war und man ihn hinters Licht geführt hatte.

Pieter beugte sich vor und tätschelte ihm die Schulter. »Genießen Sie den Schampus. Nehmen Sie sich den Nachmittag frei. Sie haben hier ausgezeichnete Arbeit geleistet, und das Ende ist in Sicht. Lassen Sie sich Ihren Erfolg nicht verderben.« Er setzte sein Verkäufergrinsen auf, wandte sich um und verließ den Raum.

Daniel rührte sich nicht. Er konnte sich nicht bewegen. Es kam ihm vor, als würden die Wände näher kommen. Er brauchte Sauerstoff, wollte nach draußen, brach aber auf dem Weg zur Tür zusammen und blickte reumütig auf die Überwachungskamera, die in einer Ecke hing. Was war er nur für ein hirnverbrannter Trottel! Er war auf sich selbst mindestens so wütend wie auf die Bank. Die mussten sich über ihn totgelacht haben. Ihm hätte einfach klar sein müssen, dass man ein Bankenimperium nicht über drei Jahrhunderte führen konnte, ohne zu wissen, wie man externe Prüfer in Schach hielt. Wenn man etwas zu verbergen hatte, nahm man sich eben einen Neuling, der das Problem entweder gar nicht erst bemerkte oder nicht den Mumm hatte, es anzusprechen. Und wenn doch, dann konnte man ja immer noch eine Luxus-Hostess und eine Überwachungskamera einsetzen, als zusätzliche kleine Absicherung. Verdammte britische Blaublüter. Grinsten einem ins Gesicht und rammten einem gleichzeitig das Messer in den Rücken. Wie damals im Internat. Ein Schauder überlief ihn bei der Erinnerung an das Royal College.

Er zog sich am Regal hoch und ging langsam über den Flur zu den Toiletten. Die Porträts der ehemaligen Direktoren blickten gebieterisch auf ihn herab. Wut begann in ihm hochzukochen. »Fickt euch alle«, murmelte er. Er spritzte sich kaltes Wasser ins Gesicht und trocknete sich dann mit dem Handtuch aus ägyptischer Baumwolle ab.

Pieters versteckte Drohung hatte nicht die beabsichtigte Wirkung auf ihn. Daniel war wild entschlossen, die Transaktionen nachzuvollziehen. Er wollte wissen, wo das Geld herkam, von wem es kam und warum es in den offiziellen Dateien nicht auftauchte. Er würde die Datenbank durchstöbern, solange er noch ein funktionierendes Passwort hatte, und sämtliche Informationen der letzten drei Jahre abrufen. Das wären Berge von Daten, aber damit würde er schon klarkommen. Er würde zu Hause arbeiten. Er würde Beweise finden und die Wahrheit aufdecken. Er würde es ihnen zeigen. So ließ er nicht mit sich umspringen.

»Das wissen wir doch alles längst, Daniel. Was glauben Sie wohl, wie wir Sie sonst erwischt hätten?« Das war wieder Malcolms Stimme. Sie zerschnitt die Bilder, die vor ihm tanzten, riss sie in Fetzen. Daniel presste eine Hand auf seine Stirn. Zumindest steckte er nicht im Tank. Im Wasser wusste man nicht, ob man wach war oder träumte. Dass er in diesem Moment wach war, dessen war er sich ziemlich sicher. Die Träume waren verblasst. Jetzt war wieder dieser Mann da, dieser Mann mit dem kantigen Kinn und der Baseballkappe, der nicht aufhörte zu fragen.

Malcolm bemerkte die Veränderung an seinem Gefangenen. Das Zeitfenster, in dem er zugänglich war, hatte sich bereits wieder geschlossen. Er legte seinen Block weg. Schlimmstenfalls könnte er hinterher einen Artikel über den

Einfluss von Psychosen bei Verhören veröffentlichen. Seinen Kunden würde das natürlich nicht interessieren, aber die alten Kollegen von der CIA würden sich sicher über ein paar gute Tipps freuen.

»Wenn das alles ist, geht es wieder zurück in den Tank«, sagte er.

»Nein, nein, warten Sie. Ich kann mich auch noch an andere Dinge erinnern. Geben Sie mir nur eine Minute.«

Malcolm riss ihn vom Stuhl herunter und schleuderte seinen federleichten Körper über den Boden. Der Typ war inzwischen nur noch Haut und Knochen. Er packte ihn am Arm und zerrte ihn zur Tür.

»Bitte, bitte. Eine Minute noch, bitte nicht wieder da rein …«

Malcolm ignorierte ihn, schwang ihn sich über die Schulter und ging über den Hof auf den Tank zu.

Daniel öffnete den Mund und brüllte los, während tief in ihm in Wellen ein Schmerz aufstieg, der Schmerz seiner gebrochenen Seele.

Malcolm blieb ungerührt. Daniel konnte frei entscheiden. All das wäre morgen vorbei, wenn er ihnen sagen würde, wo das Geld war.

22

Ravenshill, Suffolk, England, 14:00 Uhr

Sie hörten den Helikopter, lange bevor sie ihn sahen. Das Knattern der Rotoren trug weit über den klaren blauen Himmel des ländlichen Sussex. Pieter Wittgenstein blickte nach oben und schirmte die Augen ab. Da war ein Punkt am Horizont.

»Meinst du, das ist er?«, fragte seine Frau Saskia und sah auf ihre Armbanduhr. »Ich kann immer noch nicht glauben, dass er wirklich so ein Ding gekauft hat.«

Pieter meinte, einen Anflug von Bewunderung in ihrer Stimme zu vernehmen, gar nicht viel, aber genug, um den Groll wieder aufleben zu lassen, den er seinem nichtsnutzigen jüngeren Bruder gegenüber empfand.

»Laudon geht es nur um die Show. Das war schon immer so«, antwortete Pieter.

Der Fleck am Himmel wurde größer.

»Ich gehe die Kinder holen, damit sie zusehen können. Wo wird er landen?«, wollte Saskia wissen.

»Auf dem südlichen Rasen. Geh nur, aber sieh zu, dass sie genug Abstand halten, bis er aufgesetzt hat.«

Saskia wandte sich um und eilte durch die Terrassentüren ins Wohnzimmer. Ihre Schritte klapperten über Parkett und Marmor, bis sie in den weiten Fluren des großen Gebäudes verstummten.

Ursprünglich ein eher bescheidener Bau aus der Regency-Zeit, war Ravenshill von mehreren Generationen von Wittgensteins immer wieder erweitert und umgestaltet worden; zwei neue Flügel, eine Orangerie und ein Innenhof waren angebaut worden und in der viktorianischen Zeit schließlich eine Reihe von Türmchen und Zinnen. Pieter, der in architektonischen Dingen ein Purist war, betrachtete die baulichen Ergänzungen seiner Vorfahren als Verschandelung des palladianischen Klassizismus.

Das Innere des Baus war nicht viel besser weggekommen: Jede Generation hatte versucht, die vorherige mit immer bombastischeren Umgestaltungen und Ausbauten zu übertreffen. In der Bibliothek stand eine voll funktionstüchtige Kirchenorgel, die einer Kathedrale würdig gewesen wäre, und in der Eingangshalle ragte ein fünf Meter hoher ägyptischer Obelisk auf.

Pieter sah dem Helikopter zu, wie er über dem Wäldchen kreiste, das an ihr Land angrenzte. Der Lärm der Rotoren war kaum zu ertragen, und er legte sich die Hände auf die Ohren. Laudon hatte mit ihren Ahnen mehr gemeinsam als er, Pieter. Wie sie war er großspurig und dreist. Wenn er über Ravenshill zu bestimmen hätte, würde er wahrscheinlich eine pseudomoderne Pyramide aus Glas und Stahl an den Südflügel klatschen lassen. Zum Glück hatte ihr Vater das Anwesen seinem erstgeborenen Sohn übertragen.

»Daddy! Daddy!« Seine Tochter Annabel zog aufgeregt an seinem Hosenbein, und er hob sie auf die Arme. Archibald, Henry und Franklin erschienen zusammen mit ihrer Mutter. Saskia hatte sie alle in blaue Cordhosen und passende Hemden gesteckt. Wie machte sie das nur, dass die Kinder immer aussahen wie aus dem Ei gepellt? Wenn er – was selten genug vorkam – mit ihnen allein war, endete es unweigerlich damit, dass sie vor Schmutz starrten, ein Schuh fehlte oder auch zwei und unerklärliche Tränen ihre Sachen tränkten. Mit offenen Mündern starrten sie auf den großen Vogel, der über dem Rasen schwebte.

»Dürfen wir auch mal mitfliegen?«, rief Henry.

»Mal sehen«, entgegnete Pieter.

Der Abwärtssog der rotierenden Blätter warf die Türen hinter ihnen zu.

Der Helikopter setzte behutsam und routiniert gesteuert auf dem Rasen auf. Die Rotoren kamen widerwillig zum Stillstand. Hinter der Windschutzscheibe konnte man Laudon sehen. Er hob die Hand, drückte ein paar Schalter und nahm dann sein Headset ab. Er öffnete die Tür, sprang heraus und winkte ihnen mit einem breitem Grinsen zu.

»Hey, Kinder«, rief er und rannte über den Rasen auf sie zu. Die drei Jungen sausten ihm entgegen und versuchten, ihn in Rugby-Manier zu tackeln, während Franklin, der jüngste der Brüder, gleich darauf hochsprang und sich an seinen Hals klammerte.

»Nicht so wild«, rief Saskia, während Laudon sich den Ansturm gefallen ließ. Er hob Franklin auf die Schultern und marschierte mit den anderen beiden im Schlepptau auf Pieter zu.

»Das war doch mal eine coole Landung, findest du nicht?«, sagte Laudon.

»Dürfen wir auch fliegen? Dürfen wir?« Die Jungen zerrten an seinen Händen und versuchten, ihn zum Helikopter zurückzuziehen.

»Später vielleicht. Wenn euer Dad nichts dagegen hat.«

»Da scheint noch jemand drin zu sein«, bemerkte Saskia.

Laudon drehte sich um und sagte: »Maiwan, mein Schatz, komm und lass dich meiner Familie vorstellen«, rief er der Frau zu, die sich gerade nach Kräften bemühte, möglichst würdevoll aus der Kabine zu klettern, ihren rosa Sarong mit der einen Hand fest im Griff und mit der anderen ihr kunstvolles Haarteil.

»Um Himmels willen, Laudon«, sagte Saskia fassungslos und eilte mit offenen Armen los, um den vernachlässigten Gast zu begrüßen.

»Jetzt sag nicht, du hast wieder mal eine Hostess aus einem Nachtklub in Singapur aufgegabelt«, sagte Pieter ruhig.

»Von wegen – Maiwan leitet das juristische Team der Handelsabteilung. Sie ist brillant, schön und eine Wucht im Bett. Ich denke, sie könnte die Richtige sein.« Er setzte ein vielsagendes Grinsen auf.

»Du denkst jedes Mal, es könnte die Richtige sein.«

»Was ist eine Hostess, Daddy? Ist das wie im Flugzeug, wenn so Frauen mit dem Wagen kommen und einem geben, was man will?«, fragte Archibald.

»Ja, genau so was ist das«, erwiderte Pieter.

Das Grüppchen begab sich ins Wohnzimmer, und Laudon stellte Maiwan offiziell vor. Die Kinder traten eines nach dem anderen zu ihr, um ihr die Hand zu reichen. Der Raum gehörte zu der ursprünglichen Regency-Villa, und Pieter fand ihn mit seinen idealen Proportionen und der unaufdringlichen Eleganz wesentlich heimeliger als die später angebauten viktorianischen Zimmer.

»Was hat sich eure Köchin für das Mittagessen ausgedacht?«, erkundigte sich Laudon und rieb sich die Hände, ehe er sich aus der Karaffe auf dem Sideboard einen großen Whisky einschenkte.

»Nichts. Sie hat heute ihren freien Tag. Sass und ich wollten grillen.«

»Ist das zu fassen? Du lässt mich extra aus Singapur kommen, und dann willst mich mit ein paar verkokelten Würstchen abspeisen?« Er schwenkte den Whisky im Glas und roch daran. »Das ist ein richtig guter Malt. Woher hast du den?«

»Aus dem Keller. Das Etikett war schon vergammelt, da hast du noch nicht mal daran gedacht zu fragen, was das ist.«

»Vielleicht sollte ich mir ein paar Flaschen mitnehmen.«

»Nur zu. Hör mal, Laudon, ich muss mit dir reden – unter vier Augen. Ich wusste nicht, dass du jemanden mitbringst.«

»Meinst du vielleicht, ich mache eine solche Reise allein? Komm schon, Pieter. Ein Trip nach Großbritannien, ein bisschen Sightseeing, eine Suite im Claridge's und ein Besuch auf dem Familiensitz – so eine Gelegenheit kann ich mir doch nicht entgehen lassen. Die lieben so was.« Er nickte in Maiwans Richtung. »Von den Früchten kann ich monatelang zehren.«

»Du bleibst hier, Laudon. Es gibt einiges zu besprechen.«

»Sie macht das toll mit den Kindern, was?«, sagte Laudon, ohne auf Pieter einzugehen. Er beobachtete Maiwan, wie sie versuchte, Annabels Hand von ihrem zerknitterten Sarong zu ziehen, drei Fragen gleichzeitig zu beantworten und einen Schluck Wasser zu trinken.

Pieter legte seinem Bruder eine Hand auf die Schulter. »Komm mit in mein Arbeitszimmer. Es ist wichtig.«

»Gott, du klingst schon wie Vater, wenn du so redest.«

Laudon verabschiedete sich mit theatralischer Geste, ehe er seinem Bruder widerwillig aus dem Zimmer folgte. »Gespräch mit dem Boss«, formte er mit den Lippen und zog eine Grimasse.

Die Kinder lachten, und Maiwan setzte ein besorgtes Lächeln auf. »Lass mich nicht so lange allein, Liebling.«

23

Heathrow Airport, 15:00 Uhr

In der Abflughalle herrschte starker Betrieb. Zwischen den wartenden Urlaubern und Geschäftsleuten saßen Studenten auf dem Boden, ihre riesigen Rucksäcke wie Schneckenhäuser auf dem Rücken. Markus stieg über sie hinweg und sah sich nach dem Ticketschalter um.

Er hatte sein halbes Arbeitsleben auf Flughäfen verbracht und liebte das aufregende Gefühl, zu einem neuen Auftrag unterwegs und zugleich durch einen künstlichen Kokon aus Glas und Stahl von den bevorstehenden Gefahren abgeschirmt zu sein. Es waren die letzten Momente Normalität, wenn auch einer ziemlich surrealen, bevor man das Flugzeug bestieg und in ein unbekanntes Land flog, um dort in den Kofferraum eines Autos zu klettern und sich über eine Grenze schmuggeln zu lassen.

Markus ging zum Informationsschalter der Air Iberia, die später am Tag einen Flug nach Guatemala anbot.

»Ich muss so schnell wie möglich nach Guatemala City. Ich bin Journalist und habe einen dringenden Anruf bekommen«, erklärte er, legte seinen Presseausweis neben seinen Pass und bemühte sich, ein liebenswürdiges Lächeln aufzusetzen. »Gibt es noch Plätze in der Achtzehn-Uhr-Maschine?«

»Einen Augenblick, bitte«, sagte die Frau in ihrer tadellosen Kostümuniform und musterte seine schmuddelige Armeejacke, die dunklen Stoppeln an seinem Kinn und die Tränensäcke unter den Augen. Sie schürzte die Lippen und ließ die Finger über die Tastatur sausen. »In der Economy sind noch zwei Plätze frei. Wie viele Tickets brauchen Sie denn?«

»Nur eins.«

»Das wären dann siebenhundertachtundvierzig Pfund einfach.«

Er griff nach seiner Brieftasche und wollte schon seine Karte ziehen. Ob sie das wirklich zurückverfolgen konnten? Besser, er probierte es nicht aus. Er schob die Karte zurück und fischte stattdessen ein Bündel Banknoten heraus, die er auf die Theke zählte. Die Frau hinter dem Schalter hob die Brauen und warf ihrer Kollegin einen Blick zu.

Markus hätte sich am liebsten in den Hintern gebissen.

Ein einfaches Ticket, bar bezahlt, und das in der allerletzten Minute. Das reichte, um die Flughafensicherheit auf den Plan zu rufen.

»Einen Moment bitte, Sir«, sagte die Kollegin mit bemühtem Lächeln und griff nach seinem Pass und dem Presseausweis, um durch eine weiße Tür hinter sich zu verschwinden. Markus blieb mit der Schalterdame in unbehaglichem Schweigen zurück. Er wandte ihr den Rücken zu und sah sich in der Halle um. Dann warf er einen prüfenden Blick auf sein Handy. Immer noch keine Nachricht von Steve. Hoffentlich war alles in Ordnung.

In Gedanken versuchte er, sich das Gesicht des Angreifers vom Morgen ins Gedächtnis zu rufen, aber vergeblich. Alles, was er sah, war der Lauf der Waffe. Ob er ihn wiedererkennen würde? Zumindest dürfte er ein hübsches Veilchen um sein rechtes Auge haben.

»Bitte sehr, Sir«, sagte die Dame von Air Iberia, reichte ihm seine Dokumente zurück und druckte ein Ticket für ihn aus.

Offensichtlich stand er nicht auf der schwarzen Liste.

»Wir wünschen Ihnen einen angenehmen Flug, Sir. Der Check-in-Schalter öffnet in einer Stunde.«

Markus suchte sich ein Café und bestellte einen Bagel. Das Ding war zäh und schmeckte nach nichts, aber ihm war das egal, denn sein Magen knurrte schon seit geraumer Zeit vor Hunger. Er setzte sich an einen Tisch und breitete den Inhalt des Umschlags vor sich aus, zumindest das Bild aus dem Reiseführer mit der Kathedrale und die Sorgenpüppchen. Die Blätter mit den Zahlen, mit den Einsen und Nullen, ließ er unberührt, ebenso die Polaroids.

Unter dem Bild der Kirche stand »Blick auf Santa Maria«. Das Wort »Blick« war dick mit Kugelschreiber unterstrichen, und das Foto war von mehreren Rissen durchzogen, als hätte es jemand mit einem Stift traktiert. Markus stopfte sich den Rest des Bagels in den Mund, packte seine Sachen zusammen und kaufte in der Buchhandlung gegenüber einen Reiseführer und einen Stadtplan von Guatemala City. Hinter einem zu Werbezwecken ausgestellten Aston Martin stand eine Bank, von der aus er das Terminal genau im Blick hatte. Er nahm Platz und faltete den Stadtplan von Guatemala City auf.

Die Stadt war gitternetzartig aufgeteilt. Er suchte im Register nach dem Namen der Kirche und fand sie in *Zona 1*. Sie hatte einen großen Vorplatz.

Meinte Danny den Blick von der Kirche aus oder den Blick auf die Kirche? Um den Platz herum gab es eine Reihe von Hotels. Hatte er dort übernachtet? Wenn dem so war, warum sagte er das nicht einfach? Eine Visitenkarte hätte genügt. Markus sah die Fahrscheine durch. Sie reichten mehrere Monate zurück und hatten für Buslinien gegolten, die aus der Stadt in entlegenere Ortschaften fuhren. Es gab keinerlei Hinweis auf das, was Danny gesucht haben mochte, wie lange er jeweils geblieben war, nur eine bestimmte Folge von Fahrten. Markus holte Block und Stift heraus und stellte einen zeitlichen Ablauf zusammen.

Die Daten lagen alle gegen Ende eines Monats, manchmal war es auch der letzte Tag. Mithilfe von Steves Handy stellte Markus fest, dass nie ein Samstag oder Sonntag dabei war. Markus umkringelte die Daten und schrieb eine Notiz daneben: *Letzter Arbeitstag des Monats?*, als das Telefon klingelte, der Kalender verschwand und stattdessen die Meldung *Unbekannte Nummer* auf dem Display erschien.

»Hallo?«, sagte Markus zurückhaltend.

»Hallo, hier ist Edward Wiseman. Ich versuche, Markus Cartright zu erreichen.«

»Am Apparat.«

»Markus, hallo, ich habe vor ein paar Wochen bei Ihnen zu Hause angerufen. Danke, dass Sie zurückgerufen haben.«

»Geht es um Danny?«

»Ja. Wir haben seit mehreren Monaten nichts mehr von ihm gehört und tappen völlig im Dunkeln. Ich hatte gehofft, dass vielleicht einer seiner alten Schulfreunde etwas über seinen Verbleib weiß. In den letzten Wochen habe ich praktisch jede Nummer aus seinem Adressbuch angerufen.«

Markus blickte voller Unbehagen auf die Fahrscheine und Papiere, die vor ihm lagen. Das war mit Sicherheit nicht das, was der alte Herr hören wollte. »Ihr Sohn … nun, er hat mir etwas geschickt. Einen Umschlag. Vor zwei Wochen aus Guatemala. Ich weiß nicht, warum er ihn mir geschickt hat, aber er enthält …«

»Vor zwei Wochen?« Mr Wiseman klang, als würde ihm im nächsten Moment die Stimme versagen. *Elizabeth, Elizabeth, Daniel hat vor zwei Wochen etwas zur Post gegeben … Ich weiß nicht, ich spreche gerade mit dem Mann … Natürlich werde ich ihn fragen.*

»Hat er gesagt, wie es ihm geht?«

Markus spürte, wie sich seine Kehle zuzog. Die Versuchung zu lügen war fast unwiderstehlich.

»Er hat nichts dazugeschrieben. Es sind nur Fotos und Fahrscheine.«

Auf der anderen Seite herrschte Stille, während Daniels Vater die Information verarbeitete.

»Ich schließe daraus, dass er wohl etwas in Eile war«, sagte er langsam. »Was wollen Sie tun?«

»Ihn suchen«, erwiderte Markus schlicht. »Soweit ich es

sagen kann, war er die letzten acht Monate in Guatemala. Können Sie sich vorstellen, warum er dorthin gegangen ist?«

»Nein, ehrlich gesagt nicht. Ich war dort Anfang der Achtziger eingesetzt, für etwa fünf Jahre. Daniel war da noch ein Kind. Er besuchte die internationale Schule. Stimmt doch, nicht wahr, Elizabeth?«

Markus hörte im Hintergrund jemanden murmeln.

»Er liebte die gebackenen Auberginen. Davon konnte er gar nicht genug bekommen. Ich weiß noch ganz genau, wie er immer am Rockzipfel der Köchin hing und sie bat, ihm welche zuzubereiten.«

»Wann haben Sie zuletzt von ihm gehört?«

»Daniel hat uns seit Monaten nicht mehr angerufen. Da habe ich seinen Cousin Nathan gebeten, ihn in London zu besuchen.«

»Und wie ging es ihm?«

»Nicht gut. Gar nicht gut.« Es entstand eine Pause. Der Wunsch, über seinen Sohn zu sprechen, mit jemandem, der erst kürzlich von ihm gehört hatte, rang mit seinem Bedürfnis nach Diskretion. »Er hatte sich in seiner Wohnung verschanzt und ging nicht mehr zur Arbeit. Nathan musste ihn mit Engelszungen überreden, ihm überhaupt aufzumachen. Und dann …« Edward Wiseman hielt kurz inne, ehe er weitersprach. »Dann stellte sich heraus, dass Daniel die ganze Zeit in einem Zimmer hauste und seit Monaten nicht einmal mehr seinen Müll rausgetragen hatte. Sie können sich vorstellen, wie das gestunken hat, zumal die Fenster mit Brettern vernagelt waren. Überall lagen Blätter herum, und er redete immerzu davon, dass *sie* ihm sicher schon auf den Fersen waren, aber er sagte nicht, wen er damit meinte. Haben Sie Kinder, Mr Cartright?«

»Eine dreijährige Tochter.«

»Dann ahnen Sie ja vielleicht, wie weh das tut.«

»Ich kann es mir nicht wirklich vorstellen. Ich wünschte, ich hätte früher davon erfahren. Was hat Nathan unternommen?«

»Oh, er tat, was er konnte. Er versuchte, Daniel zu überreden, professionelle Hilfe in Anspruch zu nehmen. Wieder zur Arbeit zu gehen. Oder zumindest mal rauszugehen, um frische Luft zu schnappen. Ich habe dann einen Arzt angerufen, allerdings hat das alles noch viel schlimmer gemacht. In seiner Paranoia verstieg er sich in den Glauben, dass der Arzt es auf ihn abgesehen habe.«

»Hören Sie, Mr Wiseman, ich weiß, dass das kein Trost für Sie ist, aber ich glaube nicht, dass Ihr Sohn paranoid ist.« Die Erinnerung an die Attacke am Morgen kam wieder hoch, an den Fremden, der seinen Nachbarn kaltblütig niedergeschossen hatte. Er versuchte, die Gedanken beiseiteschieben. »Haben Sie eine Ahnung, woran er arbeitete?«

»Er war wohl mitten in einer Wirtschaftsprüfung. Er hat Nathan erzählt, dass er Konten überprüfe und es zu riskant sei, darüber zu reden. Das hatte er mir zuvor auch schon anvertraut. Ich muss sagen, ich war ziemlich erschüttert. Er hatte gerade eine neue Stelle bei einer alteingesessenen Wirtschaftsprüferkanzlei angenommen und stellte sich dabei wohl ziemlich gut an. Ich sagte ihm, er solle nichts überstürzen, aber Daniel hatte schon immer eine lebhafte Fantasie. Er hat immer überall Gespenster gesehen. Meiner Meinung nach kommt das von den idiotischen Comics, die er immer las.« Er machte eine Pause. »Was glauben Sie? Warum hat mein Sohn Ihnen diesen Umschlag geschickt, Mr Cartright?«

»Ich weiß es nicht. Ich bin Journalist, Fotojournalist, um genau zu sein. Und ich habe damals im Internet ein bisschen auf ihn aufgepasst. Er hatte ein besonderes Talent, sich in Schwierigkeiten zu bringen.«

Es entstand erneut eine Pause. Dann sagte Mr Wiseman: »Ich wäre Ihnen sehr dankbar, wenn Sie mir einen Gefallen tun könnten. Würden Sie das, was er Ihnen geschickt hat, abfotografieren und mir per E-Mail schicken? Vielleicht kann ich ja helfen. Ich kenne immer noch eine Menge Leute und könnte Erkundigungen einziehen.«

»Ich bin nicht sicher, ob das eine gute Idee ist. Seit ich den Umschlag habe, hat schon zweimal jemand versucht, mich umzubringen.«

Durch die Leitung drang ein seltsames Geräusch, wie ein halb ersticktes Lachen. »Ich bin siebenundsiebzig, und mein einziges Kind wird vermisst. Glauben Sie im Ernst, ich hätte noch etwas zu verlieren?«

Wiseman senior rollte seinen Rollstuhl an das Fenster, das auf den See hinausging, und blickte auf den Steg, an dem Daniels altes Segelboot vertäut war. Früher waren sie regelmäßig auf den See hinausgefahren, wobei Daniel sich nie getraut hatte, an die Pinne zu gehen. Ihn hatte das immer zur Verzweiflung gebracht. Daniel war in allem das Gegenteil von ihm: Er war gesellig und offen, Daniel schüchtern und verschlossen. Er war mutig und draufgängerisch, Daniel scheute jedes Risiko. Er hatte gehofft, dass das Internat den Jungen aus der Reserve locken würde, doch es hatte den gegenteiligen Effekt gehabt. Daniel hatte sich noch mehr in sich zurückgezogen, einen Groll gegen seinen Vater entwickelt und sich regelrecht krankhaft an die Mutter geklammert, die ihm ständig Briefe und Päckchen schickte.

Edward Wiseman war klar, warum sich der Junge zu jemandem wie Markus hingezogen fühlte. Der Mann war kompromisslos und risikofreudig, er handelte, ohne sich zuvor über die Folgen Gedanken zu machen. Edward hatte jedoch gewisse Vorbehalte gegen ihn, nachdem er ein wenig in seiner Vergangenheit gestöbert hatte. Markus' Name und seine Adresse in Daniels Adressbuch waren unterstrichen gewesen. Was Edward herausgefunden hatte, war allerdings nicht sehr beruhigend. Es wies zwar nichts darauf hin, dass er den gleichen schmutzigen Geschäften nachging wie sein Vater, doch das Haus in Chelsea, das ihm gehörte, war mit dem Einkommen eines Fotografen nicht zu finanzieren. Vielleicht hatte er ja das Vermögen seines Vaters geerbt – vielleicht aber auch nicht. Und man wusste ja nie. Der Apfel fiel nicht weit vom Stamm, pflegte Elizabeth immer zu sagen.

24

Jacob und Isaiah saßen hinten im Transit, der auf dem Parkplatz am Terminal drei stand.

»Er ist da drin«, sagte Jacob grimmig, die Augen auf die letzten Ortungskoordinaten von Steves Telefon gerichtet. »Willst du reingehen und ihn dir schnappen?«

»Zu riskant«, erwiderte Isaiah.

»Irgendwelche Bewegungen bei seinen Kreditkarten?«

»Nichts zu sehen, jedenfalls noch nicht.« Isaiah öffnete einen der Koffer und zog ein Paar Bermuda-Shorts und ein T-Shirt heraus. »Gib mir deine Kappe«, sagte er, schlüpfte aus seinen Jeans und in die Shorts. »Und das Kapuzenshirt, das du anhast.«

»Das hier?« Es war eines seiner Lieblingssweatshirts, eine Erinnerung an die Metallica-Tournee 2003. »Ist das nicht ein bisschen groß für dich?«

»Genauso soll es sein.« Isaiah setzte die Kappe auf und schob sich eine Sonnenbrille auf die Nase. »Wie seh ich aus?«

»Wie ein Mossad-Agent beim Glastonbury Festival.«

»Sehr witzig. Vielleicht solltest lieber du gehen. Sieht man den blauen Fleck in meinem Gesicht noch?«

»Mit der Sonnenbrille kaum.«

»Gut. Wir benutzen Handys, keine Headsets.«

Markus musste irgendwo einen Ort finden, an dem er ungestört den Inhalt des Umschlags ausbreiten und fotografieren konnte. Schließlich schlüpfte er in einen Wickelraum und schloss die Tür hinter sich ab. Der Wickeltisch war für sein Vorhaben bestens geeignet. Er legte die Seite aus dem Reiseführer darauf und daneben die Sorgenpüppchen. Die Auflösung von Steves Handykamera war gut. Er ging systematisch vor, schoss jeweils eine Totale und zwei Nahaufnahmen, die er sofort per E-Mail an Edward Wiseman weiterleitete und anschließend wieder löschte. Die Seiten mit den Zahlenkolonnen dauerten am längsten. Er hatte keine Ahnung, ob sie die richtige Reihenfolge hatten. Fünfundvierzig Minuten dauerte das Ganze, nur unterbrochen vom verärgerten Klopfen einer Mutter. »Beeilen Sie sich mal da drin. Was treiben Sie denn?«, rief sie durch die Tür.

»Am besten gehen Sie woandershin. Die Lage hier ist ziemlich explosiv«, erwiderte er und stopfte alles zurück in seine Sporttasche.

Als er das Ohr an die Tür legte, hörte er, wie die Frau sich mit ihrem Buggy entfernte.

Isaiah schritt durch die Drehtür und betrat die riesige Halle von Terminal drei. Mit dem Kopf zu einem imaginären Rhythmus nickend, sah er sich um.

»Irgendwelche Spuren vom Ziel?«

»Nichts. Ich fange an einem Ende an und arbeite mich bis zum anderen vor. Wenn er in die Abflughalle geht, muss ich mir wohl auch ein Ticket kaufen.«

»Hast du deinen Pass dabei?«

»Beide sogar.«

Isaiah stand in einem Zeitschriftenladen hinter einem Regal mit Magazinen. Seine Augen wanderten durch den weiten Raum, der sich vor ihm öffnete, und registrierten jeden Kopf, jeden Haarschnitt, jede Geste und jede Bewegung. Es war nicht einfach, hier jemanden zu finden, aber er hatte Übung darin, alles auszublenden, was nicht passte, und die Konturen, die sich vor den Anzeigetafeln abzeichneten, mit Markus Cartrights Körperbau zu vergleichen. Nichts. Er suchte den nächsten Beobachtungsposten auf, eine Autovermietung. Langsam ging er darauf zu, nahm sich eine Broschüre, um darin zu lesen, und drehte sich dann wieder in die Richtung, aus der er gekommen war. Er sah in die Gesichter der Menschen, die ihm zuvor den Rücken zugewandt hatten. Nichts. Er wollte schon weitergehen, als ihm etwas ins Auge fiel. Eine Frau mit einem weinenden Baby, die an eine Toilettentür klopfte. Zwei weitere Kinder im Schlepptau, hastete sie vor der Tür auf und ab, bis sie sich schließlich unter entnervtem Kopfschütteln entfernte. Isaiah beobachtete die Tür, zählte die Minuten und war erneut drauf und dran weiterzugehen, als sich die Tür öffnete.

Markus Cartright trat heraus. Eilig strebte er auf die Abflughalle zu und fischte dabei Pass und Ticket aus seiner Hosentasche. Er nickte dem Beamten zu, der seine Dokumente prüfte, und verschwand durch die Glastüren.

»Er ist in der Abflughalle, hab ihn gerade noch entdeckt.«

»Mist. Kommst du da irgendwie rein?«

Isaiah ignorierte die Frage und trennte die Verbindung. Er kam auch ohne das ständige Geplapper aus dem Hintergrund klar. Das einzige Problem war, dass er dann auch keine Verstärkung mehr hatte. Doch Charlie war ohnehin nicht mehr da, um ihm Rückendeckung zu geben oder zu prüfen, ob die Luft rein war, bevor er sich der Zielperson näherte. In einem geschlossenen Hochsicherheitssystem wie einem Flughafen war ein zweites Paar Augen eigentlich unerlässlich. Man wusste sofort, wann man sich ducken und wann man zugreifen konnte. Kurz spielte er mit der Idee, Jacob hinzuzuholen, beschloss dann aber, dass er wahrscheinlich eher ein Hindernis als eine Hilfe wäre, vor allem wenn er nervös wurde.

»Einen Rückflug nach Paris, bitte. Heute Abend«, sagte er zu dem Mann hinter dem Schalter der Air France.

»Mal sehen, ob wir da noch etwas haben«, erwiderte der Mann skeptisch. »Einen Platz habe ich, allerdings in der Business-Klasse. Tut mir leid.« Er musterte Isaiah in seinem Kapuzen-Pulli und den Bermuda-Shorts von oben bis unten.

Isaiah überlegte umständlich hin und her, ob er das Ticket nehmen sollte oder nicht. Dann zog er Pass und Kreditkarte. »Ach, was soll's«, sagte er. »Sie meinte, sie wolle mit mir reden, und zwar persönlich. Buchen Sie den Betrag von der Karte ab.«

Der Franzose hinter dem Schalter sah ihn an wie ein Croupier einen unbelehrbaren Spieler. »Das macht zweitausendfünfhundert Pfund.« Er prüfte den Pass und zog die Kreditkarte durch den Schlitz. »Ziemlich kostspieliges Gespräch«, fügte er murmelnd hinzu.

25

Picanno Ranch

Malcolm sah auf seine Armbanduhr. Es war noch nicht ganz Zeit für die nächste Sitzung, doch er hatte das Gefühl, auf einem guten Weg zu sein. Er zog die Spritze aus Daniels Arm. Die Venen sahen allmählich ziemlich mitgenommen aus, als würde der Kerl an der Nadel hängen. Es war genug LSD, um seine Zunge zu lockern, aber nicht so viel, dass sein Verstand vollständig ausgeschaltet wurde. Allmählich bekam Malcolm ein Gespür für die richtige Dosis.

»Sie haben also Pieters Daten gestohlen? Das war aber nicht nett. Schließlich hat er Sie bezahlt. Und er hat Ihnen diese Frau geschickt. Wie hieß sie noch gleich?«

»Samantha.« Daniels Kopf schwankte von einer Seite auf die andere. »Aber sie war keine gute Frau. Nicht wie Emily, meine Emily.«

»Das mit ihr haben Sie vermasselt, schätze ich, nicht wahr?«

Darauf kam keine Antwort von Daniel. Er sah aus wie ein Geschöpf der Tiefsee, mit seiner mondfahlen Haut, die im Wasser aufgequollen und schwammig geworden war. Seine violettblauen verästelten Venen zeichneten sich deutlich darunter ab. Sie mussten ihn dazu bringen, etwas zu essen, wenn er am Leben bleiben sollte. Wie lange ging das jetzt schon so? Zwei Wochen? Er konnte nicht einmal mehr ohne Hilfe stehen. Dass er im Tank nicht absoff, lag einzig und allein daran, dass Malcolm aus einem alten Schlauch und einem T-Shirt eine Art Rettungsweste gebastelt hatte.

Malcolm stand auf und trat vor den baufälligen Schuppen. Die Drogen sollten noch etwas mehr Zeit bekommen, um ihre Wirkung zu entfalten. Über den umliegenden Zuckerrohrfeldern hing Nebel. Am Horizont erhoben sich drohend zwei große Vulkane, die im Abendlicht violett leuchteten. Sie waren beide noch aktiv. Paulo hatte ihm angeboten, ihn einmal hochzuführen, doch er hatte abgelehnt. Erst wollte er mit Wiseman weiterkommen.

Wo waren seine Leute überhaupt? Das Team sollte eigentlich immer an seiner Seite sein, statt sich davonzuschleichen, um zu rauchen und Karten zu spielen. Nie waren sie da, wenn man sie brauchte, das war ihm in der letzten Woche verstärkt aufgefallen. Es war fast so, als würden sie ihn meiden. Sie aßen nicht mehr mit ihm und hatten sich auch zum Schlafen ein anderes Zimmer gesucht. Zeit ihres erbärmlichen Lebens waren sie Berufsverbrecher gewesen – José brüstete sich sogar mit zwei erfolgreichen Entführungen – und hatten mehr als genug Prügel eingesteckt. Aus unerfindlichen Gründen aber schienen sie mit dieser Sache hier nichts zu tun haben zu wollen.

Es lag am Anblick des Amerikaners, der nackt aus dem Tank gezerrt, auf einen Stuhl gefesselt und mit Drogen vollgepumpt wurde. Sie waren erschüttert, wenn sie die seltsame Schrumpelkreatur sahen, die er geworden war, mit Augen, die fast immer geschlossen waren und blutrot unterlaufen, wenn er sie kurz öffnete. Je weniger menschlich er erschien, desto unbehaglicher fühlten sie sich. Als spiegelte seine körperliche Verwandlung irgendwie seine schier übernatürliche Fähigkeit, diesem Verhör standzuhalten.

Weder Paulo noch José waren religiös, doch sie kamen aus einem katholischen Land mit fest verwurzeltem Aberglauben. Immer wenn José den Gefangenen ansah, musste er an die grausige Skulptur des heiligen Bartholomäus denken, die ihm als Kind immer Angst eingejagt hatte, wenn sie während der Prozessionen im August durch die Straßen getragen wurde: der Heilige, der seine abgezogene Haut in der Hand hielt, mit offen sichtbaren Muskeln und Sehnen, die der Bildhauer in schauriger Präzision nachgebildet hatte. Auch Danny sah so aus, als würde seine Haut bald von ihm abfallen, bis er sich als Klumpen aus blutigem, sehnigem Fleisch am Boden auf sie zu winden würde.

Malcolm plagten solche Ängste nicht. Er betrachtete den Mann wie ein Wissenschaftler eine Laborratte. Außerdem war er selbst schon gefoltert worden – von einem KGB-Mann in Afghanistan. Er wusste, dass man es nicht ewig aushielt. Wenn er es damals nicht ausgehalten hatte, würde es dieser arrogante Schnösel erst recht nicht schaffen.

Er rief nach José und Paulo, erhielt aber keine Antwort. Also ging er zurück in den Schuppen, zog einen Stuhl neben seinen Gefangenen und schob eines seiner Augenlider hoch. Die Pupille war geweitet, die Droge wirkte.

»Was haben Sie mit den Daten gemacht? Sie durchgearbeitet?«, fragte er.

Eine lange Pause entstand, während die Worte durch die verzerrten Schichten von Daniels aufgeweichtem Bewusstsein drangen.

»Ja«, antwortete Daniel. »Ganz genau das habe ich getan.« Er hatte die Szene wieder vor Augen. Emily, die auf dem Sofa lag und fernsah, die Late-Night-Show mit Jonathan Ross oder etwas in der Art, er mit dem Laptop am Küchentisch.

»Kommst du nicht mal kuscheln, Schatz? Du kannst doch nicht die ganze Nacht arbeiten.«

»Tut mir leid, Liebes, aber das hier muss ich bis Montag fertig haben.«

Er arbeitete sich inzwischen durch die Investmentkonten und verglich Daten und Tageszeiten der Transaktionen. Je länger er sich damit beschäftigte, desto unwahrscheinlicher kam es ihm vor, dass sie Teil der hastig improvisierten Tarnung eines Schurkenhändlers sein sollten. Dazu sahen die Transaktionen viel zu schlüssig aus. Das Geld kam von vier verschiedenen Konten und war bar eingezahlt worden. Die Einzahlungen waren bei verschiedenen Banken in Guatemala City erfolgt und dann auf die Investmentkonten verteilt worden, die zu einem Netz von Holdinggesellschaften gehörten. Von dort aus waren sie nach Singapur gegangen, wo sie als Kapitalanlagen von Händlern geführt wurden. Sämtliche Bewegungen fanden immer nur in einer Richtung statt – niemals kamen irgendwelche Summen über diese Gesellschaften zurück. Wer auch immer das Geld in dieses System pumpte, schien nichts davon wiederhaben zu wollen. Zumindest nicht über diese Kanäle. Daniel überschlug, wie viel Geld über die vier Konten gelaufen war, und kam auf siebzehn Milliarden Dollar über einen Zeitraum von zwei Jahren.

Fassungslos legte er seinen Stift weg und nahm den Taschenrechner zur Hand, der ihm die gleiche Zahl lieferte. Irgendjemand hatte astronomische Geldsummen nach Singapur geschafft und nichts davon wiedergesehen.

Wer?

Warum?

»Wie lange haben Sie gebraucht, um das alles herauszufinden?«

Daniel runzelte die Stirn. Das war nicht Emilys Stimme. Sie lag nicht auf dem Sofa. Aber da war wieder dieser Mann, dieser Texaner.

»Nicht lange. Eine Woche, vielleicht zwei.«

»Und was passierte dann?«

»Mein Chef aus der Kanzlei bestellte mich ein. Er sagte, er wolle etwas Wichtiges mit mir besprechen. Etwas unglaublich Wichtiges.« Daniel imitierte die Stimme seines Chefs und fing an zu kichern.

»Hat er Sie gefeuert?«

Das Kichern verstummte langsam.

»Nein. Er wollte nur wissen, wovon Pieter Wittgenstein redete. Die warfen mir nämlich alles vor, was man sich nur vorstellen kann ... Datenklau, Unfähigkeit, Fahrlässigkeit ... und sie drohten, die Kanzlei zu verklagen und die Polizei einzuschalten.«

»Hatten Sie keine Angst?«

Daniels vom LSD vernebeltes Hirn schien eine Weile zu brauchen, bis es die Frage verarbeitet hatte. »Nein. Angst hatte ich nicht. Aber wütend war ich ... und noch wütender wurde ich, als sie in meine Wohnung einbrachen und ein Riesenchaos anrichteten ... Alles war durcheinander und kaputt, sogar die erste Ausgabe vom Silver Surfer, den ich gerahmt an der Wand hängen hatte, haben sie runtergeschmissen und zertrampelt.«

»Die erste Ausgabe vom Silver Surfer?«, fragte Malcolm mit erhobenen Brauen und einem ersten leisen Anflug von Mitgefühl in der Stimme.

»Weg ... alles weg. Und dann tauchte auch noch so ein Idiot in der U-Bahn hinter mir auf und meinte, es könne doch sein, dass ich bald einen Unfall habe ... vor den Zug auf die Gleise stürze oder so.«

»Haben Sie das jemandem erzählt?«

Daniel zuckte die Achseln und versuchte, die Knie ans Kinn zu ziehen, was ihm aber nicht gelang. »Emily, zumindest habe ich versucht, es ihr zu erzählen, aber sie hat ja nicht mehr mit mir gesprochen, nachdem sie ihr die DVD geschickt hatten.«

»Sie und die geheimnisvolle Samantha?«

»Ich und die geheimnisvolle Samantha, genau. Wobei sie auf dem Film weitaus weniger geheimnisvoll wirkt ...«

»Und das war der Moment, wo Sie beschlossen, das Geld zu stehlen, um sich zu rächen?«, fragte Malcolm in schmeichelndem Ton. Block und Stift in der Hand saß er auf der Stuhlkante. Er wusste, dass er ganz nah dran war. Danny war genau da, wo er ihn haben wollte. Wenn er ihn jetzt ganz vorsichtig weiterschubste, würde er erklären, wie er das Geld an sich gebracht und wo er es versteckt hatte.

»Nein, da noch nicht. Das wäre dumm gewesen. Ich habe das Geld gestohlen, nachdem ich herausgefunden hatte, von wem es kam.«

Daniels Kopf fiel ihm auf die Brust. Seine rot umränderten Augen öffneten sich unter schweren Lidern, doch sein Blick war wach und heftete sich starr auf Malcolm.

Malcolm runzelte die Stirn.

»Sie wissen es nicht, was?«, flüsterte Daniel. »Sie wissen nicht, für wen Sie arbeiten und wer Sie bezahlt?« Er kicherte leise. »Sie glauben, es sei Wittgenstein? Sie glauben, Sie bekommen Ihr Geld von einem harmlosen kleinen Banker im Nadelstreifenanzug?« Er fuhr sich mit der Hand über den Kopf und hielt ein Büschel Haare in der Hand. Verwirrt blickte er darauf und ließ es dann zu Boden fallen. »Selbst für einen Texaner sind Sie ganz schön schwer von Begriff«, sagte er.

Malcolm stand auf und verließ mit geballten Fäusten den Schuppen. Er musste sich schwer zusammenreißen, um diesem arroganten Arschloch nicht die Fresse zu polieren. Er war hier derjenige, der das Verhör leitete, er hatte die absolute Macht über den Gefangenen – warum also wurde er das Gefühl nicht los, dass Wiseman die Situation kontrollierte? Er holte sein Telefon heraus. Es war höchste Zeit, in London anzurufen und einen Statusbericht zu verlangen. Isaiah sollte jetzt besser gute Neuigkeiten für ihn haben.

26

Markus legte die Digitalkamera im Duty-free-Shop zurück auf die Theke und sah auf seine Armbanduhr. Noch zwei Stunden bis zum Boarding. Und immer noch keine Nachricht von Steve. Was hatte das zu bedeuten? Der Ausflug in die Kamera-Abteilung war seine Art, sich abzulenken. Es war vertrautes Terrain. Wie von selbst prüften seine Finger die verschiedenen Funktionen des Gerätes, spielten mit dem Fokus und stellten die Belichtung ein. Selbst das profane Gespräch mit dem Verkäufer half ihm, sich zu konzentrieren und nicht von seiner Angst überwältigen zu lassen.

»Sie hat eine sehr geringe Auslöseverzögerung, große Tiefenschärfe und den empfindlichsten Belichtungsmesser, der zurzeit auf dem Markt ist«, erläuterte der Verkäufer. »Da lässt sich bestimmt noch eine Speicherkarte drauflegen, wenn ich mit dem Filialleiter spreche.«

»Bestimmt«, sagte Markus.

»Das Modell wird gern von Profis genommen. So wie Sie damit umgehen, wissen Sie auch, was Sie tun.«

»Ist nur ein Hobby, vielen Dank«, sagte Markus. »Haben Sie nicht was Kompakteres?«

Der Verkäufer wirkte enttäuscht, nahm aber ein paar billigere Automatikkameras aus der Vitrine und legte sie auf die Theke. Markus griff nach einer Canon und drehte sie in den Händen. Unglaublich, wie leicht sie war und wie simpel in der Bedienung. Schon erstaunlich, was diese modernen Apparate alles konnten. Praktisch alles, außer Atmosphäre einzufangen. Und selbst das konnten sie zumindest ganz gut imitieren, wenn man die richtige Voreinstellung fand. Er hob sie an, aber da war kein Sucher, nur ein LCD-Display, seelenlos und kalt.

»Wenn Sie die hier kaufen, bekommen Sie die passende Tasche günstiger«, sagte der Verkäufer.

Markus hörte nicht zu. Die Bildschirme am anderen Ende des Ladens hatten seine Aufmerksamkeit auf sich gezogen. Sie zeigten die Bilder der Camcorder, die überall aufgebaut waren, Kunden, die davor hin und her schlenderten. Manche blieben stehen, nahmen eine Kamera in die Hand und fingen an, daran herumzudrücken. Ein paar Kinder schnitten Grimassen in ein Objektiv, daneben standen junge Männer, die offensichtlich überlegten, ob dieses spezielle Modell sie vielleicht zum nächsten Steven Spielberg machen würde. Auf einem der Bildschirme war in einer Ecke ein Mann in einem Kapuzensweatshirt zu sehen, der auffallend wenig Bewegung zeigte. Als die Kamera herumschwenkte, stand das Bild kurz auf dem Kopf, um dann wieder in die Ausgangsposition zurückzukehren. Doch der Typ stand immer noch da, in Kapuze, Bermuda-Shorts und Turnschuhen.

Markus wandte sich an den Verkäufer und sagte: »Ich glaube, ich lasse das lieber für heute.« Er blickte über die Schulter, sah sich im Laden um, konnte den Kerl aber nicht entdecken. In seinem Kopf ließ sich die Stimme seines Trainers aus dem Selbstschutzkurs vernehmen: *Am Ende müssen Sie selbst beurteilen, wie groß die Bedrohung ist. Wenn Sie das Gefühl haben, dass Sie in eine Falle tappen, gehen Sie nicht weiter. Wenn Sie gute Gründe haben, Ihrem Dolmetscher, Führer oder sonst wem nicht zu trauen, dann trauen Sie ihm nicht. Instinkt ist viel wert bei diesen Dingen. Wenn Sie glauben, dass Ihnen jemand folgt, dann stimmt das wahrscheinlich auch. Meiden Sie Sackgassen. Halten Sie sich in übersichtlichem Gelände auf. Es sei denn, Sie suchen die Konfrontation.*

Markus ging zu den Camcordern hinüber und suchte ein Gerät, das über einen längeren Zeitraum gefilmt hatte, klappte das Display auf und spulte zurück. Zuerst zuckten weiße Linien auf, dann sah man den Laden, eine Nahaufnahme von einem Teenager, eine Hand, die in die Linse winkte. Dann den Typ im Hintergrund. Markus sah sich über die Schulter um, betrachtete noch einmal die Aufnahme und stellte fest, dass der Fremde bei den Filmen stehen musste. Er spulte vor, und immer noch stand der Mann am selben Fleck. Niemand brauchte so lange, um einen Film auszusuchen, noch nicht einmal ein Fotofreak wie er, der solche Sachen tatsächlich immer noch kaufte. Der Mann mit der Kapuze stand mit dem Rücken zu ihm, doch sein Blick ging in Richtung Kasse, dorthin, wo Markus vorhin gestanden hatte. Er sah auf seine Filmdosen, tat so, als würde er sie vergleichen, und blickte wieder hoch. Dann stoppte die Aufnahme.

Markus klappte das Display zu. Jemand hatte ihn gefunden und beobachtete ihn.

27

Isaiah trat hinter einen Pfeiler, als die Zielperson in eine Apotheke ging, die Sporttasche über der Schulter. Ein paar Minuten später tauchte Markus Cartright wieder auf und ging auf die Toiletten zu. Isaiah heftete sich an seine Fersen. Es war viel los, Passagiere, darunter zahlreiche Familien, die auf dem Weg zu ihrem Flugsteig waren. Er ging den Flur entlang durch Schwingtüren in das WC. Ein Flughafenbediensteter wischte den Boden, am Spiegel stand ein Fluggast, der sich mit einem Elektrorasierer über das Gesicht fuhr. Das Ziel musste in einer der Kabinen sein.

»He, draußen ist gerade ein Kind hingefallen, weil der Boden nass und rutschig ist«, sagte er zu dem Mann mit dem Schrubber, der zur Antwort nickte und dann widerstrebend seinen Wagen anschob, um draußen weiterzuwischen.

Isaiah wandte sich dem Mann am Spiegel zu, nickte ihm einen freundlichen Gruß zu, packte ihn am Hinterkopf und rammte ihn gegen das Porzellanwaschbecken. Beim zweiten Mal war er bewusstlos. Isaiah zerrte ihn zur Tür und klemmte seine Finger darunter, damit sie nicht aufging.

»Kommen Sie, Markus. Ich weiß, dass Sie hier sind«, sagte er ruhig und stieß mit dem Fuß die erste Kabinentür auf. Niemand. Auch die zweite Kabine war leer. Nur eine blieb noch, deren Tür geschlossen war. Er spannte seinen Körper an, holte Schwung mit dem Fuß und ließ ihn mit aller Kraft dagegen krachen.

Nichts. Niemand drin. »Verdammt«, murmelte er, drehte sich rasch um und schleppte den Geschäftsmann in eine der Kabinen, um ihn auf der Kloschüssel abzusetzen und die Kabinentür vor ihm zu schließen. Draußen im Flur drängten sich die Menschen an ihm vorbei. Es gab noch zwei weitere Türen, eine führte zur Damentoilette, und auf der anderen prangte ein Schild: »Nur Personal«. Zwei Männer standen da und warteten, ein weißhaariger in einem karierten Hemd, Safarishorts und Sandalen, und ein jüngerer Typ, der mit seinem Handy beschäftigt war. Aus der Damentoilette traten eine grauhaarige Frau, eine Mutter mit Buggy und dann – Markus Cartright, als wäre es das Normalste der Welt. Im Vorbeigehen drehte er sich nach Isaiah um, blickte ihm direkt ins Gesicht und hob die Hand.

Isaiah spürte, wie das Spray seine Augen traf, und schloss sie sofort, doch es war zu spät. Es brannte heftig, und er konnte nur noch verschwommene Konturen erkennen. Seine Fäuste schnellten los und trafen etwas. Eine Frau schrie auf. Jemand durchwühlte seine Taschen und zog Gegenstände heraus. Er versuchte, die tastenden Hände zu fassen, aber sie waren zu flink. Ein schwerer Schlag ins Genick wie von einem Vorschlaghammer ließ ihn der Länge nach zu Boden stürzen.

»Die Security muss kommen! Wo ist die Security?«, rief eine Stimme über das Tohuwabohu hinweg.

Isaiah taumelte in die Toilette und spritzte sich hektisch Wasser ins Gesicht, bis er halbwegs klar sehen konnte. Von draußen drangen Stimmen herein, die nach der Polizei riefen. Er boxte sich durch die Menschenansammlung vor der Tür und schlüpfte durch die Personaltür. Niemand hatte Alarm ausgelöst, zumindest war nichts zu hören. Auf dem Weg über die Treppe nach unten stieß er eine Stewardess um. Er bückte sich, riss ihr ihre Ausweiskarte vom Hals und rannte weiter.

Markus Cartright wählte einen Platz inmitten der Abflughalle, zwischen zwei dicken Südamerikanerinnen. Von jetzt an würde er sich erst einmal nicht mehr vom Fleck rühren, bis er das Flugzeug bestieg. Das Mückenspray hatte er in einen Mülleimer geworfen.

Seine Hände zitterten, und sein Herz raste. Er verlangsamte seine Atmung, um sie wieder unter Kontrolle zu bringen. Ein Drink wäre jetzt großartig, am besten gleich eine ganze Flasche Scotch.

Er sah die Unterlagen durch, die er dem Angreifer aus der Tasche gezogen hatte. Zwei Pässe, auf verschiedene Namen ausgestellt. Das eine Bild zeigte einen blonden Mann, der schüchtern in die Kamera lächelte. Beruf: Innenarchitekt. Das andere zeigte denselben Mann mit rasiertem Kopf und im Anzug. IT-Berater. Und was war das für ein dickes Blatt Papier, zweimal gefaltet? Es fühlte sich vertraut an, Fotopapier. Sein Magen zog sich zusammen, als er es auffaltete. Mila. Sie hatten ein Foto von Mila aus dem Studio mitgenommen.

28

»Natalie, bist du das?«

»Hier ist Melissa. Natalie ist ausgegangen. Zur Verleihung der Restaurant Awards, glaube ich.«

Melissa war die Kinderfrau, die Natalie auf Guys Geheiß eingestellt hatte. Markus hörte im Hintergrund den Fernseher.

»Wie geht es Mila? Hat sie gut gegessen?«

»Klar, sie hat zwar eine kleine Szene gemacht, aber das lag sicher daran, dass ihre Mummy nicht da ist.«

»Ist im Haus alles okay? Ist die Eingangstür abgeschlossen und so weiter?«

»Ähm, ich weiß nicht. Es gibt doch eine Alarmanlage, oder? Dann ist sie wohl abgeschlossen.« Die Kinderfrau fand das Gespräch ziemlich seltsam. Die Mutter hatte sie gewarnt, dass der Exmann auftauchen und Krawall schlagen könnte, sie hätten in der Vergangenheit sogar schon einmal die Polizei holen müssen.

»Okay, dann passen Sie auf, Miranda …«

»Melissa, ich heiße Melissa.«

»Passen Sie auf, Melissa: Wenn Sie irgendwas Ungewöhnliches hören oder sehen, rufen Sie sofort die Polizei. Das gilt nicht nur für heute Abend, sondern auch für morgen, wenn Sie unterwegs sind, egal wo. Halten Sie immer die Augen offen.«

»Worauf soll ich denn achten?«, erwiderte Melissa. Am besten spielte sie sein Spielchen mit.

»Auf jemanden, der immer wieder auftaucht. Vielleicht in einem Auto, auf der Straße oder im Café. Warten Sie …« Er fotografierte die Passbilder mit dem Handy. »Wie lautet Ihre Mobilnummer? Ich will Ihnen ein paar Fotos schicken.«

Melissa zögerte, nannte ihm dann aber die Nummer.

»Sehen Sie ihn?«

Sie betrachtete die Fotos, die auf ihrem Display erschienen. Das Ganze wurde ihr allmählich ein bisschen unheimlich, und sie begann sich zu fragen, ob sie nicht lieber gleich morgen kündigen sollte. Die Agentur hatte nichts von Sicherheitsproblemen in dieser Familie erwähnt; Melissa hatte nur gewusst, dass es sich um Fernsehpromis handelte, die Wert auf ihre Privatsphäre legten.

»Ich sehe ihn, aber Mr Cartright, das stand nicht in meiner Jobbeschreibung. Die Agentur zahlt nämlich eine Gefahrenzulage für Familien mit besonderen Sicherheitsrisiken.«

»Klären Sie das bitte mit Guy, aber zeigen Sie den beiden unbedingt die Fotos. Ach, eines noch, ich möchte, dass pro Tag drei SMS an diese Mobilnummer geschickt werden, okay? Jeweils morgens, mittags und abends. Es muss nichts drinstehen, aber auf diese Weise weiß ich, dass es Mila gut geht. Sagen Sie das bitte auch Natalie. Sobald ich keine SMS bekomme, mache ich mich sofort zurück auf den Weg nach England.«

»Ich werde das weiterleiten«, versprach Melissa. Sie würde definitiv ein Wörtchen mit der Agentur reden müssen.

Markus beendete das Telefonat und wählte die Nummer des Bildredakteurs der *Sunday Times*, ein grauhaariges Urgestein namens Cameron, der immer noch rote Hosenträger trug wie in den Achtzigern.

»Hallo Cameron, hier ist Markus.«

»Markus wie noch?«

»Cartright.«

Es entstand eine längere Pause. Man konnte beinahe hören, wie es in Camerons Gehirn ratterte. »Marky-Boy! Lange nichts von Ihnen gehört. Ehrlich gesagt war ich ein bisschen beleidigt, als Sie diese Irak-Bilder an die *Time* verkauft haben.«

»Ich habe sie nicht verkauft. Ich war in deren Auftrag unterwegs.«

»Ach ja? Haben die zu viel Kohle? Was wollen Sie mir denn diesmal andrehen – eine bahnbrechende, epochemachende Fotostrecke, exklusiv für mich als Schnäppchen zu haben?«

»Nein, nichts, jedenfalls noch nicht. Aber ich bin da vielleicht an etwas dran. Ich fliege heute Abend noch nach Guatemala.«

»Wirklich? Die Kollegin aus der Reiseredaktion ist gerade von dort zurückgekommen, und es geht ihr hundeelend. Hat sich irgendeinen fiesen Bazillus eingefangen. Aber im Ernst, was wollen Sie?« Cameron hatte nichts übrig für Small Talk.

»Können Sie sich noch an die Story über den Zigarettenschmuggler erinnern, die Sie vor ein paar Jahren gemacht haben? Seine Drohungen gegen die Journalistin?«

»Natürlich ... dieser durchgeknallte kleine Scheißkerl.«

»Sie haben damals Leute eingesetzt, um auf die Kollegin aufzupassen, nicht wahr? Zumindest für einige Monate, bis die Drohungen wieder aufhörten.«

»Sind Sie in Schwierigkeiten, Markus?« Cameron klang besorgt, aber da war noch etwas anderes in seiner Stimme, ein wachsamer Unterton – eine gute Story roch er meilenweit.

»Ich nicht. Meine Tochter Mila. Ich brauche jemanden, der auf sie aufpasst.«

Eine Pause entstand, in der Cameron überlegte. »Das hat aber nichts mit Ihrer Trennung von dieser Frau zu tun, dieser Köchin, oder? Ich weiß, dass die Paparazzi sie schon mit diesem TV-Produzenten erwischt haben, wie heißt er noch?«

»Nein, damit hat es nichts zu tun.«

Markus blickte sich um. Die beiden Latinas, zwischen denen er klemmte, hatten begonnen, sich über seinen Kopf hinweg lautstark zu unterhalten.

»Ich habe etwas geschickt bekommen. Einen Umschlag, von einem alten Freund. Mit ziemlich bösem Inhalt.«

»Weiter«, sagte Cameron.

Markus senkte die Stimme. »Polaroids von verscharrten Leichen, seltsame Stoffpüppchen, Unmengen von Daten und Zahlen.« Er unterbrach sich. Jetzt war nicht die Zeit, um die Dinge ausführlich zu erklären. »Es ist nur eine Vorsichtsmaßnahme«, fügte er hinzu und öffnete seine Brieftasche, um seine Kreditkarte herauszunehmen. »Buchen Sie es von meiner American-Express-Karte ab.«

Cameron ließ ein tiefes Brummen hören. »Wissen Sie was, ich verbuche das als Spesen. Solange Sie mir garantieren, dass ich die Story als Erster bekomme. Und ich will die Rechte an den Fotos mit allem Drum und Dran.«

Das war typisch Cameron. Abgezockt wie er war, machte er mitten in einer Krise noch einen Deal.

»Danke«, erwiderte Markus. »Haben Sie noch meine alte Adresse in den Akten? Flood Street?«

»Natürlich. Da wird ab heute Abend jemand davor sitzen.«

Markus schob das Handy zurück in seine Tasche. Er fühlte sich besser, zumindest für den Moment. Am besten ging er jetzt zurück in den Duty-free-Shop und kaufte sich eine Kamera.

29

Ravenshill, Suffolk, England

»Worum geht es denn?« Laudon saß in Pieters Arbeitszimmer, die Füße lässig auf dem Schreibtisch seines Bruders. »Was ist so wichtig, dass du mich dafür um die halbe Welt jagst?«

Laudon war zwölf Jahre jünger als Pieter und ein für einen Wittgenstein ungewöhnlich dunkler Typ. Sein Haar hatte er in schwarzen Wellen aus der hohen Stirn gekämmt. Er besaß die gleichen blassblauen Augen und das gleiche schiefe Grinsen wie Pieter, und sein Auftreten verriet ebenso wie das seines Bruders, dass er es gewohnt war, Privilegien zu genießen, aber damit endeten die Ähnlichkeiten auch schon. Laudon hatte in Eton grandios versagt; kurz vor dem Abitur hatte er auf Initiative seines Tutors die Schule verlassen müssen. Die Lehrer waren es leid, dass er, statt zu lernen und sich anzustrengen, lieber nachts aus dem Schlafsaal in die Stadt türmte, um Mädchen aufzureißen und Gras zu rauchen. Und Laudon hatte es satt, sich ständig anhören zu müssen, was es doch für eine Schande wäre, dass er nicht so sei wie sein großer Bruder.

Sein Vater schickte ihn nach Südafrika, um auf der Farm eines Cousins zu arbeiten. Laudon fand großen Anklang bei dem entfernten Familienzweig und Gefallen am Reiten und Schießen. Als er dann allerdings mit der Tochter eines der Wildhüter anbandelte, einer gemischtrassigen Schönheit namens Roanna, schickte ihn der Cousin nach Europa zurück. Zwar erlebten die Neunzigerjahre den Beginn einer neuen Ära in Südafrika, doch die Wittgensteins waren hoffnungslose Kolonialisten.

Von da an ließ er sich treiben, lebte von seinem Treuhandfonds, machte ausgedehnte Reisen und fuhr mehrere Luxusautos zu Schrott. Erst am Sterbebett des Vaters legte er schließlich das Versprechen ab, von nun an ein geregeltes Leben zu führen. Pieter hatte ihrem Vater versprochen, dass er für Laudon einen Platz in der Firma finden würde, auf dem er seine Fähigkeiten voll zum Einsatz bringen konnte. Das Versprechen stand – und nachdem Laudon fünf Jahre lang alle möglichen Abteilungen durchlaufen hatte, landete er schließlich in der Niederlassung in Singapur, wo er mit seiner Wesensart besser aufgehoben war als in England.

»Wir haben ein Problem. Ein externer Wirtschaftsprüfer hat die Ostasien-Konten entdeckt.«

»Aha? Ich dachte, du hättest so eine geniale Methode, solche Leute zum Schweigen zu bringen.«

»Hat in diesem Fall nicht funktioniert.«

»Ist er schwul? Ich dachte schon immer, dass dir das mal die Tour vermasseln könnte. Nicht alle Wirtschaftsprüfer sind hetero, weißt du. Nicht alle fallen auf die Reize der süßen Samantha herein. Weiß Sass eigentlich von ihr?«

»Mach dich nicht lächerlich, Laudon.«

Laudon zog die Schubladen am Schreibtisch auf, bis er fand, was er suchte: eine Kiste Montecristo-Zigarren. Er nahm eine heraus und schnüffelte daran.

»Trocken wie Zunder«, sagte er zu Pieter. »Du solltest dir wirklich mal einen Befeuchter zulegen. Was für eine Verschwendung.« Er biss das Ende ab und fischte in seinen Taschen nach einem Feuerzeug.

»Rauch das Ding nicht hier drin, sonst hängt der Gestank wochenlang in der Luft.«

»Du bist wirklich ein hoffnungsloser Fall, Pieter. Immer nur arbeiten. Und dann diese Frau. Ich wette, du traust dich nicht einmal, dir den Sack zu kraulen, wenn sie in der Nähe ist.« Er blies provozierend eine Rauchwolke in Pieters Richtung.

Pieter trat vor, riss ihm die Zigarre aus dem Mund, drückte sie aus und verteilte den graublauen Rauch mit der Hand. »Lass gut sein, Laudon. Dass wir hier zusammensitzen, hat ganz allein mit dir zu tun. Ich schlage also vor, dass du jetzt mal zuhörst.«

Laudon sah seinen älteren Bruder triumphierend an. Endlich hatte er ihn einmal aus der Reserve gelockt, den aufgeblasenen Wichtigtuer. Es war ein lächerlicher Sieg, aber deshalb nicht minder befriedigend.

»Was hat er denn gemacht, dein Revisor?«

»Daten gestohlen und die Ostasien-Konten entdeckt.«

»So? Dann lass ihn festnehmen. Das ist auf jeden Fall illegal.«

»Leider hat er es nicht dabei belassen. Er hat außerdem entdeckt, woher das Geld kommt und wer die Einzahlungen vornimmt.«

»Unmöglich. Wie denn?«

»Du wirst es nicht glauben.«

»Lass hören.«

»Er hat die Gelder bis zu den vier ursprünglichen Investmentkonten zurückverfolgt. Er hat die Tageszeiten notiert, wann die Einzahlungen gemacht wurden, und sich vor die Banken gesetzt, um zu sehen, wer da aufkreuzt.«

»Moment mal«, sagte Laudon stirnrunzelnd und hob die Hand. »Die Angaben zu den Konten sind verschlüsselt, und selbst wenn er herausfindet, wo sie geführt werden, kann er noch lange nicht hineinsehen. Die sind doch alle in Südamerika.«

Pieter schüttelte den Kopf. »Die Verschlüsselung war ein Standard-Sicherheitsprogramm. Mit der richtigen Software und viel Geduld lassen sich solche Systeme knacken. Und was die Standorte der Banken angeht – unsere geschätzten Investoren haben Adressen genommen, die sich alle in einem Umkreis von hundertsechzig Kilometern um Guatemala City befinden.«

»Scheiße. Wie dumm darf man sein?«

Pieter überging die Bemerkung. Laudon stand es nicht an, andere zu kritisieren. »Ich denke, man hat diese Banken gewählt, weil sie leicht zu erreichen waren und große Summen akzeptiert haben, ohne Fragen zu stellen.« Seufzend rieb er sich die Augen. »Aber das sind alles noch ganz kleine Fische, Laudon. Der Hammer kommt erst noch.« Pieter verzog den Mund nachdenklich zu einer Schnute und ging zum Fenster. Auf der von den weiten Rasenflächen abgetrennten Koppel stand Annabels Pony und rupfte das lange Gras. »Vor etwa zwei Wochen hat er das gesamte Geld von diesen Konten verschwinden lassen.«

Laudon richtete sich auf. »Er hat was?«

»Er hat das Geld verschwinden lassen.«

»Das Geld von den Ramirez-Konten?« Laudons Gesicht wurde kreidebleich, und seine Augen weiteten sich. »Wie viel?«

»Um die sieben Milliarden Dollar.«

Laudon stand langsam auf, doch als seine Beine drohten, den Dienst zu versagen, musste er sich am Schreibtisch festhalten. Er sah seinen Bruder an. »Das können wir unmöglich decken. Nicht mal mit sämtlichen Gemälden, Immobilien …« Er runzelte die Stirn. Kopfrechnen war nie seine Stärke gewesen. »Weißt du, was er uns antun wird?«

Peter schwieg.

»Ich meine, den Kindern, Franklin, Annabel, uns allen? Ramirez ist kein Mensch. Er läuft in Leinenanzügen herum und macht einen auf alter Adel – aber hast du eine Ahnung, was er getan hat? Wozu er fähig ist?« Auf Laudons Stirn bildete sich eine dünne Schweißschicht.

»Ich habe eine Sicherheitsfirma auf unseren Buchprüfer angesetzt, die ständig mit solchen Dingen zu tun hat: CeLo Enterprises. Wir haben sie schon einmal engagiert, damals bei der Fusion mit dem Hypothekeninstitut, weißt du noch? Sie sind sehr effektiv darin, genau die Informationen zu beschaffen, die man für die realistische Bewertung einer Firma braucht. Damals waren es Bilanzen gewesen, die sonderbarerweise nicht im Geschäftsbericht aufgetaucht waren. CeLo hat unseren Mann aufgespürt, und im Augenblick versucht einer ihrer Leute, ein Ex-CIA-Mann, die Informationen direkt von ihm zu bekommen.«

»Direkt von ihm.« Laudon wiederholte langsam die Worte. »Was soll das heißen? Unter Zwang? Mit Bestechung? Erpressung?«

Pieter wandte den Blick ab. »Im Verhör.«

Laudon nickte langsam. »Und? Funktioniert es?«

»Kann man zum jetzigen Zeitpunkt noch nicht sagen. Es gibt aber noch eine andere Spur. Der Mann hat einen Umschlag an jemanden in London geschickt. CeLo kümmert sich auch darum.«

»Was ist in dem Umschlag?«

»Sie wissen es nicht.«

»Du meinst, was da drin ist, könnte Ramirez betreffen? Unsere Verbindungen zu seiner Organisation? Pieter, wenn das rauskommt, haben wir nicht nur Ramirez am Hals. Die Presse wird sich darauf stürzen. Die können wir nicht kaufen.«

»Beruhige dich, Laudon. Wir haben alles im Griff. Noch wissen wir nicht, was der Umschlag enthält. Es war das Letzte, was Wiseman von Guatemala aus abgeschickt hat. Und frag nicht, wie sie an den Namen des Adressaten gelangt sind. Das willst du nicht wissen.« Er zuckte innerlich zusammen, als er daran dachte, wie Malcolm ihm davon berichtet hatte. Von der Hauswirtin und deren Mann, von dem Verhör, dem in Brand gesteckten Haus.

Laudon schlenderte aus dem Zimmer.

»Wohin gehst du?«, rief Pieter ihm nach.

»In den Keller. Ich muss jetzt diesen Whisky finden.«

Pieter sah seinem Bruder nach und musste sich beherrschen, ihm nicht den Bronzebriefbeschwerer vom Schreibtisch hinterherzuschleudern. Wie oft hatte er sich schon so gefühlt? Wie oft hatte Laudon die Familie schon zur Verzweiflung gebracht? Zumindest mussten ihre Eltern nicht mehr miterleben, was ihr Jüngster für ein Unheil über die Wittgenstein-Bank brachte.

Laudon arbeitete nun seit zwei Jahren in der Niederlassung in Singapur. Die Berichte, die er nach Hause geschickt hatte, waren zunächst voller beeindruckender Zahlen gewesen. Er hatte es offenbar geschafft, die Wertpapiermärkte zu seinen Gunsten zu nutzen, und daraufhin noch mehr Kapital aus London angefordert. Pieter war einverstanden gewesen. Erst als einer der leitenden Betriebswirte zufällig herausfand, dass Laudon über spezielle Konten Differenzgeschäfte abwickelte, um die Kursschwankungen an den Börsen abzufedern, wurde klar, dass da irgendetwas von Grund auf faul war.

Pieter war daraufhin nach Asien geflogen, hatte mit dem Betriebswirt gesprochen und sich drei Tage lang zusammen mit einem altgedienten Risikoanalysten aus dem Mutterhaus in London durch die Daten gewühlt. Die Zahlen waren alarmierend. Laudon hatte immer größere Beträge von Konten in England abgezogen, um Käufe zu finanzieren, massive Verluste zu decken und um über verbleibendes Kapital zu verfügen, das er wieder als Gewinn nach Hause melden konnte. Das Schlimmste aber war, dass er das alles in Pieters Namen getan hatte.

Das Ausmaß des Betruges war unfassbar. Die Verluste, die er eingefahren hatte, waren fast doppelt so hoch wie die Reserven der Bank. Wittgenstein's war ein kleines Institut und verfügte mithin auch nur über beschränktes Geschäftskapital.

Pieter hatte Laudon zur Rede gestellt – im Monaco, einem Luxus-Nachtklub voller überbezahlter Expatriates und Frauen, die sich pro Stunde entlohnen ließen, wobei sie ihre Gage danach bemaßen, für wie zahlungskräftig sie ihren Kunden hielten. Laudon lümmelte im VIP-Bereich auf dem Ledersofa, flankiert von zwei Geishas, und auf dem schwarzen Lacktisch vor ihnen standen Champagnercocktails.

»Pieter«, lallte er und versuchte aufzustehen, was ihm aber nicht gelang. »Komm, trink einen mit uns.«

Pieter setzte sich nicht. Der Anblick seines Bruders verursachte ihm Übelkeit. Es war, als hätte er das alles mit voller Absicht getan, als wollte er die Familie bewusst ruinieren, ihre Existenz, ihren Ruf, alles, was die Vorväter so mühevoll aufgebaut hatten. »Ich habe mir die Konten angesehen, Laudon.«

Sein Bruder verarbeitete den Satz und stieß dann laut auf. »Ach ja, davon wollte ich dir erzählen. Wollte nur den richtigen Zeitpunkt abwarten. Das wird alles wieder in Ordnung kommen. Keine Sorge. Trink was. Nimm dir ein Mädchen.«

Pieter nahm ein Glas vom Tisch und schüttete den Inhalt Laudon ins Gesicht. »Verschwindet«, sagte er an die beiden jungen Frauen gewandt, die in aller Ruhe aufstanden, ihre Seidenkleider glatt strichen und an ihm vorbeischlüpften. Er packte seinen Bruder am Revers und zog ihn hoch. Jede Faser seines Körpers beschwor ihn, Laudon in Stücke zu reißen. Der war sternhagelvoll und hing schlaff an seiner Faust. Wahrscheinlich hatte er den ganzen Tag getrunken. Seine Augen verdrehten sich.

Voller Abscheu stieß Pieter ihn auf das Sofa zurück, wandte sich um und verließ den Klub. Wenn er blieb, würde er sich nicht länger beherrschen können. Die Nacht war warm, er musste nachdenken. Schwierige Entscheidungen treffen. Einerseits hätte er seinen Bruder am liebsten ins Hafenbecken geworfen und absaufen lassen. Andererseits durfte er auf keinen Fall etwas unternehmen, das darauf hindeutete, dass es in der Bank Probleme gab. Schon der kleinste Hinweis auf Unregelmäßigkeiten könnte dazu führen, dass ihnen die Investoren davonliefen und die Gläubiger die Zinsen hochschraubten. Statt also Laudon im Hafen zu versenken, rief er einen leitenden Manager der Filiale in Singapur an, einen alten Freund seines Vaters. Es handelte sich um einen Querkopf Anfang sechzig mit aufbrausendem Temperament und der Statur eines Rugbyspielers. Pieter erzählte ihm, wo er Laudon finden würde. Er trug ihm auf, dafür zu sorgen, dass Laudon sicher nach Hause kam, am nächsten Morgen aufstand und in Schlips und Anzug zur Arbeit ging, wo er mindestens zehn Stunden am Schreibtisch sitzen sollte – an diesem Tag und an allen weiteren in dieser Woche. Der Freund sollte gewährleisten, dass Laudons Telefon funktionierte und dass ihm ein Computer zur Verfügung stand. Laudon sollte aber auf keinen Fall Zugang zu den Geschäftskonten der Bank bekommen; und wenn ihn jemand um Rat bat, sollte diese Anfrage sofort nach London an Pieter weitergeleitet werden. Das war zumindest eine provisorische Lösung, bis er eine neue Kapitalquelle gefunden hatte, die ihre Liquidität garantierte, während er neue Reserven aufbaute.

Pieter hatte am Hafen gestanden und die tanzenden Lichter auf dem Wasser betrachtet. Gegenüber auf einer Großbaustelle waren immer noch Arbeiter zugange. Irgendwo gab es immer Kapital. Kapital, das nicht auf globalen Finanzmärkten oder über Hedgefonds entstanden war, sondern aus der Schattenwirtschaft kam. Milliarden Dollar aus illegalen Geschäften: Falschgeld, Drogen, Waffen. Schwarzgeld, das gewaschen werden musste. Für so etwas hatten sich er und seine Bank bislang noch nicht hergegeben. Andererseits ... sein Urgroßvater hatte der Ostindiengesellschaft Geld geliehen, damit sie ihren Opiumhandel in China aufbauen konnte. War das, was er vorhatte, wirklich so viel anders?

30

Jacob verzog das Gesicht, als er Isaiah anblickte. »Kannst du wieder was erkennen? Die sehen immer noch ziemlich rot aus.«

»Alles okay«, erwiderte Isaiah und rieb sich die Augen.

»Was hat er benutzt?«

»Keine Ahnung. Ein Spray. Tränengas, Deo, was weiß ich. Hat Eule angerufen?«

»Zweimal.«

»Zweimal?« Er schüttelte den Kopf. »Nicht gut.«

»Ich habe ihm gesagt, dass du zurückrufst, sobald du den Umschlag hast.«

»Mist.« Isaiah trat gegen die Tür des Transporters. Das Telefon auf dem Armaturenbrett begann zu summen.

»Das ist er bestimmt«, sagte Jacob.

»Vermutlich«, sagte Isaiah und hob ab.

»Hallo?« Das seltsame Pfeifen drang durch die Leitung.

»Gute Nachrichten, Isaiah. Ich möchte gute Nachrichten. Versüßen Sie mir den Tag.«

Isaiah erwiderte nichts.

Malcolm seufzte. »Wissen Sie eigentlich, wie heiß es hier ist, Isaiah? Wissen Sie, wie viel Grad Celsius es an diesem bestimmten Punkt auf dem Äquator zu dieser bestimmten

Tageszeit hat? Haben Sie eine Ahnung, wie viele Fliegen, Moskitos und Käfer gerade um mich herumschwirren und versuchen, sich in meinen Schädel zu bohren? Haben Sie eine Ahnung, was ich dafür geben würde, dieses stinkende Loch von einer Ranch verlassen zu dürfen, um in meiner Wohnung in Santa Barbara bei einem Jack Daniel's auf Eis den Blick aufs Meer zu genießen? Scheiße, ich wäre sogar lieber in London als hier.«

»Ich hätte ihn fast gehabt«, sagte Isaiah schließlich. Er hatte den Satz kaum beendet, als er ein klirrendes Geräusch hörte, als würde ein Glas an der Wand zerbrechen.

Die Stimme im Hörer war nur noch ein Flüstern. »Fast reicht nicht, verdammt noch mal.« Es klang wie das Zischen einer Schlange. »Na los, Mann«, fuhr Malcolm fort, »erzählen Sie schon, warum es so verflucht schwer für Sie ist, einem Krüppel die Krücken zu klauen.«

Isaiah erklärte, was passiert war, wobei er die hinzugekommenen Verluste unterschlug, den Mann in der Sozialsiedlung und den Unbekannten in der Flughafentoilette. »Es wäre sinnvoll, wenn Sie uns genauere Auskünfte über das Ziel geben würden. Aus dem Bericht, den Sie uns geschickt hatten, ging nicht hervor, dass sich der Typ ziemlich gut wehren kann.«

»Soll das heißen, es ist mein Fehler? Hab ich das richtig verstanden? Sie sagen Ihrem Boss, er ist schuld, dass Sie trotz jahrelanger Ausbildung beim Mossad nicht in der Lage sind, einen ganz normalen Überwachungsauftrag auszuführen?«

»Das habe ich nicht gesagt. Ich sagte nur, es wäre sinnvoll, mehr über seinen persönlichen Hintergrund zu wissen.«

»Ich werde jemanden beauftragen, die Infos weiterzuleiten«, fauchte Malcolm.

»Ach, übrigens, er hat eine Tochter. Das könnte sich als wirkungsvolles Druckmittel erweisen«, fügte Isaiah hinzu.

Malcolm hoffte, dass er zu solchen Mitteln erst gar nicht zu greifen brauchte – und wenn das Londoner Team ordentlich arbeiten würde, bestünde dazu auch kein Anlass. Aber von ordentlicher Arbeit konnte hier keine Rede sein. Wenn das hier alles vorbei war, würde er ihre Einsatzfähigkeit genauestens unter die Lupe nehmen. Er musste an seinen eigenen Ruf denken. Die Zentrale war gar nicht zufrieden mit dem Verlauf dieser Operation.

»Unternehmen Sie erst einmal nichts. Behalten Sie seine Frau – oder seine Ex, was auch immer sie ist – und das Kind im Auge. Kundschaften Sie ihre täglichen Gewohnheiten aus, erstellen Sie einen Plan. Und lassen Sie Jacob die Passagierlisten durchgehen, um zu sehen, wohin Cartright geflogen ist. Ich will sehen, ob ich nicht jemanden finde, der ihn am Flughafen in Empfang nimmt.«

Malcolm schob das Telefon in die Lederhalterung an seinem Gürtel. Einen Schimmer Hoffnung gab es jetzt – wobei Isaiah das sicher nicht bewusst war: Offenbar nahm Markus Cartright die Sache jetzt selbst in die Hand und folgte den Hinweisen, die man ihm geschickt hatte. Vielleicht führte er sie auf die Spur des Geldes. Ein kleiner Trost dafür, dass sie so schlecht vorankamen. Besser als nichts.

31

12a Calle 21, Guatemala City, zwei Uhr nachts

Gloria Ferrovia griff nach dem Wecker und drückte den Knopf, doch das Klingeln hörte nicht auf. Schlaftrunken angelte sie ihr Handy aus den Tiefen ihrer Tasche.

»Gloria.«

Den amerikanischen Akzent erkannte sie sofort. Sie setzte sich auf. »Ja?«

»Wir haben wieder einen Job für Sie, falls Sie noch interessiert sind.«

»Natürlich. Einen Moment.«

»¿Qué pasa? Estoy durmiendo.« Die Stimme ihrer Mutter drang von der anderen Seite des Zimmers zu ihr herüber. Statt zu antworten, schaltete sie die kleine Nachttischlampe neben sich an und griff zu ihrem Notizbuch.

»Morgen kommt jemand mit dem Flugzeug aus London. Behalten Sie ihn im Auge, genauso wie den Amerikaner. Wir treffen uns morgen um zehn Uhr an der Plaza Mayor. Dann erhalten Sie mehr Informationen über ihn.«

»Okay, verstanden.«

»Und, Gloria, diesmal müssen Sie unbedingt auf Tuchfühlung gehen, wenn sich die Gelegenheit ergibt. Kann ich mich darauf verlassen, Gloria?«

»Natürlich«, erwiderte sie trotzig. Wenn er das hören wollte, dann würde sie es eben sagen. »Aber diesmal will ich im Voraus bezahlt werden. Zumindest die Hälfte will ich vorher haben. Und wenn wir von Tuchfühlung reden, können Sie die Summe gleich verdoppeln.«

»Einverstanden«, sagte der Amerikaner. »Ich werde das Geld morgen mitbringen.«

Gloria legte das Handy weg, schaltete das Licht aus, ließ sich wieder auf das Kissen sinken und berechnete in Gedanken, wie viel Geld ihr von diesem Lohn noch bliebe, nachdem sie alle Krankenhausrechnungen bezahlt hätte.

»¿Quién está llamando a esta hora de noche?« *Wer ruft denn um diese Uhrzeit an?*, brummte ihre Mutter.

Sie ging zu ihr hinüber und strich ihr übers Haar. »Niemand, Mutter. Das hatte nur mit der Arbeit zu tun.«

32

Air Iberia, dreißigtausend Fuß über dem Atlantik

Markus saß zusammengesunken in seinem Sitz, ohne irgendetwas um sich herum wahrzunehmen. Drei doppelte Wodka, zwei kleine Flaschen Wein und etwas Gin aus dem Duty-free-Shop hatten sich in seinem Magen zu einem explosiven Cocktail vermengt. Schon wähnte er sich nicht mehr in diesem Flugzeug, sondern auf der Rückbank des väterlichen Wagens, vor sich die Schirmmütze des Chauffeurs, die über die Kopfstütze hinausragte. Das Leder in dem alten Bentley klebte an seinen Schenkeln. Bockig trat er mit den Füßen gegen den Vordersitz. Er hasste es zu warten. Es waren Sommerferien, die Sonne schien, und statt Fußball oder Kricket zu spielen, steckte er mit Don, dem Chauffeur, in diesem Auto fest und wartete auf seinen Vater. Die Zeiger der antiken Stil-Uhr auf dem Armaturenbrett bewegten sich quälend langsam.

»Wie lange dauert das denn noch? Er meinte, er wäre in einer Minute wieder da.«

»Ich weiß es nicht, mein Junge«, erwiderte der Chauffeur. »Nicht mehr lange. Er wird gleich wieder da sein.«

Markus seufzte, ließ den Türgriff schnalzen und spielte mit dem elektrischen Fensterheber. »Er braucht ewig.«

»Wir warten erst ein paar Minuten. Soll ich ein bisschen Musik anmachen?«

»Von mir aus«, sagte Markus schmollend.

Plötzlich dröhnte in voller Lautstärke Duran Duran durch den Wagen.

»Verdammt noch mal.« Don drehte den Volumenregler herunter und suchte einen anderen Sender. Schließlich fand er einen, der Frank Sinatra spielte. »Schon besser. Wenn wir heimkommen, soll Stevie eure Räder rausholen. Dann könnt ihr im Garten ein bisschen herumfahren. Das wäre doch nett, oder?«

»Falls wir je heimkommen«, schimpfte Markus leise.

In dem Moment gab plötzlich der Türhebel nach, und er spürte, wie sich das Schloss öffnete. Das passierte normalerweise nicht. Hatte Don etwas bemerkt? Offenbar nicht, denn er summte selbstvergessen zum Radio. Markus drückte vorsichtig gegen die Tür. Immer noch keine Reaktion vom Fahrersitz. Mit eingezogenem Kopf schlüpfte er aus dem Auto, wie ein Soldat im Zweiten Weltkrieg auf der Flucht aus dem Gefangenenlager, an Stacheldraht und Wachposten vorbei, und schlich auf die gegenüberliegende Straßenseite. Sie hatten in einer engen Seitenstraße nahe der Themse geparkt, im Londoner Eastend, zwischen verlassenen Lagerhäusern. Von einer Baustelle in der Nähe drang Lärm herüber.

Markus näherte sich dem Eingang zu einem Hof. Auf der Klinkerwand stand in verblassenden Lettern »Mathew & Sons«. Von der anderen Seite des Hoftores waren Geräusche zu hören. Stimmen klangen durch eine offene Tür. Als er, immer an der Mauer entlang, über den kopfsteingepflasterten Hof rannte, hörte er eine Art Schwirren. Dann stieß jemand einen Schrei aus, der durch das Gebäude hallte. Er schob die Wellblechtür weiter auf und betrat zögernd die Treppe. Eine der Stimmen erkannte er, es war die seines Vaters. Wutentbrannt schrie er jemanden an, eine Frau, manchmal auf Englisch, manchmal auf Tschechisch. Markus hörte, wie die Frau antwortete, sie versuchte immer wieder zu sprechen, doch jedes Mal überschlug sich ihre Stimme, bis sie in lautes Heulen überging. Dann wieder das schwirrende Geräusch, Schreien. Noch mehr wütendes Gebrüll. Das Schluchzen der Frau. Markus hatte das obere Ende der Treppe erreicht. Schatten ergossen sich vor ihm über den Boden. Er machte noch einen Schritt weiter, wollte um die Ecke spähen.

»Das ist nichts für dich.« Kräftige Arme schlossen sich um seine Mitte und hoben ihn vom Boden hoch, um ihn die Treppe hinunterzutragen. Der Chauffeur hatte ihn sich unter den Arm geklemmt, als wäre er leicht wie ein Federkissen, und brachte ihn über den Hof, weg von der Lagerhalle, zurück zum Auto.

»Soll ich dir vielleicht ein Eis kaufen? Was für eins?«, fragte er, als sie wieder saßen.

Markus erwiderte nichts.

»Du hast da drin doch nichts gesehen, oder?«, fügte Don zaghaft hinzu.

Der sechsjährige Markus blickte in das zerfurchte Gesicht, das voller Besorgnis war.

»Pfefferminz mit Schoko. Ich möchte Pfefferminz mit Schoko.«

»Gut, dann kaufen wir das jetzt. Wir kaufen ein Eis für dich. Und anschließend holen wir deinen Pa ab.«

Markus nickte und sah aus dem Fenster, während der Wagen anfuhr. Er hatte immer noch die Frau vor Augen. Irgendetwas an ihr hatte nicht gestimmt. Wo ihre Augen hätten sein sollen, da waren … er war sich nicht sicher … da waren nur dunkle Höhlen gewesen, wie schwarze Tintenkleckse auf einem Stück Papier. Und sein Vater … sein Vater hatte über ihr gestanden. Markus biss sich auf die Lippe und bemühte sich mit aller Kraft, das Bild aus seinem Gehirn zu löschen, dachte an das Eis, an sein Fahrrad und die Stimme über ihm, die an sein Ohr drang.

»Bitte, Sir, wir werden in Kürze landen, Sie müssen jetzt Ihren Sitz geradestellen.«

Das war doch nicht Dons Stimme. Es war eine weibliche Stimme. Markus öffnete seine trüben Augen und hatte keine Ahnung, wo er sich befand.

»Entschuldigen Sie.« Die Stewardess sah aus, als würde sie gleich die Geduld verlieren. Sie beugte sich über ihn und drückte den Knopf an der Seite des Sitzes, sodass die Rückenlehne unsanft nach vorn schnellte. Stirnrunzelnd zog Markus die dünne Synthetikdecke von sich, in die er sich gewickelt hatte, und zuckte zusammen, da sie statisch aufgeladen war. Draußen erstreckte sich klarer blauer Himmel. Er blinzelte in das grelle Licht, während sich die Maschine zum Landeanflug nach vorne neigte. Auf seinem Schoß lag immer noch seine Sporttasche, deren Trageriemen er fest um sein Handgelenk gewickelt hatte.

33

Gloria nahm ein gemustertes Baumwollkleid aus dem Schrank, eine ihrer Eigenkreationen. Leuchtend wie die Sonne war es ihr buchstäblich auf den Leib geschneidert und zog die bewundernden Blicke von Männern und Frauen gleichermaßen auf sich. Am Café an der Ecke blieb sie stehen, um sich einen Espresso zu bestellen.

Der junge Mann hinter der Theke pfiff durch die Zähne. »Wo gehst du hin, Gloria?«

»Geht dich nichts an. Außerdem, was würde dein Chef sagen, wenn du weiblichen Gästen hinterherpfeifst?«

»Wenn er dich sehen könnte, würde er sagen, dass er dich am liebsten begleiten würde.«

Aus dem Lagerraum drang eine barsche Stimme: *Was faselt er da? Sag ihm, er soll sich lieber an den Abwasch machen.*

Gloria trank ihren Kaffee in einem Zug aus und glitt vom Barhocker. »Du hast den Mann gehört, Fredo.«

Er schwang sich ein Geschirrtuch über die Schulter und wandte sich dem Spülstein zu, nicht ohne noch einmal einen Blick auf ihre Hüften zu werfen, die sanft hin- und herschwangen, als sie das Café verließ.

Gloria hatte die Nacht kaum geschlafen, weil sie unablässig an das Geld und all die wundervollen Möglichkeiten, die es bot, denken musste. Sie bekam doppelt so viel wie letztes Mal und die Hälfte davon im Voraus. Es würde ein ziemlich hoher Betrag werden. Vielleicht würde sogar so viel übrig bleiben, dass sie in der leer stehenden ehemaligen Drogerie einen Laden eröffnen konnte; dann brauchte sie nur noch Stoffe und eine halbwegs anständige elektrische Nähmaschine als Ersatz für die alte handbetriebene, die ihrer Großmutter gehört hatte.

Die Plaza Mayor lag auf der anderen Seite des Mateo-Flores-Stadions, also nicht weit von ihrem Haus entfernt. Ein netter kleiner Spaziergang, bevor die Sonne hoch an den Himmel kletterte und unerbittlich herabbrannte. An einem Kiosk kaufte sie eine Zeitung und setzte sich im Schatten eines Kakaobaums auf eine Bank, um zu warten. Die Umgebung schien überwiegend noch im Halbschlaf zu sein. Auf der anderen Seite des Parks lag ein Stadtstreicher. Vor seiner Nase spielten zwei kleine Kinder mit einer zerknautschten Coladose Fußball, doch der alte Mann regte sich nicht.

Das Motorrad kreiste einmal um den Platz, ehe es von hinten auf sie zu fuhr. Gloria drehte sich um und sah, wie eine große Gestalt in Jeans und schwarzer Lederjacke abstieg. Ohne seinen Helm abzunehmen, kam der Mann auf sie zu, mit langsamen, bedächtigen Schritten in seiner schweren Kleidung. Er trug Cowboystiefel, die auf dem losen Kies knirschten. Als er das Visier hochschob, wurde seine schweißtriefende Stirn sichtbar.

»Hier.« Er reichte ihr einen Umschlag. »Zwei Fotos des Ziels, ein neues Handy und das Geld.«

Gloria nahm den Umschlag entgegen, doch er war viel schwerer, als sie erwartet hatte, und sie ließ ihn beinahe fallen. Rasch öffnete sie ihn. »Was ist das?«, fragte sie, als sie auf matt schimmerndes schwarzes Metall blickte.

»Eine Pistole, Kaliber .22.«

Gloria zuckte erschrocken zusammen.

»Zur Selbstverteidigung. Haben Sie schon mal geschossen?«, fragte Malcolm.

»Natürlich nicht.«

»Sie werden sie nicht brauchen. Aber mein Chef würde sich besser fühlen, wenn Sie sie mitnehmen würden. Die Agency schickt ihre Agenten nicht gerne ungeschützt los.«

Sie wirkte immer noch unsicher.

»Ich nehme das Ding auch wieder mit, wenn Sie wollen. Im Ernst, es besteht wirklich keine Gefahr. Es ist nur eine zusätzliche Absicherung für alle Fälle. Ein Kästchen in einem Fragebogen, das angekreuzt werden muss.« Malcolm hielt inne und überlegte, ob er jetzt vielleicht etwas zu dick auftrug. Er hatte angedeutet, dass er bei der CIA gewesen war, und der interne Jargon ging ihm immer noch leicht von der Zunge. Fünfzehn Jahre hatte er für den Laden gearbeitet. In gewisser Weise gehörte er immer noch dazu. Man stieg nicht einfach aus. Einmal Schlapphut, immer Schlapphut. Es war kein Beruf. Es war eine Geisteshaltung.

»Okay. Aber ich werde auf niemanden schießen.«

»Das erwarten wir auch gar nicht von Ihnen. Es geht hier nur um Überwachung. Wir werden Sie heute noch anrufen und Ihnen sagen, wo er sich befindet. Unternehmen Sie nichts, bevor wir Ihnen das Okay geben. Sie werden ein Auto brauchen – haben Sie den Dodge noch?«

Gloria nickte und nahm die beiden Fotos aus dem Umschlag. »Wer ist er?«

»Er ist ein Dieb, ein Krimineller, der mit den Amerikanern gemeinsame Sache macht. Kann sein, dass Sie ganz nah an ihn heranmüssen, kann auch sein, dass Sie ihm etwas stehlen müssen. Es ist etwas, das er zuvor uns gestohlen hat, Sie brauchen also kein schlechtes Gewissen zu haben.«

Gloria betrachtete die beiden Fotos. Eines davon stammte aus einer Zeitung und zeigte einen dunkelhaarigen Mann mit einem Baby auf dem Arm, der die Tür eines großen schwarzen Jeeps öffnete. Hinter ihm stand eine Frau, die Schirmkappe und dunkle Sonnenbrille trug, als wollte sie nicht erkannt werden – oder als wollte sie sich verstecken. Der Mann bemerkte die Kamera nicht und lachte unbeschwert mit seinem Baby. Er hatte ein markantes Kinn, scharfe Wangenknochen und kurz geschorenes Haar – ein verwegener, gut aussehender Typ, und unter seinem T-Shirt zeichnete sich seine austrainierte Oberarmmuskulatur ab.

Sie studierte das zweite Bild, das ebenfalls ein Zeitungsausschnitt war. Es zeigte denselben Mann, diesmal im schwarzen Anzug auf einem Friedhof. Sein Gesichtsausdruck war allerdings so verändert, dass sie ihn kaum erkannt hätte. Es war nicht Trauer, nicht Wut und nicht Bedauern, was sie in seinem Gesicht las – nein, da war etwas anderes: Widerwillen, Abscheu. Über dem Bild war noch die Artikelüberschrift zu lesen: *Letztes Geleit für König von Soho.*

»Wie ist sein Name?«

»Markus, Markus Cartright. Aber vielleicht nennt er sich jetzt auch anders.«

»Markus«, wiederholte sie. Ihr Akzent ließ den Namen fremdartig klingen. Sie schob die Fotos wieder in den Umschlag zurück und strich sich das Haar hinter die Ohren. Dieser Mann war ganz anders als der verschüchterte, bleichgesichtige Typ, den sie zuerst observieren sollte. Dieser hier sah aus, als hätte er ganz schön was auf dem Kasten. Was genau, war allerdings nicht zu sagen. Jedenfalls gehörte er nicht zu der Sorte Mann, die in Panik floh, wenn sie in einer Bar von einer Frau angesprochen wurde.

»Einer meiner Männer befindet sich am Flughafen. Er wird ihm bis zum Hotel folgen. Sobald er eingecheckt hat, werden wir Sie informieren. Noch Fragen?«

Gloria sah sich das Foto von dem Mann am Grab noch einmal an, diesen Ausdruck in seinen Augen.

»Ist er gefährlich?«, wollte sie wissen.

»Nein«, erwiderte Malcolm. »Er ist ein Betrüger. Er wird nur gefährlich, wenn man sich auf seine Tricks einlässt.«

Gloria nickte.

»Noch etwas?«, fragte er.

»Nein, aber ich habe ja Ihre Nummer.«

Der Texaner wandte sich um und ging. Über etwas hätte

sie doch noch gerne gesprochen: das Feuer in dem Wohnhaus, in dem der Amerikaner gelebt hatte. Sie biss sich auf die Zunge. Jetzt war nicht die richtige Zeit dafür.

34

Als Markus die Treppe zur Landebahn hinabging, schlug ihm die Hitze wie eine Wand entgegen. Er zog sein Jackett aus und folgte den übrigen Passagieren über das Rollfeld zur Passkontrolle. Die Klimaanlage funktionierte nicht, und die Beamten hinter den Schaltern litten schwitzend vor sich hin. Sie hatten ihre Bewegungen auf ein Minimum reduziert, stempelten die Pässe mit einem leichten Ruck aus dem Handgelenk und hoben einfach nur das Kinn, um den nächsten Reisenden heranzubitten.

Markus zog sein Handy heraus, schaltete es ein und wartete, bis es ein Netz gefunden hatte. Ihm ging es gar nicht gut. Aus geplatzten Rohren an der Decke tropfte ständig Wasser auf den Boden. Textnachrichten kamen herein, drei in Folge. Eine hatte keinen Inhalt, wahrscheinlich von der Kinderfrau. Die zwei anderen meldeten Nachrichten auf der Mailbox. Als er aufsah, nickte ihm der Beamte auffordernd zu.

»Buenos días. ¡Qué calor!«, sagte Markus und reichte mit verbindlichem Lächeln seinen Pass über den Schalter. *Was eine Hitze.*

Der Beamte hob eine Braue, antwortete aber nicht. Warum mussten diese Engländer, wenn es ums Wetter ging, immer betonen, was sowieso jeder wusste? Und dann erwarteten sie auch noch allen Ernstes eine Antwort. Er stempelte den Pass und winkte Markus durch.

»Auch noch einen schönen Tag«, murmelte Markus und ging, die Nummer für die Mailbox in sein Handy tippend, durch die Gepäckannahmehalle.

Steve, hier ist deine Ma. Ruf mal an, es geht um Dads Geburtstag. Ich weiß, du wirst ihn nicht vergessen, nur für den Fall, dass du vor lauter Arbeit nicht drun denkst. Heute Abend bin ich nicht da, aber morgen kannst du mich erreichen. Dad ist vormittags im Golfklub. Mach's gut.

Markus trat näher an das Gepäckband heran und hörte die zweite Nachricht ab.

Ist dort Markus Cartright? Der Anrufbeantworter meldet sich mit Steve soundso. Wenn Sie es sind, rufen Sie mich doch bitte zurück, hier ist Edward Wiseman. Sie haben ja meine Nummer.

Markus beugte sich vor und packte seinen Koffer, um ihn vom Band zu wuchten. Edward Wiseman hatte sich also bereits wieder gemeldet. Nachdem er den Koffer abgestellt hatte, wählte er die Nummer von Dannys Vater. Er hatte keine Ahnung, in welcher Zeitzone er sich befand, ob Wiseman senior im Bett lag, gerade aufgestanden oder zum Mittagessen ausgegangen war. Markus' Körper hatte irgendwo über dem Atlantik den Sinn für Tag und Nacht verloren. Das Telefon hatte kaum einmal geklingelt, da wurde bereits abgenommen.

»Markus, sind Sie das?« Die bekannte herrische Stimme.

»Ja, ich bin gerade in Guatemala gelandet und werde mir jetzt ein Hotel suchen.«

»Aha? Nun, dann halten Sie sich von Zone vier fern, das war zu der Zeit, als ich dort war, so was wie ein Ghetto. Und passen Sie auf Motorräder auf, wenn Sie Ihre Brieftasche herausholen. Die tauchen förmlich aus dem Nichts auf und schnappen sie Ihnen vor der Nase weg. Ich weiß nicht, wie viele Amerikaner damals in die Botschaft kamen und klagten, dass man ihnen Brieftasche oder Pass gestohlen hatte. Aber jetzt hören Sie bitte zu«, sagte er, als hätte Markus ihn zu seinem Exkurs verleitet. »Ich habe Ihre Bilder bekommen. War das alles, was Daniel geschickt hat?«

»Ja. Können Sie etwas damit anfangen?«

»Einfach wird es nicht. Die Daten sind verschlüsselt. Wenn ich noch Zugriff auf alle meine Ressourcen hätte, würde ich sofort einen Programmierer von der Uni darauf ansetzen, den Code zu knacken. Ich habe die Bilder einem diplomierten Computerfachmann gegeben. Wir werden sehen, ob was dabei herauskommt. Außerdem habe ich einen alten Freund, der Geologe ist, gebeten, sich den Boden auf den Polaroids anzusehen. Ich muss sagen, es wäre einfacher, wenn ich die Originale hätte.«

»Ich schicke sie Ihnen zu«, versprach Markus, dem allmählich der Kopf schwirrte. Edward Wiseman war offensichtlich kein Mensch, der sich zurücklehnte und abwartete, bis etwas passierte.

»Und was die Sorgenpüppchen angeht – Daniel hatte als Kind schreckliche Albträume. Er schlafwandelte immer in unser Zimmer und glaubte, Geister zu sehen. Er hatte eine unglaubliche Fantasie. Am Ende schlug unsere Köchin vor, ihm abends so ein Püppchen unter das Kissen zu legen, bevor er zu Bett ging, und es nachts wieder herauszuholen und ihm zu sagen, dass es alle bösen Träume mitgenommen habe.«

»Hat das funktioniert?«

»Elizabeth hat mir versichert, dass es eine ganz erstaunliche Placebo-Wirkung hatte. Aber warum er sie an Sie geschickt hat, kann ich mir nicht erklären.«

»Wissen Sie noch den Namen der Köchin?«

»Margarita … wie noch? Perez?« *Ja, Schatz, Perez, so hieß sie*. Daniels Mutter war offenbar ganz in der Nähe.

»Ich werde sie ausfindig machen. Noch etwas?«

»Ich nehme an, Sie wollen die Orte aufsuchen, auf die die Busfahrscheine ausgestellt sind. Um fünfzehn Uhr geht am Hauptbahnhof ein Bus nach San Antonio, das ist der Ort, wo Daniel zuletzt gewesen ist. Ich schlage vor, Sie fangen dort an. Sie könnten auch ein Auto mieten.«

»Gut, ja, danke. Ich dachte, ich checke erst mal im Hotel ein, wenn's recht ist.« Markus musste sich beherrschen, um nicht scharf zu klingen. Die Hitze am Flughafen machte ihn fertig. Er brauchte erst einmal dringend eine Dusche und etwas zu essen.

»Ich melde mich wieder, sobald ich etwas Neues weiß. Wenn Sie irgendetwas brauchen, lassen Sie es mich wissen. Ich bin sicher, die Botschaft wird gern helfen, wenn ich mich dort telefonisch melde. Trotzdem wäre es besser, wenn wir ohne sie auskämen, zumindest solange wir nicht wissen, mit wem oder was wir es zu tun haben.«

Markus steckte das Telefon wieder in die Tasche und wischte sich mit der Hand über die Stirn, ehe er auf den Ausgang zuschritt. Die Feuchtigkeit in der Luft war förmlich greifbar. Es war die Zeit der Stürme. Man spürte, dass sich etwas zusammenbraute.

»Hier, legen Sie das bitte weg.« Edward Wiseman hielt der Krankenschwester, die im Türrahmen stand, das Telefon entgegen. Seine Hand zitterte und hörte auch nicht auf, als er sie auf die Armlehne seines Rollstuhls legte.

»Mr Wiseman, es ist nicht gut für Sie, wenn Sie sich so aufregen«, sagte die Krankenschwester und nahm den Apparat entgegen, ehe sie die karierte Decke auf seinem Schoß zurechtzupfte.

»Lächerlich«, knurrte er und machte eine wegwerfende Handbewegung. Doch sie ließ sich nicht beirren und zog weiter an der Decke herum.

»Aber gut siehst du heute aus, Ted, du hast richtig Farbe im Gesicht. Das habe ich schon lange nicht mehr gesehen.« Elizabeth stand am Schreibtisch, mit geradem Rücken, wenn auch ein wenig steif wegen der Arthritis in ihren Hüftgelenken. Sie lächelte ihn an. Wie klar und konzentriert sein Blick war und wie wach und fokussiert sein Verstand – er wirkte um Jahre verjüngt. Die Informationen, die gestern per E-Mail gekommen waren, hatten ihm ein neues Ziel gegeben, eine neue Aufgabe für seinen rastlosen Geist.

So hatte sie ihn nicht mehr erlebt, seit er vor zehn Jahren begonnen hatte, seine Biografie zu schreiben. Der wissenschaftliche Verlag der Yale University hatte ihm das Buchprojekt im Rahmen seiner Gastprofessur ans Herz gelegt. Es war für ihn die Chance gewesen, seine Einsätze in Südamerika und Osteuropa, seinen persönlichen Anteil am globalen Spiel, schwarz auf weiß zu dokumentieren. Es hatte ihm sehr viel bedeutet, und er hatte praktisch rund um die Uhr daran gearbeitet. Als die auf drei Bände angewachsene Arbeit schließlich publiziert war, hatte er in Interviews mit dem *New Yorker* und verschiedenen Literaturzeitschriften davon gesprochen wie von einem wissenschaftlichen Standardwerk. Die Rezensionen hatte er alle ausgeschnitten und in seinen Presseordner sortiert.

In den folgenden Jahren hatte Elizabeth ihn immer wieder in dem Ordner blättern sehen, als suche er etwas, das er verloren hatte – als versuche er zu verstehen, welchen Platz die Geschichte für ihn reserviert hatte. Er verbrachte mehr

Zeit mit dem Lesen der alten Artikel als mit ihr oder Daniel. Als sie erfuhren, dass ihr Sohn in London Probleme hatte, blieb er vollkommen kalt und gleichgültig. Der Junge solle endlich erwachsen werden und die Dinge nicht immer so schwarz-weiß sehen, hatte er nur gereizt gesagt. Erst als Daniel nicht mehr mailte und anrief, kam er allmählich auf Touren. Es war gerade ein paar Monate her, dass er angefangen hatte, sich mehr zu engagieren und Kontakt zu Leuten aufzunehmen, die Daniel möglicherweise gekannt hatte.

Vielleicht hatte er deshalb so prompt auf die Informationen reagiert, die dieser Markus Cartright geschickt hatte, dachte sie. Seine ganz natürliche väterliche Angst war durchwirkt von schlechtem Gewissen – jedenfalls hoffte sie das. Vielleicht war es seine Art einzugestehen, dass er Daniels Probleme auf die leichte Schulter genommen hatte.

»Gib mir doch bitte den Laptop«, sagte Edward, die Augen immer noch ins Leere gerichtet.

»Hier.« Sie zog das Netzkabel, nahm den Computer vom Schreibtisch und klappte ihn auf. »Können wir diesem Markus trauen?«, fragte sie.

Edward runzelte die Stirn. »Ich traue seiner Stimme. Er klingt, als wäre er zögerlich, verwirrt, gereizt und ganz offensichtlich chaotisch.«

»Das klingt aber nicht sehr positiv.«

»Oh, das ist es aber«, widersprach Edward sofort. »Es bedeutet nämlich, dass er kein Profi ist, dass er nicht dazugehört. Dafür spricht auch die Art, wie er versucht zu begreifen, was vor sich geht – blindlings, aufs Geratewohl. Ich habe in Daniels ehemaligem Internat angerufen, dem Royal College. Weißt du noch, wie schrecklich er es dort fand? Jedes Mal wenn wir ihn zu Schulbeginn dort ablieferten, hat er das ganze Haus zusammengebrüllt. Wie unglaublich peinlich.«

Elizabeth räusperte sich und zupfte sich eine imaginäre Fussel vom Rock. Es war nicht ihre Idee gewesen, den Jungen in ein Internat nach England zu schicken, aber bei der Erziehung ihres Sohnes hatte sie Edward nie dreingeredet. Und doch war kein Tag vergangen, an dem sie nicht überlegt hatte, sofort das nächste Flugzeug nach Heathrow zu besteigen, um Daniel zu retten – in welcher Botschaft der Welt auch immer sie sich gerade aufhielten.

»Das Sekretariat hat bestätigt, dass Markus Cartright dort Schüler war. Er ist ein paar Jahre älter als Daniel, war aber zur gleichen Zeit dort wie er. Und er ist tatsächlich Fotograf, so wie er behauptet. Er hat eine Website über seine Arbeiten, mitsamt Referenzen und so weiter.« Er tippte eine Webadresse ein und rief Markus' Homepage auf. Was er über dessen Vater herausgefunden hatte, behielt er indessen lieber für sich. Elizabeth würde sich nur Sorgen machen, und es hatte keinen Sinn, sie mit etwas zu belasten, das möglicherweise gar keine Rolle spielte. Er machte sich ohnehin genug Gedanken für sie beide. »Außerdem hat Daniel seine Informationen ganz bewusst diesem Mann geschickt und nicht irgendjemand anderem. Ich finde, wir sollten seine Entscheidung respektieren. Warten wir ab, was Cartright erreicht. Nach seinen Referenzen zu urteilen kann er sehr gut auf sich selbst aufpassen.« Edward schwieg, sah jedoch aus, als wäre er noch nicht fertig.

»Aber?«

»Aber wenn er mir nicht binnen vierundzwanzig Stunden verlässliche Angaben über Daniels Aufenthaltsort liefert, schalten wir das Außenministerium ein.«

35

Malcolm Fretwell jagte seine Maschine über die Landstraße. Es war nicht viel Verkehr, denn zu dieser Tageszeit fuhren die meisten in die Stadt hinein statt aus ihr heraus. Er hatte den Helm abgenommen und an den Ellbogen gehängt, seine Jacke stand offen. Die alte Kawasaki krachte und donnerte, und der Wind fegte ihm um die Ohren, doch es fühlte sich gut an, einmal weg von der Ranch zu sein. Nach zwei Wochen im Kopf des Gefangenen hatte er selbst das Gefühl, in der Falle zu sitzen. Dabei sollte Daniel Wiseman derjenige sein, der es nicht mehr aushielt.

Er bog von der Hauptstraße auf einen schmalen Weg ab, der von Kaffeeplantagen gesäumt war. Der Boden am Fuß der beiden Vulkane war so fruchtbar, dass man hier alles anpflanzen konnte. Das Problem war nur, dass auch das prächtig gedieh, was man nicht haben wollte. Die Bauern der Kooperativen mussten schwer schuften für ihr mageres Auskommen.

Als die unbefestigte Straße zunehmend holpriger wurde, lockerte Malcolm leicht die Gashand, trotzdem rüttelte jeder Stoß an seinem Rückgrat. Dafür, dass die Menschen hier so schwer arbeiten mussten, war sein Team erstaunlich faul. Er parkte die Maschine auf dem Hof der Ranch. Hier war es noch heißer als in der Stadt, falls das überhaupt möglich war. Am Himmel schoben sich schwere, dunkle Wolken zusammen. Paulo saß im Schatten der Veranda, in der Hand ein eisgekühltes Bier.

»Wie ich sehe, habt ihr den Generator wieder zum Laufen gebracht«, sagte Malcolm und zeigte auf das Bier.

»Sí, es war der Magnet. Ich hab ihn ersetzt.« Er hielt ein

verschmiertes Stück Metall hoch und ließ es dann auf den Holzboden fallen. »José hat vom Flughafen aus angerufen. Der Engländer ist gelandet. Er meinte, er würde ihm zu seinem Hotel folgen.«

»Hat er Gloria Bescheid gegeben?«

Der Mann zuckte die Achseln. »Keine Ahnung. Kann schon sein.«

Malcolm machte drei Schritte auf ihn zu und riss ihm das Bier aus der Hand. »Ruf ihn an und find's raus«, blaffte er, ehe er die Flasche ansetzte und leerte. Dann ging er zum Tank hinüber und schlug mit der Faust auf den Deckel. »Gleich ist es wieder so weit, Danny-Boy. Geht's Ihnen gut? Haben Sie Lust, ein bisschen zu quatschen?« Er riss den schweren Eisendeckel hoch. Die bleiche Gestalt darin sah zu ihm hoch und kniff die Augen zusammen.

»Wie geht's ihm?«, erkundigte sich Paulo und spähte über den Rand.

»Er atmet noch. Habt ihr ihm heute Morgen was zu essen gegeben?«

Paulo zuckte die Achseln. »Nur ein bisschen Brot, wie Sie gesagt haben.«

Während Malcolm unterwegs war, hatte er dem Gefangenen frische Mango und Guaven in den Tank gereicht. Der Mann war so hungrig gewesen, dass er sogar die Schalen mitgegessen hatte. Paulo wünschte, Malcolm würde ihn endlich entweder erschießen oder freilassen. Nachts hörte man sein Wimmern, das im Tank widerhallte. Es klang wie die Laute eines verwundeten Tieres.

Nachdem Malcolm in die Stadt aufgebrochen war, hatte Paulo ihn aus dem Tank gezogen. Er hatte nicht mit ihm gesprochen, aber er hatte ihn mit einer Decke auf die Veranda gelegt. Sein Zittern hatte nachgelassen, und die flachen, keuchenden Atemzüge hatten sich beruhigt, dann waren ihm die Augen zugefallen. Drei Stunden hatte er im Schatten geschlafen. Ob der Typ wusste, wo er war oder was mit ihm geschah? Jedenfalls hatte er so etwas wie »Gracias« gemurmelt.

»Willst du zusehen oder lieber woanders rumgammeln?«, fragte Malcolm.

Paulo wandte sich ab. »Das Motorrad müsste mal geputzt werden«, sagte er und ging nach drinnen, um Eimer und Lappen zu holen.

Malcolm spuckte auf den Boden und griff in den Tank. »Sieht so aus, als wären wir mal wieder unter uns, Kumpel.«

Daniel blinzelte in die gleißende Helligkeit und zuckte zusammen, als der Texaner ihn am Arm packte und aus dem Tank zog. Dann war er wieder in demselben dunklen Raum, der nur von einzelnen Lichtstreifen durchzogen war, vor ihm derselbe abstoßende Quadratschädel, in seinem Arm das gleiche Ziehen, gefolgt von Schwindel und verschwimmenden Konturen.

»Kennen Sie Alphonse Ramirez?«, fragte Daniel.

Malcolm stand in der offenen Tür und blickte zum Himmel hoch. Die Stürme in diesem Teil der Welt waren höllisch, und da oben braute sich etwas zusammen. Die Wolken hatten die Farbe von nassem Zement. Über dem Vulkan zuckten die ersten Blitze.

»Ob ich Alphonse Ramirez kenne? Nein, nicht persönlich.«

Daniel nickte mit starrem Blick aus weit aufgerissenen Augen. »Aber ich. Ich kenne ihn«, sagte er. Er war jetzt nicht mehr in dem Raum, sondern saß vor einem Café in San Antonio und machte sich Notizen über die Personen, die die Bank gegenüber aufsuchten. »Ich weiß alles über ihn.«

An jenem Nachmittag war bislang nicht viel Kundschaft ein und aus gegangen, nur ein paar Männer, die wie Bauern aussahen, und eine Mutter mit Kind, die auf einem lärmenden Moped vorgefahren war. »Wollen Sie wissen, wie gut ich ihn kenne?«

Malcolm zuckte die Achseln. »Wenn er das Geld hat, erzählen Sie mir mehr über ihn.«

Daniel hatte eine aufgeschlagene Zeitung vor sich. Seinen Panamahut hatte er tief in die Stirn gezogen, sodass seine Augen im Schatten lagen. Es war sein dritter Besuch in San Antonio. In den zurückliegenden Monaten war er viel unterwegs gewesen, hatte in vielen Städten Banken besucht, alle, die irgendwie zu den Daten passten, die er sich angeeignet hatte. Das Einzige, was alle diese Banken gemeinsam hatten, war die ruhige Lage ohne viel Verkehr, zumal zu dieser Tageszeit, wenn die Bewohner sich vor der sengenden Spätnachmittagssonne in den Schatten flüchteten.

Gegen 16:30 Uhr hielt ein Toyota Land Cruiser mit getönten Scheiben. Zwei Männer stiegen aus und schlenderten die Straße entlang. Der eine blieb an einem Obststand stehen und plauderte mit dem Verkäufer, der andere betrat die Bank. Auf den Mann im Straßencafé achteten sie nicht. Der, der in die Bank gegangen war, kam nach rund einer Minute wieder heraus, legte Daumen und Zeigefinger an die Lippen und pfiff. Die Beifahrertür des Toyota öffnete sich, und ein dritter Mann stieg aus: ein kleiner, untersetzter Kerl in einem Leinenanzug, der ihm zwei Nummern zu groß war. Er eilte zum Heck des Wagens, tupfte sich die Stirn und öffnete dann die Klappe, um zwei große Koffer herauszuhieven und über die Straße zu ziehen. Ganz offensichtlich waren sie schwer, und bei einem waren die Räder kaputt, sodass der Plastikboden über den Asphalt schleifte.

Daniel nahm einen verhaltenen Schluck von seinem Kaffee. Er wollte unbedingt sehen, was da vor sich ging, durfte sich aber nicht verdächtig benehmen. Es war das erste Mal, dass er irgendetwas Ungewöhnliches beobachtete, und das Gefühl, tatsächlich auf etwas gestoßen zu sein, ließ seinen Magen Karussell fahren. Eine unbedachte Geste, und die Männer würden ihn nicht mehr als Teil der Szenerie, sondern als potenzielle Bedrohung betrachten – davon war er überzeugt.

Die beiden Männer aus dem Toyota standen vor der Bank an dem Obststand, die Hände lässig in die Hüften gestützt. Einer zog seine Brieftasche hervor und kaufte ein Stück Wassermelone, der andere machte einen Witz, und der Obsthändler lachte. Daniel hob seine Tasse, um zu trinken, stellte dann aber fest, dass sie leer war. Er machte dem Kellner ein Zeichen.

»Otro café, por favor.«

Der Kellner wirkte ungehalten, denn er hätte den Laden gern zugemacht. Widerwillig kam er und räumte die leere Tasse ab, ehe er die Espressomaschine auffüllte.

Daniel bemühte sich, möglichst überzeugend Interesse für seine Zeitung zu heucheln, ohne den Blick vom Eingang der Bank zu nehmen.

Der Kellner zog sich in den Schatten der Bar zurück, um auf den Fernseher zu starren, der über der Theke hing, und durch die Programme zu zappen.

Schließlich erschien der Mann im Leinenanzug wieder. Wie lange war er in der Bank gewesen? Zwanzig Minuten? Eine halbe Stunde? Er ging jetzt mit raschen Schritten über die Straße. Die Koffer waren offensichtlich leichter geworden, nichts schrammte mehr über den Boden. Daniel notierte sich das Autokennzeichen, während die beiden anderen

Männer sich von dem Obsthändler verabschiedeten und auf die Rückbank kletterten. Der Toyota fuhr langsam an und bog am Ende der Straße links ab. Nächstes Mal würde er sich einen Mietwagen nehmen müssen.

Daniel stand vom Tisch auf, hinterließ ein paar Quetzal neben seiner Espressotasse und ging auf den Obststand zu.

»Hola«, sagte er.

Der alte Mann grinste unter dem ausgefransten Rand eines Strohhuts hervor. Sein Gesicht war braun wie eine Walnuss. Trotz der Hitze hatte er einen Wollschal um die Schultern geschlungen.

»Cuánto cuesta la sandía?«

»Tres dollars«, erwiderte der Alte.

»Eine Scheibe bitte.«

Der Mann nickte und griff zu einer Machete, um mit zwei routinierten Schnitten ein großes Stück aus der Wassermelone zu trennen, das er Daniel reichte.

»Kannten Sie die Männer?«, fragte Daniel beiläufig und nickte in die Richtung, in die der Toyota entschwunden war. Er war sogar bereit, für die Information zu zahlen, nur wusste er nicht, wie er dem Mann das zu verstehen geben sollte.

»Sí, Männer von Ramirez. Arbeiten für ihn. Alle wissen das. Alle arbeiten für ihn.«

»Erzählen Sie mir jetzt, wer Ramirez ist?«

Das war nicht der alte Obsthändler. Es war wieder dieser Texaner, dessen Quadratschädel über ihm schwebte. Daniel setzte ein schiefes Lächeln auf, genau wie das von Pieter in seiner Erinnerung. »Er weiß, wer Sie sind«, sagte er, die Frage ignorierend.

»Ach, tatsächlich.«

»Er weiß alles. Fragen Sie Mr Wittgenstein nach ihm. Er wird es Ihnen erzählen. Mr Wittgenstein hat waaahnsinnig Angst vor ihm.«

Malcolm bereitete eine neue LSD-Spritze vor. Der Gefangene war ihm entschieden zu widerstandsfähig, zu klar im Kopf. Er drückte ihm die Dosis in den Arm.

Daniel starrte mit leerem Blick auf die Nadel. »Wissen Sie, warum er so eine Angst vor Ramirez hat?« Er sah auf. »Weil er ein böser Mensch ist. Nicht wie Sie. Nicht auf die Art böse, wie Sie es sind. Sie werden bezahlt, um etwas zu tun, und dann tun Sie es. Ohne zu fragen, ob es richtig oder falsch ist. Alphonse Ramirez ist nicht so. Er ist ein böser Mensch, weil er so tut, als wäre er gut, nur darf man das nicht glauben. Auf gar keinen Fall darf man das glauben. Wissen Sie, was für schreckliche Sachen er getan hat?«

»Ich nehme stark an, Sie werden es mir gleich erzählen.«

Daniels Blick verlor sich im Nichts. Er war wieder in dem Dorf am Stadtrand von San Antonio. Es roch nach Mais und verbranntem Holz. Die Frau vor ihm rührte mühsam in ihrem Topf, den großen Holzlöffel unter dem Arm. Der eine Arm war am Ellbogen amputiert, der andere gleich unterhalb der Schulter. Beide Beine fehlten vom Knie abwärts. Sie rutschte auf dem Hintern über den Boden und packte mit den Zähnen einen Holzteller, den sie vor Daniel hinstellte. Er fühlte sich unbehaglich und versuchte zu helfen, doch sie schüttelte nur heftig den Kopf. Der flackernde Blick aus ihren Augen ließ ihn zurückweichen, und er setzte sich auf den Boden.

Es war nicht leicht gewesen, sie zu finden. Der Name Ramirez wirkte wie ein gefährlicher Krankheitserreger. Wenn Daniel ihn nannte, zuckten die Menschen zurück. Es brauchte viel Geduld und eine beträchtliche Summe Bargeld, bis ihm ein Cafébesitzer schließlich einen Kontakt nannte, einen Mann, der vielleicht mit ihm reden würde, ein Bauer in einem Dorf namens Dos Santos. Danny musste zweimal hinfahren, und schließlich erzählte ihm ein Händler, dass der Mann vor zwei Jahren gestorben sei, dass es aber eine Tochter gebe, und er werde sie benachrichtigen. Danny solle in zwei Tagen wiederkommen, dann würde er ihn wissen lassen, ob sie mit ihm sprechen wolle.

Die Frau bugsierte den Topf mithilfe eines Flaschenzugs vom Feuer weg und klemmte sich dann umständlich eine Schöpfkelle unter den Arm, die sie in den dickflüssigen Inhalt tauchte. Daniel hielt ihr seinen Holzteller hin und bedankte sich, was sie mit einem Nicken quittierte. Sie aßen schweigend. Die Frau hatte ihren Teller auf einen Betonwürfel vor sich gestellt, um ihn zu erhöhen; das Kinn auf die Platte gestützt benutzte sie den Stumpf ihres rechten Arms, um sich den Eintopf in den Mund zu schieben – eine mühsame Prozedur, die ziemlich viel Sauerei verursachte. Daniel war es peinlich, doch die Frau zeigte sich gänzlich ungerührt. Als sie fertig war, lehnte sie sich mit dem Rücken an die Wand und rülpste zufrieden.

»El dinero, tiene el dinero?« *Das Geld, haben Sie das Geld?* Die Worte waren kaum zu verstehen. Man war mit ihrer Zunge ebenso verfahren wie mit ihren Gliedmaßen.

»Natürlich«, antwortete Daniel, öffnete seinen Rucksack und zog den Umschlag mit den zweitausend Dollar heraus, um die sie ihn gebeten hatte. »Soll ich das auf einer Bank für Sie einzahlen?«

»Nein.« Sie zuckte die Achseln und wand ihren Kopf von einer Seite auf die andere. »Ich habe schreckliche Krämpfe. Das kommt vom Kriechen.« Sie hielt inne und sah ihn an. »Legen Sie es unter das Bett.«

Daniel stand auf und schob den Umschlag unter die Matratze. Dann kam er zurück und setzte sich mit verschränkten Beinen auf den Boden.

»Ein sanftes Ruhekissen«, fügte die Frau hinzu.

Daniel verzog irritiert das Gesicht.

»War nur ein Witz, Señor. Sind Sie immer so ernst?«

Daniel entspannte sich ein wenig. »Ich glaube schon, ja«, sagte er mit einem Lächeln. »Aber lassen Sie mich doch wenigstens ein bisschen Kaffee mahlen«, bot er an, griff nach der alten Peugeot-Mühle, die auf einem niedrigen Regal stand, und füllte eine Handvoll Kaffeebohnen hinein.

Während er Kaffee machte, erzählte die Frau ihre Geschichte, zunächst zögernd, als wäre sie zerbrechlich und könnte ihr entgleiten und zerbersten, wenn sie nicht aufpasste.

Ihre Eltern hatten Kaffee und ein paar Obstsorten auf ihrem Stück Land angebaut, gerade genug für den eigenen Bedarf und um noch etwas an den Großhändler in der Stadt verkaufen zu können. Als sie sieben war, kam ein Fremder in das Dorf, ein Mann in weißem Anzug und einem goldenen Seidenschal, der in der Sonne schimmerte. Die Männer des Ortes kamen zusammen und hörten sich an, was er zu sagen hatte. Manche hatten Einwände, andere hatten geschwiegen. Nach diesem Besuch wurde alles anders im Dorf, die Stimmung unter den Leuten und auf den Farmen. Die Pflanzen auf den Feldern wurden herausgerissen und durch andere ersetzt. Damals wusste sie nicht, was das für welche waren. Ihr Vater wurde gesehen, wie er mit den anderen Farmern stritt, aber manche waren auch auf seiner Seite und weigerten sich, ihre Pflanzungen zu zerstören.

»Was passierte dann?«, fragte Daniel, als Magdalene nicht weitersprach. »Was passierte mit Ihren Eltern?«

»Meinen Eltern? Nichts. Ich bin diejenige, der etwas passierte.«

Daniel starrte sie an. »Das?« Er deutete auf ihre Stümpfe. »Das?« Er konnte den Blick nicht mehr abwenden. »Aber … aber Sie waren doch noch ein Kind.«

»Siebeneinhalb.«

»Woran erinnern Sie sich noch?«, fragte er vorsichtig.

Sie schüttelte den Kopf. »Das meiste habe ich verdrängt. Aber zwei Dinge sind mir ins Gedächtnis gebrannt: der Geruch von Lavendel – die Hände des Fremden rochen nach Lavendel – und das Gesicht meines Vaters, als er mich fand. Es passierte, was ich immer für eine Redensart gehalten hatte: Sein Haar wurde weiß in dieser Nacht. Sie ließen mich mitten in einem seiner Felder liegen. Als Warnung. Schneide deine Pflanzen ab und bau an, was wir wollen, oder wir zerschneiden deine Kinder.«

Daniel wollte etwas sagen, aber ihm fehlten die Worte.

»Danach bauten alle die neuen Pflanzen an. Alle taten, was der Mann in Weiß sagte.«

Malcolm sah auf die Uhr und überlegte, in welchem Hotel Markus Cartright wohl abgestiegen war. Daniels Worte waren ein undeutliches Gebrabbel. Malcolm legte ihm die Hand auf den Mund.

»Es gibt da etwas, das Sie nicht begreifen, Daniel«, sagte er, trat hinter ihn, ging in die Hocke und flüsterte ihm ins Ohr. »Ein mächtiger Mann, ganz gleich ob er Senator, General, Staatschef oder ein gottverdammter Krimineller ist, ist deshalb mächtig, weil er imstande ist, Entscheidungen zu treffen, die andere Leute niemals treffen könnten.« Im Stillen fragte er sich, warum er sich überhaupt auf diese Diskussion einließ.

Daniel schloss die Augen. Er sah Magdalene vor sich, ihren vor Zorn funkelnden Blick und das verblasste Foto auf dem Regal in ihrer Holzhütte, das sie als Baby auf dem Schoß ihres Vaters zeigte, zappelnd und mit dem unbändigen Drang, sich loszureißen und die Welt zu entdecken.

»Es gibt da etwas, das Sie nicht begreifen«, erwiderte Daniel. »Wenn Sie das Geld nicht finden, wird er Ihnen das Gleiche antun. Oder Schlimmeres, denn an Ihnen wird er sich rächen. Er muss Sie nicht am Leben lassen, damit Sie anderen als Warnung dienen können. Habe ich Ihnen eigentlich schon erzählt, was er tat, wenn er sich rächen wollte?«

36

Regentropfen prasselten auf den Asphalt. Um die Autos herum hatten sich große Pfützen gebildet, aus denen Wasser hochspritzte wie aus einem Springbrunnen. Der Taxifahrer raste unbeirrt weiter, obwohl die Scheibenwischer kaum in der Lage waren, die Wassermassen von der Windschutzscheibe zu verdrängen. Es war ein alter Nissan mit verdreckten, nikotingetränkten Veloursitzen, in dem es nach abgestandenem Rauch stank. Am Rückspiegel baumelte ein Rosenkranz. So wie der Mann in die Kurven raste, musste man den Eindruck gewinnen, er könne es gar nicht erwarten, ins Jenseits zu gelangen.

Markus blickte aus dem Fenster. Zu beiden Seiten erhoben sich Hochhäuser, öde Betonklötze, in Reih und Glied an den Stadtrand gebaut, dazwischen riesige Tafeln, die für US-Marken wie Coca-Cola oder Marlboro warben.

»Wie weit ist es noch bis zur Innenstadt?«

Der Fahrer hob die Achseln. Er hatte einen Schnurrbart, der traurig von seiner Oberlippe herabhing. »Nicht mehr weit. Bis zu Ihrem Hotel noch zwanzig Minuten, vielleicht eine Stunde, je nach Verkehr. Sind Sie Amerikaner?«

»Nein, Engländer.«

Der Fahrer nickte bedächtig und sagte nichts weiter. Markus hatte das Gefühl, die falsche Antwort gegeben zu haben.

Das Taxi hielt vor dem Clarion Suites Hotel in der Zona Viva. Der Regen hatte nachgelassen, und in östlicher Richtung zeigte sich ein blauer Streifen am granitgrauen Himmel.

»Ist das Wetter hier immer so?«

Der Taxifahrer öffnete den Kofferraum, hievte den Koffer heraus und reichte ihn einem Hotelpagen.

»In dieser Jahreszeit ja.«

Markus zückte seine Brieftasche, bezahlte die Fahrt und legte zehn Dollar Trinkgeld drauf.

Der Mann blinzelte und blickte dann über die Straße. »Das Moped da gegenüber«, sagte er hastig. »Es ist uns vom Flughafen aus gefolgt. Ich habe es die ganze Zeit im Auge behalten. In dieser Stadt muss man verdammt vorsichtig sein.«

»Danke«, sagte Markus.

»De nada«, entgegnete der Fahrer in feierlichem Ton. Er kletterte wieder hinter das Steuer und fuhr ohne ein weiteres Wort davon.

Markus blickte noch einmal über die Schulter, ehe er dem Pagen in die Hotellobby folgte. Da war kein Moped zu sehen.

»Keine Sorge wegen des Taxifahrers, der sieht Gespenster«, erklärte der Page gut gelaunt, während er Markus durch die Eingangshalle führte. »Er hat letztes Jahr bei einem versuchten Autodiebstahl eine Kugel abbekommen.

Können Sie sich vorstellen, dass irgendjemand diese Schrottkarre klauen will?«

Markus wusste nicht recht, ob der Mann ihn beruhigen oder ihm Angst einjagen wollte. »Gibt es hier viel Kriminalität?«

»Es gibt viele Gangs, viele Drogen. Genau wie in jeder anderen Stadt. Woher kommen Sie?«

»Aus London.«

»London? Ein Cousin von mir arbeitet in einem Hotel in der Park Lane. Er hat mir erzählt, dass dort jeden Tag Leute niedergestochen werden, viel schlimmer als hier.«

»Kommt wahrscheinlich darauf an, was man gewohnt ist.« Markus reichte dem Mann an der Rezeption seinen Pass.

»Wie lange möchten Sie bleiben?«

»Eine Woche.«

»Sehr schön. Sie haben eine Suite mit Blick auf den Pacaya-Vulkan.«

Markus nahm den Fahrstuhl in den achten Stock. Der Page lächelte ihm nach. Offenbar war er alles losgeworden, was er zu erzählen hatte. In seinem Zimmer angekommen duschte Markus rasch und sah sich danach prüfend im Spiegel an. Die Stoppeln waren nur wenige Tage von einem Vollbart entfernt, und unter seinen Augen lagen dunkle Ringe. Vorsichtig entfernte er das Pflaster, mit dem Steve seine Schulter verarztet hatte. Über der Wunde hatte sich Schorf gebildet, und die Ränder schlossen sich bereits. Er ging ins Schlafzimmer und öffnete den Koffer mit seinen alten Klamotten. Kein Wunder, dass er das Zeug bei Natalie zurückgelassen hatte. Am Ende wählte er ein verblichenes grau-weißes T-Shirt. Es spannte ein wenig unter den Armen, aber das konnte er jetzt nicht ändern. Er rief den Zimmerservice und bestellte etwas zu essen. Am liebsten hätte er sich sofort aufs Bett geworfen, doch stattdessen nahm er eine Dose Cola aus der Minibar und leerte sie in wenigen Zügen. Zucker und Koffein – das war es, was er jetzt brauchte. Damit er durchhielt, bis das Essen kam, trank er gleich noch eine zweite, aufgepeppt mit ein paar Miniflaschen Jack Daniel's. Dann breitete er den Inhalt von Dannys Umschlag auf dem Bett aus. Edward Wiseman wollte, dass er den Ort aufsuchte, wo Daniel zuletzt gewesen war, San Antonio. Er schlug die Landkarte auf, die er am Flughafen gekauft hatte. Die Stadt war fast hundert Kilometer entfernt. Er hatte keine Ahnung, in welchem Zustand die Straßen waren oder was er überhaupt vorfinden würde, wenn er dorthin fuhr. Der Karte nach zu urteilen bestand der Ort aus nicht viel mehr als einer Durchgangsstraße. Markus rief die Rezeption an.

»Ich brauche einen Wagen mit Allradantrieb und GPS. Können Sie mir bei einer Autovermietung einen besorgen? Und so bald wie möglich bitte. Rufen Sie mich an, wenn er da ist.«

»Selbstverständlich, Sir. Wir brauchen dann nur eine Kopie Ihres Führerscheins.«

»Gut, ich bringe ihn gleich vorbei.«

Es klopfte an der Tür.

»Wer ist da?«

»Zimmerservice.«

Markus öffnete die Tür und deutete unbestimmt in den Raum.

»Haben Sie sonst noch einen Wunsch, Sir?«, fragte die Stimme am Telefon.

»Nein, das ist alles, danke.« Er legte auf.

Das Essen roch gut: Lammkoteletts, dazu Maisbrot, Tortillas und Guacamole. Binnen weniger Minuten hatte Markus den Teller leer gegessen. Er verstaute den Inhalt des Umschlags wieder in der Sporttasche, griff nach seiner neuen Nikon, die er am Flughafen gekauft hatte, und machte sich auf den Weg zur Rezeption.

In der Lobby angekommen fiel ihm eine Frau ins Auge. Sie saß direkt in seiner Blickrichtung am Fenster und las in einer *Vogue*. Eine Frau mit wohlgeformtem Körper und dunklem Haar, das ihr bis zu den Schultern reichte und einen scharfen Farbkontrast zu ihrem leichten Sommerkleid bildete. Ein Sonnenstrahl ließ ihre Beine durch den Stoff schimmern. Für ein Foto hätte er das Ganze nicht besser arrangieren können.

Die Frau sah hoch, fing seinen Blick auf und schaute rasch wieder weg, als machte er sie verlegen. Markus konnte die Augen nicht von ihr abwenden.

»Ihr Wagen steht bereit, ich brauche nur noch die Kopie Ihres Führerscheins.«

»Wie bitte? Ach ja, natürlich, vielen Dank.« Widerstrebend wandte er sich dem Mann am Empfang zu, musste aber immer wieder zu der Frau neben dem Eingang schauen. Maya waren unter ihren Vorfahren gewesen, aber auch Spanier. Er spürte, wie ihn vom Unterleib bis in die Fingerspitzen ein elektrischer Schlag durchfuhr. Er versuchte sich einzureden, dass es nur an den besonderen Lichtbedingungen, an ihrer Pose und dem Schnitt ihres Kleides lag. Jetzt war wirklich nicht die Zeit für so was. Und doch – auf dem Weg nach draußen zu seinem Mietwagen wagte er noch einen Blick.

Diesmal sah sie nicht auf, sondern blieb versunken in eine Doppelseite mit Bildern der Londoner Fashion Week. Er stieß gegen jemanden, der ihm durch die Tür entgegenkam, und murmelte eine Entschuldigung. *Um Himmels willen, Markus,* beschwor er sich, *reiß dich zusammen.*

37

Ravenshill, Suffolk, England, 06:00 Uhr

»Malcolm, hier ist Pieter. Mein Bruder ist bei mir. Das ist eine Konferenzschaltung auf einer nicht sicheren Leitung, also bitte keine Details.«

Laudon, der ganz offensichtlich unter einem schweren Kater litt, schmatzte angewidert, als hätte er noch den sauren Nachgeschmack des Whiskys vom Vorabend im Mund. Er hatte bereits angekündigt, dass er nach Singapur zurückmüsse, weil dort angeblich dringende Probleme auf ihn warteten, aber Pieter hatte ihm gar nicht zugehört. Er würde ihm nicht ersparen, sich anzuhören, was Malcolm Fretwell in Guatemala für die Familie tat.

»Was gibt es Neues? Von der Operation in London habe ich schon länger nichts mehr gehört«, erkundigte sich Pieter.

»Wir haben das im Griff«, sagte Malcolm.

»Sie meinen, Sie haben den Umschlag?«

»Ich meine, ich habe das Ziel im Visier. Sobald sich eine Gelegenheit bietet, und das wird voraussichtlich in den nächsten zwölf Stunden sein, werden wir uns den Umschlag holen.« Malcolm hasste es, so zu reden. Es erinnerte ihn an die Berichte, die er früher für die Innendienstler bei der CIA geschrieben hatte; sie waren voller Halbwahrheiten und belanglosem Gewäsch gewesen, nur damit alle zufrieden waren.

Pieter verarbeitete die Information, die sich verdächtig nach einer Ausrede anhörte.

»Und Daniel?«

»Leistet immer noch Widerstand. Der muss eine Teflonbeschichtung auf seinem Unterbewusstsein haben. Ich habe noch nie jemanden gesehen, der so eine Widerstandskraft hat.« *Wenn Freud diesen Typen kennengelernt hätte, hätte er seine Theorie von Es, Ich und Über-Ich umschreiben müssen,* dachte er und sagte laut: »Ach, eine Sache noch. Er erwähnte jemanden namens Ramirez. Können Sie mit dem Namen etwas anfangen?«

»Was hat er über ihn gesagt?«

Malcolm fiel auf, dass Pieter seine Frage nicht beantwortet hatte.

»Nur irgendeinen Unsinn über Rache.«

»Sagt mir nichts, tut mir leid. Ich weiß, dass Sie auf diesem Gebiet der Experte sind, aber dürfte ich vielleicht vorschlagen, dass Sie sich ein bisschen mehr auf den Umschlag konzentrieren? Mit Mr Wiseman sind Sie bislang keinen Schritt vorangekommen. Haben Ihre Vorgesetzten Kenntnis von der Situation? Das Ganze zieht sich jetzt bereits über zwei Wochen hin. Die Uhr tickt.«

»Natürlich«, sagte Malcolm. *Die Uhr tickt immer, du widerlicher Bankschnösel.* Er legte das Telefon weg. Der Name Ramirez sagte Pieter Wittgenstein also nichts? Von wegen. Er hatte die Angst des Engländers förmlich gerochen. Isaiah und der Klops sollten ihn mal hören. Vielleicht würde ihnen das endlich auf die Sprünge helfen.

Sein Telefon läutete, und Glorias Nummer wurde angezeigt.

»Glaubst du, er weiß von Ramirez?«, fragte Laudon, der sichtlich blass geworden war.

»Ich glaube, er ist nur neugierig«, erwiderte Pieter. »Es

gehört zu seinem Job, alles zu hinterfragen. Und wenn Wiseman etwas in dieser Richtung erwähnt hat, ist er verpflichtet, uns darüber zu informieren. Und ehrlich gesagt bin ich froh, dass das so ist.«

Laudon sank in seinen Sessel zurück. »Wenn du meinst.«

Pieter drehte sich um und verließ sein Arbeitszimmer, um über den Flur in den Ostflügel des Hauses zu gehen. Er brauchte jetzt ein wenig Zeit zum Nachdenken. Immer wieder vergaß er, wie sehr sein Bruder ihm zusetzte. Er nahm sein Handy aus der Tasche und legte es auf den Tisch. Für die nächsten fünfzehn Minuten würde er für niemanden erreichbar sein. Er würde seine Schrotflinte holen, zum See hinuntergehen und ein paar Vögel schießen, die die Förster anschließend für ihn abhängen sollten. Er pfiff nach den Labradoren, die aus ihren Hundehütten geschossen kamen und begeistert an ihm hochsprangen.

Sie folgten ihrem Herrchen bis zum Wasser und warteten geduldig, während er die Waffe zum Himmel hob. Dann preschten sie los und apportierten die erlegten Tiere. Pieter versuchte nach Kräften, sämtliche Gedanken an Alphonse Ramirez aus seinem Kopf zu verbannen, aber es funktionierte nicht. Das Bild des klein gewachsenen Mannes in Leinenanzug und goldfarbener Krawatte hielt sich hartnäckig vor seinem inneren Auge.

Er hatte ihn vor zwei Jahren zum ersten Mal getroffen. Es war auf der Rennbahn in Ascot gewesen, einer seiner Investmentbanker hatte Pieter den Mann vorgestellt – als Freund eines Freundes, der Investitionsmöglichkeiten suchte und der ihnen vielleicht sogar aus der prekären Lage helfen konnte, in die Laudon sie gebracht hatte. Ein Mann mit beträchtlichen Kapitalüberschüssen, die er gewinnbringend anlegen wollte. Pieter hatte genickt und sein übliches Small-

Talk-Programm durchgezogen, Lächeln, ein Scherz hier und da, eingestreute eloquente Bemerkungen. Dabei beschlich ihn der leise Eindruck, dass der Mann ihn mehr beobachtete, als dass er ihm zuhörte – ein sonderbares Gefühl. Der Mann im hellen Anzug hatte seine Karte entgegengenommen und vorgeschlagen, einen Gesprächstermin zu vereinbaren, um über das Geschäft zu reden. Pieter hatte bereitwillig zugestimmt. Die Schulden, die durch Laudons hochriskante Deals entstanden waren, hatten zwei Drittel ihres Geschäftskapitals aufgefressen, und sie waren nur zur Hälfte gedeckt. Wenn die andere Hälfte vor Ablauf des Monats eingefordert würde, wäre die Bank am Ende.

Am nächsten Morgen fand er Alphonse Ramirez um Punkt neun Uhr vor seinem Büro, den Schnurrbart frisch gewachst, das weiße Haar aus der hohen Stirn gekämmt. Sein Handschlag war weich, wahrscheinlich ein Ausdruck falsch verstandener pseudoaristokratischer Zurückhaltung. Heute trug er einen taubengrauen Dreiteiler, und man musste nicht Pieters Blick für Maßanzüge haben, um die Qualität des Stücks zu erkennen.

»Pieter, ich hoffe, Sie nehmen mir nicht übel, dass ich Sie so überfalle, aber ich habe nicht viel Zeit, da ich nur für ein paar Tage in London bin.«

»Oh, keineswegs, kommen Sie doch mit in mein Büro. Möchten Sie einen Kaffee?«

»Nein, danke.«

Pieter öffnete die Tür für ihn und bedeutete ihm mit einer Handbewegung voranzugehen. Señor Ramirez blieb vor der bronzenen Tänzerin von Degas stehen.

»Wunderschön. Ich besitze zwei von seinen frühen Arbeiten. Ich hätte gerne noch mehr davon, aber seine Stücke sind auf dem freien Markt kaum zu bekommen.«

»Mein Großvater hat direkt bei Degas' Händler eingekauft. Die meisten Stücke der Sammlung befinden sich auf unserem Landsitz; ich hole nur hin und wieder etwas hierher, um ein bisschen Glanz in die Räume zu bringen.« Er deutete beiläufig auf die Monets und Cézannes an den Wänden. »Was kann ich für Sie tun, Señor Ramirez? Beim Rennen erwähnten Sie, dass Sie Investitionsmöglichkeiten suchen. Überlegen Sie, ein Depot bei uns zu eröffnen?«

Der weißhaarige Mann setzte ein vorsichtiges Lächeln auf. »Nicht direkt. Meine Geschäfte bringen sehr hohe Gewinne ein. Massive Summen. Da wären ziemlich viele Depots nötig.«

Pieter blinzelte. Er hatte schon solche Anfragen gehabt. Einmal von einem italienischstämmigen Amerikaner, der sich als Casinobetreiber vorstellte, und einmal von einem Briten, der in Spanien angeblich ein Bauunternehmen führte. Beide hatten erklärt, dass ihr Geschäft große Summen abwerfe, die rasch und diskret angelegt werden müssten. Beide Male hatte er unmissverständlich entgegnet, dass Wittgenstein's nicht die richtige Bank für sie sei. Es gebe Privatbanken, die jedes Geld nahmen, ohne zu fragen, woher es kam. Und es gebe Privatbanken, die das nicht täten. Seine Bank gehöre zur letzteren Kategorie.

Zu jedem anderen Zeitpunkt hätte er Señor Ramirez gesagt, dass er nichts mit ihm zu tun haben wolle, doch heute war es anders. Heute war da ein großes schwarzes Loch, das ihre Reserven zu verschlingen drohte.

»Über welche Summen reden wir denn?«, fragte er schließlich.

Señor Ramirez wurde hellhörig. Er wusste, dass Wittgenstein größten Wert auf seinen unbescholtenen Ruf legte. Wenn er sich auf solch ein Gespräch einließ, bedeutete das, dass die Gerüchte über den Zustand der Bank stimmten.

»Genug.«

»Genug? Was meinen Sie mit ›genug‹? Ich möchte schon eine genauere Vorstellung haben.«

Alphonse Ramirez stand steif auf. »Mr Wittgenstein, wie wäre es, wenn Sie mich auf mein Anwesen in Südamerika begleiten? Mir steht ein Flugzeug zur Verfügung. Das Arrangement, das ich vorschlagen möchte, soll zu unser beider Vorteil sein, aber es kann ein bis zwei Tage in Anspruch nehmen, bis alle Einzelheiten geklärt sind. Das würde ich gern in Ruhe in meinen eigenen vier Wänden tun.«

Zum ersten Mal fehlten Pieter die Worte. Sein Mund ging auf, aber es kam kein Laut heraus.

»Bitte, nehmen Sie das«, Alphonse öffnete sein Jackett und fischte eine ramponierte Taschenuhr heraus, mit gesplittertem Glas und verbogenen Zeigern. »Beachten Sie bitte die Gravur.«

Pieter drehte die Uhr um und las: *Virtutis Fortuna Comes*. Dem Tapferen hilft das Glück. Darüber die Insignien des Regiments des Duke of Wellington.

»Soweit ich weiß, hat Ihre Familie dem Duke of Wellington die finanziellen Mittel zur Verfügung gestellt, um Napoleon zu bezwingen. Dies ist die Uhr des Herzogs. Ich möchte sie Ihnen schenken – als Symbol für die Ernsthaftigkeit meines Ansinnens, mit Ihnen Geschäfte zu machen, und aufgrund der Wertschätzung, die ich Ihrem Haus entgegenbringe.«

Pieter betrachtete die Uhr. Er hatte sie letztes Jahr im Auktionskatalog von Sotheby's gesehen und ein telefonisches Angebot gemacht; der Zuschlag fiel dann schließlich bei einer Summe, die er nie und nimmer zu zahlen bereit gewesen wäre.

»Ich kann unmöglich …«

»Unsinn. Ich lasse Sie heute Nachmittag mit einem Wagen abholen. Drei Tage sollten genügen. Ich freue mich sehr darauf. Guatemala ist ein erstaunliches Land. Sie werden Ihre Reise genießen.«

Damit wandte er sich um und verließ das Büro.

Pieter starrte auf die demolierte Uhr. Der Mann hatte ihm gerade eine Antiquität im Wert von über achthunderttausend Pfund in die Hand gedrückt wie ein Trinkgeld. Einerseits war er beeindruckt, doch andererseits keimte Furcht in ihm. Geld, das einem vermeintlich in den Schoß fiel, hatte immer seinen Preis.

Die Reise nach Guatemala begann sehr angenehm. Ramirez war ein perfekter Gastgeber. Während des Fluges sprach er begeistert über Kunst und Antiquitäten, erzählte Pieter von seinen Stiftungen, seinem Krankenhausprojekt und den Stipendien für junge Leute, die im Ausland studieren wollten. Pieter lächelte höflich und stellte im passenden Moment kluge Fragen, so wie bei jedem anderen Kunden. Über das Geschäft würden sie später reden. Die Vorstellung, dass Ramirez ein engagierter Philanthrop mit hoch entwickeltem Sinn für soziale Gerechtigkeit sein sollte, erschien ihm zwar ziemlich absurd, doch er war bereit, das Spiel mitzuspielen.

Ein alter zweitüriger Chevrolet Aerosedan mit viel in der Sonne blitzendem Chrom wartete am Rande von Ramirez' privatem Flugfeld auf sie, ein zwei Tonnen schweres Ungetüm in den Farben von Erdbeer- und Vanilleeis; es sah aus wie ein überdimensionales Kinderspielzeug aus der goldenen Ära der US-amerikanischen Autoindustrie.

»Bitte, Señor Wittgenstein, übernehmen Sie das Steuer. Genießen Sie die Fahrt«, sagte Ramirez und öffnete die

Fahrertür für Pieter. »Oldtimer sind eine meiner großen Schwächen. Sie gehören zu den Dingen, die mich in meiner Jugend am meisten fasziniert haben. Ich kannte sie natürlich nur aus den alten amerikanischen Filmen. Keine Sorge, die Straße zu meinem Anwesen ist in Ordnung. Ich habe sie extra ausbauen lassen.«

Pieter lachte zurückhaltend. Sollte das ein Scherz sein? Er setzte sich hinter das Steuer, während Ramirez auf den Beifahrersitz kletterte, das Handschuhfach öffnete und eine Zigarre herausnahm, deren Ende er sorgfältig abknipste.

Als Pieter den Motor anließ, hob Ramirez die Hand. »Moment noch«, sagte er und wartete, bis zwei große Toyotas mit Allradantrieb vor ihnen einscherten. »So. Jetzt können Sie fahren.«

Pieter blickte in den Rückspiegel. Hinter ihnen schloss sich ein weiteres Fahrzeug an.

Der Wagen fühlte sich behäbiger an als jeder andere, den er je in seinem Leben gelenkt hatte, einschließlich des alten Rolls-Royce Corniche seines Vaters.

»Er ist leider ein bisschen schwerfällig«, sagte Ramirez und musterte Pieter aus dem Augenwinkel. »Die Karosserie wurde verstärkt, zum Schutz gegen, na ja, Sie wissen schon. Alles Mögliche.« Er lachte kurz auf, fast so, als wäre ihm die Erklärung peinlich.

Die Fahrt dauerte eine halbe Stunde. Genauso lange, wie Ramirez brauchte, um die Zigarre zu rauchen. Pieter fragte sich, ob der Mann sie eigens für diesen Zweck rollen ließ. Er war so akkurat, dass es Pieter nicht überrascht hätte. Sie hielten vor der Disney-Kopie eines französischen Châteaus. Ganz schön vermessen, dachte Pieter, musste sich aber eingestehen, dass er allein die schiere Größe des Bauwerks beeindruckend fand.

»Ich lasse Ihr Gepäck auf Ihr Zimmer bringen. Unterdessen werden wir ein paar Erfrischungen zu uns nehmen, und ich zeige Ihnen, wie unsere Vermögensverwaltung funktioniert. Es könnte ein Weilchen dauern, bis wir alles ausgetüftelt haben, aber ich denke, wir können unsere Zusammenarbeit so gestalten, dass es nicht möglich sein wird, anhand von Einzahlungen eine Verbindung zwischen der Midas Group und Wittgenstein's festzustellen.«

Pieter runzelte die Stirn. »Midas Group?«

»Verzeihen Sie bitte. So habe ich mein kleines Firmennetzwerk getauft. Sie werden sehen, dass der Name gut passt, wenn Sie erst unsere Erträge sehen.« Er räusperte sich und nahm eine Flasche Veuve Clicquot aus einem Eiskübel. »Ich glaube, die Beziehung zwischen uns und der Wittgenstein-Bank wird für beide Parteien ein Gewinn sein«, verkündete er, öffnete die Flasche und füllte zwei Gläser, von denen er eines Pieter reichte. »Auf die Zukunft«, sagte er.

»Auf die Zukunft«, erwiderte Pieter und sah Ramirez an, der ihn mit stahlhartem Blick aus blassgrauen Augen maß. So sieht Eiswasser aus, dachte Pieter. Erbarmungslos kalt und unergründlich.

Es wurde zwei Uhr morgens, bis Pieter ins Bett kam, zu dem Zeitpunkt am Ende seiner Kräfte. Ramirez dagegen schien keinen Schlaf zu brauchen. Stundenlang hatte er über Details zu Kontenverschlüsselung und internationalem Bankverkehr gesprochen, bis Pieter irgendwann kapitulierend die Hände gehoben hatte, um zu gestehen, dass er Mühe habe, sich zu konzentrieren, und vorzuschlagen, am anderen Morgen weiterzumachen.

Als er am nächsten Tag erwachte, wusste er nicht recht, wo er sich befand. Die üppigen Verzierungen an seiner

Zimmerdecke halfen ihm nicht weiter, ebenso wenig das mit Blattgold verzierte Bettgestell oder die protzigen Marmorstatuen rechts und links vom Kamin, die als Lampen dienten. Er ging zur Balkontür, zog die schweren Vorhänge beiseite und öffnete die Schlagläden. Der Ausblick war spektakulär. Ramirez hatte den Ort mit dem Auge eines Künstlers gewählt. Tropische Gärten gingen in weitläufige Plantagen über, hinter denen sich die Berge erhoben. Eine Armee von Gärtnern fand hier Beschäftigung. Bougainvilleen wucherten in leuchtenden Farben vor den steinernen Säulen, die die Auffahrt säumten. Über allem lag der schwere, süße Duft von Jasmin in der Morgenluft. Pieter atmete tief durch. Es war berauschend.

Er schlüpfte in Shorts und Laufschuhe, um den Tag, ganz wie es seine Gewohnheit war, mit einer Joggingrunde zu beginnen, um den Kopf freizubekommen. Vor seiner Zimmertür waren keine Männer postiert, bewaffnete Wachen waren nirgends zu sehen. Im Flur kam er an einem Zimmermädchen vorbei. Nichts deutete darauf hin, dass dieses Haus etwas anderes war als ein luxuriöser, wenn auch ein wenig protzig geratener Landsitz. Allmählich begann er, sich wohler zu fühlen. Mit protzigen Landsitzen kannte er sich aus.

Pieter verfiel in Laufschritt und trabte an den Garagen mit Ramirez' Fuhrpark vorbei. Aus der Ferne drang Hundegebell und Vogelgezwitscher herüber. Der Weg, den er eingeschlagen hatte, führte durch einen streng angelegten Garten voller Springbrunnen, deren Sprühnebel sich kühl auf seine Haut legte. Er erhöhte das Tempo und trat schwerer in den Kies unter seinen Füßen. Da war ein Weg, der vom Garten wegführte, zwischen den Bäumen hindurch auf die Berge zu. Der Schatten unter dem Blätterdach war angenehm. Selbst zu dieser frühen Stunde brannte die Sonne bereits.

Das Bellen wurde lauter. Ob er sich der äußeren Einfriedung näherte, um die Ramirez' Privatarmee mit Hunden patrouillierte? Hinter ihm ertönten die Geräusche eines sich nähernden Fahrzeugs. Er blickte sich um und verlangsamte seine Schritte, ehe er den Weg verließ und in den Schatten der hohen Bäume trat, um es vorbeizulassen. Obwohl er dem herannahenden Jeep zuwinkte, bemerkten ihn die Insassen nicht. Der Fahrer hatte eine Kappe tief in die Augen gezogen. Der Mann neben ihm sah älter aus und hielt sich an der Tür fest, während sie über Bodenwellen holperten. War das Ramirez? Das Auto schoss vorbei. Hinten saß ebenfalls jemand. Zwei Gestalten, eine davon groß und aufrecht, die andere gekrümmt, mit sonderbar verdrehtem Kopf.

Wenig später bog der Wagen in den Wald ein. Der Motor wurde abgestellt. Stimmen ertönten. Autotüren wurden geöffnet und zugeschlagen. Ein spitzer Schrei, der unvermittelt abbrach. Pieter wusste, dass er besser umkehren und zum Haus zurückgehen sollte, aber er konnte nicht. Irgendetwas bewog ihn, sich zwischen den Bäumen hindurchzuschleichen. Vielleicht wollte er die Chance ergreifen, hinter Ramirez' Maske zu blicken, um den Mann zu verstehen, mit dem er Geschäfte machte. Vielleicht war es aber auch eine morbide Neugier, die ihn antrieb: Was würde mit dem Mann im Auto geschehen? Vor jedem Schritt prüfte er den Boden vor seinen Füßen. Lautlos bewegte er sich vorwärts, so wie auf der Jagd in den schottischen Highlands. Die Pflanzen waren feucht und machten nicht das geringste Geräusch. Die Stimmen wurden lauter, die Hunde bellten unablässig.

Durch die Bäume war kaum etwas zu erkennen. Unterbrochene Konturen, rasche energische Bewegungen, etwas blitzte weiß auf, dann erklang Ramirez' Stimme, das Geräusch von Autotüren, die geöffnet und geschlossen wurden, und ein startender Motor. Der Jeep fuhr zwischen den Bäumen hindurch zurück auf den Weg. Pieter duckte sich und sah dem Wagen nach. Dann bahnte er sich einen Weg durch das Unterholz zu der Lichtung, wo sie geparkt hatten, und blieb reglos stehen.

Ein Mann lag bäuchlings auf dem Boden, der ihn zu verschlingen schien, während sich die Erde um ihn herum zunehmend rötlich färbte. Er wand sich mühsam und versuchte, in quälend langsamem Tempo vorwärtszukriechen. Seine Arme und Beine waren nur noch blutige Stümpfe, Pieter musste an eine Schildkröte denken. Sein gepresster Atem kam stoßweise und war zu schwach, um seinen Qualen angemessen Ausdruck zu verleihen. Pieter blickte in die Richtung, in die der Gepeinigte steuerte. Da lag ein Unterarm mit einer Hand, der sich blass vom Waldboden abhob. Die Handfläche war geöffnet, als strecke sie sich ihm entgegen, um ihm zu helfen. Pieter blinzelte. Weitere Gliedmaßen lagen verstreut wie Teile eines zerbrochenen Spielzeugs. Ein Schäferhund tauchte zwischen dem Bäumen auf und trabte auf den verstümmelten Mann zu. Der große Hund schnüffelte an ihm, sodass die Kette um seinen Hals rasselte, und ließ dann von ihm ab. Stattdessen packte er den Unterarm mit den Zähnen und verschwand wieder im Wald. Der Mann kollabierte. Sein Atem ging in schweren, keuchenden Stößen, und er zuckte und bebte am ganzen Körper. Dann lag er still.

Pieter blickte über den See. Das Morgenlicht schimmerte auf der glatten Oberfläche. Was ihn bei diesem Aufenthalt in Guatemala am meisten verstört hatte, war nicht der Anblick des Sterbenden gewesen, sondern das entspannte Lächeln im Gesicht von Ramirez, als er ihn danach beim Frühstück begrüßte, die Professionalität, mit der er die Zahlen durchging und dabei jedes Detail beachtete. Sogar Scherze machte er hin und wieder. Als wäre es ein ganz normaler Arbeitstag für ihn. Als würden alle seine Tage so beginnen.

Es war, als gäbe es Ramirez zweimal: den sympathischen Charmeur und den anderen, von dem Pieter lieber nichts wissen wollte. Der Mann löste ein eigenartiges Gefühl in ihm aus, das er zunächst nicht recht zu definieren wusste. Erst später, nachdem er Guatemala wieder verlassen hatte und zu seiner Familie zurückgekehrt war, war ihm klar geworden, was es war: Angst.

Angst vor einem anderen Menschen, eine Angst, die sich tief in seinem Bewusstsein verankert hatte und die verbunden war mit der Erkenntnis, dass ihn dieser Mann, ohne mit der Wimper zu zucken, töten würde, während er gleichzeitig überlegte, was er zum Frühstück essen sollte. Der Mann mit dem entspannten Lächeln und den teuren Anzügen hatte absolute Macht über seine Untertanen, und Pieter war jetzt einer von ihnen.

Er lud seine Schrotflinte nach. Am anderen Ende des Sees stiegen zwei Enten zum Himmel auf. Obwohl er sie genau im Visier hatte, konnte er nicht abdrücken. Er schaffte es einfach nicht. Der Moment verstrich, und so ließ er die Vögel ziehen, die nicht ahnten, wie knapp sie dem Tod entronnen waren. Pieter rief die Hunde und ging zum Haus zurück. Selig waren die Ahnungslosen.

38

»Was haben Sie für mich, Gloria?«, sagte Malcolm in sein Handy.

»Ich bin in seinem Hotel. Er steigt gleich in einen Mietwagen.«

»Hat er irgendwas bei sich? Eine Tasche?«

»Glaube schon, da hing ziemlich sicher etwas über seiner Schulter. Soll ich ihm folgen?«

»Wenn möglich – aber halten Sie Abstand.«

Gloria stand auf. Der große SUV, den die Zielperson gemietet hatte, fuhr gerade los. Rasch ging sie zu ihrem alten Dodge, der um die Ecke geparkt war, stieg ein, ließ den Motor an und bog in die Hauptstraße ein.

»Sind Sie an ihm dran?«

Das Telefon zwischen Ohr und Schulter geklemmt, kämpfte sie mit der Gangschaltung, während sie sich durch den Verkehr schlängelte. »Ja. Er ist zwei oder drei Autos vor mir.«

»Lassen Sie es so, das ist ein guter Abstand. Hören Sie, sobald sich eine Gelegenheit bietet, die Tasche zu schnappen, tun Sie es. Vielleicht lässt er sie mal im Wagen, oder sie liegt neben ihm im Café, vielleicht können Sie sie auch von seiner Schulter nehmen – jedenfalls bringen Sie sie an sich und machen sich aus dem Staub. Es wird nicht unbeachtet bleiben.«

»Was meinen Sie damit?«

»Sie bekommen eine Prämie.«

»Wie viel?«

»Zehntausend Dollar«, sagte Malcolm, ohne nachzudenken. Schließlich war es nicht sein Geld, sondern Pieter Wittgensteins, und der war es gewohnt, Schecks auszustellen.

»Zehntausend Dollar.« Sie wiederholte die Zahl. Eine unvorstellbare Menge Geld.

»Rufen Sie mich an, wenn Sie die Tasche haben. Ich gehe dann zur nächsten Bank, um das Geld zu besorgen.«

Gloria ließ das Handy in ihre Handtasche fallen, die im Fußraum stand. Es schlug mit einem metallischen Geräusch gegen die kleine schwarze Automatikwaffe, die Malcolm ihr gegeben hatte. Die Einsätze waren gestiegen. Sie hatte die Chance, an eine Summe Geld zu gelangen, die ihr Leben verändern würde.

39

Auf der Fahrt durch die Stadt tippte Markus auf dem Navigationsgerät herum, bis er herausfand, wie man die Bediensprache auf Englisch umstellte. Um einen besseren Überblick zu haben, hatte er seine Landkarte neben sich auf den Beifahrersitz gelegt. Und gleich als er losgefahren war, hatte er die Zentralverriegelung aktiviert – das hatte man ihm bei der Autovermietung dringend angeraten.

»Ist nur eine Vorsichtsmaßnahme, Señor«, hatte die Dame am Schalter hinzugefügt. »Und lassen Sie die Fenster zu, besonders in den Vorstädten. Schließlich haben Sie ja eine Klimaanlage.«

Markus fuhr in Richtung Süden. Das Zentrum der Stadt war wie ein Gitternetz angelegt, doch sobald man in die Außenbezirke kam, wich die saubere Struktur einem Meer aus primitiven Hütten, einem Sumpf aus Chaos, Dreck und Armut. Schließlich führte die Straße schnurgerade durch Zuckerrohrplantagen, Ackerland und gelegentlich durch Straßendörfer. Unterwegs waren ausgediente amerikanische

Schulbusse, die grün und rot lackiert waren, Allradfahrzeuge, Lkws und Pferdekarren, die hin und wieder rechts ranfuhren, um den Verkehr vorbeizulassen. Markus' Handy summte. Wieder eine leere SMS, diesmal von Natalies Nummer. Zumindest hatten sie ihn ernst genommen. Vielleicht hatten sie aber auch nur Angst, dass er tatsächlich zurückkäme, wenn sie sich nicht meldeten.

In der Ferne erhob sich der Vulkan, und die Straße begann allmählich zu steigen. Der Verkehr hatte abgenommen, es waren jetzt fast nur noch Lkws unterwegs. Markus sah auf das Navi-Display. Noch fünfundvierzig Minuten. Er würde es also bis zum Mittag schaffen.

In San Antonio angekommen, fuhr Markus einmal die Hauptstraße entlang, wendete und fuhr wieder zurück. Außer einer Bank, ein paar Bars und einem Café war hier nichts. Die Häuser waren im spanischen Kolonialstil erbaut, zumindest die Fassaden zur Straße hin. Die Farben waren von der Sonne ausgebleicht und die Gipsverzierungen abgebröckelt. Er stieg aus. Die Luft stand vor Feuchtigkeit, doch immerhin hatte es aufgehört zu regnen.

Warum war Daniel hierhergekommen? Wollte er jemanden treffen? Hatte er jemanden verfolgt? Markus ging zu dem Café auf der gegenüberliegenden Straßenseite und beschloss, bei einem Bier eine Weile zu warten. Das hatte er als Fotojournalist gelernt: Es lohnte sich immer, stillzuhalten und abzuwarten, wie sich eine Stadt im Verlauf der Stunden veränderte, welche Schatten das wandernde Sonnenlicht warf, was so alles aus dunklen Winkeln hervorgekrochen kam. An der Theke standen zwei Männer, kräftige Typen in Jeans und Karohemden, die sich eine Spielshow im Fernsehen ansahen und ihm keine Beachtung schenkten.

Markus bestellte das Bier und betrachtete die Landkarte, die er dabeihatte. Die anderen Städte, die Daniel besucht hatte, lagen im Umkreis von ein paar Hundert Kilometern. Als der Barmann sein Glas brachte, reichte er ihm eine Zehndollarnote, viel zu viel für das Bier, das nur ein paar Quetzals kostete.

»Por favor, tome asiento, setzen Sie sich«, sagte er und deutete auf den leeren Stuhl am Tisch. Der Mann sah mit um Verzeihung heischender Miene zu den beiden Gästen am Tresen hinüber, als wäre es etwas Unanständiges, mit einem Fremden zu reden.

»Gracias«, sagte er und steckte das Geld ein, um dann aus seiner Hemdtasche eine Zigarette zu ziehen, die er Markus anbot. Markus nahm sie an, entzündete sie mit einem Streichholz aus dem Mäppchen, das auf dem Tisch lag, und nahm einen Zug. Er hatte seit fünf Jahren nicht mehr geraucht, aber es zahlte sich in der Regel aus, wenn man auf Gastfreundschaft einging, in welcher Form auch immer.

»Kommen hier viele Ausländer vorbei?«

Der Barmann zuckte die Achseln und warf wieder einen Blick zum Tresen. »Depende. Normalerweise nicht.«

»Können Sie sich an einen Amerikaner erinnern, der hier war? ¿Recuerda a americano, aquí?« Markus kramte die Busfahrkarten aus seiner Reisetasche und deutete auf das Datum. Mit Sicherheit kamen hier nicht oft Amerikaner vorbei. Die Stadt war nicht gerade das, was man einen Touristenmagneten nannte.

Der Mann zuckte erneut die Achseln. »Jemand war hier. Dos veces, zweimal. Ein Fremder. Könnte ein Americano gewesen sein. Weiß nicht. Konnte gut Spanisch.«

»Zu welcher Tageszeit war das? ¿A qué hora del día?«

»Am Nachmittag. Zwischen vier und fünf.«

»Was hat er gemacht?«

»Nada. Zeitung gelesen. Am Stand Obst gekauft.«

»War jemand bei ihm? Oder hat er sich mit jemandem getroffen?«

»Nein.« Der Barmann zog an seiner Zigarette.

Markus stand auf und trat auf den Gehsteig hinaus. Gegenüber war eine Bank. Von einem Obststand aber war nichts zu sehen. Er ging wieder hinein. »¿Los Servicios?«

»Draußen«, erwiderte der Mann und deutete auf eine schmale Tür am Ende des Tresens. Markus stieß sie auf und trat auf einen kleinen Hinterhof hinaus. Am gegenüberliegenden Ende war eine Latrine, die mit einer Wand aus Hohlblocksteinen abgetrennt war; der Gestank, der davon ausging, hätte einen Elefanten umgehauen. Markus suchte sich möglichst weit davon entfernt eine Stelle und öffnete seine Hose.

»Nicht bewegen.« Es war eine weibliche Stimme, kaum mehr als ein Flüstern.

Markus rührte sich nicht. Kaltes Metall presste sich in seinen Rücken.

»Die Tasche her, langsam, ganz langsam.«

Markus spürte, wie sich der Waffenlauf zitternd in ihn bohrte. Er versuchte, nicht daran zu denken, was passieren würde, wenn das Ding losging. Die Kugel würde sein Rückgrat zerfetzen und am Bauch wieder austreten. Er hob beide Hände, bewegte langsam seine linke Hand auf seine rechte Schulter zu und zog den Riemen der Tasche ab. Nur keinen Schuss riskieren. Er war sich nicht einmal sicher, ob es ein wahlloser Überfall oder eine gezielte Attacke war. War es möglich, dass die Männer, die in London hinter ihm her gewesen waren, ihm bis hierher gefolgt waren?

Dem flachen, hektischen Atmen der Frau nach zu urteilen war sie kein Profi, sonst wäre sie nicht so nervös. Auf gar keinen Fall durfte sie in Panik geraten. Er ließ die Tasche neben sich auf den Boden fallen. Eine Hand griff flink zu.

»Ich werde jetzt ganz langsam rückwärtsgehen. Wenn Sie sich umdrehen, schieße ich. Kapiert?«

Markus nickte. Er hörte keine Schritte, und in seiner Nase lag immer noch der penetrante Gestank der Latrine. Als er vorsichtig den Kopf drehte, immer weiter, bis er hinter sich blicken konnte, war niemand zu sehen. Er hechtete zurück in die Bar, stieß dabei einen Stuhl um und krachte gegen einen Tisch. Die Männer an der Theke riefen ihm zu, er solle besser aufpassen.

Draußen auf der Straße war ebenfalls niemand zu sehen. Es war zwölf Uhr mittags, und vereinzelte dicke Tropfen, die vom Himmel fielen, kündigten einen neuen Regenguss an. Er blieb stehen und wartete. Von der Straße stieg der schwere Geruch nach nassem Asphalt auf. Aus einer Seitenstraße bog ein alter Dodge in die Hauptstraße ein, am Steuer eine Frau. Markus rannte zu seinem SUV, sprang hinein, steuerte auf die Straße hinaus und gab Gas. Der Regen wurde stärker. Die Scheibenwischer sprangen an, hatten jedoch gegen die Wassermassen kaum eine Chance. Er holte immer weiter zu dem Wagen vor ihm auf. Was sollte er tun, wenn er ihn erreichte? Obwohl er vor sich kaum etwas erkennen konnte, beschleunigte er. Vom entgegenkommenden Verkehr sprühte ihm Gischt entgegen, ein Lkw hupte im Vorbeifahren. Markus trat das Gaspedal durch. Allmählich begann die Straße anzusteigen und sich zu winden. Schlitternd nahm der SUV die Kurven. Der Tacho zeigte knapp hundert Stundenkilometer an. Der alte Dodge würde das Tempo nicht mehr lange halten können, wenn die Steigung noch mehr zunahm.

Markus riss das Steuer zur Mitte der Straße und beschleunigte, bis er Seite an Seite mit dem Dodge dahinraste. Der Regen rann über das Beifahrerfenster, und man konnte kaum hinaussehen, geschweige denn in das andere Auto hinein. Dennoch glaubte er, auf dem Beifahrersitz etwas Schwarzes, Unförmiges zu erkennen – die Reisetasche?

Als Markus die Hupe des entgegenkommenden Lkw hörte, war es schon zu spät. Er riss den Wagen herum und rammte den Dodge. Metall knirschte, als beide Fahrzeuge von der Straße und über den vom Regen rutschigen Abhang schlitterten, immer weiter, bis hinunter in das angrenzende Zuckerrohrfeld. Markus spürte, wie sein Kopf gegen das Dach schlug; die großen Räder holperten über den unebenen Boden. Er hörte das Knacken des brechenden Zuckerrohrs, bis der Wagen endlich zum Halt kam.

Markus atmete tief durch. Die Scheibenwischer arbeiteten immer noch, und vor ihm am Armaturenbrett leuchtete eine sonderbare Kombination von Warnlichtern. Sein Sicherheitsgurt spannte sich eng um ihn. Er lehnte sich zurück und löste die Schnalle. Sein Hirn war vollkommen benebelt. Hinter ihm entdeckte er die Reifenspuren des anderen Wagens, der etwa zwanzig Meter weiter auf der Seite lag.

Markus öffnete die Tür und stieg vorsichtig aus. Binnen Sekunden war er bis auf die Haut durchnässt. Er machte sich auf den Weg über das Feld, seine Füße sanken in den schlammigen Boden ein, während er das hohe Zuckerrohr beiseiteschob und die Wolke von Moskitos verscheuchte, die um ihn herumschwirrten. Der Dodge verlor Sprit, das roch er schon aus der Entfernung. Wenn es nicht so stark regnen würde, wäre der überhitzte Motor längst hochgegangen. Aber das konnte immer noch passieren. Er trabte an dem Wagen vorbei bis zum Frontkühler und spähte durch die Windschutzscheibe, konnte aber niemanden sehen. Im Schlamm steckte ein Paar High Heels. In der schwarzen Erde waren Fußabdrücke zu sehen, denen er folgte. Vor ihm mitten im Zuckerrohr erkannte er durch den Regen eine Gestalt, die am Boden kauerte. Er ging auf sie zu.

40

Alphonse Ramirez blickte aus dem Fenster seiner Gulfstream G 500. Über London ging die Sonne auf, und ein überirdisch anmutendes rosa Leuchten überzog den Horizont. Picasso-Rosa. Die gleiche Farbe wie in dessen berühmter Rosa Periode. Alphonse besaß zwei Werke aus dieser Zeit. Eines davon hatte er sogar auf Reisen dabei. Ein Picasso im Privatjet. Das war so leicht nicht zu überbieten, selbst Pieter Wittgenstein hatte geschluckt, als er das Bild an der Trennwand entdeckt hatte. Alphonse kaufte Kunstwerke nicht, weil irgendein schlipstragender Finanzberater sie ihm als gute Investition angepriesen hatte, sondern weil er sie liebte. Kunst – ganz gleich ob Malerei, Oper, Poesie oder Theater – war das Einzige, was ihn noch zu Tränen rühren konnte.

Er tat schon lange nicht mehr so, als würde er Gefühle empfinden wie normale Menschen; wie seine Frau, wenn sie auf die Enkel aufpasste, sein Sohn, wenn er über seine geliebte Bugatti sprach, oder der Koch, wenn er den Wachhunden Fleischbrocken zu fressen gab. Alphonse war kein Gefühlsmensch – vermutlich ebenso wenig wie Picasso einer gewesen war. Hochbegabte haben für ihre Mitmenschen wenig Raum in ihrem Leben, dazu sind sie viel zu fokussiert auf ihre Arbeit, ihre Kunst oder ihren Ruf. Während er in den Sonnenaufgang blickte, kam ihm der Gedanke, dass er auf seine Weise auch ein Künstler war. Er führte mit geschickter Hand ein erfolgreiches globales Kartell, er hatte das Exekutieren zu einer eigenen Kunstform erhoben, und er setzte die Ängste der Menschen ebenso virtuos ein wie Picasso seine Farben. Eine Legende zu erschaffen, mit Licht und Schatten zu jonglieren, bis die Menschen seine Interessen über ihre eigenen stellten – das war die Kunst, die er beherrschte. Deshalb war er umso mehr erstaunt darüber, was ihm sein Geschäftsführer am Tag zuvor berichtet hatte.

Er hatte auf der Veranda seines Sommerhauses gesessen. Hierher zog er sich gerne zurück, weil er an diesem Ort, nur wenige Autominuten vom Haupthaus entfernt, sowohl seine Familie als auch seine Gemälde um sich hatte. Hier konnte er hören, wie die Enkel durch die Flure sausten, und den Duft der Tortillas riechen, der aus der Küche zu ihm drang. Die bewaffneten Sicherheitsleute waren von hier aus nicht zu sehen; sie patrouillierten an der Außenmauer des vier Quadratkilometer umfassenden Grundstücks entlang. Sämtliche Eingänge wurden von Kameras überwacht.

»Señor, ich habe eine Nachricht für Sie.«

Alphonse stellte seinen Mojito ab und blickte mit gerunzelter Stirn den Jungen an, der vor ihm stand, der fünfzehnjährige Sohn eines seiner Leutnants. Er hasste es, um diese Tageszeit gestört zu werden, und seine Leute wussten das eigentlich genau.

»Was ist?«

»Man hat mich aus dem Haupthaus hergeschickt. Sie wollten letzte Woche drei Einkäufe machen, die aber alle nicht geklappt haben. Von verschiedenen Konten aus. Bei der Bank ist niemand zu erreichen. Niemand weiß, was los ist.«

Alphonse Ramirez war im Nu auf den Beinen und folgte

dem Jungen durch das Sommerhaus zu einem Jeep, der vor der Tür wartete. Sie fuhren die kurvige Straße hoch zum Haupthaus, das ganz oben auf dem Hügel lag – Ramirez' Hauptquartier.

Das Palais war vor allem als Repräsentationsobjekt gedacht, weniger um sich dort aufzuhalten. Hin und wieder ließ er seine Angestellten dort Urlaub machen, als Belohnung für ihr Engagement. Der architektonische Entwurf lehnte sich an das Château Fontainebleau in der Nähe von Paris an. Die Kopie war nicht ganz so groß, bildete aber immer noch einen eindrucksvollen und irritierend extravaganten Hingucker in der Hügellandschaft. Als kleiner Junge hätte er sich nicht im Traum vorstellen können, dass er einmal in jeder Minute mehr Geld machen würde, als sein Vater im ganzen Leben verdient hatte, und dass ihm das Ausgeben ernsthafte Probleme bereiten würde. Großeinkäufe hinterließen Spuren, eine ganze Serie von Spuren. Schon deshalb liebte er die diskrete Welt der Kunst und der Auktionshäuser, die es noch viel weniger kümmerte, woher das Geld kam, als die Banken – Hauptsache, sie erhielten ihre Provision.

Über die Kiesauffahrt eilte ihnen ein ernst dreinblickender Mann mit offenem Hemdkragen entgegen. »Señor Ramirez, bitte verzeihen Sie. Es ist das dritte Mal, dass ich versucht habe, über eines unserer Wittgenstein-Konten etwas zu bezahlen. Es klappt nicht. Ich bekomme immer nur Fehlermeldungen. Es sieht so aus, als wären die Konten gesperrt.« Er tupfte sich mit einem Taschentuch den Schweiß von der Stirn. »Offenbar wurden sie geschlossen.«

Alphonse kletterte aus dem Jeep. »Zeigen Sie mir das.«

Der Buchhalter führte ihn durch den Salon in den hinteren Teil des Hauses. Die Räume hier waren schlicht und geschäftsmäßig eingerichtet, ohne die ornamentalen Stuckverzierungen und Lüster des offiziellen Bereichs.

»Hier.« Der Mann deutete auf seinen Computer und gab das Passwort für den Zugang zu den Online-Konten ein. Die eleganten Kursivlettern des Wittgenstein-Logos erschienen. Weitere Passwörter wurden abgefragt. Alphonse rührte sich nicht.

»Sehen Sie, hier ist nichts drauf. Kein Cent.«

»Wie viel sollte da sein?«

Der Buchhalter nahm ein Rechnungsbuch vom Tisch. »Letzter dokumentierter Kontostand waren zweiundvierzig Millionen.«

»Dollar?«

»Pfund. Etwa sechzig Millionen Dollar.«

»Was ist mit den anderen Konten? Wir hatten über achtzig verschiedene Konten dort.«

»Ich habe bislang fünf überprüft. Das dauert ziemlich lang wegen all der Sicherheitscodes. Alle fünf waren leer.«

»Wie viel haben wir bei dieser Bank liegen?«

Der Buchhalter atmete tief durch, schlug sein Buch auf und blätterte bis zu den letzten Seiten durch.

»Knapp acht Milliarden.«

Alphonse zwirbelte die Enden seines Schnurrbarts. Das war eine bedeutende Summe, selbst nach seinen Maßstäben. Es war gut möglich, dass Pieter das Vermögen verschob und umstrukturierte. Nichtsdestotrotz wäre es anständig gewesen, kurz telefonisch darauf hinzuweisen. Oder eine E-Mail zu schicken, damit er wusste, welche Konten betroffen waren.

»Wann soll die nächste Bareinzahlung stattfinden?«, erkundigte er sich.

»Am Montag.«

»Sagen Sie sie ab. Wir behalten das Geld hier. Diese Bank bekommt nichts mehr, ehe ich nicht mit dem Leiter gesprochen habe. In der Zwischenzeit sehen Sie die übrigen Konten durch.«

Der Buchhalter nickte, panisch vor Angst, der Boss könnte ihn beschuldigen, das Geld gestohlen zu haben.

Alphonse griff in seine Hosentasche, holte sein Handy heraus und rief seinen Piloten an. Er würde Pieter Wittgenstein einen kleinen Besuch abstatten. Man konnte viel besser erkennen, ob jemand die Wahrheit sagte, wenn man ihm persönlich gegenüberstand.

»Soll ich den Banker verhören?«

Alphonse drehte sich in seinem Sitz zu Radan um, seinem persönlichen Bodyguard, der im hinteren Teil des Jets saß und sich Pieter Wittgensteins Akte ansah.

»Ich glaube nicht, dass viel Überzeugungsarbeit nötig sein wird.«

»Trotzdem sollte ich meine Ausrüstung dabeihaben. Für alle Fälle.«

»Wie Sie wollen.« Alphonse wusste, wie stolz Radan auf sein Können war. Der kleine Russe war trotz seiner Plateauschuhe kaum größer als ein Meter sechzig und ähnelte in nichts den Muskelpaketen im schwarzen Anzug, die man aus dem Gefolge von Popstars und Superreichen kannte. Aber genau das war es, was Alphonse an ihm schätzte. Er fiel nicht auf. Er war ein unscheinbarer Typ in einem schlecht sitzenden Anzug, der gerne Messer wetzte.

41

»Einen Schritt weiter, und Sie sind tot, kapiert?«

Das Haar klebte ihr am Kopf, klatschnass vom Regen, und ihr triefendes dünnes Baumwollkleid ließ ihre Unterwäsche durchscheinen. Einer ihrer Knöchel war verdreht, und sie hatte eine Platzwunde an der Schläfe.

»Sie haben etwas, das mir gehört. Ich will es zurück«, sagte Markus und hielt ihr die Handflächen entgegen.

Die Frau schüttelte den Kopf und richtete die Waffe auf ihn. »Gehen Sie weg. Ich schieße, ich schwör's.«

Markus sah sie genauer an. War das die Frau aus dem Hotel? Die Frau mit der *Vogue*? Dann stand zumindest fest, dass der Überfall nicht zufällig passiert war.

»Ich kaufe es Ihnen ab. Was auch immer Sie dafür bekommen, es zu stehlen, Sie bekommen es von mir.«

Er griff in seine Hosentasche, um seine Brieftasche herauszuziehen, da krachte ein Schuss. Sie hatte den Abzug gedrückt und ihn verfehlt.

»Scheiße.« Glorias Hände zitterten. Der Mann starrte sie an. Er war geschockt, genauso geschockt wie sie. Es war so leicht gegangen: Sie hatte nur ganz leicht den Finger gekrümmt. Um ein Haar hätte sie dem Mann eine Kugel in die Brust gejagt. Dem Mann von dem Foto, auf dem er sein Baby im Arm hielt. Sie war keine Mörderin. Sie konnte nicht kaltblütig töten. Die Waffe fiel in den Schlamm.

Markus kniete sich hin und fuhr sich mit der Hand durch die Haare. Er wischte sich das Wasser aus den Augen und schlug nach Moskitos in seinem Nacken. Langsam nahm er ihre Hand und löste ihre Finger vom Riemen der Tasche. Die Frau regte sich nicht. Sie stand unter Schock. Ihr Blick ging starr geradeaus, und sie bebte am ganzen Körper. Markus nahm die Pistole an sich, stand auf und ging davon. Auf halbem Weg zum Auto drehte er sich um und sah zurück. Sie hatte sich noch immer nicht vom Fleck gerührt. Die Wolken über ihr am Himmel leuchteten gräulich lila, die Erde unter ihr war schwarz, rechts und links von ihr ragten die hohen, bambusartigen Halme des Zuckerrohrs auf. Er ging zu ihr zurück und kniete sich vor sie.

»Können Sie mich hören?«

Keine Reaktion.

Er legte seine Hand auf ihre Schulter. »Wie heißen Sie?«

Ihre schweren Lider schlossen sich langsam, sie schüttelte den Kopf und murmelte etwas Unverständliches. Markus griff in ihre Handtasche und fand ihren Führerschein mit Namen und Adresse. Gloria Andalucía Ferrovia.

»Gloria, können Sie mich hören? Warum haben Sie meine Tasche gestohlen? Wer hat Ihnen den Auftrag gegeben?«

Sie antwortete nicht. Markus sah auf ihren Knöchel, der bereits anzuschwellen begann. Wer auch immer sie war – das hier war nicht ihr normaler Job. Er hob sie mit einer raschen Bewegung hoch, trug sie zu seinem Wagen und schob sie auf die Rückbank, wo sie regungslos sitzen blieb.

Jetzt musste die Karre nur noch anspringen. Markus steckte den Schlüssel in die Zündung, drehte, und der Motor setzte sich in Bewegung. Die Warnleuchten hatten nicht aufgehört zu blinken, aber zumindest fuhr das Auto noch. Er legte den Rückwärtsgang ein und fuhr langsam rückwärts zum Rand der Plantage, an dem ein Feldweg entlangführte. Die Räder drehten in dem matschigen Schlamm immer wieder durch, aber es waren nur ein paar Hundert Meter bis zur Straße. Er warf einen Blick über die Schulter. Gloria saß nervenaufreibend still da, ihr irritierend schönes

Gesicht mit den Mandelaugen, umrahmt von ihrem schweren, nassen Haar.

Markus gab ihre Adresse in das Navi ein. Wenn er sie nach Hause fuhr, bestand zumindest eine Chance, dass er die Antworten bekam, die er so dringend brauchte.

»Gloria. Ich heiße Gloria«, ließ sich schließlich leise aus dem Fond des Wagens vernehmen, kaum hörbar durch das Rauschen der Räder auf dem nassen Straßenbelag. »Wohin bringen Sie mich?«

»12a Calle 21, Guatemala City.«

»Nach Hause?«

Markus nickte.

»Sind Sie so was wie ein Taxi?«, sagte die Frau ausdruckslos.

Markus warf einen kurzen Blick in den Innenspiegel. »Klar, ich bin ein Taxifahrer, und Sie sind eine Auftragskillerin. Ich dachte, wir könnten ins Geschäft kommen.«

»Sehr witzig.« Sie strich sich das Haar hinter die Ohren und berührte vorsichtig die Wunde an ihrer Schläfe.

»Möchten Sie mir erzählen, warum Sie versucht haben, mich umzubringen?«, fragte er.

Sie schüttelte den Kopf. »Nicht umbringen, nur bestehlen. Tut mir leid, dass ich Sie fast getötet hätte.«

»Keine Ursache.«

Sie fuhren schweigend weiter. Allmählich setzte die Dämmerung ein, und immer weniger Licht drang durch die Wolkendecke. Markus spürte ihren Blick.

»Sie haben heute im Hotel auf mich gewartet«, begann er.

Sie sagte nichts.

»An der Tür, auf der linken Seite der Lobby. Der Sessel war genauso olivgrün wie die Streifen Ihres Kleides.«

Sie zuckte mit den Schultern. »Sie haben wohl ein memoria fotográfica, wie sagt man noch, ein fotografisches Gedächtnis?«

»Ich lebe vom Fotografieren.«

»Aha. Sie sind also nach Guatemala in eine Stadt am Ende der Welt gekommen, um Fotos zu machen.«

»Ich bin hier wegen der Sachen, die in dieser Tasche sind. In der Tasche, die Sie stehlen wollten. Wissen Sie, was da drin ist?«

Gloria antwortete nicht.

»Schauen Sie selbst.« Er nahm eine Hand vom Steuer und wühlte in der Tasche, um Gloria den Zeitungsartikel und die Polaroids zu reichen.

Sie sah sie an, sagte aber zunächst nichts.

»Sonst noch was?«, fragte sie schließlich.

»Daten, jede Menge Daten. Und ein paar Sorgenpüppchen.«

Bis auf die Geräusche der Straße herrschte Stille. Gloria betrachtete die Fotos.

»Haben Sie vorher schon mal geschossen?«, wollte Markus wissen.

Gloria blickte mit verächtlicher Miene aus dem Fenster. »Natürlich nicht.«

»Von wem haben Sie die Pistole? Sind das dieselben Leute, für die Sie mich bestehlen sollten?«

»Sie wissen es doch sowieso.«

»Wenn ich es wüsste, würde ich meine Zeit nicht mit Fragen verschwenden.«

»Die CIA.«

Markus lachte. »Ja, ja. Jetzt mal im Ernst, wer bezahlt Sie?«

»Es stimmt. Die haben Ihren Freund, und bald werden sie

auch Sie haben. Sie können mir also genauso gut jetzt die Tasche geben, dann gebe ich sie weiter, und Sie kommen mit heiler Haut davon, okay?« *Auf die Art bekomme ich mein Geld und kann Vincents Krankenhausrechnungen bezahlen, und außerdem gerate ich dann nicht mehr in Versuchung, wild herumzuballern,* dachte sie im Stillen.

Markus bremste so scharf, dass sie auf der Sitzbank nach vorn rutschte.

»Die haben Daniel Wiseman?« Er wandte ihr sein Gesicht zu. »Woher wissen Sie das? Woher wissen Sie von ihm? Wo haben die ihn hingebracht?«

»Keine Ahnung. Wahrscheinlich in irgendein Gefängnis in den Staaten. Dorthin, wohin sie auch Sie bringen werden. Also geben Sie mir die Tasche.«

Markus hielt am Straßenrand, stieg aus und hinten wieder ein und zog mit Schwung die Tür zu.

Gloria wich zurück. Der Kerl brauchte ganz schön viel Platz.

Markus legte seinen Arm hinter sie auf die Rückenlehne. »Fangen wir ganz vorne an.«

Einen Moment überlegte sie, ob sie die Tür aufstoßen und sich nach draußen stürzen sollte, doch ihr Knöchel war dick geschwollen, und wohin hätte sie fliehen sollen?

»Was soll ich sagen? Ein Freund von meinem Cousin, er heißt Paulo, er wusste, dass ich Arbeit suche, und hat mich gefragt, ob ich was für ihn tun will. Besser gesagt, für einen Amerikaner. Irgendein hohes Tier. Geht um Spekulationsbetrug oder Wirtschaftskriminalität oder so was. Er brauchte ein Team vor Ort, wollte aber die Polizei nicht einschalten. Also hab ich ein paar Wochen lang diesen Typen für ihn beschattet. Und dann haben sie mich gestern wieder angerufen und gesagt, ich soll jemand anderen beschatten.

Hier …« Sie öffnete ihre Handtasche und zog zwei Fotos aus der Seitentasche.

Markus faltete das Papier auf. Für einen kurzen Moment wurde sein Blick weich, als er Mila sah, auf seinem Arm, eine zwei Jahre alte Aufnahme, die kurz vor ihrem ersten Geburtstag entstanden war.

Gloria entging die Veränderung in seinem Gesichtsausdruck nicht.

Er sah sich kurz das andere Bild an, die Beerdigung seines Vaters, des selbst ernannten King of Soho, und wandte sich rasch ab. »Sie müssen diesen Typ anrufen, wie heißt er noch, Paulo? Ich will, dass Sie ihn anrufen. Sie müssen in Erfahrung bringen, ob der Mann, den Sie beobachten sollten, noch am Leben ist.«

»Nein. Auf gar keinen Fall.«

»Ist Ihnen denn nicht klar, in welcher Gefahr Sie schweben? Mit wem Sie sich da eingelassen haben?« Er nahm eines der Polaroids. »Die Bilder stammen von dem Mann, den Sie beobachtet haben. Er hat eine Verbindung nach Großbritannien entdeckt, zu einer der Firmen, deren Konten er überprüft hat.«

Sie sah sich die Fotos erneut an. »Ich habe von dieser Art von Bestrafung gehört. So behandeln sie Menschen, die nicht tun, was sie von ihnen wollen.«

»Wer?«

»Die Kartelle.« Sie betrachtete das andere Foto. »Es spart Munition, wenn man die Leute einfach in einen alten Minenschacht treibt und dann den Schacht einstürzen lässt. Vom Goldrausch sind noch jede Menge alte Minen da. So verbreiten sie Angst und sichern ihre Macht.«

»Woher wissen Sie das alles?«

»Mein Mann war Polizist. Sieben Jahre lang. Er hat mir erzählt, was er über die Banden wusste. Damit haben sie herumgeprahlt. Dass niemand jemals die Leichen finden würde.«

»Ihr Mann ist Polizist?« Markus hatte Mühe, seinen Unglauben zu verbergen.

»Er *war* Polizist.«

»Tut mir leid«, sagte Markus.

Gloria zuckte nur mit den Schultern, ohne noch etwas dazu zu sagen. Sie sah das zweite Polaroidbild an und nickte langsam.

»Darüber gibt es Geschichten. Dass sie so Menschen bestrafen. Verhaftet wurde deswegen noch nie jemand. Es gibt nur diese Geschichten. Es ist das Erkennungszeichen eines bestimmten Kartells. Manchmal lassen sie die Opfer leben, manchmal lassen sie sie ausbluten.«

Markus nickte und nahm die Polaroids wieder an sich. Dann griff er in die Tasche und fischte den Zeitungsartikel heraus. »Sagt Ihnen das hier etwas?«

Sie las kurz darüber. »Alberto Gonzalez, ein prominenter Politiker. Wurde vor drei oder vier Monaten wegen Korruption verhaftet.«

»Was hat er mit dem Ganzen zu tun?«

»Keine Ahnung, woher soll ich das wissen?« Sie klang verzweifelt. »Ich weiß nur, dass ich einen Amerikaner beschattet habe und dann Sie, und dass die mich dafür bezahlen. Aber jetzt werde ich garantiert keinen Cent bekommen, das heißt, ich bin so oder so am Arsch.«

Markus sah sie an. »Werden Sie mir helfen?«, fragte er schließlich. »Und Ihren Freund Paulo anrufen?«

Gloria schloss die Augen. Sie wollte sich nur noch ins Bett legen und schlafen und morgen in einem anderen Körper aufwachen, als ein anderer Mensch, an einem anderen Ort. Sie öffnete die Augen wieder. Das Gesicht ihr gegenüber war nicht übel. Aber in diesen Zügen lag etwas, so wie er die Mundwinkel nach unten zog, der Blick aus seinen Augen, ein Ausdruck von Härte und Entschlossenheit. Die Warnung, dass etwas Schlimmes passieren könnte, wenn sie Nein sagte.

»Als Erstes gehen wir zu mir. Ich muss mich umziehen. Und dann kann ich meinetwegen Paulo anrufen.«

42

Flood Street, London, acht Uhr morgens

Zwei Dinge beschäftigten Isaiah Schenkel: erstens der dunkelhaarige Jogger, der jedes Mal auftauchte, wenn Cartrights Ex mit ihrem Kind das Haus verließ, und zweitens die bedenkliche Menge Schmerzmittel, die er schlucken musste, um seine gesplitterten Wangenknochen halbwegs zu betäuben.

Beides machte ihm seinen Job schwierig und verschärfte seine Abneigung gegen diese herausgeputzte Tussi mit ihrem Designerkind, die jetzt die Stufen vor ihrer Eingangstür herunterkamen. Die Mutter stank förmlich nach Geld. Ein Luxusweib, besessen von Status, zerfressen von Ehrgeiz. Er fragte sich, ob sie in dieses Leben hineingeboren war oder ob ihr Fernsehjob sie dahin gebracht hatte. Wahrscheinlich beides. Wie um alles in der Welt war sie nur an diesen abgehalfterten Quartalssäufer Markus Cartright geraten? Vielleicht mag sie es brutal, dachte er und verengte die Augen, als sie sich in ihrem Minirock vorbeugte, um ihre Tochter hochzuheben.

Eule hatte ihm aufgetragen, ihren Alltag auszukundschaften und einen Plan B zu entwickeln. Aber er hatte nichts davon erwähnt, dass die Familie eine Leibwache hatte. Der Jogger konnte nichts anderes sein. Er rannte sogar wie ein Exsoldat, mit vorgereckter Brust und im stampfenden Rhythmus einer Kriegstrommel.

Die Mutter öffnete die Fondtür ihres absurd großen Autos und hob das kleine verzogene Prinzesschen hinein. In einer zwei Tonnen schweren Range-Rover-Luxuskarosse fünfhundert Meter weiter in den Kindergarten gefahren zu werden! Der Jogger verlangsamte sein Tempo, grub in seiner Hosentasche nach seinem Autoschlüssel und öffnete dann die Tür eines grauen Fords. Wen wollte er damit aufs Glatteis führen? Kein Mensch parkte in irgendeiner Londoner Wohnstraße, um von dort aus zu joggen. Der Range Rover fuhr los. Wenige Augenblicke später folgte der graue Ford.

Isaiah schwang sich auf sein Moped. Er hatte es nicht eilig, denn er wusste, wohin sie fuhren. Der Kindergarten lag in Battersea, auf der anderen Seite der Brücke. Er kannte den Weg und hatte auch schon festgelegt, an welcher Stelle er zugreifen wollte.

Er würde sie beide mitnehmen, Mutter und Tochter. Wenn sie nur das Kind hätten, würde die Mutter die Geschichte im Handumdrehen in alle Zeitungen bringen. Außerdem könnte sie sich um das Kind kümmern und dafür sorgen, dass es nicht herumschrie. Der Range Rover fuhr auf die Ampel zu und ließ ein älteres Pärchen über die Straße, das aus dem Battersea Park herausgekommen war. An der Stelle würden sie es machen. Zuerst würde er den Fahrer des Fords außer Gefecht setzen. Jacob könnte einen Fußgänger mimen, der über die Straße wollte, genau zwischen Ford und Range Rover. Er, Isaiah, würde mit dem Moped von hinten heranfahren, dem Ford die Hinterreifen aufschlitzen und sofort zum Range Rover aufschließen.

Sie parkte immer in einer Seitenstraße nahe dem Kindergarten. Er würde das Moped stehen lassen, neben ihr einsteigen und ihr befehlen, nach Vauxhall zu fahren. Das würde für zwei Tage gehen. Das Wichtigste war, den Range Rover von der Straße verschwinden zu lassen. Dieser Schlappschwanz von Freund würde wahrscheinlich gar nicht merken, dass die beiden weg waren, da er hauptsächlich damit beschäftigt war, sein Spiegelbild in der Windschutzscheibe seines Porsche zu bewundern. Der Zeitrahmen aber war ein heikler Punkt. Geiseln länger als ein oder zwei Tage festzuhalten, das war nicht sein Ding. Dafür war er nicht ausgebildet. Aber sobald Eule Markus Cartright die Nachricht von der Entführung seiner Tochter übermittelt hätte, würde es nur noch eine Frage von Stunden sein. Jacob würde mit der Sache gar nicht glücklich sein. Kinder machten ihn nervös. Er konnte es nicht ertragen, wenn welche in der Nähe waren. Komische Macken, die er manchmal hatte.

Isaiah schloss bis auf eine Wagenlänge zu dem Range Rover auf, während der Ford weiterfuhr. Die Mutter stieg aus und machte sich routiniert am Kindersitz zu schaffen.

Es war nicht das erste Mal, dass Isaiah ein Kind als Druckmittel einsetzte. Vor Jahren, in der Westbank, hatten sie Informationen über einen palästinensischen Selbstmordattentäter gebraucht. Es war eine Erinnerung, die er nicht oft hervorkramte. Die dunkle, muffige Wohnung. Der plärrende Fernseher, das panische Geschrei der Familie, die vom Frühstückstisch hochfuhr. Müsli und Milch überall auf dem Fußboden verteilt.

Es war gar nicht so schwer gewesen, wie Isaiah gedacht hatte. Genauso wie bei einem Erwachsenen, nur dass weniger Kraft erforderlich war. Die Gliedmaßen ließen sich viel leichter nach hinten biegen, erst die Hände, dann die Ellbogen. Der Vater wusste entweder nichts über den Attentäter, oder er war ein Fanatiker, der seine Sache über das Wohl seines Kindes stellte. Als letzte Maßnahme setzte Isaiah dem Jungen die Waffe ins Genick. Seiner Schätzung nach war er zirka acht Jahre alt. Isaiah erinnerte sich noch an sein dunkles Haar, das ihm in Büscheln vom Kopf abstand. Wahrscheinlich hatten sie ihn in der Schule deswegen gehänselt.

Isaiah hatte ihn nicht töten wollen, aber als plötzlich alle aufschrien, zuckte der Junge zusammen, und es löste sich ein Schuss. Die Leiche fiel zu Boden. Erst herrschte Stille, und alle blickten auf Isaiah. Dann brach totale Hysterie aus. Isaiah schoss ein paarmal in die Zimmerdecke, um irgendwie wieder Ruhe herzustellen. Der Vater stürzte sich auf ihn, und er schlug ihn mit der Pistole nieder. Vielleicht wäre es gnädiger gewesen, ihn auch gleich zu erschießen.

Noch am selben Nachmittag lieferte Isaiah seinem vorgesetzten Offizier einen vollständigen Bericht ab. Der Mann war voller Verständnis. In prekären Situationen passierten nun einmal Fehler, und schließlich kämpften sie gegen einen skrupellosen und verblendeten Feind. Zivile Opfer seien unvermeidlich, wenn es darum gehe, die Sicherheit Israels aufrechtzuerhalten. Isaiah hatte genickt und sich sofort wieder mit neuem Eifer in die Arbeit gestürzt, statt sich, wie angeboten, für eine Weile freizunehmen. Er hatte tief in menschliche Abgründe geblickt, doch statt Reue oder Schuld zu empfinden, erkalteten seine Gefühle. Für die Menschen, deren Leben er zerstört hatte, empfand er nur Verachtung. Ihre Trauer machte sie schwach, die Liebe für ihre Familie verwundbar. Er, Isaiah, kannte solche Schwächen nicht. Seine Eltern waren bei einem palästinensischen Raketenangriff umgekommen, als er zwölf war. Es war wie ein großes Schachspiel, dieser beständige Kampf zwischen dem Mutterland und seinen Angreifern, und Isaiah hatte nicht mehr Gefühle als eine der hölzernen Spielfiguren, die von meisterlicher Hand gelenkt wurden.

Die Mutter nahm das Kind bei der Hand. Pummelärmchen, blonde Löckchen, Engelsgesicht. Er spürte wieder Verachtung in sich aufsteigen. Die Mutter hielt inne und angelte etwas aus ihrer Handtasche, eine Spange, die sie dem Kind ins Haar klemmte. Dann waren sie durch die Tür zum Kindergarten verschwunden. Der Fahrer des Fords war ausgestiegen und joggte die Straße auf und ab. Der Typ sollte sich wirklich eine bessere Tarnung zulegen. Von ihm war jedenfalls nichts zu befürchten. Wer Isaiah viel mehr Kopfzerbrechen bereitete, war Markus Cartright. Der Mann, der eiskalt zuschlug, wenn man ihm eine Waffe vor die Nase hielt. Nicht einmal unter Soldaten gab es viele Männer mit einer so hohen Reaktionsgeschwindigkeit und einem so ausgeprägten Aggressionspotenzial. Und dann das Whiskyglas, das in Charlies Gesicht gesteckt hatte. Das war keine natürliche Reaktion gewesen. In Situationen wie diesen gab ein normaler Mensch auf oder suchte das Weite. Im Affekt reagierte man nicht mit Gewalt auf Gewalt – es sei denn, man war daran gewöhnt und/oder hatte selbst gewalttätige Züge.

Er sah sich die Mail-Anhänge durch, die ihm Eule geschickt hatte, und las Cartrights Kurzbiografie: Privatschule, Reisen, Gelegenheitsjobs. Dann Fotojournalismus. Ein paar Aufträge in Krisenregionen und Ländern, die als gefährlich eingestuft waren. Schwierige Familienverhältnisse. Der Vater war 1993 im Swimmingpool ertrunken. Die Mutter hatte wenig später Selbstmord begangen. Cartright war damals Anfang zwanzig gewesen. Der Ermittler hatte ein paar alte Zeitungsausschnitte ausgegraben, die darüber spekulierten, ob der alte Cartright nicht einem Auftragsmord zum Opfer gefallen war. Mit seinem Rotlicht-Imperium aus Privatklubs und Nachtlokalen hatte er sich genügend Feinde gemacht. Die Etablissements waren alle an Sohn Markus gegangen, der jedoch alles verhökert hatte, die Grundstücke in Soho, sämtliche Gebäude und Pachten. Ganz unten auf der Seite stand die Summe, auf die sein Privatvermögen geschätzt wurde: acht Millionen Pfund.

Isaiah scrollte zurück. Ansonsten schien der Mann nichts zu besitzen, außer einem Mietvertrag für ein Fotoatelier in Brixton, einem ramponierten alten Auto und einem Haus in Chelsea, in das ihn seine Ex aber nicht mehr hineinließ. Ganz offenbar hatte der Junge ein Problem damit, sein Erbe unter die Leute zu bringen. Entweder das, oder er hatte es längst verschleudert.

Auf dem Foto, das zu dem Zeitungsartikel gehörte, war neben Markus eine grauhaarige Frau zu sehen. Alle anderen Anwesenden sahen zu, wie der Sarg in die Erde versenkt wurde, doch ihr Blick galt Markus. Sie hatte die gleichen tief liegenden Augen wie er. Seine Mutter, zweifellos. Eine geballte Faust an die Wange gepresst, starrte sie ihren Sohn voller Angst an, als wüsste sie etwas über ihn, das sonst niemand wusste. Als wüsste sie, wozu er fähig war.

43

Markus und Gloria erreichten die Zona 5. Die Straße war mit einstöckigen Häusern gesäumt, die nicht mehr als zwei oder drei Zimmer hatten, aber trotz allem besser waren als die Wellblechhütten in den benachbarten Slums. Manche der Häuser waren weiß getüncht, manche zeigten nur ihre nackte Fassade aus Hohlblocksteinen. Als sie ausstiegen, scharte sich eine Traube Kinder um den SUV.

»Pass gut drauf auf, okay?«, sagte Gloria zu dem größten Jungen und reichte ihm einen Dollar. »Mi casa«, fuhr sie an Markus gewandt fort und deutete auf einen schmalen Hauseingang mit einem schweren Eisengitter vor der Tür.

Markus folgte ihr in das vollgestopfte Innere des Hauses. Der Hauptraum diente als Küche, Wohnzimmer und vermutlich auch als zusätzliches Schlafzimmer, nach dem Stapel Bettzeug zu urteilen, der auf dem Sofa lag. An der Wand hingen mehrere Fotos. Ein ernst dreinblickender junger Mann in Polizeiuniform. Daneben Gloria und er mit einem Baby auf den Armen.

»¿Qué haces?« Aus dem Nachbarzimmer trat eine ältere Frau mit Morgenrock und dickem grauem Pferdeschwanz. Ihr Blick war finster, doch als sie Markus entdeckte, hellte sich ihre Miene auf. »Wer ist das? Kommen Sie rein, kommen Sie rein«, sagte sie lächelnd und ergriff seine Hand. »Gloria, warum hast du mir nicht gesagt, dass wir einen Gast haben? Ich hätte etwas Feines kochen können.« Sie trat einen Schritt zurück und maß Markus mit anerkennendem Blick.

»Nicht nötig, wir können sowieso nicht lange bleiben. Er ist nur ein Arbeitskollege.«

»Buenas tardes«, sagte Markus und streckte ihr mit einem Lächeln die Hand entgegen.

Sie wischte seinen Arm beiseite und küsste ihn herzlich auf beide Wangen. »Englisch? Engländer?«, erkundigte sie sich.

»Ja.«

»Muy bien, muy bien.«

Markus nickte, während ihm allmählich das Lächeln im Gesicht gefror.

»Setzen Sie sich.« Gloria deutete auf das Sofa. »Ich gehe mich umziehen.«

Markus gehorchte. Da war so ein Unterton in ihrer Stimme. Ihre Mutter bombardierte ihn unterdessen auf Spanisch mit Fragen; er nickte höflich, obwohl er keine Ahnung hatte, was sie sagte. Gloria verschwand hinter dem Perlenvorhang und streifte ihr triefendes Kleid ab. Für einen kurzen Augenblick konnte er ihre nackte Haut sehen, während sie das Kleid in einen Wäschekorb warf. Markus spürte das gleiche Prickeln wie zuvor in der Hotellobby. Er wandte den Blick von der Tür ab und der Mutter zu, die plötzlich verstummt war und offenbar eine Reaktion von ihm erwartete.

»Gloria, ich verstehe nicht, was Ihre Mutter sagt«, rief er.

»Sie will wissen, was Ihr Beruf ist.«

»Fotografía. Ich mache Fotos.« Er hielt sich eine imaginäre Kamera vor das Gesicht.

Die Kiefermuskeln der Frau verspannten sich. Sie drehte sich um und rief ihrer Tochter etwas zu, bevor sie ins Schlafzimmer verschwand. Nach der wachsenden Lautstärke ihres Wortwechsels zu urteilen, mochte sie Fotografen nicht.

Er wandte sich wieder der Wand zu. Da war das Foto eines Jungen, fünf oder sechs Jahre alt, der stolz vor einem Highschool-Fußballteam posierte. Markus stand auf, um sich das Bild genauer anzusehen. Der Kleine hatte durchaus Ähnlichkeit mit Gloria, doch im Großen und Ganzen sah er aus wie sein Vater.

Der Perlenvorhang klimperte, als Gloria aus dem Schlafzimmer kam, gefolgt von ihrer Mutter. Wortlos griff die ältere Frau hinter der Eingangstür nach einer Jacke, die sie über ihren Morgenmantel zog, und verließ das Haus. Die Bilder erzitterten an der Wand, als sie mit Schwung das Eisengitter hinter sich zuzog.

»Hab ich was Falsches gesagt?«, wollte Markus wissen.

Gloria nahm eine Bürste und fuhr sich damit durchs Haar, ehe sie prüfend in den kleinen Spiegel über der Spüle blickte. »Sie denkt, Sie wollen mich für irgendein Schmutzmagazin ablichten.«

»Im Ernst?«

»Wäre nicht das erste Mal. Als ich noch ein junges Mädchen war, hat sie mich einmal bei einem dieser albernen Schönheitswettbewerbe angemeldet. Ich war sechzehn oder siebzehn. Jedenfalls habe ich gewonnen, und dann tauchte dieser Kerl bei uns auf, ein Fotograf, und wollte Bilder von mir machen. Allerdings solche, die eine Mutter niemals zulassen würde.« Gloria schüttelte den Kopf, griff in einem Regalfach nach Block und Stift und setzte sich neben ihn. »Okay. Was also soll ich Paulo sagen?«

Markus runzelte die Stirn. »Ich muss wissen, wo Daniel Wiseman ist. Und ob er noch lebt.«

»Das ist alles?«

»Das ist alles.«

»Geben Sie mir zehn Minuten.«

Gloria ging zurück ins Schlafzimmer, doch sie wählte nicht Paulos Nummer, sondern die von Malcolm Fretwell. Zehntausend Dollar waren eine Menge Geld. Sie konnte unmöglich darauf verzichten. Solange sie das Päckchen ablieferte, würde Markus Cartright nichts geschehen. Während sie darauf wartete, dass Malcolm sich meldete, spähte sie durch die Perlenschnüre und sah zu, wie Markus sein Handy herausnahm und auf neue Nachrichten überprüfte. Er war groß gewachsen und sah aus, als könnte er zur Not auch durch die Wand gehen, wenn es sein musste. Allerdings hatte das hier nichts mit der Sporttasche zu tun oder mit den Polaroids und der Geschichte, die sich darum spann. Es ging einzig und allein um ihren Sohn.

44

Daniel klopfte an die geschlossene Blechklappe über ihm. Er versuchte zu rufen, doch sein Mund war voller Wasser. Etwas davon geriet ihm in die Kehle, er würgte, brachte aber nicht die Kraft auf auszuspucken. Es war widerlich, abgestanden, aufgewärmt von der Mittagshitze, bitter von Urin und Exkrementen. Er hatte gehört, wie das Motorrad weggefahren war, und hoffte insgeheim, dass sie ihn wieder herausholten. Das taten sie nur, wenn der Amerikaner weg war. Daniel wusste nicht warum und wollte auch nicht den Anschein erwecken, als wüsste er, was los war, damit sie nicht plötzlich damit aufhörten, aber insgeheim flehte er das Motorengeräusch herbei. Das Geräusch des davonfahrenden Motorrads. Die Hoffnung darauf, sich ausruhen zu dürfen, seinen geschundenen Körper auf festen Boden betten und schlafen zu dürfen, erhielt ihn aufrecht. Nur deshalb hatte er noch nicht aufgegeben.

Paulo hörte die Stimme und das Klopfen auf dem Metall. Der Boss war weg und hatte wie immer nicht gesagt, wohin er ging. Er war einfach weggefahren und hatte nur noch zurückgeschrien, Paulo solle gefälligst kein Bier trinken, wenn er es hinterher nicht aus eigener Tasche ersetze. Der Kerl war ein Schwein und behandelte einen wie den letzten Dreck. Paulo ging in die Küche, öffnete den Kühlschrank und nahm ein Bier heraus. Er machte es auf, leerte es in einem Zug und nahm ein zweites. Dann ging er zum Tank. Es war, als würde Lazarus versuchen, sich mit bloßen Fingern aus seinem Grab zu befreien. Paulo spielte schon länger mit dem Gedanken, den Gefangenen zu töten. Dazu musste er ihn nur herausholen, ihn auf ein Bett legen und ihm ein Kissen aufs Gesicht drücken. Es würde nicht lange dauern. Die Leiche konnte er später wieder in den Tank zurückbringen. Zumindest wäre damit sein Leiden beendet.

Das einzige Problem war Malcolm. Er würde wissen wollen, was passiert war. Und wenn einen der Mann mit seinem bohrenden Blick ansah, rückte man die Wahrheit heraus, ob man wollte oder nicht. Wenn Malcolm Paulo im Verdacht hatte, etwas mit dem Tod des Gefangenen zu tun zu haben, musste er mit dem Schlimmsten rechnen. Wahrscheinlich würden sie ihn in irgendeinen amerikanischen Militärknast stecken, wo sie ihn ohne Prozess festhalten würden, bis sie ihn über dem offenen Meer abwarfen oder sonst wie verschwinden ließen.

Paulo beugte sich über den Tank, entfernte den Balken, öffnete die Klappe und packte den Gefangenen um den Hals. Der Mann hatte keine Haare mehr und war am ganzen Körper wund. Es stank nach fauligem Fleisch. Die beiden offenen Wunden an seinem Bein waren entzündet. Paulo bekreuzigte sich, hob den Mann aus dem Wasser und trug ihn zu einem der Feldbetten. Dann ging er in die Küche und schnitt ein wenig Mango auf, um ihn damit zu füttern. Als der Gefangene seine Lippen um die Obstschnitze schloss, blieb einer seiner Zähne im Fruchtfleisch hängen und löste sich aus dem Kiefer. Paulo zog den Zahn aus dem Mangostück, damit der Mann sich nicht daran verschluckte, und hielt ihn angewidert hoch. Dann ging er zum Kühlschrank, nahm erneut ein Bier heraus, das er in einem Zug leerte, und griff nach einem weiteren, das er öffnete, um damit nach draußen zu gehen.

Daniel hörte, wie sich die Schritte auf dem Holzboden entfernten. Das Geräusch klang verhallt und fern, als ob er noch unter Wasser wäre. Er zwinkerte in den gelblichen Schein der einzelnen Glühbirne, die an der gegenüberliegenden Wand von einem Fleischerhaken baumelte, in die weißen Punkte, die das Licht in seine Netzhaut brannte. Da waren ein improvisierter Tisch aus Kartons und Holzbrettern und ein klappriger Campingstuhl. Er schloss die Augen wieder. Das Sehen kostete ihn so viel Mühe, dass ihm das Gehirn schwoll. Zumindest fühlte es sich so an.

Draußen ertönte heftiges Husten, dann spuckte jemand auf den Boden. Daniel öffnete die Augen wieder und brachte den letzten Rest seiner Kraft auf, um den Kopf zu heben. Da lag etwas auf dem Tisch. Das Licht fing sich darin. Und an der Wand verlief ein Kabel. Ein Computer? Ein Telefon?

Er versuchte, sich zur Seite zu drehen, aber er hätte genauso gut versuchen können, einen toten Elefanten zu bewegen. Er spürte, wie sich sein Ellbogen in seine Rippen drückte, und versuchte, sein Kinn über die Kante des Bettes zu schieben. Seine Hüftknochen stießen gegen den Metallrahmen. Er wuchtete seinen geschundenen Körper herum und schnappte nach Luft, als er auf dem Boden auftraf. Schmerzen zogen sich von seinen Hüften bis ins Rückgrat. Sein Fuß hatte sich an der Bettkante verfangen und war schmerzhaft verdreht; das Bett hatte sich bei seinem Sturz verschoben und war gegen die Kartons gestoßen. Die Bretter verrutschten, und der Laptop glitt gefährlich in Richtung Boden. Rasche Schritte näherten sich von draußen, schwere Schritte, unter denen die Bodendielen ächzten. Neben Daniels Kopf erschienen staubige braune Lederstiefel. Er sah zu, wie die Kartons gerade gerückt wurden und der Laptop auf seinen Platz zurückkam. Zwei kraftvolle Hände packten ihn an den Armen und brachten ihn zurück zum Tank. *Stupido, stupido,* murmelte eine Stimme über ihm.

Danny schloss die Augen. Er hatte unter dem Computer etwas gesehen. Einen kleinen weißen Aufkleber mit einem blauen Logo. Ein Firmenzeichen, verblichen und zerkratzt. Kaum noch erkennbar. Er hatte es dennoch entziffern können. *CeLo Enterprises.* Träumte er etwa? Seine Augen hatten sich so sehr an die Dunkelheit im Tank angepasst, dass sie ihm bei Licht Streiche spielten, ihm Dinge vorgaukelten, die gar nicht da waren, irgendwo im Spannungsfeld zwischen seiner Angst und der grenzenlosen Leere seines Gefängnisses. Er nahm gar nicht wahr, wie Paulo ihn umständlich die Stufen hinabschleppte und wie das Wasser ihn umspülte und gegen seine Unterlippe schwappte. Er sah nur noch den zerkratzten Aufkleber mit dem verblichenen Logo vor sich. *CeLo Enterprises.* Er schloss die Augen und nahm sich vor, sie nie wieder zu öffnen.

Markus umklammerte das Lenkrad, während er sich von Gloria den Weg weisen ließ, über namenlose breite Boulevards, durch Seitenstraßen voller Bars und Fenster, in denen Fernseher flackerten.

»Wo ist die Stelle, an der er Sie treffen will?«

»Nicht mehr weit. Ein Industriegebiet am Rand der Stadt.«

»Am Telefon wollte er also nicht mehr sagen?«

»Nein, nichts. Nur die Adresse des Treffpunkts.«

Markus presste die Kiefer zusammen. »Mir gefällt das nicht. Warum kein öffentlicher Ort? Eine Bar oder so?«

Gloria sah aus dem Fenster. »Ich weiß nicht. Vielleicht ist er nervös.«

Sie fuhren schweigend, während die Dämmerung allmählich der Nacht wich. Malcolms Anweisungen waren ganz einfach gewesen. Gloria sollte Markus in das Industriegebiet lotsen, bis zu der Zuckerraffinerie, die zwei Blocks weit im Innern lag und bis zur Ernte im September leer stand. *Er soll da parken, Sie steigen aus und gehen los, als wollten Sie Kontakt zu Paulo herstellen. Dann machen Sie, dass Sie so schnell wie möglich wegkommen. Ich kümmere mich um den Rest.*

Markus sah Gloria an, die konzentriert vor sich auf die Straße blickte, als bemühe sie sich verzweifelt zu verbergen, was in ihrem Kopf vorging.

»Fahren Sie jetzt rechts ab«, sagte sie. »Wir sind gleich da.«

Markus drehte am Lenkrad. Die Scheinwerfer zogen einen Bogen auf den nassen Asphalt, und sie blickten auf den schwach gelben Schein des Industriegebiets.

»Was ist hier noch?«, fragte Markus und nahm den Fuß vom Gas. Zwei Schornsteine rauchten, und man hörte den Lärm von Maschinen, die zu dieser späten Stunde noch liefen.

»Weiß nicht genau, vielleicht irgendein Nahrungsmittelhersteller oder eine Verpackungsfabrik.«

Ein Lkw kam ihnen entgegen, gefolgt von zwei weiteren.

»Hier«, sagte sie. »Hier links.«

Eine mit Wellblech verkleidete Halle ragte vor ihnen auf, massiv und einschüchternd vor dem lilaschwarzen Himmel. In diesem Teil der Anlage gab es keine Beleuchtung, nur Abstufungen von Schwarz und verschieden dichte Schatten.

»Und jetzt?«

»Sie können hier halten.«

»Was, hier?«, sagte Markus. Das Licht der Scheinwerfer

offenbarte nichts als die verlassene Straße und Industriegebäude. Auf einem Kiesstreifen parkten ein paar Lkws.

»Ja, egal wo. Er sagte, wir sollen bis zum zweiten Block fahren, wo die Zuckerraffinerie ist.«

»Scheiße«, brummte Markus. »Mir gefällt das nicht. Was, wenn er Sie angreift? Können Sie ihm vertrauen?«

Er schaltete die Scheinwerfer aus und fuhr langsamer, ohne jedoch zu halten. Allmählich gewöhnten sich seine Augen an die Dunkelheit.

»Bitte, Markus, er hat gesagt, wir sollen hier parken.«

Markus fuhr noch ein Stück weiter und blieb dann stehen. Er sah sie an, ihre zitternden Hände, die sie in ihren Schoß presste.

»Alles okay? Soll ich nicht lieber mitkommen?«

Sie strich sich das Haar aus dem Gesicht. »Alles in Ordnung. Ich kenne Paulo gut, wir können ihm vertrauen.«

Markus wandte den Blick ab. »Danke«, sagte er schließlich.

»Wofür?« Die Hand am Türgriff runzelte sie die Stirn.

»Dafür, dass Sie mir geholfen haben. Ich weiß, dass Sie das nicht hätten tun müssen.«

Gloria öffnete die Tür. Er meinte das im Ernst. Sie konnte es an seiner Stimme hören. Ein Anflug von schlechtem Gewissen regte sich in ihr. Es wird ihm schon nichts passieren, redete sie sich ein. Die wollen nur die Tasche. Sie nehmen die Tasche und lassen ihn dann gehen. Sie kletterte aus dem Jeep, warf die Tür zu und ging auf die Dunkelheit zu.

Markus sah ihr hinterher, bis ihre schlanke Gestalt mit dem Schatten verschmolz, sprang dann aus dem SUV und rannte in einen der gemauerten Schuppen, die zu der Zuckerfabrik gehörten. Er hatte den Wagen an der dunkelsten

Stelle abgestellt und die Frontlichter schon beim Hineinfahren ausgeschaltet. Sein Vertrauen in Gloria war nicht grenzenlos.

45

Malcolm konnte den Wagen durch sein Nachtsichtteleskop sehen, das er auf die Pistole geschraubt hatte. Das Ding war keine Alternative zu einem richtigen Nachtsichtfernglas, aber in der Kürze der Zeit hatte er nichts Besseres auftreiben können. Gloria war ausgestiegen, das konnte er mit einiger Sicherheit sagen. Viel mehr konnte er aus der Entfernung nicht erkennen; es wäre einfacher gewesen, wenn sie an der Stelle gehalten hätten, die er ihr genannt hatte.

Auf Gummisohlen schlich er sich näher an den SUV heran, indem er sich an einer Betonmauer entlangtastete. Die verdammte Karre schien sich irgendwie in Luft aufgelöst zu haben. Da, auf der Seite, bewegte sich etwas; Licht aus einem Türspalt blitzte auf und zerriss das verrauschte Bild seines Fernrohrs. Er senkte es, zwinkerte ein paarmal und spähte in die Richtung, in der er den Wagen vermutete, bis sich seine Augen an die Dunkelheit gewöhnt hatten.

Das war das Problem an diesen Nachtsichtgeräten: Wenn man sie abnahm, war man erst einmal so gut wie blind. In dem Moment war jeder, der sich schon länger im Dunkeln bewegte, im Vorteil, denn er konnte zumindest Konturen ausmachen. Dicht an die Wand gepresst blieb Malcolm regungslos stehen und starrte in Richtung des Autos. Allmählich lernten seine Augen, die Schatten zu unterscheiden. Da, neben der Wagentür. Stand sie einen Spaltbreit offen? Vorsichtig bewegte er sich darauf zu, hielt dann aber inne. Ob sich Charlie genauso angeschlichen hatte? Um das Ziel zu überrumpeln, eiskalt zu erwischen? Charlie war jung und topfit gewesen, er war gerade erst aus den Special Forces ausgeschieden. Außerdem wusste Malcolm aus seiner Akte, welche Nahkampferfahrung er hatte. Trotzdem hatte Markus Cartright ihn einfach kaltgemacht. Auch Isaiah hatte zweimal versucht, ihn zu liquidieren, und war beide Male gescheitert.

Den Blick auf den Wagen gerichtet stand Malcolm ohne jede Regung da. Er würde nicht denselben Fehler machen. Die Innenbeleuchtung müsste eingeschaltet sein. Warum sollte Cartright im Dunkeln sitzen? Irgendetwas stimmte da nicht.

Gloria ertastete sich behutsam ihren Weg durch die Fabrik, vorbei an Zuckerrohr, das an den Wänden aufgereiht war. Wie lange würde sie wohl warten müssen? Malcolm hatte ihr versprochen, dass er sie auf dem Motorrad zurück in die Stadt mitnehmen würde. Es sollte jetzt zu Ende sein, das Ganze, sie wünschte sich nichts mehr, als wieder in ihrem engen kleinen Häuschen zu sein und sich die Tiraden ihrer Mutter anzuhören, über ihre Kochkünste, das Fernsehprogramm und was ihr sonst noch so einfiel. Sie blickte auf ihre Armbanduhr und lehnte sich gegen die Wand.

Markus ließ sie nicht aus den Augen, während er Ausschau nach dem Mann hielt, mit dem sie sich verabredet hatte. Sie zog eine Zigarette heraus und zündete sie an. Im Schein der Feuerzeugflamme leuchtete ihr Gesicht kurz auf, und die Glut glomm rot hinter bläulichem Rauch. Ihr Handydisplay schimmerte grünlich. Er wartete, ohne sich zu rühren. Irgendetwas stimmte nicht. Sie war an einer beliebigen Stelle stehen geblieben, ohne jegliche markante Merkmale, an denen man einen Treffpunkt festmachen konnte. Es sah nicht so aus, als erwartete sie jemanden, nicht hier. Sie wartete einfach nur. Markus zog sich hinter einen Pfeiler zurück. Es war ihm vertraut, dieses Spiel, das Warten auf den richtigen Moment.

Im Stillen zählte er die Minuten und beobachtete, wie Gloria sich eine weitere Zigarette anzündete und prüfend auf ihr Handydisplay sah. Rasch wanderte die rot glühende Spitze ihrer Zigarette auf ihren Mund zu, von nervösen Zügen beschleunigt. Sie blickte erneut auf ihr Handy und wählte dann eine Nummer.

Markus lauschte. Durch das gedämpfte Brummen entfernter Maschinen und das leise Rauschen der Straße hörte er das Summen eines Vibrationsalarms. Die Person, die sie anrief, war ganz in der Nähe – und kam immer näher.

Malcolm sah auf die Anruferkennung. Es war Gloria. Was zum Henker sollte das? Er duckte sich in einen Eingang. Vor ihm zeichnete sich vage eine Kontur hinter dem grünen Schimmer eines Handys ab. Das war bestimmt sie. So würde sie die ganze Sache noch vermasseln. Sie musste das Ding wegstecken und die Zigarette austreten. Er hatte ihr gesagt, dass sie auf ihn warten solle, möglichst unauffällig natürlich, ohne ihn anzurufen. Er schaltete sein Telefon ab und sprintete auf sie zu; dabei stieß er gegen kaltes Metall, einen Rollwagen, und fluchte leise.

»Haben Sie sie?«, flüsterte sie, als er näher kam. »Die Tasche? Ich möchte jetzt mein Geld.«

Malcolm sah sie erbost an, sein Atem ging rasch und gepresst. »Markus Cartright, wo ist der?« Er holte mit dem Arm aus und ließ seine Hand auf ihre Wange niederschnellen, sodass sie zu Boden ging. Tastend suchte er nach ihr, packte sie schließlich an der Kleidung und zerrte sie auf den

Rücken, um sich mit seinem vollen Gewicht auf ihre Brust zu knien. »Wo ist er?«, fauchte er.

Gloria rang hustend nach Luft. »Am Wagen, im Wagen, so wie Sie gesagt haben«, keuchte sie.

»Da ist er nicht, verdammte Scheiße. Also, noch einmal: Wo ist er?«

Gloria wand sich unter seinem Knie und dem Gewicht, das sie zu Boden presste. Sie versuchte zu sprechen, doch es gelang ihr nicht; sie wand sich weiter, drehte sich zur Seite, um diese bleierne Schwere loszuwerden und das Gefühl, dass ihr Brustkorb bald nachgeben würde. Es fehlte nicht viel, und sie würde das Bewusstsein verlieren. Sie hatte noch nie so einen Schmerz gefühlt, es war, als würde sie gleich explodieren. Mit einem Fuß trat sie ihm verzweifelt in die Leiste, immer wieder. Malcolm stöhnte und verlagerte für einen Moment sein Gewicht, während er versuchte, sie an der Kehle zu packen. Gloria krallte ihre Fingernägel in sein Gesicht und rollte sich zur Seite. Er griff nach ihr, packte ihr Haar und zerrte sie zurück. Sie warf sich nach vorn; dieser Mann würde sie nicht aufhalten. Er würde nicht das Letzte sein, was sie in ihrem Leben sah.

Plötzlich spürte sie hinter sich einen Windstoß und hörte einen dumpfen Schlag, gefolgt von einem weiteren, wie eine stumpfe Axt, die auf nasses Holz trifft. Warme Feuchtigkeit breitete sich auf ihrem Hals aus, und der Geruch von Eisen und Gerbsäure stieg ihr in die Nase. Sie drehte sich und löste die groben Finger aus ihrem Haar, rappelte sich auf die Beine und rannte so schnell wie möglich zurück zum Wagen. Nichts wie weg und zurück in die Stadt.

Markus ließ den Ziegelstein fallen und ging auf die Knie, um den Puls des Mannes zu fühlen, der auf dem Boden lag. Nichts. Sein Haar war mit Blut verklebt, sein Kopf verbeult wie ein löchriger Fußball. Markus hatte ihn gar nicht so fest treffen wollen, nur überwältigen, um ihm anschließend noch ein paar Fragen stellen zu können.

Er durchsuchte die Taschen des Mannes und fand dessen Brieftasche. Das Handy war zertrümmert. Er stand wieder auf und machte sich auf den Weg zurück zum Wagen. Er wusste noch genau, wie er hergekommen war, und nahm den exakt gleichen Weg. Die Finsternis war ihm vertraut. Sie erinnerte ihn daran, wie er früher Fotos entwickelt hatte, in der Schwärze der Dunkelkammer. Man musste gut vorbereitet sein, damit man immer wusste, wo man was fand. Die Chemikalien auf das richtige Maß verdünnen und griffbereit aufstellen, den Film auf die Spule wickeln und in die Entwicklungsdose einpassen. Eine Uhr mit fluoreszierenden Zeigern gab das Timing vor. Alles musste parat liegen. Er fand mit ausgestreckter Hand den Türrahmen und trat aus dem Fabrikgebäude. Vor ihm war schemenhaft der SUV zu erkennen.

Gloria saß bereits auf dem Fahrersitz und versuchte, die Verkleidung abzureißen, um die Zündung kurzzuschließen. Als Markus neben sie kletterte, hielt sie inne und sah ihn an. Er reichte ihr den Schlüssel und schaltete die Innenbeleuchtung ein. Sie roch stark nach Zigarettenrauch, der ihr Parfum überlagerte. Ihre Kleidung war über und über voller Blut.

»Alles klar?«, fragte Markus.

Gloria zuckte nur mit den Schultern; sie sah eher wütend aus als ängstlich oder erschüttert. Ihr Gesicht war blass, doch ihr Atem ging gleichmäßig.

»Ich nehme an, das war nicht Paulo?« Markus schlug die Brieftasche auf und las den Namen auf dem Führerschein: Malcolm Fretwell. Gloria sagte nichts. Er sah die Brieftasche nach Karten durch und fand einige Bankkarten sowie die Visitenkarte einer Firma namens CeLo Enterprises. Unter dem Firmennamen stand in blauen Lettern: *Consulting in Industriesicherheit*.

Gloria griff in ihre Handtasche, um ein Taschentuch herauszuholen und sich das Gesicht abzuwischen. »Ist er tot?«, fragte sie schließlich.

Markus nickte. »Wer war er? War sein Name wirklich Malcolm Fretwell?«

Gloria schüttelte den Kopf. »Ich weiß nicht, wie er wirklich heißt. Er ist der Amerikaner, von dem ich gesprochen habe. Der, der mich dafür bezahlt hat, dass ich Ihren Freund beobachte und Ihnen die Tasche stehle. Der Boss.« Sie fischte ihre Zigaretten aus der Handtasche, zündete sich eine an und machte einen tiefen Zug. »Werden Sie mich jetzt töten?«

Markus sah das rote Mal an ihrer Schläfe, dort wo der Hieb sie getroffen hatte. Statt zu antworten, fasste er in ihre Tasche, nahm eine Zigarette heraus und zündete sie an. Das Nikotin machte ihn benommen. Vielleicht kam das aber auch von ihrem Parfum. »Das da eben war ein Unfall. Ich sah ihn dort mit Ihnen, und dann hat es irgendwie Klick gemacht …« Er unterbrach sich. Was sollte das? Wollte er sich etwa rechtfertigen? Sie hatte ihn reingelegt. Er sah sie wieder an. »Ich habe ihn härter getroffen, als ich wollte«, sagte er schließlich. »Warum hätte ich ihn töten sollen, wenn er weiß, wo mein Freund ist?«

»Weil Sie ein blödes Arschloch sind«, erklärte sie, ließ das Seitenfenster herunterfahren und schnippte ihre Kippe hinaus.

»Kann schon sein«, gab Markus zu. Trotz allem, was passiert war, schien sie keine Angst vor ihm haben und sich nicht von ihm bedroht zu fühlen. »Sie können zu Fuß gehen, wenn Sie wollen, oder ich fahre Sie nach Hause zu Ihrer verrückten Mutter. Vorher aber rufen Sie Paulo an und finden heraus, was er weiß. So viel sind Sie mir schuldig.«

46

Admiralty House, St. James's, London, 13:00 Uhr

Pieter Wittgenstein war nach London zurückgekehrt. In Ravenshill, wo ihn Laudon ständig daran erinnerte, was Ramirez mit ihnen anstellen würde, konnte er sich nicht konzentrieren. Laudon schien das eine fast perverse Lust zu bereiten. Am Ende hatte Pieter ihn nach Singapur zurückgeschickt. Es war eine Erleichterung gewesen, ihn gehen zu sehen. So musste er sich wenigstens über seinen Bruder keine Gedanken mehr machen.

Zu tun hatte er auch so genug, denn er musste den Betrieb in der Bank aufrechterhalten. Morgen war Vorstandssitzung, und er musste noch den Vierteljahresbericht vorbereiten. Er blätterte die Unterlagen durch, die ihm seine Sekretärin auf den Schreibtisch gelegt hatte. Die Ergebnisse sahen gut aus, die Bank verzeichnete eine Gewinnsteigerung von vier Prozent gegenüber dem gleichen Zeitraum des Vorjahres. Beim Gedanken an das folgende Quartal allerdings wurde ihm schwindelig. Die Bank brauchte Ramirez' Konten, um liquide zu bleiben, doch die Konten waren leer. Wenn jetzt von irgendwoher zusätzliche Forderungen kamen, wären sie ruiniert.

Pieter versuchte noch einmal, Malcolm Fretwell zu erreichen, doch vergeblich. Keine Antwort, keine Mailbox. Er fuhr sich mit der Hand durch die Haare und bemühte sich, nicht auf das Foto zu sehen, das vor ihm auf dem Schreibtisch stand. Sass und er mit den Kindern auf der Marie de Medici, ihrer Dreizehn-Meter-Jacht, Wind im Haar, mit strahlenden Gesichtern, Albert auf seinen Schultern, der nach dem Segel greift. Laudon hatte recht, wenn er Ramirez gefährlich nannte. Es ging hier nicht darum, dass der Name Wittgenstein Schaden nehmen könnte. An Ramirez' Geld klebte Blut. Wer ihn enttäuschte, wurde mit größtmöglicher Brutalität verfolgt. Nur so konnte der Mann sein Imperium aufrechterhalten. Pieter legte das Bild mit der Vorderseite auf die Tischplatte. Er konnte den Gedanken nicht ertragen, dass er seiner Familie möglicherweise Schaden zugefügt hatte.

Doch in seinem Hinterkopf formte sich allmählich ein Plan. Ein Ausweg. Er könnte so viel wie möglich von dem verbliebenen Kapital auf Offshore-Konten transferieren und mitsamt seiner Familie in eine neue Identität schlüpfen. Sie würden Exilanten sein, aber sie könnten immer noch gut leben. Vielleicht nicht ganz so fürstlich, wie Sass es inzwischen gewohnt war, aber dafür sicher. Vielleicht in der Schweiz oder auf einer kleinen Insel, vor Schottland oder in der Karibik.

Die Gegensprechanlage auf seinem Schreibtisch summte. »Pieter, hier ist jemand, der Sie sprechen möchte. Er sagt, es sei dringend.«

Pieter sah auf seine Armbanduhr. »Wie heißt er? Hat er einen Termin?« In diesem Geschäft wies man Kunden nicht ab. Mit den Superreichen konnte man nicht so umspringen wie ein Schalterbeamter mit seiner Kundschaft. Wenn es um ein Privatvermögen von zwanzig oder dreißig Millionen Pfund ging, musste man zur Verfügung stehen, und zwar auch kurzfristig.

»Er sagt, sein Name ist Ramirez.«

Pieters Gesicht begann zu glühen.

»Darf ich ihn zu Ihnen vorlassen? … Pieter?«

Pieter atmete tief durch. »Ja, bitten Sie ihn herein.« Seine Stimme war nur noch ein heiseres Flüstern.

»Guten Tag, Pieter.« Ramirez kam durch den Raum auf ihn zu, im Gefolge ein kleiner Mann in einem ausgebeulten Anzug, der die kältesten blauen Augen hatte, die Pieter je gesehen hatte. Eisblau.

»Darf ich Ihnen meinen Assistenten Radan vorstellen?«

»Freut mich.«

»Radan berät mich in strategischen Fragen.«

Pieter schüttelte Radan die Hand und bemühte sich vergeblich, das gewinnende Lächeln zu reaktivieren, das er sonst so meisterlich beherrschte. Radans Handschlag überraschte ihn: Die Handfläche war rau wie eine Katzenzunge, und als er nach unten blickte, entdeckte er auf den Fingerknöcheln tätowierte Sterne.

»Radan hat viel Erfahrung darin, wie man an Informationen kommt«, sagte Alphonse, und der kleine Russe bedachte Pieter mit dem Blick eines Bestatters, der einen außergewöhnlich großen Leichnam begutachtet.

»Ich habe gar nicht mit Ihnen gerechnet, Alphonse. Wenn ich gewusst hätte, dass Sie kommen, hätte ich einen formelleren Empfang vorbereitet. Kann ich Ihnen einstweilen etwas zu essen oder zu trinken anbieten?«

»Nur einen Kaffee.«

»Und für Sie, Radan?«

Radan schüttelte den Kopf. Er hatte die Degas-Figur genommen und wog sie in der Hand, während er prüfend zum Fenster blickte.

»Sind Sie ein Kunstliebhaber, Radan?«, fragte Pieter.

Ohne auf die Frage zu reagieren, ging Radan zum Fenster und ließ die Figur achtlos auf das Sofa fallen.

»Radan ist kein Kunstliebhaber, Pieter, und er redet auch nicht viel. Er stellt zwar Fragen, aber an Small Talk ist er nicht interessiert.« Alphonse atmete kurz durch, ein trauriges kleines Seufzen, als müsste er etwas sagen, das er vielleicht bereuen würde, etwas, das seinem Gegenüber wehtun könnte. Er setzte sich auf das Sofa, nahm die Skulptur, um sie einen Moment lang zu bestaunen, und stellte sie dann auf dem Tisch ab.

»Sie wissen, warum ich hier bin, nicht wahr, Pieter?«

Pieter nahm hinter seinem Schreibtisch Platz. »Zwei Kaffee, bitte«, sagte er in seine Gegensprechanlage. Irgendwo in seinem Gehirn hielt sich der wahnwitzige Gedanke, dass ihm Ramirez vielleicht nichts antun würde, wenn er damit rechnete, dass jeden Augenblick die Sekretärin mit einem Tablett hereinplatzte. Er lehnte sich im Stuhl zurück. Ein flaues Gefühl regte sich in seinem Magen. Er räusperte sich und runzelte die Stirn. Als Radan sich hinter ihm aufstellte, drehte er sich mit ängstlicher Miene zu ihm um.

»Ich deute das als ein Ja. Sie wissen also, warum ich hier bin. Pieter, meine Konten sind leer. Das Geld, das ich Ihnen anvertraut habe, ist weg. Das bringt mich in große Verlegenheit, denn ich muss meinen Verpflichtungen nachkommen. Ich mag es nicht, in Verlegenheit zu sein.«

Pieter überlegte verzweifelt, was er sagen sollte. »Ich weiß«, brachte er schließlich krächzend heraus.

Alphonse ließ seine Brauen nach oben zucken. »Natürlich. Sie sind Brite, Sie kennen sich mit so was aus. Sie drapieren zehn Messer und Gabeln um einen Teller herum und amüsieren sich darüber, wenn jemand nicht weiß, wie man sie benutzt. Wollen Sie mich in Verlegenheit bringen, Pieter?«

»Selbstverständlich nicht.«

»Gut. Würden Sie mir dann bitte verraten, wo mein Geld ist? Wissen Sie, was ich noch mehr hasse, als in Verlegenheit zu geraten? Geld zu verlieren. Ich hasse es, Geld zu verlieren.«

Die Sekretärin wählte diesen Moment, um mit dem Tablett voller Getränke hereinzukommen. Als sie es auf dem Sofatisch abstellen wollte, bemerkte sie die Skulptur. Stirnrunzelnd blickte sie in Pieters wächserne Miene.

Alphonse wandte sich ihr zu und nahm ihr das Tablett ab. »Darf ich?« Er stellte es auf den Schreibtisch, mitten auf Pieters Unterlagen, und lächelte die Sekretärin an, bis sie den Raum verlassen hatte. Dann griff er zur Kanne und begann, Kaffee einzuschenken. »Ich hätte gerne eine Erklärung, bevor ich mit dem Kaffee fertig bin.«

Pieter sah ihm stumm zu, wie er nach dem Milchkännchen griff, Milch eingoss und zwei Stück Zucker hinzugab, um dann zu rühren, sodass der dicke Silberlöffel in der Porzellantasse klirrte. Das gute Sèvres-Geschirr, schoss es Pieter durch den Kopf, ein Hochzeitsgeschenk seiner Großtante und so hässlich, dass Saskia darauf bestanden hatte, dass er es ins Büro mitnahm. Schon seltsam, was einem für Gedanken durch den Kopf gingen, wenn man unter Druck stand.

»Dass Ihr Geld weg ist, haben wir letzten Monat bemerkt.« Seine Stimme klang sonderbar fremd in seinen Ohren.

Alphonse hörte auf, in der Tasse zu rühren.

Radan sah enttäuscht aus. Wenn der Mann so bereitwillig redete, konnte er seine Überzeugungsfähigkeit gar nicht zur Anwendung bringen.

»Es war, als hätte jemand die Konten infiziert. Das Geld löste sich förmlich in Luft auf. Wurde einfach abgebucht. Abgebucht und über eine Kette von Zwischenkonten weitertransferiert, bis es nicht mehr greifbar war.«

»Wovon reden wir hier? Ist das eine gezielte Attacke? Organisiertes Verbrechen? Glauben Sie mir, die werden das Geld schnellstmöglich zurückbringen, sobald sie wissen, wem Sie es gestohlen haben.«

Pieter schüttelte den Kopf. »Es ist ein einzelner Mann.«

»Wissen Sie, wer er ist?«

»Nicht nur das. Wir haben ihn sogar. Ich habe jemanden, der ihn verhört.«

Alphonse stand auf und ging zum Fenster. »Verstehe. Sie dachten also, Sie würden allein damit klarkommen? Sie könnten das Problem lösen, ohne den Kunden damit zu behelligen?« Er wandte sich zum Raum. »Ich bin mir nicht sicher, ob ich das für besonders geschäftstüchtig oder für besonders feige halten soll. Aber ganz ungeachtet dessen möchte ich, dass Sie mich zu ihm bringen. Ich würde ihn gerne verhören, Radan würde ihn gerne verhören.«

Pieter wand sich auf seinem Stuhl. »Ich weiß nicht, wo sie ihn festhalten, aber der Mann, den ich eingesetzt habe, war früher bei der CIA, er ist mir wärmstens empfohlen worden.«

»CIA?« Alphonse' Miene verzog sich verächtlich. »Das sind doch Amateure. Wir bringen täglich Tausende Kilo hochwertigen Stoff über die US-Grenze, direkt vor ihrer Nase. Nennen Sie mir den Namen des Mannes. Ich werde ihn zum Reden bringen.«

»Sein Name ist Daniel Wiseman. Er ist Wirtschaftsprüfer.«

»Wirtschaftsprüfer? Umso besser, dann wird man ihn zur

Vernunft bringen können. Er wird es einsehen, sobald er begreift, wessen Geld er gestohlen hat.«

Pieter nahm einen Schluck Kaffee, der ihm jedoch in der Kehle stecken blieb, sodass er husten musste. »Er weiß, wer Sie sind«, sagte er gepresst.

»Wie bitte, das habe ich nicht verstanden.« Alphonse' Miene wandelte sich. Der Ausdruck distanzierter Belustigung, den er sich mühsam antrainiert hatte, schwand.

»Wir glauben, Sie sind der Grund, warum er das Geld genommen hat.«

Alphonse runzelte die Stirn. »Sie meinen, er hat das Geld genommen, obwohl er wusste, dass es meins ist?«

Pieter nickte.

Coño, fluchte Alphonse im Stillen. Die Vorstellung, dass sich ihm jemand absichtlich widersetzte, war absurd. Sie konterkarierte sein gesamtes Geschäftskonzept, die Logik, der sein Imperium gehorchte. Solange die Menschen Angst haben, tun sie, was du willst. Vor ihm hatten sie Angst, weil ihr Leben in seiner Hand lag. Was glaubte dieser Kerl eigentlich, wer er war? Superman?

»Wir werden einen kleinen Ausflug machen«, sagte er. »Mein Wagen wartet draußen. Sie werden mir alles erzählen, von Anfang an. Über diesen Daniel Wiseman, über den CIA-Mann, den Sie engagiert haben, und seine Organisation. Ich möchte gern mit denen reden. Anschließend werde ich eine Entscheidung fällen.«

47

Markus hielt, um zu tanken. Gloria schlüpfte unterdessen in das WC der Tankstelle und versuchte, die Sauerei auf ihrem Gesicht und ihr klebriges Haar halbwegs in den Griff zu bekommen. Sie betrachtete sich in dem verschmierten Spiegel. Der schummrige Schein der Sechzig-Watt-Glühbirne überzog ihre Haut mit einem grünlichen Schleier und malte ihr dunkle Ringe unter die Augen. Sie ließ sich das Wasser über Kopf und Gesicht laufen; auf diese Weise konnte sie sich zumindest den gröbsten Dreck abreiben. Dann richtete sie sich auf und fasste ihr Haar im Nacken zu einem provisorischen Pferdeschwanz zusammen. Sie durchsuchte ihre Handtasche und fand einen Mascara, doch in dem Moment, als sie ihn auftragen wollte, fragte sie sich, für wen sie das eigentlich tat. Sie fuhren durch die Nacht, um Paulo zu treffen. Bis zu der Ranch waren es noch gut zwei Stunden. Markus Cartright wäre der Einzige, der sie sehen würde. Sie schraubte den Mascara auf und tuschte sich die dichten Wimpern. Ihr war nicht entgangen, dass er sie ziemlich oft ansah. Offenbar versuchte er, sich ein Bild von ihr zu machen, und das tat er unverhohlen. Sie musste außerdem gestehen, dass sie nichts dagegen einzuwenden hatte.

Markus ging bezahlen und kaufte an der Kasse ein paar Snacks, eine leuchtend bunte Auswahl an Süßigkeiten, Maischips und ein paar braune Bananen. Er hatte versucht, Glorias Telefonat mit Paulo so gut wie möglich zu folgen. Von dem, was sie sagte, hatte er nicht viel verstanden, aber ihre Körpersprache war aussagekräftig genug gewesen. Hinterher hatte sie ihm das Gespräch übersetzt und erzählt, dass Paulo auf der Ranch jemanden bewachte, dass er nicht darüber reden wollte und dass er am Ende gar nichts mehr gesagt habe. Sie habe ihn ganz schön bequatschen müssen, bis er ihr die Adresse nannte, und er habe sich auch erst überreden lassen, nachdem sie ihm versichert hatte, dass der Boss in die Stadt gefahren sei und für mehrere Stunden weg sein würde.

Markus sah, wie sie aus der Toilette kam und sich das Wasser aus dem Pferdeschwanz strich. Sie öffnete die Tür und kletterte neben ihn auf den Beifahrersitz.

»Gab's da was zu essen?«

»Hier«, sagte er durch einen Mund voll Banane und reichte ihr die Tüte. Sie öffnete sie und spähte hinein.

»Maischips und Kokoskekse. Wenn mein Junge hier wäre, würde er das in null Komma nichts aufessen.«

Markus fuhr wieder auf den Highway, auf dem kaum Verkehr herrschte.

»Wo ist er? Bei Freunden?«

»Nicht direkt.«

Markus hob die Brauen; ihre Zurückhaltung war deutlich spürbar.

»Er hatte einen Unfall. Mit dem Moped. Jetzt liegt er im Krankenhaus. Er wird wieder gesund, aber das braucht Zeit.« *Und Geld*, dachte sie verbittert.

Die Fahrt war monoton, und Markus wurden vor Müdigkeit die Lider schwer. Gloria hatte den Kopf ans Fenster gelegt und die Augen geschlossen. Im Geiste sah er sie vor sich, in der Hotellobby, im Zuckerrohr, nackt hinter dem Perlenvorhang bei ihr zu Hause. Nein, er musste sich wieder auf die Straße konzentrieren. Und auf die Tasche.

Gloria verlagerte ihr Gewicht und warf einen Blick auf das Navi-Display. »Es ist nicht mehr weit. Ich konnte nur eine ungefähre Adresse eingeben, die nächstgelegene Stadt. Paulo ist auf einer Ranch unweit davon.«

»Wissen Sie, wie wir dorthin kommen?«

»Klar, er hat mir den Weg beschrieben. Wir müssen von der Hauptstraße abfahren.«

Markus folgte ihren Anweisungen durch die schlafende Stadt zu einem Feldweg. Der SUV holperte über Schlaglöcher, die Frontlichter warfen bizarre Schatten, und vor der Windschutzscheibe flatterten Motten. Dann glomm in der Ferne ein schwacher gelber Schein auf, die Lichter eines Farmhauses. Markus ging vom Gas.

»Sicher, dass sonst niemand dort sein wird?«

»Paulo hat mir versichert, dass heute Abend nur er und der Gefangene da sind. Es gibt noch einen weiteren Wächter, aber der ist heute in der Stadt.«

Markus nickte und bog in eine Toreinfahrt ein. »Ziemlich abgelegen hier«, sagte er und hielt vor dem Haus.

Ein Mann trat aus der Tür, und der Schatten, der auf die Veranda fiel, verriet, dass er eine Schrotflinte trug. Sein Netzhemd klebte ihm am Bauch, im Mundwinkel hatte er einen Zahnstocher und in der Hand eine Flasche Bier.

»Gloria, bist du's?«, rief er.

»Sí, buenas noches, Paulo«, rief sie zurück, während sie aus dem Auto stieg. Sie eilte auf ihn zu und küsste ihn auf beide Wangen. Lächelnd hielt Paulo sie ihm Arm, etwas länger als angemessen. Als er sich Markus zuwandte, verschwand das Lächeln aus seinem Gesicht, und er hob misstrauisch die Waffe.

Markus hob die Hände und trat vorsichtig näher. »¿Dónde está Daniel Wiseman?« Das war in etwa alles, was seine Spanischkenntnisse hergaben.

Der Mann blickte verwirrt drein. »Daniel Wiseman?«,

wiederholte er mit starkem Akzent. Er scheuchte Markus mit einer Handbewegung weg und redete dann auf Gloria ein.

Markus verstand nicht, was er sagte, aber nach Glorias Miene zu urteilen, die von Skepsis in blankes Entsetzen umschlug, konnte es nichts Gutes sein.

»Was hat er gesagt?«

»Dass sie jemanden hier haben.«

»Wo, hier? Im Haus?«

»Nein, im Wassertank. Er weiß nicht, wie der Mann heißt, aber es könnte die Person sein, die wir suchen.«

»Wo um Himmels willen ist der Tank? Schnell, aufmachen!«

»Warten Sie.« Gloria legte Markus eine Hand auf den Arm. »Er sagt, Sie sollen wissen, dass er nichts dafür kann, dass es nicht seine Idee war. Er hat versucht, dem Mann zu helfen, so gut er konnte.«

»Was? Das ist mir doch egal. Wovon redet er?«

»Der Mann war zweieinhalb Wochen im Tank und hat kaum etwas zu essen bekommen.«

Markus hörte schon nicht mehr zu, rannte über den Hof und riss die schweren Deckel des Tanks auf. Paulo folgte ihm und rief ihm Entschuldigungen und Rechtfertigungen hinterher. Das rostige Metall fühlte sich kühl an, jetzt, zu dieser nächtlichen Stunde. Vom Wasser stieg ein fauliger Gestank auf, und an der Oberfläche trieb ein aufgedunsenes bleiches Gesicht. Markus wich für einen kurzen Moment zurück, doch dann griff er hinein und zog den federleichten Körper heraus, um ihn behutsam auf dem Boden abzulegen. Trotz des haarlosen Kopfes, trotz der Blässe und der verfallenen, aufgeweichten Haut kam ihm das Gesicht bekannt vor.

»Daniel?«, flüsterte er. »Daniel, kannst du mich hören?

Ich bin's, Markus. Du hast mir den Umschlag geschickt. Ich bin hier, um dir zu helfen. Alles wird gut.« Er nahm Daniels knochiges Handgelenk und fühlte seinen Puls, der kaum noch spürbar, aber vorhanden war.

Eine Hand auf den Mund gepresst stand Gloria hinter Markus. Auch sie hatte die geschundene Gestalt wiedererkannt, den Mann, dem sie durch die Straßen von Guatemala City gefolgt war. Die Erkenntnis, dass sie in dieser Geschichte eine Rolle spielte, dass sie in gewisser Weise für die Leiden dieses Mannes mit verantwortlich war, traf sie mit brutaler Härte.

Markus blickte über die Schulter. »Ich schlage vor, Sie sagen Ihrem Freund, dass er verschwinden soll.«

Gloria wandte sich Paulo zu und übersetzte ihm Markus' Worte.

Paulo blickte auf seine Schrotflinte, dann auf die geduckte Gestalt des Fremden. Mit der Waffe konnte man diesen Mann sicher nicht einschüchtern. Ehe er sich zum Gehen wandte, sagte er hastig zu Gloria: »Dass er noch lebt, liegt daran, dass ich ihn aus dem Tank geholt habe, wenn der Boss weg war, und dass ich ihm zu essen gegeben habe.«

»Ja, ja, schon gut, aber jetzt geh«, erwiderte sie mit Blick auf Markus, dessen Wandlungsfähigkeit ihr Unbehagen bereitete. »Mach, dass du wegkommst.«

»Kannst du mich hören, Daniel? Hörst du mich?«, flüsterte Markus.

Ein schwaches Flackern unter den Lidern war die einzige Reaktion. Daniel versuchte, die Augen zu öffnen, nur ganz kurz, wenige Millimeter, und bemühte sich zu sprechen. Markus beugte sich dicht über ihn und verstand trotzdem kaum, was er sagte. »Mein Vater, mein Vater …«

»Ich habe mit ihm gesprochen. Keine Sorge, ich werde ihm berichten, dass du in Sicherheit bist.«

Daniel sagte nichts mehr; sein Kopf war zurückgesunken, und die Augen hatte er wieder geschlossen.

Gloria näherte sich zögerlich. »Es tut mir so leid, Markus, es tut mir so leid.«

Markus hörte sie nicht. Er untersuchte Daniels offene Wunden, aus denen säuerlicher Verwesungsgestank aufstieg. Er hob ihn hoch, trug ihn zum Auto und legte ihn auf die Rückbank.

»Was haben die ihm angetan? Warum haben sie ihn hier festgehalten?«, fragte Gloria kopfschüttelnd. »Der Mann, den Sie getötet haben – er ist für das hier verantwortlich.«

»Scheiße«, sagte Markus. »Sind Sie sicher, dass Paulo nichts weiß?«

»Ich habe keine Ahnung, was er weiß. Aber ihm war nicht wohl bei der Sache. Deshalb hat er auch mit mir geredet. Er sagte, er wolle den Mann von seinem Elend erlösen. Damit ihn der Amerikaner nicht mehr verhören kann. Sie haben doch die Tasche noch, oder?«

»Was?«

»Die Tasche mit den Sachen, die er Ihnen geschickt hat. Haben Sie die dabei?«

»Natürlich.«

»Gut, dann fahren wir jetzt zurück in die Stadt und bringen ihn ins Krankenhaus. Und danach sehen wir uns an, was in der Tasche ist. So werden wir die Wahrheit schon herausfinden.«

Markus schob sich an ihr vorbei und ging ins Haus.

»Was machen Sie?«

»Ich gehe ein Laken holen. Wir brauchen irgendwas, um ihn zuzudecken.«

48

Edward Wiseman blickte auf die Standuhr an der gegenüberliegenden Wand seines Arbeitszimmers. Der Kaffee auf seinem Schreibtisch war längst kalt geworden. Er leerte die Tasse in einem Zug. Nicht dass er ein Aufputschmittel gebraucht hätte. Nach dem Telefonat mit Markus Cartright am Abend zuvor hatte er auch so die ganze Nacht kein Auge zugetan.

Er schlug einen der beiden Berichte auf, die er bei seinem Kontakt von der Chicagoer Universität angefordert hatte. Es ging um den Binärcode, den Cartright abfotografiert und ihm gemailt hatte, eine Analyse möglicher Anwendungsgebiete. Der Mathematikstudent, der sich einen Tag Zeit genommen hatte, um den Code zu knacken, hatte ihm am Telefon erklärt, es handele sich um den Teil eines Programms, das dazu diente, Passwörter zu dechiffrieren. Nichts Besonderes, eine Anwendung von der Stange. Jeder halbwegs versierte Amateur könne es auf jede beliebige Website ansetzen, wo es dann so lange mit Zahlen und Buchstaben spielte, bis es die richtige Kombination gefunden habe. Der junge Mann klang ziemlich hochnäsig, als wäre das Ganze unter seiner Würde und nichts, womit sich ein ernst zu nehmender Hacker überhaupt abgab.

»Also, für welche Zwecke würde es sich einsetzen lassen?«, hatte Edward gefragt, ohne auf den überheblichen Ton seines Gesprächspartners einzugehen.

»Für praktisch alles. Internet-Accounts, Bankdaten, jedes System, das automatische Passcodes aus zufälligen Zahlen- und Buchstabenkombinationen generiert.«

»Wie lange würde das Programm dafür brauchen?«

»Stunden, Tage, vielleicht sogar Wochen. Wie gesagt, es ist nicht sonderlich ausgeklügelt. Wenn Sie Zeit haben oder Ihre Suchparameter ein bisschen eingrenzen können, wird es funktionieren. Wenn Sie allerdings vorhaben, die Amtsprotokolle aus Ihrer Zeit als Botschafter zu fälschen, ist es nicht die richtige Software für Sie.«

»Wenn ich Sie also korrekt verstehe – und Ihren sarkastischen Ton unbeachtet lasse –, haben Sie keine Ahnung, wofür genau es angewendet wurde«, hatte Edward Wiseman unwirsch geantwortet. Er ließ sich doch von einem Studenten nicht so von oben herab behandeln. Was für ein mieser kleiner Scheißer. In solchen Momenten war er umso zufriedener, dass er seine Memoiren veröffentlicht hatte.

Er widmete sich dem Bericht von Professor James, der in Yale einen Lehrstuhl für Geologie innehatte. Die Farbe des Bodens weise darauf hin, schrieb James, dass es sich um Lehm und möglicherweise eine Schicht Sedimentgestein handele. Die kleinen Glitzerfunken, die durch den Fotoblitz entstanden seien, zeigten an, dass Quarz oder ein anderes Mineral im Sediment abgelagert sei. Da er jedoch nur eine Kopie des originalen Polaroid-Fotos als E-Mail-Anhang gesehen habe, könne er sich nicht genauer dazu äußern.

Das Telefon läutete. Cartrights Name stand auf dem Display. Er stieß es fast vom Tisch, als er zum Hörer griff, so eilig hatte er es. »Markus? Markus, sind Sie das?«

Keine Antwort. Die Verbindung war schlecht.

Dann: »Edward, ich habe ihn. Er ist hier bei mir im Auto. Wir sind auf dem Weg ins Krankenhaus.«

Edward atmete erleichtert auf. »Wie geht es ihm? Kann ich mit ihm reden?«

Markus antwortete zunächst nicht. »Er ist nicht in sonderlich guter Verfassung«, sagte er schließlich.

»Was meinen Sie damit? Kann er sprechen?«

»Er hat etwas zu mir gesagt, war kurz bei Bewusstsein. Ich bin sicher, er wird wieder.«

»Wo war er? Wer hat ihn festgehalten?«

»Das müssen wir noch herausfinden. Er steckte in einem Wassertank. Ich weiß nicht, wie lange er da drin war.«

Ein Wassertank? Edward überlegte. Er hatte die vertraulichen Berichte über den Einsatz halluzinogener Drogen und sensorischer Deprivation bei der CIA in den Vierziger- und Fünfzigerjahren gelesen. In den letzten Jahren hatten sie weiter in dieser Richtung geforscht und sogenannte nicht invasive Befragungstechniken entwickelt, die das Leben des Subjekts verlängern sollten.

»Markus, fahren Sie bitte zur Botschaft, Avenida Reforma, Zona 10, Guatemala City. Ich werde dort anrufen und Sie ankündigen. Mir wäre wohler, wenn Daniel mit dem Helikopter ausgeflogen und ins Johns Hopkins Hospital gebracht werden könnte. Dort gibt es Spezialisten, die ihn behandeln können. Ich werde ein paar Anrufe machen. Haben Sie die Adresse?«

Markus wiederholte stirnrunzelnd die Adresse, die Wiseman ihm genannt hatte, und gab sie dann in das Navi ein. Unglaublich, wie schnell dieser Mann die Kontrolle über eine Situation übernahm.

»Haben Sie noch irgendwelche Informationen, die uns verraten könnten, mit wem wir es zu tun haben?«

Markus griff nach der Brieftasche, die er dem Toten abgenommen hatte. »Ich habe einen Namen, allerdings weiß ich nicht, ob er echt ist: Malcolm Fretwell.«

Edward Wiseman bat ihn, den Namen zu buchstabieren, und notierte ihn auf einem Block. »Was hat er Ihrer Meinung nach mit meinem Sohn zu tun?«

»Er hat diese Operation hier offenbar geleitet.«

»Wo ist er jetzt?«

Markus zuckte zusammen. »Er ist nicht mehr da.«

Edward schwieg einen Moment und sagte dann: »Bringen Sie meinen Sohn jetzt in die Botschaft. Wir unterhalten uns später.«

Markus legte das Handy weg. »Ich kann Sie nicht nach Hause fahren, Gloria. Ich muss sofort zur amerikanischen Botschaft. Sein Vater will ihn ausfliegen lassen.«

Gloria blickte über die Schulter auf die Gestalt, die auf der Rückbank lag. Dass der Mann atmete, war nur schwach zu erkennen; ganz leicht hob und senkte sich seine Brust.

Nachdenklich sah Markus auf sein Handy. Keine neue Nachricht. Wie spät war es jetzt in England? Am frühen Abend hatte er eine leere SMS bekommen. Die letzte für heute aber fehlte. In der Hektik mit Daniel hatte er gar nicht mehr daran gedacht. *Keine neue Nachricht*. Er fühlte Kälte in sich aufsteigen und wählte Natalies Nummer. Es nahm niemand ab.

49

London, 14:00 Uhr

»Versuchen Sie es noch mal«, sagte Alphonse.

Pieter sah auf sein Handy, als hätte es ihn verraten. Er wählte erneut Malcolm Fretwells Nummer. »Ich weiß nicht, wo er ist. Er geht sonst immer ran, wenn ich diese Nummer anrufe. Deshalb hat er sie mir gegeben.«

Sie saßen in Alphonse' Wagen, und das war Pieter durchaus recht. Er war nicht erpicht darauf, in der Bank über Malcolm Fretwell und dessen Aufgabe zu reden.

»Wen kennen Sie noch aus seiner Organisation?« Alphonse hatte Pieters Ausreden allmählich satt. Der Mann hätte ihn sofort anrufen müssen, als er erfuhr, was mit den Konten los war. Er hätte ihn anrufen müssen, als Daniel Wiseman die Geldströme nach Asien aufdeckte. Dann hätte er, Alphonse, die Sache sofort in Ordnung bringen können.

»Ich habe noch einen Kontakt«, antwortete Pieter. »Isaiah Schenkel vom Londoner Einsatzteam. Er wird uns auf den neuesten Stand bringen.«

»Ich hoffe für Sie, dass er abnimmt«, sagte Alphonse ruhig.

Radan drehte sich auf dem Fahrersitz und sah Pieter Wittgenstein an. Seinem Blick nach zu urteilen war sein Lieblingsszenario, dass Isaiah nicht ranginge. Die Reise war für ihn bislang frustrierend ereignislos verlaufen.

Isaiah lag hinten im Transporter und versuchte zu schlafen. Jacob saß vorne. Abwechselnd beobachteten sie das Haus in Chelsea. Nichts passierte. Zwischen den teuren Karossen fiel der Transporter ziemlich auf. Zumindest hatten sie jetzt wieder mehr Platz, seit sie Charlie und den Rasta losgeworden waren – auf einer Großbaustelle in Stratford im Londoner Osten, zwischen dem Füllmaterial und unter einer dicken Schicht Beton. Der Vorarbeiter hatte weggesehen, denn sie hatten einen Deal mit ihm.

»Ist das dein Telefon?«, fragte Jacob. Er hatte Kopfhörer auf und nahm das Klingeln durch die Musik hindurch nur leise wahr.

Isaiah war im Halbschlaf und murmelte irgendetwas, ehe er in seinen Taschen kramte, bis er das Handy fand. Pieter Wittgensteins Name stand auf dem Display. Eigenartig, dass der Kunde ihn direkt anrief.

»Isaiah, hier ist Pieter. Ich kann Malcolm nicht erreichen.«

Isaiah setzte sich rasch auf. »Haben Sie die Notfallnummer versucht, die er Ihnen gegeben hat?«

»Ja, mehrfach, aber er nimmt nicht ab.« Pieters Stimme klang, als stünde er am Rande der Panik. »Gibt es denn noch einen anderen Weg, Kontakt zu ihm aufzunehmen? Ich stehe hier schwer unter Druck, und er war bislang nicht besonders kommunikativ.«

Isaiah legte die Stirn in Falten. »Ich werde versuchen, ihn zu erreichen. Wenn ich nicht durchkomme, greifen wir auf Plan B zurück. Ich gehe nicht davon aus, dass Malcolm Sie darüber in Kenntnis gesetzt hat.«

»Wie sieht der Plan aus?«

»Ich kann Ihnen das nicht über eine ungeschützte Leitung sagen. Treffen wir uns in Vauxhall. CeLo hat einen Lagerraum unter den Bahnbogen. Ich schicke Ihnen die Adresse.«

Trotz seiner ruhigen Stimme war Isaiah nervös. Es gab nur einen Grund, warum Malcolm nicht reagierte, aber er brachte es nicht über sich, dem Kunden das zu sagen. Er wählte die Nummer selbst und hörte zu, bis das Klingeln irgendwann verstummte. Plan B würde von der Zentrale freigegeben werden müssen. Es war nicht einfach, solche Operationen in Großbritannien durchzuführen, und die Sache erforderte äußerstes Fingerspitzengefühl. Der CeLo-Vorstand war möglicherweise mit einem so riskanten Plan nicht einverstanden. Vielleicht hatten sie einfach genug gehabt von Malcolm und seinen Methoden …

Freigabe erforderlich. Stufe 5. GB-Bürgerin mit Tochter, drei Tage Gewahrsam. Isaiah tippte die Nachricht in seinen Laptop und markierte sie als dringend. Damit hatte der Vorstand sechzig Minuten Zeit, um weitere Informationen abzufragen und seine Einwilligung zu geben. Die Vorstandsmitglieder kamen selten an einem Ort zusammen. Sie saßen auf verschiedenen Kontinenten, Schweiz, Osteuropa, Asien und Amerika. Der Amerikaner würde am ehesten seine Zustimmung verweigern. Er dachte strategisch und neigte zu konservativen Schlussfolgerungen. Aber wenn er den Gewahrsam nicht billigte, sollte er gefälligst schnell mit einer Alternativlösung aufwarten. Isaiah hatte eigentlich überhaupt keine Lust, dem Kunden zu erklären, was falsch gelaufen war. Für solche Dinge war Malcolm zuständig, und dafür wurde er schließlich auch besser bezahlt.

»Was ist?«, fragte Jacob und drehte sich auf seinem Sitz zu ihm um.

»Malcolm ist verschwunden. Jetzt will der Kunde von uns wissen, was los ist.«

»Was wirst du ihm sagen?«

»Ich habe die Zentrale angemailt. Wenn die ihr Okay geben, greifen wir uns Cartrights Ex und seine Tochter.«

Jacob hob die Brauen. »Er schafft es nicht, etwas aus dem Typen in Guatemala herauszukriegen?«

»Er schafft es nicht mal, ans Telefon zu gehen. Damit fangen wir wieder bei null an. Wir treffen den Kunden in Vauxhall.«

Während Jacob mit dem Transporter aus der Parklücke stieß, erschien eine E-Mail in Isaiahs Posteingang. *Höchste Dringlichkeitsstufe verstanden. Genehmigung erteilt. Ich kläre das mit den anderen Vorstandsmitgliedern.* Vom Amerikaner. Isaiah las die Nachricht ein zweites Mal und kopierte sie dann auf eine externe Festplatte. Nur für den Fall, dass er später nachweisen musste, dass jemand aus dem Vorstand das Manöver gebilligt hatte, denn bei solchen Dingen wies das Erinnerungsvermögen der Bosse oft große Lücken auf. Dass die Zustimmung so schnell gekommen war, war beruhigend. Auf diese Weise hatte er noch genügend Zeit, sich einen Plan zu überlegen, ehe er mit Wittgenstein sprach.

50

Vauxhall, im Süden von London, 15:00 Uhr

Radan musterte Isaiah misstrauisch. Der hochgewachsene Israeli gefiel ihm nicht. Aber ihm gefiel eigentlich niemand, der so viel größer war als er.

»Kommen Sie mit«, befahl er in aggressivem Ton und blieb in der Tür zum Lagerraum stehen. Seine kümmerliche Gestalt hob sich scharf gegen die helle Nachmittagssonne ab. Er steckte sich eine Zigarette zwischen die Lippen und zündete sie an.

Isaiah stand an einem klapprigen Schreibtisch im hinteren Teil des Raums, vor ihm sein Laptop und ein Stadtplan. Er sah kurz auf und widmete sich dann wieder seiner Arbeit, markierte Punkte auf dem Stadtplan und berechnete Zeiten und Ablauf.

»Sie sind Radan?«, sagte er schließlich.

»Ja.«

»Wohin gehen wir?«

»Kommen Sie einfach mit«, erwiderte Radan knapp.

Isaiah faltete den Plan sorgfältig zusammen, steckte ihn in die Innentasche seines Jacketts und trat hinter dem Mann in dem schlecht sitzenden grauen Anzug aus dem schummerigen Lagerraum. Draußen wartete ein Maybach, der mit seiner eleganten, schimmernden Silhouette vor den heruntergekommenen viktorianischen Bahnbogen deplatziert wirkte.

»Einsteigen«, sagte der Russe und deutete auf den Wagen.

Isaiah passte es ganz und gar nicht, wie der Mann mit ihm sprach, doch er verzichtete darauf, ihn wegen seiner schlechten Manieren zu rügen. Er öffnete die Fondtür und stieg ein. Ihm gegenüber saßen zwei Männer im Anzug.

»Guten Tag, Isaiah«, begrüßte ihn der Mann, der Wittgenstein sein musste. »Zumindest lernen wir uns jetzt persönlich kennen. Ich möchte Ihnen einen meiner Geschäftspartner vorstellen, einen hochgeschätzten Geschäftspartner.«

Der andere, ein weißhaariger älterer Mann mit Latino-Zügen, musterte ihn mit leicht zusammengekniffenen Augen.

»Ich kann Malcolm nicht erreichen«, fuhr Wittgenstein fort. »Mein Geschäftspartner möchte dringend mit ihm sprechen.«

Isaiah runzelte die Stirn. Er traf Pieter Wittgenstein zum ersten Mal und war überrascht, wie schlecht der Mann aussah. Es war kühl im Wagen, doch sein sonnengebräuntes Gesicht hatte einen grünlich blassen Ton, und seine Stirn überzog ein Schweißfilm, den er ständig mit einem Taschentuch abtupfte.

»Er reagiert weder auf Anrufe noch auf E-Mails«, fügte Pieter hinzu. »In Anbetracht der Summe, die ich ihm zahle, finde ich das verdammt unverschämt.«

»Ich muss leider sagen, dass ich ihn auch nicht erreicht habe«, erklärte Isaiah.

»Ist das bei Ihrem Chef so üblich? Ich hätte gedacht, dass es seine Pflicht ist, so schnell wie möglich zu reagieren, wenn ein Kunde sich meldet.«

Der Mann, den Wittgenstein als Geschäftspartner vorgestellt hatte, sprach schnell und mit leichtem Akzent. Sein Mund war zu einem sarkastischen Lächeln verzogen, doch hinter der Maske war die gleiche nervöse Ungeduld zu spüren, die Wittgensteins Augenwinkel zucken ließ. Isaiah entschied, den Mann direkt anzusprechen. Obwohl er in der Limousine weniger Raum einnahm als Pieter, strahlte er eine sonderbar starke Präsenz aus.

»Dass er nicht reagiert, kann nur zwei Gründe haben. Entweder er ist tot, oder er ist aus irgendwelchen Gründen abgetaucht. Hätte er das vorgehabt, hätte er mich darüber in Kenntnis gesetzt. Wir sind eine kleine Firma. Es ist wichtig, dass wir über die Schritte jedes Einzelnen rund um die Uhr Bescheid wissen.«

»Und er hat nichts davon erwähnt, dass er eine Zeit lang nicht erreichbar sein würde?«, fragte der Latino nachdenklich.

»Nein.«

»Soll das heißen, dass er tot ist?« Pieter konnte seinen Unglauben kaum verhehlen. »Ganz einfach? Kein Rückruf, also kann er nur tot sein? Was, wenn sein Akku leer ist oder sein Handy gestohlen wurde?«

»Dann hätte er sich ein neues gekauft, geliehen oder gestohlen. Am wahrscheinlichsten ist tatsächlich, dass er tot ist.«

Pieter sagte nichts. Das hier war nicht seine Welt. Trotz seiner schwitzenden Stirn begann er zu frieren, und zwar nicht wegen der Klimaanlage.

Alphonse beobachtete Isaiah aufmerksam. Der Mann begann ihm zu gefallen. Er war angenehm leidenschaftslos, zog logische Schlüsse und ließ sein Urteil nicht von Gefühlen beeinträchtigen.

»Mr Wittgenstein hat mich über Malcolms Tätigkeit in

Guatemala informiert«, sagte er. »Zumindest im Moment sieht es so aus, als wären wir in eine Sackgasse geraten. Vielleicht könnten Sie uns, in aller Kürze bitte, erklären, welche Spuren Sie in London verfolgt haben?«

Isaiah holte ein Foto aus seiner Brusttasche, das Mila und ihre Mutter zeigte, während sie aus dem Range Rover stiegen. Er reichte es dem Latino. »Ihr Daddy könnte uns womöglich behilflich sein. Daniel Wiseman hat ihm einen Umschlag geschickt, kurz bevor wir ihn gefasst haben. Wir wissen nicht, was drin war, aber Wiseman musste sein Wissen jemandem anvertrauen … Und der Vater dieses Mädchens könnte der Grund dafür sein, dass wir Malcolm nicht erreichen. Wir wissen, dass er nach Guatemala geflogen ist. Wenn wir das Mädchen entführen, wird er uns mit Sicherheit alles sagen, was er weiß. Vielleicht sogar, wo das Geld ist. Aber wir müssen rasch handeln.«

»Wussten Sie von dieser Spur, Pieter?«, fragte Alphonse.

Pieter antwortete nicht. Voller Abscheu betrachtete er das Foto mit dem Kind, das ihn in seiner Schutzlosigkeit an Annabel erinnerte, als sie so klein gewesen war. Er drückte sich das Taschentuch vor den Mund, als wäre ihm schlecht.

»Malcolm hat diese Option nicht mit Ihnen besprochen, richtig?«, stellte Isaiah fest.

Pieter schüttelte den Kopf und tastete ungeschickt nach dem Türgriff. Er stieg aus, stolperte auf den Gehsteig und übergab sich in den Rinnstein.

Alphonse zog die Tür hinter ihm zu. »Haben Sie einen Plan?«, fragte er.

Isaiah nickte. »Es ist alles bereit. Wir können heute Nachmittag zugreifen. Ich habe Zeiten und Wege. Die Mutter liefert das Kind morgens im Kindergarten ab und holt es um vier Uhr wieder. Wir brauchen nur noch einen Ort, wo wir

Mutter und Tochter unterbringen können. Beide zusammen sind am besten zu kontrollieren.«

Alphonse blickte auf, als Pieter wieder einstieg. »Dabei kann uns ganz gewiss Mr Wittgenstein behilflich sein, der einen großen Landsitz hat, nicht wahr, Pieter?«

»Wobei helfen?«

»Wir brauchen einen abgeschiedenen Ort, ein sicheres Versteck, das kurzfristig zur Verfügung steht. Da wäre doch Ihr Anwesen in Ravenshill bestens geeignet, oder nicht?«

51

Amerikanische Botschaft, Guatemala City

Markus nahm den Highway zurück in die Stadt. Wieder zwei Stunden am Steuer. Er hatte das Gefühl, schon die ganze Nacht im Auto zu sitzen, und konnte sich nur mit Mühe auf die Straße konzentrieren, während die weiße Mittellinie mit hypnotisierender Regelmäßigkeit vor ihm aufblinkte. Über weite Strecken gab es keinerlei Beleuchtung, und er nutzte die Navi-Anzeige, um den Straßenverlauf besser vorhersehen zu können und nicht unnötig vom Gas gehen zu müssen. Daniel lag immer noch reglos auf der Rückbank. Gloria hatte sich ein paarmal nach hinten gelehnt und ihm einen angefeuchteten Finger über den Mund gehalten, um zu testen, ob er noch atmete.

Sie hatten jetzt den Stadtrand erreicht, wo die Häuser allmählich höher wurden. Markus folgte den Schildern zur Avenida Reforma und fuhr den breiten Boulevard entlang, der zu beiden Seiten mit hohen Bäumen gesäumt war. Gar nicht so einfach, die Botschaft zu entdecken. Doch dann, ein freier Streifen Gehweg, große Betonblöcke, die mögliche

Autobomber abhalten sollten, und die US-Flagge über dem Tor. Markus hielt, zwei Soldaten traten heran und leuchteten mit einer Taschenlampe in den Wagenfond. Der Lichtkegel fiel auf Daniels Kopf, und seine wenigen verbliebenen Haarbüschel warfen bizarre Schatten auf den Sitz. Einer der Soldaten musterte zum Vergleich das Foto, das die Botschaft bekommen hatte. »Ist er das?«, fragte er Markus.

Markus betrachtete das Bild. Danny, der mit Lockenkopf und Pausbacken in die Kamera blinzelte. Neben ihm sein Vater, zwischen ihnen ein großer Salamander. Ein Angelausflug. »Ja, das ist er.«

»Was ist mit ihm?«

Markus zuckte mit den Schultern. »Das werden wir noch herausfinden.«

Hinter dem Tor kam ein Mann in Baumwollhose und Poloshirt über den Hof gelaufen. Ungeduldig winkte er den Wagen auf das Gelände.

»Sie haben den Jungen hinten drin?«, fragte er, als Markus das Seitenfenster herunterließ. »Der Hubschrauber wird in etwa fünfzehn Minuten hier auf dem Dach landen. Wir fliegen ihn auf einen Luftwaffenstützpunkt und dann außer Landes. Es wird ein Militärarzt mit an Bord sein.«

Der Beamte wirkte nervös und schien nicht zu wissen, wohin er mit seinen Händen sollte, in die Hosentaschen, auf die Hüften oder ans Auto.

»Macht es Ihnen was aus, kurz auszusteigen?«, fragte er.

Markus zuckte die Achseln. »Kein Problem.«

Er folgte dem Mann zur anderen Seite des Hofes.

»Der Frau, die Sie dabeihaben, kann man trauen?«, fragte der Botschaftsangestellte in gedämpftem Ton.

»Natürlich.« Markus hoffte, dass das nicht gelogen war. Er wünschte sich, dass es nicht gelogen war.

»Gut, denn was wir hier tun, ist nicht legal, verstehen Sie? Wenn ein Verbrechen begangen wurde, fällt das in die Zuständigkeit der örtlichen Polizei. So was kann ganz schön nach hinten losgehen. Die mögen das nämlich überhaupt nicht, wenn wir die Dinge hier selbst in die Hand nehmen.« Sein Auge zuckte, und er holte eine Zigarette heraus, die er zwischen die Lippen steckte und anzündete. »Edward Wisemans Anruf«, fuhr er fort, »wurde direkt über das Außenministerium vermittelt, von ganz oben. Von einer Ebene, wo sich die Herren gar nicht mehr die Mühe machen, sich mit Namen vorzustellen. Die erwarten einfach von uns, dass wir alles erledigen und zur Not den Kopf hinhalten, wenn was schiefgeht.« Er nahm die Zigarette aus dem Mund und stieß damit in Markus' Richtung. »Wenn irgendwas schiefgeht, bin ich derjenige, der den Kopf hinhält«, fügte er hinzu und nahm einen tiefen Zug. »Wollen Sie mir jetzt erzählen, wie es kommt, dass Sie mit einem halb toten US-amerikanischen Staatsbürger mitten in der Nacht durch Guatemala City fahren?«

Markus kratzte sich am Kopf. Er war nicht sicher, ob er eine Antwort auf die Frage hatte, jedenfalls keine, die einen aufgeblasenen Bürokraten zufriedenstellen würde, der obendrein die Hosen voll hatte.

»Er war vermisst, und ich habe ihn gefunden, auf einer Ranch rund hundert Kilometer von hier, in einem Wassertank. Jetzt liegt er im Auto, und wenn wir Glück haben, atmet er noch.«

Der Mann ließ seine Kippe fallen und trat sie aus. »Ganz im Ernst«, sagte er. »Sobald der Helikopter hier ist, möchte ich, dass Sie und die Frau das Botschaftsgelände verlassen, ist das klar?« Er machte auf dem Absatz kehrt und ging davon.

Markus war viel zu müde, um etwas entgegenzusetzen. In seiner Tasche summte sein Handy.

»Sind Sie da?« Es war Edward Wiseman.

Markus hörte, wie in der Ferne Hubschrauberrotoren durch die feuchte Luft flappten.

»Ich bin in der Botschaft, Heli ist auf dem Weg.«

Wiseman schluckte, ohne etwas zu sagen. Daniel war in Sicherheit und auf dem Weg in die Staaten.

»Danke, Markus«, sagte er schließlich.

»Keine Ursache. Geben Sie mir Bescheid, sobald er sprechen kann. Ich habe ein paar Fragen.«

Die beiden Soldaten hoben Daniel aus dem SUV und trugen ihn unter der Aufsicht des aufgeregten Botschaftsbeamten über den Hof. Als der Helikopter näher kam, bellte der Mann Befehle, wobei er Mühe hatte, sich Gehör zu verschaffen. An Markus gewandt machte er eine unmissverständliche Handbewegung.

»Alles in Ordnung?«, erkundigte sich Gloria, als Markus wieder ins Auto stieg. Ihm tat alles weh, und er hatte Probleme mit dem Sehen, aber das lag mit Sicherheit an der langen Autofahrt.

»Alles okay. Ich fahre Sie jetzt nach Hause.«

Er wollte gerade den Wagen starten, als sein Telefon klingelte.

52

Markus scrollte durch die Textnachrichten, bis Natalies Nummer auf dem Display erschien. Als er die SMS öffnete, rechnete er mit einem leeren Feld. *E-Mail-Posteingang prü-*

fen, stand da. Sonst nichts. Er wechselte auf seinen E-Mail-Account. Der Handy-Akku würde bald schlappmachen, das Netz war schlecht. Markus sah in seinen Posteingang. Nichts. Dann ging er den Spam-Ordner durch, mit all den ungebetenen Mails, die Kredite oder günstige Medikamente anboten. Da, Grün auf Grau, Wolken aus Watte und ein Haus aus Plakafarbe. Eines von Milas Bildern, er erkannte sofort ihren Stil. Fotografiert auf nacktem Beton. In der linken unteren Ecke ein rosa Rechteck, Natalies Führerschein. In seinem Kopf begann sich alles zu drehen. Er scrollte weiter.

Fundstücke können unter folgender Nummer abgeholt werden: 0044 871 349 2113. Ein Gefühl der Panik stieg in ihm auf, und seine Brust zog sich zusammen, während er die Ziffern eintippte. Es läutete ein paarmal, dann knackste es, und die Verbindung brach ab. Das Handy war tot. Er hieb mit der Faust auf das Armaturenbrett.

»Was ist? Hier, mein Handy«, sagte Gloria und hielt ihm ihr Telefon hin.

Markus sah es an und war für einen kurzen Moment versucht, es zu benutzen. »Nein, keine gute Idee. Nicht bei den Leuten, die ich anrufen muss. Wir brauchen eine Telefonzelle.«

»Ein Stück weiter die Straße entlang ist ein Restaurant mit ein paar öffentlichen Fernsprechern. Wer war das?«

»Es ist etwas passiert. Mit meiner Tochter.« Er spürte, wie sein Atem flacher wurde und sein Blick verschwamm.

»Markus? Markus!«

Er starrte geradeaus.

Gloria legte ihm die Hände auf die Wangen und drehte sein Gesicht zu sich. »Sie werden jetzt diese Straße entlangfahren und vor dem Restaurant halten. Dann gehen wir rein, und Sie telefonieren, und alles wird gut. Legen Sie den Gang ein.«

Markus blickte mit gerunzelter Stirn auf den Schalthebel. Er legte den Rückwärtsgang ein und stieß auf die Hauptstraße hinaus.

»Und jetzt vier Blocks weit der Straße folgen.«

Markus nickte und lenkte den Wagen über die Fahrspuren.

»Jetzt halten. Sie müssen alle Sinne zusammennehmen.« Gloria sprach ganz langsam. »Ich werde auch zuhören und mitschreiben. Verstanden?«

Er hörte sie gut; ihre ruhige, konzentrierte Stimme drang durch den Sturm in seinem Kopf, durch Angst, Panik und Wut.

Sie blickte ihn aus ihren großen Augen geduldig an. »Schön atmen, ganz langsam, so.«

Er nahm ihre Atemfrequenz auf, und die Welt um ihn herum hörte auf, sich zu drehen, und begann wieder Gestalt anzunehmen.

»Kann's losgehen?«, fragte sie.

»Ich glaube schon.«

Das Restaurant war einem amerikanischen Diner nachempfunden, mit rot gepolsterten Sitzbänken und Bedienungen in Fünfzigerjahre-Uniformen. Trotz der späten Stunde herrschte reger Betrieb. Die Fernsprecher waren neben der Tür zur Küche. Markus ging darauf zu, Gloria im Gefolge, die sich von einer Kellnerin Block und Stift besorgt haben musste. Er nahm einen Hörer, tippte die Nummer ein und nagte an seiner Unterlippe, während er dem Wählton lauschte, den langen, regelmäßig unterbrochenen Tönen.

Eine Stimme sagte: »Bleiben Sie, wo Sie sind. Ich rufe Sie

in zehn Minuten unter dieser Nummer zurück.« Die Stimme war männlich, mit unbestimmtem Akzent.

»Einen Scheiß werden Sie«, brach es aus Markus heraus, und einige Gäste drehten sich nach ihm um. Die Leitung war tot. »Verdammt«, fluchte er. Am liebsten hätte er den Hörer gegen die Wand geschleudert. »Ich könnte einen Drink gebrauchen.« Markus winkte einer Bedienung. »Dos Whiskys, por favor.«

»Danke, Markus, aber ich möchte nichts«, wehrte Gloria ab.

»Die sind beide für mich«, sagte er und verfolgte voller Ungeduld, wie die Bedienung seine Bestellung an den Mann hinter der Theke weitergab, der zwei Gläser mit billigem Scotch einschenkte und auf ein Tablett stellte. Die Portionen waren reichlich bemessen. Markus leerte das erste Glas in einem Zug und stellte es auf das Tablett zurück, ehe ihm die Kellnerin die Rechnung gab. Dann nahm er einen Schluck aus dem zweiten.

»Nervennahrung«, sagte er und wischte sich mit der Hand über die Stirn.

»Wenn Sie meinen«, erwiderte Gloria abschätzig und kritzelte mit dem Kugelschreiber auf das Papier, um zu prüfen, ob er funktionierte.

Das Telefon klingelte.

»Es geht los«, sagte Markus.

Gloria schob sich nahe an ihn heran.

»Hallo?«

»Markus, hallo, wir sind hier zu dritt. Drei Leute, die sich große Sorgen machen. Wir haben ein paar Fragen an Sie. Wenn Sie sie beantworten können, wird niemandem etwas passieren, dann wird niemand verletzt, verstehen Sie?«

Es war dieselbe Stimme wie vorhin. Markus hatte das Gefühl, als würde sein Herz gleich zerplatzen.

»Ich verstehe. Sind Sie der Typ, der vorgestern versucht hat, mich zu erschießen?«

»Sie hatten Glück. Normalerweise treffe ich besser. Ihr Freund Steve hatte weniger Glück.«

Markus starrte mit leerem Blick an die Wand. »Was haben Sie mit ihm gemacht?«

»Ich habe ihm ein paar Fragen gestellt und ihn dann angezündet. Sie werden uns doch helfen, Markus, nicht wahr?«

Markus konnte nicht sprechen.

Dann ertönte eine andere Stimme, deren schneidiger, klarer Tonfall ganz einfach zuzuordnen war. »Das Problem ist recht simpel. Wir hatten jemanden angeheuert, der ein paar Informationen von Ihrem alten Schulfreund Daniel Wiseman besorgen sollte. Wir können ihn nicht mehr erreichen, das heißt, wir kommen nicht an die Informationen, die wir benötigen. Daniel hat Ihnen einen Umschlag geschickt. Sie haben die Sicherheit Ihrer Frau und Ihrer Tochter selbst in der Hand.«

»Was brauchen Sie denn aus dem Umschlag? Da war überhaupt nichts drin. Jedenfalls nichts, was irgendwie Sinn ergeben hätte.«

Ein leises Knurren drang durch den Hörer. »Spielen Sie keine Spielchen mit uns, Mr Cartright. Die Sache ist ganz simpel. Wir wollen das Geld zurück, das Daniel gestohlen hat. Entweder Sie schaffen das, oder Sie schaffen es nicht. Ich hoffe zum Wohle Ihrer Tochter, dass Sie es schaffen.«

Gloria sah Markus mit gerunzelter Stirn an. *Was für Geld?*, fragte sie tonlos.

Markus schüttelte den Kopf. In seinen Augen stand die nackte Panik.

»Sie wissen, was sie mit Daniel gemacht haben, nicht wahr?«

Markus' Fingerknöchel waren weiß, und er hielt den Hörer so fest umklammert, dass das Kunststoffgehäuse zu brechen drohte. »Wie viel Zeit habe ich?«, fragte er leise.

»Rufen Sie uns morgen um dieselbe Zeit wieder an. Und sagen Sie uns, wo das Geld ist.«

Markus rieb sich mit der Hand über die Augen.

»Er hat Geld gestohlen?«, fragte Gloria.

»Wer weiß, was dahintersteckt«, sagte Markus und griff nach dem Glas, das leider leer war. Enttäuscht schnüffelte er daran und ließ es dann einfach zu Boden fallen. »Als ich mit seinem Vater gesprochen habe, sagte er mir, Daniel habe als Wirtschaftsprüfer gearbeitet. Das war, bevor er durchdrehte.«

»Aha?«

»Ich werde jetzt Edward Wiseman anrufen und ihn fragen, ob er eine Ahnung hat, in was sein Sohn verwickelt war.« Markus wählte bereits Edwards Nummer, während er noch Münzen nachschob. »Edward, hier ist Markus Cartright. Wie geht es Daniel?«, fragte er, als am anderen Ende abgehoben wurde.

»Hallo Markus, hier ist Elizabeth. Edward spricht am Handy gerade mit einem der Ärzte, die bei Daniel sind. Ich weiß, dass er Ihnen danken möchte, Markus, ebenso wie ich. Wir beide stehen tief in Ihrer Schuld.«

»Wie geht es ihm?«

»Nicht gut.« Sie verstummte für einen Augenblick, ehe sie weitersprach. »Sie werden ihn sofort auf die Intensivstation bringen, sobald sie das Johns Hopkins erreicht haben.« Vom Hörer abgewandt, sagte sie: »Edward, Markus ist am Apparat, hast du einen Augenblick Zeit?«

Im Hintergrund knarrten Bodendielen, als Edward mit dem Rollstuhl heranfuhr.

»Markus«, sagte Edward in gepresstem Flüsterton, »ich möchte, dass Sie mir haarklein alles erzählen, was Sie über diese Bastarde wissen, die das getan haben, damit ich sie mit Gottes Hilfe zur Strecke bringen kann.«

»Sie haben meine Tochter. Meine Tochter ist drei. Und sie haben meine Exfrau, ihre Mutter. Sie wollen das Geld, das Daniel gestohlen hat. Wovon reden die? Welches Geld meinen die? Wie hoch ist die Summe, die er genommen haben soll?« Markus' Stimme drohte zu brechen.

»Daniel ist bewusstlos. Es steht auf Messers Schneide, ob er aufwacht oder ins Koma fällt.« Edward rieb sich die weißen Stoppeln am Kinn. »Markus, es tut mir so leid, dass er Sie da mit hineingezogen hat. Hatte ich Ihnen nicht den Namen der Firma genannt, für die er in London gearbeitet hat? Wir können herausfinden, an was er dran war. Da gibt es Leute, mit denen wir reden können, Kollegen. Er hatte auch eine Zeit lang eine Freundin, mit der er zusammengearbeitet hat. Lassen Sie mich nachhaken. Ich werde außerdem meine Kontakte hier noch mal auf die Codes und die Fotos ansetzen und sehen, ob ich das Ganze nicht ein Stück höher hängen und beim Innenministerium etwas über diesen Malcolm Fretwell in Erfahrung bringen kann. Was war da noch in dem Umschlag? Fahrkarten? Sorgenpüppchen?«

Markus verzog nachdenklich das Gesicht. »Die Fahrkarten führen zu Städten im Einzugsgebiet von Guatemala City. Eine habe ich mir angesehen. Außer einer Bank war da nicht viel. Ich bin mir nicht sicher, warum er mir die Sorgenpüppchen geschickt hat, vielleicht war er vor Angst schon nicht mehr ganz bei Sinnen. Haben Sie bereits Sicherheitsvorkehrungen für das Krankenhaus ergriffen?«

Diesmal kam nicht sofort eine Antwort.

»Nein, noch nicht. Aber ich werde mich darum kümmern. Jetzt sofort. Wissen Sie, Markus, ich habe immer noch gute Verbindungen. Ich habe Leute an der Hand, die sich mit Geiselnahmen bestens auskennen. Sie würden sich wundern, welche Namen man im Adressbuch eines alten Diplomaten findet.« Wieder eine Pause. »Und Ihnen … viel Glück.«

Markus nahm den Hörer vom Ohr. Es kam ihm vor, als wäre er unter Wasser; die Geräusche waren gedämpft, die Schrift an den Wänden des Restaurants unscharf und verwischt. Steve war tot. Niemand wusste etwas von dem ominösen Geld. Sie hielten seine Tochter fest. Und er saß am anderen Ende der Welt. Wie hatte es so weit kommen können? Wie hatte er seiner Familie das antun können?

»Kommen Sie, wir gehen«, sagte Gloria.

Markus umklammerte immer noch den Hörer und stützte sich auf dem Barhocker neben ihm ab.

Gloria nahm seine Hand, die sich feucht und kalt anfühlte, als wäre alles Leben daraus entwichen.

»Wohin?«, fragte er.

»Zurück in Ihr Hotel«, erklärte sie. »Ein Ladekabel für das Handy auftreiben. Vielleicht können wir auch herausfinden, was es mit den Sachen in der Tasche auf sich hat.« *Und ob wir nicht dieses Geld finden,* dachte sie bei sich. Sie war nicht so weit gegangen, um am Ende mit leeren Händen nach Hause zu kommen.

53

Ravenshill, Suffolk, England

Es war dunkel und kalt im Raum, und die Luft roch schal und abgestanden. Natalie hielt Mila eng an sich gedrückt. Das Röckchen der Kleinen war schon fast wieder trocken. Es gab keine Toilette in dem gemauerten Schuppen, in dem sie gefangen gehalten wurden, auch keine Möbel, nur Holzboden, der mit Stroh bedeckt war. Mila war eine ganze Weile auf einem Bein auf und ab gehüpft, bis sie zugab, dass sie in die Hose gemacht hatte. Natalie versuchte, sie abzulenken, und malte lustige Gesichter in den staubigen Boden, die in dem nachlassenden Nachmittagslicht, das durch die Spalten zwischen den Dachlatten fiel, gerade noch zu erkennen waren. Mila spielte das Spiel mit, sie lachte und strahlte, weil sie wusste, dass Mummy das von ihr erwartete, und weil sie ihr versichert hatte, dass das alles nur ein großes Abenteuer sei, das bald vorüber sein würde. In Wahrheit war Natalie sich da nicht so sicher. Es wurde allmählich Abend. Ganz in der Nähe waren die Schreie von Raben zu hören.

Sie hatte ihn nicht kommen sehen. Nicht, dass es etwas geändert hätte, wenn sie ihn gesehen hätte. Gerade hatte sie noch über die Schulter mit Mila geplaudert, hatte sie gefragt, wie es ihr im Kindergarten gefallen habe, und im nächsten Moment saß ein Fremder neben ihr auf dem Beifahrersitz. Sie hatte unwillkürlich aufgeschrien. Ihre Tochter hinter ihr, neben ihr ein Fremder, der etwas in der Hand hielt, sie war nicht sicher, was, etwas Dunkles, Metallisches, das er in ihre Richtung hielt.

»Wie fühlen Sie sich, Natalie?« Der Mann sah sie an, ein

widerliches Grinsen auf seinem narbigen Gesicht. In seinen Augen lag ein gefährlicher Ausdruck, eine Lust an der Überlegenheit, die eindeutig einen sexuellen Anstrich hatte.

»Ich … ich weiß nicht«, stammelte sie. Woher wusste er ihren Namen? Aus dem Fernsehen vielleicht? Oder aus der Presse?

»Dann werde ich Ihnen sagen, wie Sie sich fühlen. Sie haben Angst um Ihr Kind, und Sie haben Angst vor dem Mann, der da einfach in Ihr Auto eingestiegen ist. Sie überlegen fieberhaft, wie Sie sich aus dieser Lage befreien könnten, wobei ich Ihnen rate, das sein zu lassen. Sie können sich aus dieser Lage nicht befreien.« Er blickte sie an, als wollte er sich vergewissern, dass sie ihn verstanden hatte.

Natalie nickte stumm.

»Alles ist gut, solange Sie genau das tun, was ich Ihnen sage. Sie werden nach meinen Anweisungen fahren. Können Sie das? Können Sie dieses Auto fahren?«

Natalie drehte den Zündschlüssel und löste die Handbremse.

»Gut. Ich habe eine Kaliber-.22-Pistole in der Hand. Die Kugel würde Sie nicht töten, aber sie würde Ihren fleißig trainierten Bauch zerfetzen, und das ganze Blut würde Ihr Designerkleid ruinieren, was jammerschade wäre. Außerdem wäre es doch nicht schön, wenn Ihre Tochter das alles sehen müsste, oder?«

Natalie schüttelte den Kopf.

»Ausgezeichnet. Dann fahren Sie jetzt bitte bis zum Ende der Straße und am Kreisverkehr links.«

»Warum fahren wir nicht nach Hause? Ich will Guy mein Bild zeigen«, piepste Mila von der Rückbank und trat ungeduldig mit den Füßen gegen die Rückenlehne des Beifahrersitzes.

»Wir sind bald zu Hause, mein Schatz, keine Sorge.«

»Hallo Mila«, sagte der Fremde und drehte sich zu ihr um. »Möchtest du mir stattdessen dein Bild zeigen?«

Mila sah ihn unsicher an. Das Bild lag neben ihr auf der Rückbank, ein gebasteltes Gebilde mit Wolken aus Watte. Langsam schüttelte sie den Kopf und legte schützend die Hand auf ihre Collage.

Isaiah zuckte die Achseln und wandte sich zu Natalie. »Manche Leute können mit Kindern umgehen. Ich offensichtlich nicht. Fahren Sie los.«

Natalie legte den Gang ein und folgte seiner Wegbeschreibung, östlich an der Themse entlang, vorbei am New Covent Garden Market. Immer wenn sie an einer Ampel hielten, dachte sie an all die Autos und deren Insassen um sie herum, hinter ihr, neben ihr, vor ihr. Irgendjemand musste doch sehen, dass hier etwas nicht stimmte. Irgendjemand würde bestimmt Hilfe holen.

»Jetzt rechts.«

Natalie lenkte den Wagen unter eine Eisenbahnbrücke.

»Die nächste links, die Seitenstraße, die zu den Bahnbogen führt.«

Natalie folgte seinen Anweisungen. Abseits der Hauptstraße war niemand mehr unterwegs, kein Auto, keine Fußgänger. Die rußgeschwärzten viktorianischen Eisenbahnarkaden mit ihren Lagerräumen lagen verlassen da.

»Wohin bringen Sie mich? Was wollen Sie von mir? Ich kann Ihnen Geld geben, auch größere Summen, wenn Sie wollen. Wir können an einem Bankautomaten vorbeifahren.«

»Halten Sie hier.« Er zog eine Fernbedienung aus der Tasche und hielt sie auf ein zweiflügliges, schmiedeeisernes Tor. »Wir wollen kein Geld von Ihnen.«

Das Tor öffnete sich langsam.

Natalie spürte Panik in sich aufsteigen und drehte sich mit angsterfülltem Blick zu ihrer Tochter um. Sie hatte einen Schlüsselbund in der Tasche, damit könnte sie auf ihn einstechen, auf seine Augen oder seine Kehle.

»Nur keine Panik. Wir sind nicht pervers«, sagte Isaiah, dem ihr Blick nicht entgangen war. »Ihr Mann hat etwas, das uns gehört, das wollen wir zurückhaben. Wenn er es uns zurückgibt, ist alles gut.«

»Mein Mann? Ich habe keinen Mann.«

»Ihr Exmann, Markus.«

»Er ist nicht mein Exmann.«

»Fahren Sie doch einfach in die Garage, statt mit mir zu diskutieren.«

Natalie konnte im Dunkeln die Konturen zweier Gestalten ausmachen. Schummriges Flackern erfüllte den Raum, als jemand einen Lichtschalter umlegte. Einer der Männer war fett, er trug ein durchgeschwitztes T-Shirt und eine dieser Bankräubermützen auf dem Kopf. In der Hand zwei schwarze Hauben und eine Rolle Klebeband blickte er unsicher auf seinen Kollegen, der neben ihm stand, ein klein gewachsener Mann, dessen Anzug ihm eine Nummer zu groß zu sein schien und der keine Mütze trug. Er stand mit gesenktem Kopf mitten im Raum und bedeutete ihr mit einem kurzen, ungeduldigen Winken, dass sie weiter vorfahren solle. Sie ließ den Wagen auf ihn zurollen, bis er auf die Motorhaube schlug. Er wandte seine scharfen Züge dem Dicken zu und klatschte in die Hände.

»Los, Jacob, beeil dich.« Die Fondtür wurde geöffnet, und Mila fing an zu schreien, als der Mann nach ihr griff und ungeschickt versuchte, den Gurt ihres Kindersitzes zu lösen.

»Was machen Sie da, lassen Sie sie los!«, rief Natalie. Vollgepumpt mit Adrenalin löste sie hektisch ihre Gurtschnalle und sprang dann aus dem Wagen. Der kleine Mann im grauen Anzug schüttelte lächelnd den Kopf und trat mit einem knurrenden Laut auf sie zu. Mit einer raschen Bewegung hatte er ihr den Arm auf den Rücken gedreht und sie auf die Knie gestoßen. Ein rasender Schmerz fuhr ihr vom Ellbogen bis in den Rücken, und sie konnte sich nicht mehr rühren.

Jacob hatte Mühe mit Mila, die wild mit den Beinen strampelte und ihn an den Haaren zog; er ließ sie fallen und war drauf und dran, sie zu treten, als er Isaiahs Hand auf seiner Schulter spürte.

»Ganz locker bleiben«, sagte er.

Jacob sah ihn kopfschüttelnd an. Woher sollte er verdammt noch mal wissen, wie man mit einem zappelnden Kleinkind umging, das nach seiner Mutter schrie?

»Gib mir das Klebeband«, sagte Radan. Jacob warf es ihm zu, und er fesselte der Frau die Hände am Rücken. Er ließ sie am Boden kauernd zurück und ging auf Mila zu.

»Wie heißt du, Kleine?« Er kniete sich vor sie.

Mila hatte den Daumen im Mund und sagte nichts. Er griff in seine Tasche und zog ein Spielzeug heraus, einen Teddy, den er vor ihrem Gesicht schwenkte.

Das Mädchen musterte den Bären argwöhnisch, ehe sie die Hand ausstreckte und ihn nahm. Der kleine Mann im grauen Anzug hob sie behutsam auf den Arm und trug sie zu ihrer Mutter.

»Natalie«, sagte er und nahm die beiden schweren Hauben, »Sie und Ihre Tochter werden das hier tragen müssen. Am besten übernehmen Sie es selbst, das Kind davon zu überzeugen. Mein Kollege hat, glaube ich, nicht die nötige

Geduld. Wenn Sie es nicht schaffen, wird er wohl grob zu der Kleinen werden.«

»Was wollen Sie von uns? Wohin bringen Sie uns?«

»Haben Sie es ihr nicht gesagt?«, fragte Radan an Isaiah gewandt.

»Ich habe ihr gesagt, dass wir Informationen von ihrem Exmann brauchen.«

»Gut. Mehr müssen Sie auch nicht wissen«, sagte er zu Natalie. »Das Wohl Ihres Kindes liegt jetzt in den Händen seines Vaters. Wenn er tut, was wir ihm sagen, wird Ihnen nichts geschehen. Wenn nicht …« Er sah auf Mila, die mit dem Teddy spielte. »… werde ich ihr so lange wehtun, bis er gehorcht.«

54

Markus ging eilig auf die Rezeption zu und winkte dem Mann hinter dem Schalter mit seinem Handy entgegen. »Haben Sie ein Ladekabel für das Modell hier?«

Der Rezeptionist betrachtete den Apparat mit einem Ausdruck milder Skepsis. »Schon möglich. Ich höre mich beim Personal um und sehe bei den Fundsachen nach.«

Markus fischte eine Fünfzigdollarnote aus der Tasche. »Bringen Sie es auf mein Zimmer, sobald Sie es haben.«

Er machte kehrt und eilte halb im Laufschritt zum Fahrstuhl, gefolgt von Gloria. Im Zimmer angekommen breitete er auf dem Bett die Landkarte aus und leerte den Inhalt der Tasche darauf.

»Die Busfahrkarten waren für diese Städte«, sagte er und kreiste die Namen auf der Karte ein. »Er war jeweils am letzten Börsenhandelstag des Monats dort. Was haben wir noch? Zeitungsartikel, das Foto mit der Kathedrale, die Sorgenpüppchen, ein paar Polaroids, Seiten mit Computerdaten und ein zerrissenes Comic-Heft.«

»Was hat es mit dem Comic auf sich?«

»Das stammt noch aus Schulzeiten. Ich vermute, damit will er andeuten, dass er meine Hilfe braucht«, sagte Markus. »Was ist mit der Kathedrale? Was kann die bedeuten?«

»Sein Apartment war ganz in der Nähe. Man konnte sie von seinem Fenster aus sehen.«

»Hat er vielleicht dort etwas hinterlassen? Irgendeinen Hinweis?«

»Das Gebäude ist komplett ausgebrannt. Ich bin erst vor ein paar Tagen daran vorbeigefahren.«

Markus blätterte die Seiten mit den Zahlenkolonnen durch und griff dann zu dem Zeitungsartikel, um ihn Gloria zu geben. »Ergibt das hier irgendeinen Sinn für Sie?«

»Klar. Aber es hilft uns keinen Schritt weiter.«

Es klopfte an der Tür. Als Markus öffnete, stand der Rezeptionist mit einem Ladekabel draußen; Markus nahm es entgegen, stöpselte sein Telefon ein und steckte dem Mann noch einmal fünfzig Dollar zu, weil er vergessen hatte, dass er ihn schon bezahlt hatte.

»Und die Püppchen?«, fragte Gloria.

Markus nahm die Tabaksdose und gab sie ihr.

Gloria öffnete die Dose und fand sieben farbenfrohe Miniaturfiguren, kaum anderthalb Zentimeter groß, die dicht nebeneinanderlagen. Sie nahm eine und rollte sie zwischen den Fingern hin und her. Sorgenpüppchen wurden normalerweise aus Stoff- und Fadenresten angefertigt; was beim Herstellen von Kleidung übrig blieb, wurde um einen Holzspan oder ein Papierröllchen gewickelt und anschließend an Touristen verkauft. Gloria betastete den Faden und hielt ihn sich an die Lippen. Dieser hier fühlte sich irgendwie nicht richtig an, der Grünton war zu grell, um natürlich gefärbt zu sein, und die straffe Wicklung deutete darauf hin, dass er industriell gefertigt war. Sie schaltete die Schreibtischlampe ein und hielt das Figürchen ins Licht.

»Die sind nicht echt. Das sind keine richtigen Sorgenpüppchen«, erklärte sie.

»Wie bitte?«

»Sorgenpüppchen werden von den Frauen in den Dörfern gemacht, aus Garn, das sie von Hand gesponnen haben. Dieses Garn hier ist synthetisch. Ich habe mal mit Textilien gearbeitet, und das hier ist nicht das Material, aus dem sie normalerweise bestehen.«

Markus schnitt eine Grimasse. Von Hand gesponnen oder nicht, was spielte das für eine Rolle? Gloria hatte die Figur zwischen den Zähnen und fing an, sie abzuwickeln.

»Was ist das denn?«

Statt eines kleinen Holzstückchens erschien unter dem abgespulten Faden etwas Weißes, das sich als fest eingerollter Fetzen Papier herausstellte. Gloria befeuchtete Daumen und Zeigefinger und rieb das Röllchen zwischen den Fingern, bis es sich von selbst aufwickelte.

»Hier«, sagte sie. »Da steht etwas drauf, Zahlen und ein Name. Ob die anderen genauso sind?«

»Lassen Sie sehen.«

Gloria gab ihm das Stück Papier, und er entzifferte den Text. »Stan Lee, 732-5928-28341. Was ist mit den anderen Püppchen? Was ist da drin?«

Gloria gab ihm eines und wickelte ein weiteres selbst ab. »Hier steht Mark Wilson, und wieder eine mehrstellige Zahl.«

»Ich habe Margaret Thompson.«

»Könnten das Kontodaten sein? Zugangscodes?«, mutmaßte Gloria.

»Ich kann mir nicht vorstellen, was es sonst sein könnte. Aber vielleicht sind es auch keine Kontodaten. Vielleicht sind es Hinweise auf eine Holdinggesellschaft. Wer weiß schon, was zum Teufel Daniel sich dabei gedacht hat.«

»Wissen Sie eigentlich, was die Püppchen für einen Sinn haben?«, fragte Gloria und fing an, eine weitere kleine Figur abzuspulen. »Kinder erzählen ihnen ihre Sorgen und legen sie zum Schlafengehen unter ihr Kopfkissen. Am nächsten Morgen sind die Sorgen dann mitsamt den Püppchen weg.«

»Daniels Vater hat mir erzählt, dass sie das bei Daniel gemacht haben. Er war als Kind ein wenig eigenartig.«

»Wichtig ist, dass das Kind die Püppchen nicht mehr sieht. Wenn sie weg sind, sind sie weg. Damit klar ist, dass auch die Sorgen weg sind.«

»Was wollen Sie damit sagen?«

»Keine Ahnung. Aber sehen Sie doch, was die alles mit ihm gemacht haben, damit er ihnen das Geld zurückgibt. Und er hat es trotzdem nicht getan.«

»Vielleicht konnte er gar nicht.«

»Vielleicht konnte er nicht, weil er es gar nicht mehr hat. Die Sorgen sind weg, er hat sie verschwinden lassen.«

55

Edward Wiseman durchwühlte seine Schreibtischschubladen nach alten Briefen von Daniel aus dessen Anfangszeit in London. Sein Sohn hatte nicht oft geschrieben; meistens hatte er angerufen, hin und wieder auch gemailt, doch alle paar Monate hatte er sich hingesetzt und einen Brief an seine Eltern verfasst. Er wusste, welche Freude seine Mutter daran hatte, wie sehnsüchtig sie immer auf seine Briefe aus dem Internat gewartet hatte. Bestimmt hatte sie sie irgendwo aufgehoben, Edward wusste nur nicht, wo.

»Elizabeth, ich suche Daniels alte Briefe. Sollten die nicht hier im Schreibtisch sein?«, rief er missmutig. Er konnte seine Ungeduld kaum verhehlen. Es war zum Verrücktwerden, dass die Dinge nie dort waren, wo sie sein sollten.

»Die sind im Schlafzimmerschrank, in einer alten Schuhschachtel. Ich geh sie suchen.«

Er hörte ihre vorsichtigen, mit Bedacht gesetzten Schritte auf der Treppe.

»Wie weit zurück brauchst du sie?«, rief sie herunter.

Edward rollte in den Flur hinaus. »Ein bis zwei Jahre. Seine Londoner Zeit.«

Frustriert lehnte er sich im Rollstuhl zurück. Es quälte ihn, dass er nicht mehr selbst gehen und nachsehen konnte. Die Nacht war lang gewesen. Der Militärarzt an Bord des Helikopters hatte ihm berichtet, dass Daniel unterernährt und dehydriert war und sein Blut hohe Konzentrationen von Halluzinogenen aufwies.

»Wir haben ihn an den Tropf gehängt, und wir werden ihm auch einen PEG legen müssen.«

»Was ist ein PEG?«, hatte Edward gefragt.

»Eine Schlauchsonde, die in seinen Magen führt. Die beste Methode, ihn zu ernähren, solange er bewusstlos ist.«

»Denken Sie, dass er es schafft?« Bei der Frage packte Edward den Hörer fester.

»Das kommt ganz und gar auf seinen Überlebenswillen an. Darauf, wie stark das Trauma sowohl physisch als auch psychisch bei ihm nachwirkt. Wir können nicht viel tun, außer ihn zu beobachten. Alles andere hängt tatsächlich von seiner körperlichen und mentalen Verfassung ab.«

»Sind das die, die du suchst?« Elizabeth kehrte mit einem Stapel Briefe zurück. »Das sind die ersten, die er uns aus London geschrieben hat … Danach war eine Zeit lang Funkstille, da ist er wahrscheinlich mehr ausgegangen und mit neuen Freunden unterwegs gewesen …«

Edward nahm die Briefe entgegen, zerrte sie grob aus den Umschlägen und ließ sie einfach fallen, wenn er sie gelesen hatte.

Elizabeth bückte sich umständlich, um sie vom Boden aufzuheben. »Also wirklich, Edward«, sagte sie erzürnt, »du könntest ein bisschen mehr Rücksicht nehmen.«

»Hier«, verkündete Edward triumphierend, »Emily Blake. Sie hat für dieselbe Firma gearbeitet wie er. Bring mir den Laptop. Ich muss sofort nach ihr suchen. Ich muss sie sprechen, so schnell wie möglich.«

Elizabeth richtete sich auf und sah ihren Mann an. So hatte er schon lange nicht mehr mit ihr gesprochen. Es erinnerte sie unangenehm daran, wie grob er sein konnte, wie grob er früher gewesen war, bevor er durch den Rollstuhl abhängig von ihr geworden war. Sie griff über den Schreibtisch und zog das Kabel aus dem Laptop.

»Warum um Himmels willen musst du jetzt mit dieser Frau sprechen? Meinst du, Daniel erholt sich besser, wenn er sie sieht?«

»Was? Nein, das hat nichts mit Daniel zu tun. Jetzt geht es um Markus. Er muss wissen, woran Daniel gearbeitet hat.« Er tippte drauflos, bis er die Nummer von Daniels Firma gefunden hatte. Ungeduldig griff er nach seinem Handy und wählte mit zitternden Fingern.

»Hausmann & Sons, guten Tag.«

»Hallo, ich möchte gerne mit Emily Blake sprechen.«

»Haben Sie ihre Durchwahl?«

»Nein, leider nicht.«

Es dauerte eine Weile, bis die Empfangsdame den Namen in ihrem System gefunden hatte. »Würden Sie mir bitte Ihren Namen nennen?«, sagte sie dann.

»Edward Wiseman.«

Er wartete, während er weiterverbunden wurde. Der Wählton veränderte sich, aber es läutete weiter.

Eine zögerliche Stimme meldete sich. »Hallo?«

»Miss Emily Blake?«

»Ja?«

»Ich bin Daniel Wisemans Vater.«

Na und?, hätte sie am liebsten geantwortet. Als sie Daniel zum letzten Mal gesehen hatte, stand er in Schlafanzug und Mantel vor ihrem Fenster. Er hatte sich nicht einmal die Mühe gemacht zu läuten und war schon wieder weg gewesen, ehe sie die Polizei rufen konnte. Dabei hatten sie durchaus ein Stadium erreicht gehabt, in dem man sich normalerweise gegenseitig den Eltern vorstellte. Soweit sie sich erinnerte, hatte er nur ein einziges Mal über seinen Vater gesprochen, und da hatte er ihn einen aufgeblasenen Despoten genannt, den nichts anderes interessiere als das, was er sein *diplomatisches Erbe* nenne.

»Ich habe Daniel seit Monaten nicht gesehen«, sagte Emily. Sie hatte Wichtigeres zu tun. Vor ihr lagen ein Krabben-Cocktail-Sandwich, das gegessen werden wollte, und ein unvollendeter Prüfungsbericht.

»Er ist in den Staaten, und es geht ihm nicht gut.«

»Tut mir leid, das zu hören«, erwiderte sie ohne viel Mitgefühl. Es war nicht ganz einfach, Mitleid für jemanden zu empfinden, der sie betrogen und sie anschließend mit einem öffentlichen Eklat vor der ganzen Firma bloßgestellt hatte.

»Hören Sie, Miss Blake ...«

»Emily.«

»Emily, ich hoffe, Sie nehmen es mir nicht übel, wenn ich gleich zum Punkt komme. Ich muss wissen, woran Daniel gearbeitet hat, bevor er verschwand.«

Emily schob ihr Sandwich beiseite. Die DVD fiel ihr wieder ein, die sie vor ihrer Tür gefunden hatte. Die Aufnahmen zeigten ziemlich deutlich, woran er gearbeitet hatte. Bei der Erinnerung wurde ihr immer noch schlecht.

»Das Übliche«, sagte sie gedehnt. »Buchprüfungen und so.«

»Wer waren seine Kunden?«

»Ich weiß nicht, ob ich diese Informationen herausgeben darf.«

Edward trommelte mit den Fingern auf seinen Laptop und fragte sich, wie die Trennung wohl abgelaufen war. »Ich kann mir vorstellen«, sagte er, »dass Daniel Ihnen reichlich Anlass zur Enttäuschung gegeben hat. Ich bin sein Vater, er hat mich in der Vergangenheit weiß Gott oft genug enttäuscht. Aber bitte, die Sache ist wirklich verdammt ernst. Nicht nur Daniel ist davon betroffen. Sie müssen doch bemerkt haben, dass er auf etwas Ungewöhnliches gestoßen ist.«

Emily blickte sich rasch um. Großraumbüros waren alles andere als geeignet für heikle Telefonate. Mit gesenkter Stimme sagte sie: »Daniel hat einen Kunden allein betreut, die Wittgenstein-Bank. So eine renommierte Privatbank zu übernehmen ist ein Hauptgewinn. Er war total aus dem Häuschen, als er den Auftrag bekam.«

»Aber?«

»Er musste praktisch rund um die Uhr arbeiten, auch am Wochenende. Das Projekt hat ihn förmlich aufgefressen. Ich habe ihn kaum noch zu Gesicht bekommen. Irgendwann wurde er plötzlich ganz komisch und geheimniskrämerisch. Die Bank beschwerte sich über ihn, angeblich hatte er Daten gestohlen. Nachdem er dann hier in der Firma einen Tobsuchtsanfall bekam, wurde er entlassen. Die Wittgensteins wollten danach nicht mehr mit uns arbeiten. Es gab ein bisschen Aufregung bei uns, aber es war letztendlich ziemlich einfach, die Sache als individuelles Fehlverhalten einzustufen und Daniel allein verantwortlich zu machen.«

Den Hörer am Ohr suchte Edward Wiseman bereits im Internet nach der Wittgenstein-Bank. Die firmeneigene Website gab nicht viel her, die *Financial Times* hatte ein paar Artikel dazu veröffentlicht, aber nichts Ungewöhnliches.

»Es war also die Bank, die Daniel Fehlverhalten vorgeworfen hat?«

»Genau«, erwiderte Emily. Ihr Vorgesetzter war aus der Mittagspause zurück und steuerte auf sie zu. »Ich muss jetzt Schluss machen. Heute Nachmittag wartet noch eine Menge Arbeit auf mich.«

»Natürlich. Vielen Dank, Emily. Nur noch eine Frage: Gibt es einen direkten Ansprechpartner bei der Bank?«

»Die Wittgenstein-Brüder leiten den Laden. Pieter sitzt in London, Laudon in Asien. Soweit ich informiert bin, haben die beiden immer noch das Sagen. Ein echtes, altes Familienunternehmen.«

Edward legte den Hörer weg. Daniel hatte zuletzt also die Konten der Wittgenstein-Bank überprüft. War es ihr Geld, das er gestohlen hatte? Edward spielte kurz mit dem Gedanken, Markus anzurufen und ihm zu erzählen, was er herausgefunden hatte. Aber noch war das alles viel zu vage.

Er brauchte konkretere Hinweise. Was hatte der rätselhafte Umschlag zu bedeuten? Der Binärcode, die Polaroids?

Edward, Edward, kannst du mich hören?

Als er aufblickte, stand Elizabeth vor ihm. Warum musste sie ihn nur immer in seinen Gedanken stören?

»Ich habe zu arbeiten«, sagte er verärgert und verscheuchte sie mit einem Wink seiner Hand.

56

Markus stand am Fenster, durch das man auf die Stadt hinausblickte. Seine Kopfschmerzen hatten zugenommen und strahlten bis weit in seine Gliedmaßen hinein. Er ignorierte das quälende Gefühl und öffnete die Minibar.

»Auch einen Drink?«, fragte er.

Gloria hatte sich mit konzentrierter Miene über die Karte gebeugt. »Nur eine Cola.«

Er nahm zwei Dosen aus dem Kühlschrank, leerte eine bis zur Hälfte und goss sie dann mit zwei Miniflaschen Wodka auf. Wenn nur diese Schmerzen nachlassen würden.

»Was denken Sie?«, fragte er.

»Ich denke, das hier ist ein richtig guter Anhaltspunkt. Vielleicht sollten wir mit einer der Städte anfangen, die er besucht hat?«

»Es ist vier Uhr morgens. Wir haben nicht mehr viel Zeit. Und es sind viel zu viele Städte.« Markus schüttelte den Kopf und ging zum Fenster zurück. Draußen regnete es. Die Straßen lagen verwaist da, nur Taxis fuhren hin und wieder vorbei, deren Scheinwerfer sich im nassen Asphalt spiegelten. Da waren ein Fast-Food-Restaurant, ein Supermarkt und am Ende der Straße ein verschwommenes rot-grünes Logo, das alles Mögliche sein konnte, ein Drogeriemarkt oder eine Bank. Markus öffnete das Fenster und lehnte sich hinaus in den Regen. Die Schrift konnte er von seinem Standort aus nicht entziffern, aber er war sich sicher, dass er das Logo schon einmal irgendwo gesehen hatte. Plötzlich alarmiert kehrte er ins Zimmer zurück, griff nach den Blättern mit den Daten und verteilte sie auf dem Boden.

»Wo ist er?«

»Wo ist wer?«

»Der Zeitungsausschnitt!« Er packte Gloria am Arm und blickte sie mit weit aufgerissenen Augen an.

Sie zuckte zusammen und versuchte, sich ihm zu entwinden. »Ich weiß nicht, vielleicht noch in der Tasche. Lassen Sie mich los, Sie tun mir weh.«

Markus durchquerte den Raum und griff in die Sporttasche. »Hier.« Er hielt den Zeitungsausschnitt hoch. »Sehen Sie?«

Gloria betrachtete die Seite, den Artikel, das Foto mit dem Politiker.

»Nicht den Text.«

Sie senkte den Blick zum Ende der Seite. Eine Werbung. *Cambiamos la banca. Cambia tú también*. Der Slogan der Banco Azteca und deren rot-grünes Logo.

Markus sammelte die Papierfetzen aus den Sorgenpüppchen ein. »Ich muss sofort ins Internet«, sagte er und stolperte beinahe über das Bett, so hastig strebte er zur Tür.

Gloria nahm ihr Telefon und folgte ihm zum Lift. Schritt für Schritt kamen sie voran. Und dem Geld immer näher.

Der Mann an der Rezeption musterte Markus argwöhnisch. Kein Wunder, er musste leichenblass im Gesicht sein, und seine Hände zitterten.

»Haben Sie einen Computer, den wir benutzen können?«, fragte er.

»Sí, da ist eine ganze Reihe Computer auf der anderen Seite der Lobby, hinter dem Juwelier. Zehn Dollar die Stunde.«

»Schreiben Sie es auf die Rechnung«, sagte Markus und wollte bereits losmarschieren.

»Moment, Sie brauchen einen Code. Ich gebe Ihnen eine Karte.«

Markus verfolgte ungeduldig, wie der Mann Schubladen aufzog und das Regal hinter sich absuchte. Schließlich fand er, was er suchte.

»Hier«, sagte er und kratzte mit einem Schlüssel den Code frei.

Der Computer war langsam. Es dauerte ewig, bis er gebootet, und noch einmal so lange, bis der Browser gestartet war. Gloria beobachtete Markus, seine Finger, die nervös über der Tastatur schwebten, seine schweißnasse Stirn. Das Zittern seiner Hände wurde immer schlimmer.

»Haben Sie sich eigentlich impfen lassen, bevor Sie hierherkamen?«, erkundigte sie sich.

»Gegen was? Nein, ich bin einfach so in den Flieger gestiegen.«

»Da waren heute ganz schön viele Moskitos. Die Zeit der Stürme. Wie fühlen Sie sich?«

Markus schüttelte den Kopf, als wäre die Frage völlig absurd, und tippte »Banco Azteca« in die Suchmaschine ein.

»Hier«, sagte er und öffnete seine Faust, in der er die eingerollten Minizettel mit den Nummern hatte. »Machen Sie eins auf und diktieren Sie mir Name und Zahlen.« Die Homepage der Bank war jetzt offen; er klickte sich durch die Links, bis er auf der Seite für die Privatkonten war.

»Alexander Chapman, 0432 4829 7121«, las Gloria vor.

»Was wird da abgefragt?« Markus deutete auf die spanischen Anweisungen auf dem Bildschirm.

»Die erste, dritte und letzte Ziffer.«

Er tippte die geforderten Zahlen ein und wartete. Eine neue Seite öffnete sich.

»Es funktioniert«, sagte er und überflog die Seite. »Wir sind drin, wir sind in einem Konto. Ich kann's nicht fassen.« Er lehnte sich auf dem Stuhl zurück.

Gloria hatte ihre Hand auf seine Schulter gelegt und fixierte den Monitor. Immer wieder repetierte sie im Kopf die Kontodaten, um sie auswendig zu lernen.

»Da hat er also das Geld? Auf Privatkonten bei der Banco Azteca?« Sie lächelte.

»Sieht so aus.« Markus spürte beinahe körperlich, wie die Last auf seinen Schultern leichter wurde. Zumindest hatte er jetzt etwas in der Hand, das er als Verhandlungsmasse einsetzen konnte. »Was ist das hier? Der Anfangssaldo?« Er deutete auf eine Stelle oben auf der Seite und neigte sich näher zum Monitor, um die vielen Nullstellen besser zählen zu können.

»Sí, Anfangssaldo acht Millionen, nein, Moment, achthundert Millionen.« *Achthundert Millionen Dollar*, wiederholte sie tonlos. »Wie viele Püppchen haben wir? Sieben?«

Markus nickte und scrollte über die Seite.

»Ob auf allen Konten so viel Geld ist?«

»Keine Ahnung. Aber es muss Gründe geben, warum sie Daniel so gequält haben. Achthundert Millionen sind jede Menge Gründe.«

»Gehen Sie weiter runter, da, das Konto ist noch aktiv.«

Markus scrollte weiter. Es waren Abbuchungen vorgenommen worden. Per Dauerauftrag, zwei bis drei pro Tag.

Große Summen. Der Kontostand sank immer weiter, je tiefer Markus mit dem Cursor kam.

»Nichts mehr da«, sagte er langsam. »Achthundert Millionen Dollar … weg. Bis auf ein paar Tausend.«

»Sollen wir die anderen Konten auch ausprobieren?«, fragte Gloria.

»Klar«, antwortete Markus. Der Bildschirm begann vor seinen Augen zu verschwimmen. Er rieb sich die Schläfen und schloss die Augen. Sie waren dem Geld so nahe gekommen, nahe genug, um zu sehen, wo es gewesen, aber nicht nahe genug, um zu wissen, wohin es gegangen war. Das Dunkel hinter seinen geschlossenen Lidern tat gut. Nur nichts mehr sehen zu müssen. Nur das Klappern der Tastatur zu hören. Es klang wie Regen, der auf die Straße fiel. Verschwommene Lichter, Bankenlogos und Moskitos, die um einen herumschwirrten. Wahnsinnige mit Pistolen, Männer, die Leute in Wassertanks steckten und Freunde anzündeten. Das Dunkel fühlte sich gut an, irgendwie tröstlich.

»Sehen wir uns die anderen Konten an«, sagte er schließlich und öffnete die Augen wieder. »Das Geld kann sich nicht in Luft aufgelöst haben.«

57

Ravenshill, Suffolk, England, 21:00 Uhr

»Wie ist das Hühnchen? Du findest es hoffentlich nicht zu trocken, oder?«

Saskia Wittgenstein und ihr Mann saßen sich am Küchentisch gegenüber. Sie hatte ihm ein spätes Abendessen gemacht, nachdem sie die Kinder zu Bett gebracht hatte.

Auf dem Tisch standen frische Schnittblumen, und Kerzen tauchten den Raum in ein angenehm weiches Licht.

Pieter fiel das alles nicht auf. »Das Hühnchen ist bestens.« Er schob sein Fleisch auf dem Teller herum. »Ich bin nur nicht besonders hungrig.« Er hatte einen Bissen davon probiert und endlos darauf herumgekaut, bis es sich in seinem trockenen Mund angefühlt hatte wie Wollvlies. In Gedanken war er die ganze Zeit bei der baufälligen Farm im Osten des Anwesens, bei dieser Fernsehköchin und ihrer kleinen Tochter. Radan, Jacob und Isaiah waren bei ihnen. B-Prominenz, entführt und auf seinem Grundstück festgehalten. Als Isaiah ihm ihr Bild gezeigt hatte, war sie ihm vage bekannt vorgekommen. Saskia liebte ihre Sendung und hatte schon mehrmals nach ihren Rezepten für ihn gekocht. Die ganze Geschichte war ein Desaster. Warum hatte ihm Malcolm nicht gesagt, wem sie in London auf den Fersen waren? Warum hatte er den Mann nicht einfach gefasst?

»Ich dachte, du wolltest die ganze Woche in der Stadt bleiben«, sagte Saskia. »Ich muss sagen, ich war ziemlich überrascht, als ich dich und diese Typen heute kommen sah. Nicht dass ich mich nicht freue, wenn du während der Woche mal zu Hause bist, aber wenn ich das vorher gewusst hätte, hätte ich den Ostflügel herrichten lassen.«

Pieter brachte es nicht einmal über sich, sie anzusehen. »Ich war genauso überrascht«, sagte er und griff nach seinem Weinglas. »Aber glaub mir, die sind in der Stadt in einem Hotel bestens aufgehoben. Die kommen nicht mal hier ins Haupthaus. Sie interessieren sich dafür, einen Teil des Anwesens für ein Bauprojekt zu nutzen. Ich hätte bei ihnen bleiben können, aber ich fand es netter, nach Hause zu kommen.«

Saskia lächelte höflich. Sie hätte ihn gerne weiter ausgefragt, allerdings fürchtete sie, dass er dann zu epischen Erklärungen ausholen würde, über Zweckgesellschaften und Kreditarbitragen, Kreditausfallversicherungen und -obligationen und weiß der Himmel was alles. Statt sich in seine Geschäfte einzumischen, sorgte sie besser dafür, dass er ein bisschen Zeit mit den Kindern verbrachte und sich richtig entspannte. Das half ihm immer, nicht mehr an die Arbeit zu denken.

»Ich glaube, ich gehe noch ein paar Schritte spazieren. Die Nacht ist so schön klar, da werde ich den Kopf wieder richtig freibekommen. In London kann man die Sterne gar nicht sehen.«

»Wirklich? Aber komm nicht so spät ins Bett. Ich habe da auch noch ein, zwei Ideen, wie ich dir beim Entspannen helfen kann.« Sie rieb ihren Fuß an seiner Wade.

Pieter stand rasch auf und lächelte gequält. Kurz bevor er den Raum verließ, drehte er sich noch einmal um.

»Ich liebe dich, Sass. Weißt du das?«

»Natürlich, mein Liebling.«

»In der Waffenkammer ist eine verschlossene Kassette; sie hat meinem Vater gehört und enthält seine alte Kaliber-28-Flinte. Unter der Samtauskleidung ist ein Extrafach, in dem er immer seinen Flachmann versteckt hat. Darin sind ein paar Dokumente. Weißt du, welche Kassette ich meine?«

»Ich glaube schon.« Saskia war irritiert.

»Mir kam der Gedanke, dass du die Sachen vielleicht brauchst, falls mir irgendetwas zustößt. Du und die Kinder, ihr würdet sie brauchen.«

Saskia sagte nichts. Lag es am Licht, oder hatte ihr Mann tatsächlich Tränen in den Augen?

»Aber gib Laudon nichts, ganz egal, wie sehr er auch bettelt. Keinen Penny.«

»In Ordnung«, sagte sie.

»In Ordnung«, erwiderte er und verließ den Raum. Die Unterlagen in der Kassette enthielten die Daten zu Offshore- und Treuhandkonten, die er eingerichtet hatte, und einen Brief, den er mit seinem guten alten Montblanc in preußischblauer Tinte verfasst hatte. Falls irgendetwas schiefging und ihm etwas zustieß, sollte Saskia gut abgesichert sein, um das Land verlassen und anderswo ein neues Leben aufbauen zu können. Es gab viel zu viele Unwägbarkeiten in diesem Spiel, man musste auf alles vorbereitet sein. Im Gegensatz zu seinem Bruder war Pieter immer ein sehr umsichtiger Mensch gewesen.

Er nahm seine Barbour-Jacke und schlüpfte in seine Wanderstiefel. Die Schlüssel zu seinem alten Land Rover steckten in seiner Jackentasche. Es war kurz vor zehn. Sie hatten Natalies Ex gesagt, dass er in vierundzwanzig Stunden wieder anrufen solle. Das wäre morgen, 17 Uhr. In der Zwischenzeit würde er ein Auge auf Radan, Isaiah und Jacob haben. Der Gedanke, dass sie mit der Frau und ihrem Kind allein waren, ließ ihm keine Ruhe. Was, wenn sie ihr etwas antaten? Oder dem kleinen Mädchen? Der Dicke hatte die Kleine mit einem sehr verdächtigen Ausdruck in den Augen angesehen, und der Israeli wirkte weniger wie ein Exsoldat als vielmehr wie ein schmieriger Nachtklubbesitzer. Alphonse war nicht mehr dort. Er hatte nur gelacht, als Pieter ihn gefragt hatte, ob er in dem abbruchreifen Schuppen bleiben wolle.

»Nein, ich glaube nicht. Ich bin zu sehr um mein leibliches Wohl besorgt, und außerdem bin ich davon überzeugt, dass Radan diese Operation voll im Griff hat. Er hat extrem viel Erfahrung in solchen Dingen.«

Pieter war nichts anderes übriggeblieben, als stumm zu nicken.

Zum Schuppen führte ein holpriger Feldweg, den – außer einem Traktor – allein der Land Rover mit seiner enormen Bodenfreiheit bewältigte. Die Lichter von Ravenshill dümpelten hinter ihm am Nachthimmel wie Boote auf dem Wasser und erinnerten ihn an die nächtlichen Angeltouren mit seinem Vater. *Du musst die Fische zum Licht locken.* Er liebte das Haus. Der Gedanke, es verlassen und außer Landes fliehen zu müssen, war ihm unerträglich. Doch wenn Markus Cartright ihnen nicht sagen konnte oder wollte, wo das Geld war, hätte er keine andere Wahl. Immerhin wäre für Saskia und die Kinder vorgesorgt, wenn es Komplikationen geben und seine Rolle in diesem schmutzigen Spiel heute zu Ende sein sollte.

Der Weg schlängelte sich einen steilen Abhang hinunter. Am Fuß verlief ein Bach, der die Farm mit Wasser versorgte. Seit mindestens fünfzig Jahren wohnte hier niemand mehr. Solange er zurückdenken konnte, hatte es dort keine Pächter gegeben. Das Dach des Hauptgebäudes hing durch, der Hof war zugewuchert, auf einer Seite stand ein verrosteter Traktor. Die ganze Szenerie war schaurig still. Pieter kletterte aus dem Wagen, ging auf die Eingangstür zu und trat ein, nachdem er angeklopft hatte.

Der Raum war leer. Von der Decke hing eine nackte Glühbirne voller Spinnweben, der Boden war mit einer dicken Staubschicht überzogen, und in einer Ecke stapelten sich alte Jutesäcke. Pieter spürte, wie sich etwas Hartes gegen seine Schläfe drückte.

»Pieter.« Der Druck hörte auf. »Ich hoffe, Sie haben uns was zu essen mitgebracht. Ich wollte schon einen Pizzadienst anrufen, aber ich schätze, wir hätten den Boten erschießen müssen, und das wäre doch nicht fair gewesen. Jacob kann allerdings ziemlich biestig werden, wenn er Hunger hat.«

»Nein, ich habe nichts dabei«, erwiderte Pieter ärgerlich. Niemand hatte ihm das gesagt, und außerdem hatte das Zubereiten von Mahlzeiten noch nie zu seinen täglichen Gewohnheiten gehört. »Ich wusste ja nicht, dass Sie so schlecht vorbereitet sind. Soll das heißen, Sie haben der Frau und dem Kind noch nichts zu essen gegeben?«

»Wir sind kein Hotel, Pieter. Das hier ist kein Wellness-Wochenende.«

»Ich werde aus dem Haus etwas besorgen. Wo ist Radan? Hält denn niemand draußen Wache?«

»Radan hält Wache. Er hat Sie mit Sicherheit kommen sehen. Wenn sich jemand anders genähert hätte, hätte er mich angerufen. Oder gleich geschossen. Man weiß das nie bei solchen Leuten. Ich habe sowieso den Eindruck, dass er lieber allein arbeitet.«

»Und Jacob?«

»Er passt auf Mutter und Tochter auf.«

»Er passt auf sie auf? Tun Sie mir einen Gefallen, und behalten Sie ihn im Auge, ja? Mir gefällt es gar nicht, wie er das Mädchen ansieht.«

»Keine Sorge. Er hat strenge Anweisung, sich von den beiden fernzuhalten.«

Pieter verzog das Gesicht. Er hatte plötzlich ein Bild von Natalie in ihrer Kochshow vor Augen, beim Zubereiten des perfekten Soufflés. Es war eine der wenigen Folgen gewesen, die er gesehen hatte, auf einem Flug nach New York. Nur für den Fall, dass er jemals in die Verlegenheit käme, ein Soufflé zubereiten zu müssen, hatte er sich damals eingeredet – in Wahrheit hatte er die Art, wie sie ihren Finger in die geschmolzene Schokolade getaucht hatte, zutiefst erregend gefunden. Dass sie seine Gefangene war, hatte einen verstörenden erotischen Beigeschmack. Er versuchte, den Gedanken aus seinem Kopf zu verbannen. Umso wichtiger war es, Jacob und Isaiah nicht aus den Augen zu lassen.

Radan hatte den Land Rover durch sein Nachtsichtfernglas beobachtet. Der Mann machte sich noch nicht einmal die Mühe, seine blonden Haare unter einer Mütze zu verstecken. Und Isaiah und Jacob waren gut, aber zu nachlässig. Sie hatten es zu selten mit hochriskanten Einsätzen zu tun und waren nicht so konzentriert bei der Sache, wie sie es eigentlich sein sollten. Er sah zu, wie Pieter aus dem Wagen stieg, und folgte ihm lautlos bis zur Tür, ehe er sein Handy hervorholte und seinen Boss anrief.

»Alphonse?«

»Hallo Radan, gibt's was Neues?« Alphonse befand sich im Claridge's Hotel, wo er mit seiner Enkelin Gabriella in einem Separee zu Abend aß. Gabriella studierte Medizin am University College, und wenn er in der Stadt war, nutzte er stets die Gelegenheit, sich mit ihr zu treffen.

»Nichts Bedeutendes. Pieter ist gerade zum Haus gekommen. Mutter und Tochter sind wohlauf. Im Übrigen hat sich nichts geändert.«

»Gut. Hören Sie, Radan ...« Alphonse deckte den Hörer mit der Hand ab und sagte zu Gabriella: »Meine Liebe, würdest du uns bitte für einen Augenblick entschuldigen? Was ich zu besprechen habe, ist ein bisschen heikel.«

Gabriella nickte und entfernte sich vom Tisch.

»Nun, Radan«, sagte er in den Hörer, »Ihnen ist mit Sicherheit auch nicht wohl bei dem Gedanken, dass diese beiden Sie gesehen haben, Mutter und Tochter. Sobald das Geld wieder da ist, steht es Ihnen frei, nach Ihrem eigenen Gutdünken zu verfahren.«

Radan nickte erleichtert. Gut, dass sein Boss ihn selbst

entscheiden ließ, wenn es um seine persönliche Sicherheit ging.

»Was ist mit Pieter und den anderen beiden?«

»Die sind keine Gefahr. Sofern das Geld zurückkommt, dürfen Sie Pieter ziehen lassen. Es ist kein Fehler, einen Mann wie ihn in der Hinterhand zu haben. Aber wenn es Komplikationen gibt und das Geld nicht wieder auftaucht, werden wir uns um ihn kümmern müssen.«

58

»Markus, Markus, Telefon, Edward Wiseman ist dran.«

Markus hatte die Augen auf den Monitor geheftet. Ein weiterer Name, ein weiteres Konto, astronomische Summen Geld, die in den zurückliegenden Wochen abgebucht worden waren. Rest: 15.000 Dollar. Die letzten Abbuchungen standen noch aus. Er riss sich von der Website los und nahm das Handy, das Gloria ihm entgegenhielt.

»Edward, wie geht es Daniel?«

»Er ist immer noch bewusstlos. Die Ärzte sagen, es liegt an ihm, ob er sich erholt oder nicht, aber das klingt mir nicht nach einer verlässlichen medizinischen Diagnose. Ich habe allerdings andere Neuigkeiten für Sie, zwei Dinge, die Ihnen von Nutzen sein könnten. Ich habe mit einer Exfreundin von Daniel telefoniert. Er hat zuletzt die Konten der Wittgenstein-Bank geprüft, das ist eine private Handelsbank, die noch in Familienbesitz ist. Man hat ihn beschuldigt, Daten gestohlen zu haben.«

Markus nickte und versuchte, sich den Namen zu merken. Das war gar nicht so einfach, denn sein Körper verweigerte ihm zunehmend den Dienst.

»Wittgenstein … Können Sie mir das buchstabieren?« Er wiederholte, was Wiseman durchgab, damit Gloria mitschreiben konnte.

»Was noch? Sie sagten, Sie haben zwei Dinge.«

»Der Code. Ich habe ihn an einen alten Kontakt in Langley weitergeleitet. Und der hat ganz andere Schlüsse gezogen, was den Sinn und Zweck des Programms angeht, als der Mathematikstudent, den ich zuvor gefragt hatte. Ich hatte schon so etwas befürchtet; diese Studenten sind manchmal so sehr von sich überzeugt, dass sie den Wald vor lauter Bäumen nicht sehen.«

Markus versuchte sich zu erinnern, was ihm Wiseman über den Code erzählt hatte. »Sie sagten, der Code diene dazu, Passwörter zu knacken.«

»Richtig, aber das ist nur ein Teil dessen, was es kann, die Spitze des Eisbergs sozusagen. Das eigentliche Programm hat eine viel interessantere Funktion. Es wurde geschrieben, um sich in Überweisungssysteme einzuloggen, funktionierende internationale Kontonummern zu generieren und dann das System dazu zu benutzen, um Gelder auf die entsprechenden Konten zu transferieren.«

»Wie?«

»Die Details habe ich, muss ich gestehen, leider nicht verstanden.«

»Aber es ist eine Möglichkeit, virtuelles Geld zu stehlen?«

»Es ist eine Möglichkeit, Geld zu stehlen. Seit der Wert des Geldes vom Goldstandard entkoppelt wurde, gibt es keinen Unterschied mehr zwischen realem und virtuellem Geld.«

»Aber wie soll das gehen? Geld kann doch nicht einfach verschwinden. Irgendwo muss es doch hin. Muss nicht jemand bares Geld von A nach B transportieren?«

»Natürlich nicht. Der Wert des Geldes ist von Bargeld völlig unabhängig. Das ist schon seit Jahren so.«

Edwards Stimme klang ungeduldig. Markus atmete tief durch. Er wusste das alles natürlich, er konnte nur nicht mehr richtig denken.

»Hatte Ihr Kontakt auch eine Idee, wie man an so ein Programm gelangt?«

»Er hatte tatsächlich eine. Die CIA hat eine lange Liste von Programmierern, die sie beobachtet. Das Programm an sich ist offenbar nicht schwer zu schreiben, doch die Anwendung hat es in sich. Man braucht eine ganze Reihe von Offshore-Konten, dazu profunde Kenntnisse über versicherungsmathematische Zusammenhänge und die Protokolle, die den Transfers zugrunde liegen. Außerdem ein paar Passwörter für die Bank selbst.«

»Edward, hat Ihr Kontakt noch andere Anwendungsmöglichkeiten für das Programm in Betracht gezogen? Die Sorgenpüppchen, die Daniel geschickt hat, die ich für Sie fotografiert habe, sie enthielten Namen und Kontodaten für sieben Konten bei der Banco Azteca. Wir haben mehrere davon überprüft: Hunderte Millionen Dollar verschwanden bis auf zehn- oder zwanzigtausend. Immer auf die gleiche Weise. Ich verstehe nur nicht, wohin das Geld gegangen ist.«

Edward schwieg einen Augenblick, bevor er weitersprach. »Ich nehme an, es wäre kein Problem, Geld, das man einmal an sich gebracht hat, mithilfe eines Computerprogramms verschwinden zu lassen. Nur dass normalerweise niemand einen praktischen Nutzen davon hat, riesige Summen aus einem persönlichen Vermögen in den Wind zu blasen.«

»Aber genau das hatte er, Ihr Sohn. Einen praktischen Nutzen … welchen auch immer.«

»Es tut mir so leid, Markus«, sagte Edward Wiseman leise.

Markus hörte ihn nicht. Sein Körper loderte vor Schmerz und Fieber und vor Angst um sein Kind. Er sank nach vorn, stieß sich den Kopf am Rechner und stürzte zu Boden.

Gloria kniete sich neben ihn. Sie nahm das Telefon, beendete den Anruf und steckte es dann zurück in seine Hosentasche, ehe sie vorsichtig die gerollten Zettelchen aus den Sorgenpüppchen aufhob. Drei Konten hatten sie noch nicht überprüft. Vielleicht waren dort auch noch ein paar Tausender übrig. Es würde jedenfalls nicht schaden nachzuschauen. Markus hätte vielleicht nichts davon, aber sie. Sie legte ihr Ohr auf Markus' Mund, so wie sie es in den Krankenhaus-Serien gesehen hatte. Er atmete, flach, fiebrig, zuckend, doch er atmete. Gleich würde sie zum Empfang gehen, um einen Krankenwagen zu rufen. In null Komma nichts würde der hier sein. Das Krankenhaus war ganz in der Nähe, außerdem war er Ausländer und imstande, seine Rechnung zu bezahlen. Gleich würde sie gehen, dachte sie noch einmal und blickte sich um. Die Lobby war menschenleer, und Markus war durch einen dicken Pfeiler abgeschirmt und von der Rezeption aus nicht zu sehen.

Sie setzte sich an den Computer. Gleich würde sie einen Krankenwagen holen. Zuerst aber würde sie die verbliebenen Konten überprüfen. Sie wäre dumm, wenn sie es nicht täte. Vielleicht war da ja noch Geld drauf. Bei den Summen, die bereits verschwunden waren, würde es nicht auffallen, wenn sie es an sich nahm.

59

Hospital General San Juan de Dios, 07:00 Uhr

Markus öffnete flatternd die Augen und setzte sich langsam auf. Wo war er? Es herrschte grelles Licht im Raum. Die Wände waren weiß. In seinem Arm steckte ein Schlauch. Vor ihm standen eine Frau und ein Mann. Die Frau redete auf den Mann ein, dessen Kittel beinahe so weiß war wie die Wände.

»Sie sind wach, hervorragend. Wie geht es Ihnen?«

Ein professionelles Lächeln im Gesicht kam der Mann auf ihn zu. Er sprach gut Englisch, wenn auch mit Akzent.

»Was ist passiert? Was ist los? Warum bin ich hier?«

»Sie haben das Bewusstsein verloren«, erklärte der Arzt. »Im Hotel. Ich hatte Dienst, als Sie hier ankamen.«

»Wie spät ist es? Wie lange war ich weg?« Er schwang die Beine über die Bettkante und zog an dem Schlauch. Eine Welle der Panik durchflutete ihn.

»Es ist sieben Uhr morgens. Sie waren etwa drei Stunden bewusstlos.«

»Was ist mit der Frau, die bei mir war?«

Der Arzt runzelte die Stirn. »Es war niemand bei Ihnen. Wir wurden vom Hotel gerufen. Dort hat man uns eine Kopie Ihres Passes gegeben und die Daten Ihrer Kreditkarte.«

Markus fuhr sich mit der Hand durchs Haar. Alles war so wirr. Die Konten, die Namen, die Zahlen, Gloria.

»Ich war drei Stunden lang bewusstlos?«

»Mehr oder weniger. Ich weiß nicht, wie lange Sie schon weg waren, als wir den Notruf bekamen.«

»Doc, ich muss jetzt gehen. Vielen Dank für Ihre Hilfe.«

»Tut mir leid, Sir, aber Sie müssen sich ausruhen, zumindest ein paar Tage.«

»Klar.« Markus riss sich den Katheter aus der Haut. »Können Sie mir ein paar Pillen mitgeben?«

Er war schon auf halbem Weg zur Tür, als der Arzt fortfuhr. »Meine vorläufige Diagnose lautet auf Denguefieber mit verschärften Symptomen aufgrund von Wassermangel und Bluthochdruck. Ganz zu schweigen vom Blutalkohol. Sie sind nicht in der Lage, irgendwohin zu gehen. Es kann zu Komplikationen und/oder zu einem hämorrhagischen Fieber kommen.«

Markus öffnete die Tür und war drauf und dran zu gehen. »Was ist das?«, fragte er.

»Ihre Blutgefäße werden porös, und Sie fangen an, aus Nase und Mund zu bluten.«

»Ist das tödlich?«

»In fünf Prozent der Fälle.«

»Das Risiko nehm ich in Kauf. Können Sie mir bis dahin irgendwas mitgeben?«

Der Arzt hob die Hände. »Paracetamol gegen die Schmerzen. Nehmen Sie kein Aspirin, sobald Sie zu bluten anfangen. Ihr Blut soll nicht noch dünner werden.«

Zehn Minuten später hatte Markus seine Rechnung bezahlt und stand, vollgepumpt mit Schmerzmitteln, draußen vor dem Krankenhaus auf der Straße. Seine Gedanken rasten, und sein Körper glühte immer noch vom Fieber. Die Morgensonne spiegelte sich im Lack der Autos und schmerzte in seinen Augen. Lautes Hupen hallte von den Hausfassaden wider; die Geräusche der Straße dröhnten in seinem Kopf. Er musste nach Hause, zurück nach London, Mila finden, und zwar mit dem ersten möglichen Flieger. Hier gab es für ihn nichts mehr zu tun. Er hatte Daniel gefunden, das Geld war weg. Er sah auf die Uhr. Halb sieben. Wie groß war der Zeitunterschied? Acht, neun Stunden? Er konnte nicht klar denken. Wenn er noch am Morgen einen Flieger erwischte und der Flug elf Stunden dauerte, wäre er am frühen Nachmittag in Heathrow. Wäre das rechtzeitig genug für den Anruf? Er hatte Zeit bis 17 Uhr englische Zeit. Zeit bis 17 Uhr, um sich etwas auszudenken.

Sein Arm fühlte sich an wie mit Blei beschwert, als er ein Taxi heranwinkte. Zuerst zum Hotel und dann sofort zum Flughafen. Wo um alles in der Welt war Gloria? Wenn sie überhaupt so hieß. Wahrscheinlich hatte sie die Nase voll gehabt. Er konnte es ihr nicht verübeln. Was hätte sie davon, sich diesen ganzen Schlamassel bis zum bitteren Ende anzusehen? Bevor er ohnmächtig geworden war, hatte ihm Edward Wiseman noch etwas gesagt. Den Namen einer Bank, für die Daniel gearbeitet hatte. Wittgenstein oder so ähnlich. Das Geld würde er nicht wiederbekommen, aber er hatte immerhin einen Namen.

Gloria Ferrovia saß in einem Café auf der gegenüberliegenden Straßenseite und wartete darauf, dass ihre Bank öffnete. Auf ihrem Konto lag eine nicht unerhebliche Summe Geld, die sie abzuheben gedachte. Danach würde sie zum nächsten Autohändler fahren und sich einen neuen SUV gönnen. Anschließend würde sie ihrer Mutter sagen, dass sie ihre Sachen zusammenpacken sollte, weil sie weggehen würden. Sie würde ihren Sohn in ein anderes Krankenhaus bringen lassen und die Arztrechnungen bezahlen.

Gloria stellte ihre Kaffeetasse ab und beobachtete den fahrig wirkenden Mann, der gegenüber das Krankenhaus verließ. Markus war also wieder auf den Beinen. Er sah ziemlich schlecht gelaunt aus, aber wesentlich besser als vorhin auf dem Boden in der Hotellobby. Sie hätte nicht für möglich gehalten, dass sich ein Mann wie er so lange außer Gefecht setzen ließ.

Während er ohnmächtig dalag, hatte sie die letzten Konten gecheckt, auf denen jeweils ein paar Tausend Dollar lagen, insgesamt eine hübsche Summe von knapp hunderttausend Dollar. Der Betrag würde Markus nicht helfen, dafür ihr umso mehr. Es machte überhaupt keinen Sinn, es verschwinden zu lassen, mit diesem Programm, das der Typ aus dem Tank entwickelt hatte. Völliger Schwachsinn. Warum stahl jemand Geld, um es anschließend verschwinden zu lassen? Sie konnte es viel besser gebrauchen. Es würde genügen, um von hier wegzugehen, weit weg. Sie könnte sich einen Laden davon kaufen und ein Haus, ein Geschäft eröffnen.

Und schließlich hatte sie ihn nicht einfach liegen lassen, sondern an der Rezeption Bescheid gesagt, dass da jemand ohnmächtig auf dem Boden liege und sie einen Krankenwagen rufen sollten. Viel mehr hätte sie ohnehin nicht tun können.

60

Natalie streichelte Milas Haar. Sie hatten die Nacht dicht aneinandergeschmiegt verbracht, weil es durch die Bodendielen eiskalt hereingezogen hatte. Kurz vor Mitternacht war ein Teller mit kaltem Fleisch und Käse unter der Tür hindurchgeschoben worden. Natalie hatte alles probiert, bevor sie ihre Tochter davon essen ließ. Manchego, hauchfein geschnittener Serrano, Brot, Obst, darunter frische Feigen und

Mango. Sie fragte sich immer noch, wer sie wohl gefangen hielt. In Chelsea waren Lebensmittel dieser Qualität kaum zu bekommen.

»Wann kommt Daddy?«, fragte Mila gähnend und öffnete die Augen. »Du hast gesagt, er kommt und hilft uns, und dann ist das Spiel zu Ende.«

»Ich bin sicher, er kommt bald, Liebes. Dann können wir nach Hause.«

»Kommt Guy auch?«

»Ich glaube nicht. Er ist zurzeit unterwegs. Aber Daddy kommt. Da kannst du sicher sein.«

Natalie spürte, wie sich ihre Augen mit Tränen füllten. In ihre Wut auf Markus, weil er sie in diese Situation gebracht hatte, mischte sich die Hoffnung, die sie mit ihm verband. Gegensätzlicher konnten Gefühle nicht sein.

Von der anderen Seite der Tür drang ein Geräusch, das sie auch während der Nacht immer wieder gehört hatte, als würde jemand schwer atmen. In der Nacht hatte sie es ignoriert, hatte es Mäusen oder sonstigen Kleintieren zugeschrieben, die hier herumkreuchten. Doch jetzt nahm sie Mila auf den Arm und ging langsam zur Tür, um durch den Spalt zu lugen. Draußen wurde es allmählich Tag. Ein Scharren, dann eine große Gestalt, die sich abwandte und mit eingezogenen Schultern über den Hof davonhastete. Der Kerl schien mit seiner Hose zu kämpfen, es sah aus, als versuchte er, sie im Rennen hochzuziehen.

Natalie wurde übel, und sie legte ihrer Tochter die Hand auf die Augen, ehe sie sie auf den Boden setzte. »Bleib bitte einen Moment da sitzen«, sagte sie.

Mila reckte ihr die Ärmchen entgegen, wollte lieber hochgenommen werden. »Ich hab aber Hunger.«

»Ich weiß, Schatz, gib mir nur einen Moment.«

Natalie fing an, mit den Fingerspitzen über die Wand zu kratzen, so fest, dass ihre Nägel brachen. Irgendwo musste hier doch ein Spalt sein, ein loser Stein, lockerer Mörtel, irgendetwas, das vielleicht einen Ausweg aus ihrem Gefängnis bieten konnte.

61

Heathrow Airport, 13:00 Uhr

Markus folgte dem Strom müder Passagiere durch die endlos scheinenden Flure des Flughafens. Gelbe Schilder kündigten den Passkontrollschalter an. Er sah auf seine Uhr. Kurz nach zehn Uhr Ortszeit war er in Guatemala in den Flieger gestiegen. Erstaunlich, dass er das ohne Glorias Hilfe geschafft hatte, so wie die Anzeigetafel vor seinen Augen verschwommen war. Dann elf Stunden in der Luft. Der wechselnde Luftdruck hatte seinen fiebrigen Zustand noch verschlimmert; es hatte sich angefühlt, als wollte jemand das Mark aus seinen Knochen quetschen.

Lange Warteschlangen hatten sich vor den Schaltern gebildet. Er stellte sich bei den EU-Mitgliedern an. Der Zollbeamte musterte ihn skeptisch, ehe er die Stempel in seinem Pass prüfte.

»Langer Flug«, sagte Markus entschuldigend. »Und dann auch noch Migräne.«

»Lange Reise für die paar Tage.«

»Bringt der Job so mit sich«, erklärte Markus und hielt dem Beamten seinen Presseausweis hin.

Der Mann gab ihm den Pass zurück und winkte ihn durch.

Noch vier Stunden bis zum Anruf. Er zog sein Handy heraus und starrte einen Moment lang darauf. Steves Handy.

Nächste Etappe: Ankunftshalle, Autovermietung. Er brauchte einen Wagen, damit er mobil war, wenn sie ihn irgendwohin lotsen wollten. Er angelte die Pillen aus seiner Hosentasche, die ihm der Arzt in Guatemala verschrieben hatte, und schob sich eine Handvoll in den Mund.

»Ich brauche ein Auto, ein möglichst schnelles.«

Die Frau hinter dem Tresen beäugte ihn argwöhnisch. Eine der weißen Tabletten war in seinem Mundwinkel kleben geblieben und fiel schließlich zu Boden.

»Kopfschmerzen«, erklärte er.

»Ich weiß nicht, ob Sie wirklich imstande sind, Auto zu fahren.«

»Ich will nicht sofort fahren, frühestens in ein paar Stunden. Ich wollte mir nur erst einen Wagen organisieren und mich dann aufs Ohr hauen.«

Die Frau überlegte kurz. »Okay, Führerschein und Kreditkarte, bitte«, sagte sie dann und richtete ihren Blick auf den Monitor. »Wir haben in unserer Prestige-Collection einen BMW M5, der dürfte das schnellste sein, was im Moment zur Verfügung steht.«

»Gut«, erwiderte Markus und sah zu, wie sie seine Daten aufnahm. Es war, als passierte alles in Zeitlupe und läge ein Sack voll nassem Sand auf seinen Schultern, so schwer, dass er sich kaum auf den Beinen halten konnte. Er musste sich auf den Tresen stützen.

Die Frau schob ihm den Vertrag zum Unterschreiben hin. »Der Wagen ist mit Navigationssystem ausgestattet. Ich schlage vor, Sie nehmen sich ein paar Minuten Zeit, um sich mit der Eingabe vertraut zu machen.«

»Klar. Wo ist der Wagen?«

»Folgen Sie den Schildern«, sagte sie und deutete auf große grüne Pfeile, die von der Decke hingen.

Markus wanderte im Parkhaus Level 4A2 auf und ab, nachdem er es auch schon bei 3A1 und 2A4 versucht hatte. Seinem benebelten Hirn erschloss sich die Systematik der Nummerierung überhaupt nicht. Irgendwann fand er den BMW, ließ sich auf den Fahrersitz sinken und kippte die Rückenlehne so weit wie möglich nach hinten. Sie hatten ihn um drei Uhr nachts angerufen, das war 17 Uhr ihrer Zeit. Ihm blieben also noch ein paar Stunden Zeit, bis er zurückrufen musste. Da war auch eine Stunde Schlaf drin. Er zog sein Handy aus der Tasche, um die Weckfunktion einzustellen, als es in seiner Hand zu summen anfing. Auf dem Display erschien Edward Wisemans Name.

»Edward«, sagte er und rieb sich das Gesicht.

»Markus, ich habe Neuigkeiten zu dem Namen, den Sie mir genannt haben: Malcolm Fretwell. Der Name ist echt, die Person heißt wirklich so. Ex-CIA, davor Offizier bei der Armee. Verließ die CIA Ende der Achtziger, um sich selbstständig zu machen. Hat eine mittelgroße Firma mit Sitz in London und New York. Von einem alten Kollegen von mir weiß ich, dass er hauptsächlich Industriespionage betreibt, ansonsten Beschattungen und solche Dinge, dass er aber auch durchaus bereit ist, sich die Hände schmutzig zu machen. Hat keine Hemmungen, Drecksarbeit zu erledigen, wenn Sie verstehen, was ich meine.«

Markus versuchte, Edwards Worten zu folgen, verstand aber nicht mehr als die Hälfte. Im Geiste sah er Fretwell vor sich auf dem Boden liegen, im Dunkeln kaum mehr als ein Schatten.

»Hatte er Familie? Viele Freunde?«

Es entstand eine Pause.

»Markus?«, sagte Wiseman schließlich fragend. »Geht es Ihnen gut? Sie sprechen ein bisschen undeutlich.«

»Mir geht es gut, gut genug jedenfalls.«

»Tut mir leid, ich habe kein vollständiges Persönlichkeitsprofil abgefragt, nur einen allgemeinen Backgroundcheck. Er ist geschieden. Ich denke, er ist wie die meisten CIA-Leute ein feiner Kerl, wenn man auf seiner Seite steht. Wenn nicht, dann nicht. Er stand nicht auf Daniels Seite, und er steht nicht auf Ihrer Seite, also können wir davon ausgehen, dass er zu den Bösen gehört, nicht wahr, Markus?«

Klingt logisch, dachte Markus und schmiegte sich in den Ledersitz. Edward Wiseman war überhaupt so logisch. Er hatte das Talent, logisch zu sein, zum Punkt zu kommen, Dinge voranzutreiben.

»Gibt es sonst noch was, Edward? Ich muss in ein paar Stunden diese Leute wieder anrufen, und ich wollte davor noch ein bisschen schlafen, nur ganz kurz.«

»Von Daniel gibt es nichts Neues, aber über die Wittgensteins habe ich etwas. Das schicke ich Ihnen aufs Handy.«

»Gut, besten Dank.«

»Noch etwas, eine sehr nützliche Telefonnummer. Ich kann sie Ihnen nicht schicken, und Sie sollten sie auch nicht von Ihrem Telefon aus anrufen. Einer meiner Kontakte in der Botschaft hat mir jemanden genannt, der Ihnen vielleicht helfen könnte.«

»Wobei?«

»Nun, bei was auch immer Sie vorhaben.«

»Wer ist das?«, fragte Markus, dessen schwer gebremstes Gehirn nicht begriff, worauf Wiseman anspielte.

»Bitte, Markus. Es ist einfach jemand, der Ihnen helfen kann. Ein Profi.«

Markus runzelte die Stirn. »Edward, ich brauche keinen Ex-Spion, der mir erklärt, wie ich es am besten vermeide, umgebracht zu werden.« Seine Stimme war angespannt, und er war kurz davor, hysterisch zu werden. *Ich will jetzt schlafen,* hätte er am liebsten in den Hörer gebrüllt.

»Ich fände es trotzdem gut, wenn Sie die Nummer hätten. Kann ja nicht schaden, oder?«

Markus zuckte zusammen, als seine Nase plötzlich zu jucken anfing. Er fasste hin und fand lauter kleine Blutstropfen auf seinem Finger.

»Haben Sie was zu schreiben?«

»Wie man es nimmt«, sagte Markus und schmierte die diktierten Zahlen an seine Fensterscheibe. Was hatte der Doc gesagt? Das Fieber könnte hämorrhagisch werden, er würde aus Nase und Mund bluten. Verbluten konnte man auf diese Weise aber sicher nicht, dachte er und berührte noch einmal seine Nase, ehe er es sich im Sitz bequem machte. Murmelnd verabschiedete er sich von Edward, der immer noch redete, ließ das Handy in den Schoß fallen und schloss die Augen. Die Dunkelheit umhüllte ihn wie ein großes schwarzes Tuch.

62

Farmhaus, Ravenshill, Suffolk, England, 17:00 Uhr

Pieter, Radan und Isaiah hatten sich um das Telefon geschart. Isaiah rieb sich ungeduldig die Hände. Noch fünf Minuten.

Pieter ging nervös auf und ab. Er hatte die ganze Nacht kein Auge zugetan. Nachdem er die Vorratskammer geplündert und den Geiseln etwas zu essen gebracht hatte, war er ins Haus zurückgekehrt und so lautlos wie möglich ins Bett gekrochen. Er hatte getan, als würde er sofort einschlafen, um Saskia nicht zu enttäuschen, wenn sie vergeblich versuchte, ihn zu verführen. Er schob sich das Haar aus dem Gesicht. Wie lange würde er noch durchhalten müssen?

Isaiah war wachsam, verhielt sich aber zurückhaltend. Das schien an dem kleinen Russen zu liegen, der mit verschränkten Beinen und durchgestrecktem Rücken auf dem Boden saß, die Fingerspitzen vor dem Kinn aneinandergelegt.

»Denken Sie, er ruft an?«, fragte Pieter, als er die Stille nicht mehr ertragen konnte.

»Würden Sie anrufen, wenn Ihre Kinder hier drin wären?«, entgegnete Radan.

»Selbstverständlich.«

»Dann kennen Sie die Antwort.«

Pieter war überrascht über Radans Ton und wollte schon eine Bemerkung dazu machen, als das Telefon, das auf stumm geschaltet war, vibrierte. Radan griff danach und aktivierte die Lautsprecherfunktion.

»Hallo?«, sagte eine männliche Stimme am anderen Ende, die hohl klang und von schweren Atemzügen begleitet wurde. Es war dieselbe Stimme, die sie gestern gehört hatten.

Radan räusperte sich. »Hallo Markus.«

»Kommen Sie zur Sache.«

Markus erkannte den Sprecher nicht wieder. Es war weder das schneidende britische Englisch noch der undefinierbare Akzent von gestern.

»Sehr schön«, sagte Radan und neigte sich dichter über das Telefon. »Haben Sie das Geld?«

»Ja.«

Pieter Wittgenstein sah aus, als würde er am liebsten vor Erleichterung weinen.

»Wo ist es?«

»Die Sache ist kompliziert. Daniel hat sein Insiderwissen

genutzt, um die Konten zu knacken und die Gelder abzuziehen. Ich habe Zugang zu den Zielkonten, aber die laufen auf zahlreiche unterschiedliche Namen. Ich kann Ihnen die Zugangsdaten zu den Konten geben oder irgendeine Art von Transfer einleiten.«

»Ersteres«, warf Pieter ein. Er wollte volle Kontrolle über Zeit und Art des Geldtransfers.

»Wo sind Natalie und Mila?«

»In Sicherheit«, sagte Radan und warf Pieter einen kalten Blick zu. Er mochte es nicht, unterbrochen zu werden. »Sobald wir das Geld haben, werden Sie sie wiedersehen.«

»Nein«, sagte Markus.

»Nein? Sie sind nicht in der Position zu verhandeln.«

»Sie bekommen das Geld, nachdem ich Natalie und Mila gesehen habe.« Markus wiederholte ganz bewusst ihre Namen, um daran zu erinnern, dass es hier um echte Menschen ging.

»Markus, seien Sie vernünftig«, ließ sich Pieter wieder vernehmen. »Wir brauchen einen Beweis, dass Sie das Geld tatsächlich haben. Am besten wäre es, wenn Sie uns die Konten zeigen würden, auf denen das Geld liegt, finden Sie nicht auch?«

Patt.

»Ich kann Ihnen die Konten zeigen. Haben Sie einen Laptop?«

»Natürlich«, sagte Pieter.

»Sie lassen mich Natalie und Mila sehen, und ich zeige Ihnen die Konten. Sobald Natalie und Mila frei sind, bekommen Sie die Zugangscodes von mir.«

»Ausgezeichnet. Ich besorge eine Webcam, damit Sie sie sehen können«, sagte Pieter.

»Nein. Ich will sie in echt sehen.«

Diesmal entstand eine längere Pause. Markus saß nervös in seinem Wagen, in der einen Hand sein Telefon, die andere an die Schläfe gepresst. Es hatte ihn alle verfügbaren Kräfte gekostet, um überhaupt zusammenhängende Sätze zu formulieren. Er hatte sein Blatt ausgespielt. Jetzt waren die anderen am Zug. Es gab keinen Plan B. Er hörte Stimmen, die lauter wurden. Der Engländer stritt mit dem Russen.

Schließlich sprach der Russe. »Ich werde Ihnen einen Treffpunkt nennen. Die Stelle ist abgelegen und befindet sich abseits der Hauptstraße. Sie werden sich zu Fuß nähern, und falls wir sehen, dass Sie jemanden mitbringen, werden wir die Geiseln töten. Anschließend werde ich Ihnen Schmerzen zufügen, die Sie nie im Leben für möglich gehalten hätten, so lange, bis Sie uns anflehen, dass Sie uns das Geld endlich geben dürfen. Verstanden?«

»Klar«, sagte Markus und notierte die Beschreibung. Ein Farmhaus in Suffolk, erreichbar über einen Feldweg. Er sollte bei Tageslicht ankommen und die Hände über den Kopf halten. Von Heathrow bis zur Farm waren es hundert Meilen, also nicht mehr als zwei Stunden Fahrt. Die Sonne würde gegen 21 Uhr untergehen, damit blieben ihm vier Stunden.

Zeit genug, um den einen Menschen anzurufen, der ihm möglicherweise helfen konnte.

63

Streatham, im Süden von London, 18:00 Uhr

»Markus, wie geht's dir?«, sagte Steves Vater mit dröhnender Stimme. Er stand in der Eingangstür seines Hauses, vom Alter schon etwas gebeugt und doch immer noch ein Riese. Als er Markus seine Pranken auf die Schultern legte, blieb dem fast der Atem weg. »Komm rein, komm rein.« Don klopfte Markus auf den Rücken und schob ihn auf den braun-orange gemusterten Flurteppich. Es roch nach Aschenbecher, Vogelmist und Desinfektionsmittel. In dem engen Bungalow wirkte der Mann wie ein Bär im Käfig. Markus wusste sofort wieder, warum sie ihn nicht öfter besucht hatten.

»Margaret, Markus ist hier! Machst du einen Tee für uns?«, rief er in Richtung Küche. Dann klopfte er seine Taschen ab, auf der Suche nach seiner Brille. Als er sie gefunden hatte, setzte er sie auf seine Nasenspitze und beäugte den Besucher. »Verdammt noch mal, Junge, seit wir deinen Vater beerdigt haben, hab ich diese Farbe in keinem Gesicht mehr gesehen – und da war er schon eine Woche tot.«

Markus ließ sich schwer in einen Sessel sinken. »Es ist etwas passiert. Ich brauche Hilfe.«

»Wobei? Ich bin kaum noch zu etwas zu gebrauchen. Eine Runde Golf schaffe ich noch, nicht viel mehr. Aber ich kann Steve anrufen. Er müsste zu Hause sein.«

»Ich habe ihn schon gefragt.«

Don rieb sich das Kinn, und es klang wie Schleifpapier auf Holz. »Und?«

Markus spürte, wie seine Augen anfingen zu brennen. Er konnte es sich nicht erlauben zu trauern. Noch nicht.

Don sah ihn an.

»Er ist verschwunden.«

Margaret kam hereingeschlurft, ein Tablett mit Tee und Keksen auf dem Arm.

Don stand steif auf. »Danke, meine Liebe«, sagte er, nahm ihr das Tablett ab und wartete, bis sie den Raum verlassen hatte. »Mit Steve ist bestimmt alles in Ordnung«, fuhr er dann fort. »Er kann gut auf sich selbst aufpassen.«

Markus mied seinen Blick. »Don, du hast meinen Vater gekannt. Du weißt, wie er war und was er getan hat. Er besaß gewisse … Dinge. Ich bin sicher, du hast sie nach seinem Tod gut verwahrt.«

Dons Blick wanderte unstet zur Teekanne, dann beugte er sich vor und goss die dunkle Flüssigkeit in zwei Tassen. »Milch, kein Zucker? So hast du ihn früher immer getrunken.«

»Ich brauche jetzt ein paar von diesen Sachen.«

Don sah nicht besonders glücklich aus. Er rührte zwei Stück Zucker in seinen Tee und nahm einen Schluck. Als er Markus wieder anblickte, lag ein neuer Ausdruck in seinen hellblauen Augen. »Dein Vater war sehr zufrieden mit dem, was aus dir geworden ist. Ich weiß, ihr habt nie viel miteinander geredet, aber er hat den Leuten deine Fotos gezeigt, wenn er sie in Zeitungen oder Magazinen entdeckte – allen möglichen Leuten, dem Zeitungshändler oder dem Gärtner. *Das ist von meinem* Sohn, sagte er dann, *er hat das gemacht*. Natürlich wäre es ihm lieber gewesen, wenn du ins Geschäft eingestiegen wärst und den Laden übernommen hättest, aber ich denke, er hat nie wirklich damit gerechnet, dass du das tun würdest.«

Markus fixierte ihn mit seinem Blick. »Hast du die Sachen?« Er schwitzte, auf der Stirn, unter den Armen, an der Brust. Sein T-Shirt klebte an ihm. »Die Sachen, Don. Für Natalie und Mila. Jemand hat sie entführt.«

»Warum schaltest du nicht die Polizei ein?«

»Geht nicht. Zu gefährlich.«

»Wie willst du sie zurückholen?«

»Weiß ich noch nicht.«

Don verlagerte im Sitzen sein Gewicht. »Ich habe deinem Vater versprochen, auf dich aufzupassen. Gib mir ein bisschen Zeit, dann kann ich ein paar Leute zusammentrommeln, die sich darum kümmern.«

»Dafür reicht die Zeit nicht, Don. Hast du die Sachen von meinem Vater?«

Don schwenkte den Tee in seiner Tasse und trank ihn dann in einem Zug aus. Er nickte traurig und erhob sich mühevoll. »In der Garage. Komm mit.«

64

Ravenshill, Suffolk, England

»Ich halte es immer noch für falsch, ihn hierherkommen zu lassen«, sagte Radan. »Wir hätten am Telefon alles klarmachen können, wenn wir seine Frau hier hereingebracht und sie ein bisschen mit dem Messer bearbeitet hätten. Hätte er sie am Telefon schreien hören, hätte er uns alles erzählt, was wir wissen müssen.«

»Sie ist gar nicht seine Frau«, sagte Isaiah mit schiefem Grinsen. »Sie ist seine Ex. Vielleicht ist es das. Vielleicht spielt er nur mit Ihnen.«

»Dann das Mädchen. Meinen Sie, er bleibt stumm, wenn er die Kleine schreien hört? Ich werde sie jetzt holen, ihn dann anrufen und mir die Codes geben lassen. Diese Warterei ist Schwachsinn. Wir lassen ihm zu viel freie Hand.«

Pieter stellte sich in den Türrahmen, um Radan den Weg zu versperren. »Ohne meine Zustimmung tun Sie überhaupt nichts. Dieser Mann hat das Geld nicht gestohlen. Er hat die Daten per Post geschickt bekommen, von Daniel Wiseman, den er laut Malcolm seit Jahren nicht gesprochen hat. Richtig, Isaiah?«

Isaiah nickte.

»Er will nur, dass seiner Tochter nichts passiert.«

Radan musterte Pieter verächtlich. Der Typ sah aus, als müsste er seinen ganzen Mut zusammennehmen, um ihm zu widersprechen. Was für eine erbärmliche Figur. Radan hatte große Lust, ihm den Bauch aufzuschlitzen und seine Eingeweide herauszuholen. Dann würde sich zeigen, ob er seine steife Oberlippe noch bewahren konnte. »Kein Problem. Ich habe dabei nur an Sie gedacht. Zwei Leichen loszuwerden ist doch einfacher, als sich auch noch mit diesem Kerl herumzuärgern. Haben Sie zufällig Schweine? Die werden das Problem gerne für Sie beseitigen. Die fressen alles.«

»Wovon reden Sie überhaupt? Alles wird gutgehen, wir werden das Geld wiederbekommen, und dann lassen wir alle frei. So ist es vereinbart.«

»Sie glauben wirklich, dass das Alphonse' Plan ist?«

Radan schob sich an ihm vorbei und ging auf den Hof hinaus, spuckte auf den Boden und zündete sich eine Zigarette an.

Pieter folgte ihm mit dem Blick, doch er nahm kaum wahr, was er sah. Sein Besitz, das Land, das ihm sein Vater vermacht hatte, der Boden unter seinen Füßen, alles war verseucht. Er wollte etwas tun, denn er war mit jeder Faser seines Körpers davon überzeugt, dass er versuchen musste, die Frau und das Kind zu retten. Stattdessen war er wie gelähmt. Radans Worte hatten ihn gelähmt. Später, sobald sie das Geld hatten, würde er handeln und sich schützend vor Mutter und Kind stellen. Fast gelang es ihm, sich selbst von seinem Vorsatz zu überzeugen.

65

Markus fuhr über Autobahnen und Landstraßen, durch Kleinstädte und Dörfer, mit dem Fuß auf dem Gaspedal und fiebrig pochenden Schläfen. Südengland zog als Endlos-Panoramapostkarte vor seiner Windschutzscheibe vorüber, graugrüne Landschaft, blau-weißer Himmel. Hin und wieder fasste er sich an Nase und Mundwinkel oder holte die Flasche aus dem Handschuhfach. Dann klemmte er das Lenkrad zwischen die Knie, um den Deckel abzuschrauben. Es war nur billiger Scotch, aber ihm war alles recht, um die Schmerzen in seinen Gliedern zu lindern.

Das Navi deutete auf eine Wiese mit einem Feldweg. Markus fuhr an den Straßenrand und brachte den Wagen auf dem unbefestigten Seitenstreifen schlitternd zum Stehen. Im Kofferraum lagen der schwarze Anzug seines Vaters und ein Paar Schuhe. Umständlich zog er sich um und leerte dann mit einem letzten Schluck den Scotch, bevor er das schwere Holzgatter öffnete, das den Streifen festgestampfter Erde überspannte. Der Weg war rechts von Wald gesäumt und führte eine Anhöhe hinauf, hinter deren Kamm er verschwand. Die Sonne stand tief am Himmel. Die Dämmerung war nicht mehr fern.

Radan sah den Mann im schwarzen Anzug kommen. Seine Gestalt zeichnete sich dunkel gegen die Dämmerung ab. Die Hände über dem Kopf, den er kaum gerade halten konnte, näherte er sich mit schlurfenden, schweren Schritten.

»Ist er das?«, fragte Radan.

Isaiah kniff die Augen leicht zusammen und spähte in die Ferne. »Ich glaube schon.«

Der Mann stolperte und stürzte, fing sich aber mit den Händen ab. Ein Rabe bei der Landung. Er stand auf, klopfte sich die Erde von der Hose und setzte seinen unsicheren Weg fort.

»Er sieht aus, als wäre er betrunken«, sagte Radan.

»Er hat Angst. So sieht das aus, wenn Leute Angst haben«, erklärte Isaiah.

Mit erhobenen Händen und gesenktem Kopf kam der Mann näher; noch schien er sie nicht gesehen zu haben. Zwanzig Meter vor dem Tor blieb er stehen. Der Wind fuhr in sein schwarzes Jackett. Sein Gesicht war so grau wie der Himmel über ihm. Seine Augen lagen tief in ihren Höhlen, und seine Lippen waren rot, beinahe scharlachrot. Er fuhr sich mit der Zunge darüber und wischte sich mit der Hand über die Nase. Radan und Isaiah rührten sich nicht. Dieser Mann sah aus wie ein Gespenst, einem Albtraum entsprungen. Er wartete schweigend.

»Markus Cartright?«, sagte Radan schließlich.

Die Geistermaske nickte.

»Treten Sie bitte näher.« Radan zog die Automatikpistole aus seinem Schulterhalfter und richtete sie auf Markus. »Mein Kollege wird Sie durchsuchen.«

Isaiah trat auf Markus zu. Der Mann schien ihn nicht wiederzuerkennen, und nichts deutete darauf hin, dass er Radan verstanden hatte. Er fuhr mit den Händen über Markus' Schultern, seinen Rumpf, über Arme und Beine.

»Er ist sauber«, sagte er.

Radan senkte die Waffe.

»Wo sind sie? Ich will sie sehen«, sagte Markus mit schwerer Zunge. Er blickte auf, die Lider halb geschlossenen.

»Mein Freund hier wird Sie hinführen. Ich werde Ihnen

folgen. Sollten Sie irgendetwas tun, das mich irritiert, schieße ich Ihnen ins Bein.«

Markus schwankte, als würde er im nächsten Moment bewusstlos umfallen.

»Bitte, Markus, diese Waffe hat einen sehr empfindlichen Abzug. Keine unvermittelten Bewegungen.«

Markus folgte Isaiah in Richtung Schuppen.

»Hier«, sagte Isaiah, deutete auf die Tür und machte Jacob ein Zeichen, aus dem Weg zu gehen. »Schauen Sie hier hinein.«

Markus lugte durch den Türspalt. Natalie und Mila kauerten eng aneinandergeschmiegt in einer Ecke. Ihr Anblick traf ihn wie ein Messerstich ins Herz.

»Wer ist da? Wer ist da draußen? Was wollen Sie?« Das war Natalie.

»Ich bin's«, rief Markus mit brechender Stimme. »Alles in Ordnung bei euch? Wie geht es Mila?«

Ein Scharren ertönte auf der anderen Seite der Tür, dann hämmerten Fäuste gegen das Holz. »Markus, Markus, hol uns hier raus!«

»Sie sehen, es geht ihnen gut. Los, hier entlang.« Radan wedelte mit der Waffe und schob ihn auf den Weg zurück. »Der Laptop steht im Haus. Verschaffen Sie uns Zugang zu den Konten, dann bekommen Sie Ihre Tochter wieder.«

»Alles wird gut, alles wird gut!«, rief Markus über die Schulter, während er Radan auf dem morastigen Pfad folgte. Er glitt dabei zweimal beinahe aus und musste sich an der Trockensteinmauer festhalten.

»Hier hinein«, sagte Radan.

Markus stieß die Tür auf. Der Raum dahinter war quadratisch, voll mit Gerümpel und total verdreckt. Alles war stumpfbraun, Boden, Tisch, Wände, die verstaubten Flaschen im Regal. Er hörte wieder Dons Stimme in seinem Kopf: *Wenn du den Raum betrittst, musst du dir alles genau einprägen. Wo sind die Fenster, wo Hindernisse, wo die Ausgänge, wo stehen die Typen? Dein Vater sagte immer, gut geplant ist halb gewonnen.*

Markus kniff die Augen zusammen, um sich an das schummrige Licht zu gewöhnen. Neben dem Tisch stand ein Mann, hochgewachsen, mit Wellington-Boots, Wachscottonjacke und einem breitkrempigen Hut auf dem Kopf.

»Mr Wittgenstein, nehme ich an?«, sagte Markus.

Pieter zuckte zusammen, als wäre er von einer Schlange gebissen worden.

Radan schob Markus an den Tisch. »Fangen Sie an.«

»Ich muss in meine Tasche fassen«, erklärte Markus. »Die Namen und Kontodaten stehen auf einem Zettel. Den brauche ich.« Er blickte über die Schulter. Um ihn herum waren drei Männer. Der Dicke, der vor dem Schuppen gestanden hatte, verstellte den Ausgang. Radan und Isaiah hatten sich rechts und links neben Markus aufgebaut.

»Langsam«, sagte Radan.

Markus fasste in seine Tasche und zog das Stück Papier heraus. Er entfaltete es auf dem Tisch und ließ seine Hände über dem Keyboard schweben. In den Ärmeln seines Anzugjacketts verbargen sich zwei Stahlnadeln. Kaum dicker als Metalldraht, dreißig Zentimeter lang und so leicht, dass man sie in der Naht nicht spürte. *Leg die Hände übereinander, so, taste nach der kleinen Kugel am Ende und zieh sie dann gleichzeitig raus, mit einem schnellen Ruck. Am wirkungsvollsten sind sie im Auge, aber das ist ein schwieriges Ziel, weil es so klein ist. Unter dem Kinn ist auch ein guter Angriffspunkt, aber stich nicht gerade zu. Du musst den richtigen Winkel erwischen. Von schräg unten durch die Kehle direkt ins Gehirn.*

Pass auf, dass du keinen Zahn triffst. Sonst bleibt ihm genug Zeit, um eine Kugel in deinen Körper zu jagen.

Markus blickte auf den Laptopbildschirm, tippte »Banco Azteca« in die Suchmaschine ein und klickte sich weiter, bis die Homepage der Bank aufging, leuchtend, farbenfroh, im Dämmerlicht des Raumes nahezu grell. Er verschränkte die Hände und tastete nach den winzigen Kugeln am Ärmelsaum. Es fühlte sich befremdlich an, wie leicht sich die Nadeln lösten. Einen Sekundenbruchteil lang betrachtete er sie. Sein Schicksal hing von ihnen ab. Dann sprang er hoch, trieb die Nadeln aufwärts durch Haut und Muskelgewebe, bis er auf Widerstand traf, Knorpel vielleicht. Mehr Kraft trieb die Nadeln weiter. *Zieh fest nach links, dann nach rechts, und sofort weiter zum nächsten.*

Radan stürzte zuckend zu Boden. Isaiah erbebte heftig, als die Nadeln in ihn eindrangen, und folgte mit ungläubigem Blick dem Russen. Seine Lider flatterten, als er vornüberfiel, und die Nadeln steckten so fest in seinem Kopf, dass Markus sie nicht herausziehen konnte. Hinter ihm war immer noch der Fettwanst. Markus stieß Radan beiseite, legte dem Dicken den Arm um den Hals und drückte zu. Der Mann strampelte und versuchte vergeblich, mit seinen speckigen Armen nach ihm zu greifen. Hilflos trat er um sich und stampfte mit den Füßen auf, bis er mit vor Panik rotem Gesicht sein Leben aushauchte. Als seine Muskeln ihren Dienst versagten, entwichen seinen Gedärmen üble Dämpfe.

Voller Ekel ließ Markus ihn fallen. Da rührte sich am anderen Ende des Raumes etwas. Pieter stand im Dunkeln, den Rücken gegen die Wand gepresst, in der Hand einen alten Revolver, nacktes Entsetzen im Gesicht. »Ich hatte den die ganze Zeit«, sagte er und fuchtelte mit der Waffe. »Ich wollte nicht, dass die der Kleinen und ihrer Mutter etwas antun. Ich hätte nicht zugelassen, dass ihnen etwas passiert.«

Markus zog den Stuhl zurück und ließ sich am Tisch nieder. Als hätte er gar nichts gehört, starrte er nur auf seine Hände. »Ich werde meine kleine Tochter wiedersehen. Meine wunderbare Mila«, sagte er, ohne sich zu rühren.

»Sie sind in Sicherheit. Sie waren die ganze Zeit in Sicherheit, dafür habe ich gesorgt. Ich habe regelmäßig nach ihnen gesehen. Ich möchte Ihnen helfen.«

Pieter trat hinter Markus, der ihn jedoch wegstieß und dann weiter auf seine Hände starrte. »Ich muss die waschen«, sagte er. »Zuerst muss ich die waschen.«

»Draußen ist ein Trog, da müsste ein wenig Regenwasser drin sein.«

Markus stand auf, kletterte über die drei Leichen und öffnete die Tür.

»Sie haben das einzig Richtige getan, Markus«, sagte Pieter hastig. »Diese Männer wollten Sie töten, sie hätten Sie getötet, sobald sie das Geld gehabt hätten. Ich würde das nie tun, Markus. Ich würde Ihnen sogar etwas von dem Geld geben und Sie reich machen. Sie haben doch das Geld, nicht wahr?« Seine Stimme war jetzt schrill vor Panik.

Markus trat in die Dämmerung hinaus. Die abendliche Kühle durchdrang den Nebel in seinem Gehirn. Er senkte seine Hände in den steinernen Trog, tauchte sie ins Wasser. »Das Geld ist weg«, sagte er über die Schulter, bespritzte sich das Gesicht und machte sich dann auf den Weg zum Schuppen.

»Ich weiß, dass es weg ist. Aber wo ist es? Sie haben es doch angeblich gefunden, Sie haben Daniel Wiseman gerettet, Sie haben den Umschlag bekommen. Sie haben das Geld«, rief Pieter ihm nach.

»Es ist weg. Daniel hat es verschwinden lassen.«

Pieter lief ihm nach und packte ihn an der Schulter. »Es kann nicht weg sein. Unmöglich. Es ist nicht mein Geld. Kennen Sie den Mann, dem es gehört? Dem Daniel es gestohlen hat? Haben Sie eine Ahnung, wozu er in der Lage ist?«

Markus blieb stehen und sah Pieter unter schweren Lidern hervor an. »Helfen Sie mir auf die Sprünge.«

»Alphonse Ramirez. Er leitet ein Kartell. Er besitzt eine verdammte Armee. Er ist praktisch kein menschliches Wesen.«

Markus rieb sich die Augen. »Ach nein?«

»Wir werden nirgendwo mehr sicher sein. Weder ich noch Sie noch unsere Familien.«

»Machen Sie sich wegen Ramirez keine Sorgen. Ich werde mich um ihn kümmern.«

Pieter machte einen Schritt rückwärts, und die Furcht in seinem Gesicht verwandelte sich in Wut. »Wie können Sie so etwas sagen? Das wird sich nicht einfach so in Wohlgefallen auflösen. Sie haben keine Ahnung, womit Sie es zu tun haben.«

Markus ging voll grimmiger Ungeduld dem Schuppen entgegen. »Ich weiß, womit ich es zu tun habe. Gehen Sie mir aus dem Weg.«

»Nein. Sie wissen gar nichts. Er ist kein Mensch.« Pieter blieb stur an derselben Stelle stehen.

Markus seufzte. »Das sagten Sie bereits. Hören Sie, ich bin schon mein ganzes Leben lang hinter solchen Typen her; die tragen verschiedene Masken, manche treten als Generäle auf, manche als Politiker. Mein Vater war auch so einer. Hat sich selbst König von Soho genannt. Er hatte einen Riesenspaß daran, Leuten, die ihm in die Quere kamen, die größtmöglichen Schmerzen zu bereiten.«

Ein Hauch von Erkenntnis spiegelte sich in Pieters Miene. Der Name kam ihm bekannt vor, und er erinnerte sich auch, etwas über den Tod des Mannes gelesen zu haben.

Markus fuhr sich mit der Hand durch die Haare. »Wenn man so einen Vater hat, hat man vor niemandem mehr Angst. Das Einzige, was einem Angst macht, ist die Frage, wie viel man von diesem Erbe in sich trägt.«

Pieter blickte Markus unverwandt an. Dessen Haut hatte inzwischen ein eigenartiges Schimmern angenommen, als würde sie das Restlicht der Sonne reflektieren.

»Wer auch immer der Mann ist, Sie rufen ihn an und vereinbaren ein Treffen«, sagte Markus. »Ich werde mich um ihn kümmern. Aber zuerst will ich meine Tochter sehen.«

66

Natalie saß am Steuer und lenkte den BMW über die gewundene Landstraße, die im Licht der Scheinwerfer vor ihnen lag. Sie fuhr schnell, konnte es gar nicht erwarten heimzukommen. Markus und Mila saßen hinten und schliefen, die Kleine dicht an ihren Daddy geschmiegt.

Sie waren durch die stockfinstere Nacht zum Auto zurückgestolpert, nur geleitet vom Licht, das Markus' Handy-Display auf den zerfurchten Weg vor ihnen warf. Markus hatte Natalie beinahe erdrückt, als er sie umarmte, hatte ihr Gesicht und Haar mit Küssen bedeckt, ebenso Mila, so erleichtert war er gewesen. Er hatte Mila erzählt, dass das alles ein großes Versteckspiel gewesen sei und dass er sie gefunden habe. Dann hatte er sie auf die Arme genommen und sie bis zum Auto getragen; als sie dort ankamen, sah er aus, als würde er jeden Moment in Ohnmacht fallen.

»Was ist mit den Männern auf der Farm?«, wollte Natalie wissen.

»Nichts«, erwiderte Markus, der sich lieber nicht erinnern wollte.

»Was meinst du mit ›nichts‹? Werden sie uns verfolgen?«

»Niemand wird uns verfolgen. Ihr seid in Sicherheit.«

»Wie hast du das gemacht? Waren das Erpresser? Wie viel hast du ihnen bezahlt?«

Markus zuckte mit den Schultern und schob das große Tor auf. »Der Wagen steht hier.« Er öffnete die Fondtür und hob Mila auf die Rückbank.

»Markus, bitte, sprich mit mir, um Gottes willen. Was ist mit der Polizei? Kommt die nicht? Müssen wir keine Aussage machen?«

»Nein. Die Polizei kommt nicht. Ich habe denen gegeben, was sie brauchten. Alles ist geregelt.«

Natalie runzelte die Stirn. »Was hast du ihnen gegeben?«

»Wir müssen los.«

Markus wollte um das Auto herum zur Fahrerseite gehen, doch Natalie stellte sich ihm in den Weg. »Nicht, ehe du mir gesagt hast, was hier los ist.« Sie fasste ihm in die Tasche, angelte den Autoschlüssel heraus und hielt ihn hoch.

Markus lehnte sich schwer atmend gegen den Wagen. »Informationen. Mehr nicht. Sie wollten Informationen. Es geht um eine Story, an der ich dran bin.«

»Über?«

Er sah sie an. Ihr Gesicht trug diesen besonderen Ausdruck. Solange er ihr nicht erzählte, was sie wissen wollte, würden sie nirgendwohin gehen. »Eine Bank hat einen Haufen Geld verloren und sich dann von einem Drogenkartell welches geliehen, um die Verluste auszugleichen. Ein Wirtschaftsprüfer hat das herausgefunden und sich einen

Spaß daraus gemacht, große Teile der Summe verschwinden zu lassen. Der Wirtschaftsprüfer ist ein Typ, mit dem ich zur Schule gegangen bin, er hat mir den Umschlag geschickt. Die dachten, ich wüsste, wo das Geld ist. Sie dachten, wenn sie Mila und dich entführen, würde ich es ihnen verraten.«

»Weißt du denn, wo das Geld ist?«

Markus rutschte auf die Rückbank. Er hatte Natalie nie wirklich überzeugend anlügen können. Sie hatte es ihm immer sofort angesehen. Gerade das war etwas gewesen, das er an ihr stets besonders anziehend gefunden hatte.

»Nein«, sagte er, lehnte sich im Sitz zurück und legte einen Arm um seine Tochter. »Das Geld ist weg. Aber das wussten sie nicht.« Er schloss die Augen, und damit war das Gespräch beendet.

Mila war inzwischen an seiner Schulter eingeschlafen. Natalie hätte ihm gern noch mehr Fragen gestellt, aber die konnten warten. Was er erzählt hatte, war zumindest besser als nichts. Sie fuhr auf die Autobahn und gab Gas, und der BMW fraß Kilometer um Kilometer. Ihre Augen standen voller Tränen, die ihr über die Wangen liefen, als sie versuchte, sie wegzuzwinkern. Markus hatte sich wieder einmal typisch verhalten. So war er schon immer gewesen. Impulsiv, schweigsam, und doch lag etwas Verlässliches im Anblick seiner breiten Schultern. Er war gekommen, um sie zu retten, und nichts und niemand hätte ihn dabei aufgehalten. Das wusste sie. Guy hatte vermutlich nicht einmal bemerkt, dass sie nicht da waren, weil er wieder einmal geschäftlich unterwegs war und sich vor lauter Arbeit nichts weiter dabei dachte, dass sie nicht ans Telefon ging.

Während London immer näher kam, blickte sie in den Rückspiegel. Markus starrte mit leerem Blick in die Nacht. Natalie konnte sich gut an diesen Ausdruck erinnern. So hatte er immer ausgesehen, wenn er aus seiner Dunkelkammer gekommen war. Gebäude und Autos sausten vorbei, und sie ging vom Gas, als sie Radarkameras entdeckte.

»Ich weiß, es liegt nicht gerade auf deinem Weg, aber könntest du mich vor dem Claridge's absetzen?«, bat Markus.

»Sei nicht albern«, erwiderte sie. »Du kannst doch bei uns übernachten. Guy ist nicht da, und Mila freut sich, wenn du morgen früh noch da bist.« *Und ich auch,* dachte sie.

»Ich muss dort jemanden treffen.«

Sie sah erneut in den Rückspiegel und begegnete seinem Blick. »Du hast gesagt, es ist vorbei.«

»Ist es auch. Bald. Sobald ich diesen Mann getroffen habe.«

Eine halbe Stunde später bremste Natalie scharf vor dem Hotel mit der Art-déco-Fassade. Hinter ihr ertönte eine Hupe, und ein Taxi mit wütend gestikulierendem Fahrer zog vorbei, doch sie nahm es nicht wahr.

»Hier«, sagte sie und reichte Markus ein Taschentuch. »Sieht aus, als hättest du Nasenbluten.«

Er nahm es entgegen, wischte sich das Gesicht ab und beugte sich dann zur Seite, um die immer noch tief schlafende Mila auf das Haar zu küssen. »Ich erkläre dir das später. Wenn alles vorbei ist.« Er öffnete die Tür.

»Viel Glück«, sagte sie, ohne recht zu wissen, warum. Vielleicht wegen seiner grimmig entschlossenen Miene. Er sah aus, als würde er eine Totenmaske tragen. »Viel Glück«, wiederholte sie. Doch er hörte sie schon nicht mehr.

Im Anzug seines Vaters, der ihm zu klein war, Schlamm an den Schuhen, schritt Markus über die schwarz-weißen Fliesen der Eingangshalle. Das weiße Tuch, das er sich unter die Nase hielt, war voller roter Flecken.

Ein Portier trat auf ihn zu, mit fragender, aber offener Miene. Man erlaubte sich hier erst ein Urteil über Gäste, wenn man wusste, mit wem genau man es zu tun hatte. »Kann ich Ihnen behilflich sein, Sir?«

»Ich habe eine Reservierung. Auf den Namen Wittgenstein.«

»Selbstverständlich, Sir.« Der Portier nahm Markus am Arm und lenkte ihn zur Rezeption. »Dieser Gentleman bekommt die Wittgenstein-Suite«, erklärte er der Empfangsdame.

»Gerne«, sagte sie mit gewinnendem Lächeln. »Ich habe vorhin mit Mr Wittgenstein telefoniert, er sagte, Sie seien möglicherweise in einem etwas derangierten Zustand. Haben Sie Gepäck?«

Markus schüttelte den Kopf.

»Gut. Hier ist Ihr Zimmerschlüssel. Lassen Sie uns wissen, wenn wir zu Diensten sein können.«

Markus nahm die Keycard entgegen und ging auf den Lift zu. Pieter hatte sein Versprechen gehalten, zumindest bis jetzt.

Markus sah zu, wie der Pfeil auf der altmodischen Anzeige auf die Sieben wanderte. Die Aufzugtüren öffneten sich mit einem Glockenton. Er zog sein Handy heraus und wählte Pieters Nummer.

»Ich bin gleich da. Geben Sie ihm jetzt durch, dass Sie vor seiner Tür stehen«, sagte er auf dem Weg durch den Korridor.

»Okay«, drang Pieters stockende Stimme von fern an sein Ohr.

Hoffentlich hatte er genug Mumm, um sich an ihren Plan zu halten. Hoffentlich hatte Alphonse Ramirez keine Bodyguards im Zimmer.

Zimmer 715.

Auf dem dicken Teppich waren Markus' Schritte nicht zu hören. Niemand war zu sehen. In seiner Tasche steckte Pieters Revolver. Er hob die Hand, um zu klopfen, wartete dann aber ab, als er drinnen ein Telefon klingeln hörte. Jemand antwortete, dann näherten sich Schritte, und die Tür schwang nach innen auf.

Der Mann, der ihm öffnete, trug einen karierten Seidenmorgenmantel. Sein silbernes Haar hatte er zurückgekämmt, in der Hand hielt er ein Handtuch. Er bereute noch im selben Moment, dass er die Tür geöffnet hatte.

Markus drängte in den Raum, zückte die Waffe und zog sie ihm quer übers Gesicht. Der Mann stolperte rückwärts und fasste sich an die Nase. Dunkelrotes Blut quoll durch seine Finger. Markus überprüfte das Badezimmer und die Wandschränke. Niemand da.

»Was wollen Sie? Wer hat Sie geschickt?«, rief der Mann aus und holte ein Taschentuch aus seinem Morgenmantel, um den Blutfluss zu stoppen.

»Sie wissen genau, warum ich hier bin«, sagte Markus.

»Pieter? Pieter hat mich reingelegt?« Seine Miene verriet Unglauben. »Das kann ich mir nicht vorstellen. Ein Banker, der seinen besten Kunden umbringt? Seinen Retter?« Er straffte den Rücken und ließ sich auf der Bettkante nieder.

»Es war auch nicht Pieters Idee, sondern meine.«

»Und wer sind Sie?«

»Niemand.«

Alphonse streckte vorsichtig die Hand nach seinem Glas Bourbon aus, das auf dem Nachttisch stand, und leerte es zur Hälfte. »Sie werden sehr bald niemand sein«, sagte er. »Haben Sie überhaupt einen Schimmer, wer ich bin?«

Markus dachte kurz nach. Wenn er den Revolver benutzte, würde gleich ein Riesenchaos ausbrechen und die gesamte Hotelbelegschaft zusammenlaufen. Er trat ans Fenster und blickte nach unten. Hoch genug. Das war auf jeden Fall die bessere Lösung. Er riss das Fenster auf.

Alphonse sah ihm zu. Es war nicht schwer zu erraten, was das bedeutete. »Ich kann Sie reich machen«, sagte er. »Ich kann Ihnen viel mehr zahlen als Pieter. Das hier ist gar nicht notwendig.«

Markus blickte nach unten auf die Straße und die gegenüberliegenden Hausfassaden. Er musste rasch handeln. »Ich will Ihr Geld nicht.« *Ich habe selbst genug Geld auf meinem Konto*. »Aufstehen«, befahl er.

Alphonse Ramirez rührte sich nicht.

Markus zerrte ihn an den Haaren hoch, trat hinter ihn und riss ihm den Morgenmantel vom Leib. Splitternackt stand der Sechzigjährige mitten im Zimmer.

»Zum Fenster. Los.«

Ramirez blieb reglos stehen. Er hatte selten über sein Ende nachgedacht, aber wenn, dann hatte er es sich immer anders vorgestellt. Betreut von einer Krankenschwester, in einem Liegestuhl auf der Veranda seines Sommerhauses. Eine letzte Zigarre, ein letzter Whisky, den Sonnenuntergang vor Augen. Der Tod war immer sein Freund gewesen, hatte zu ihm gestanden und ihm geholfen, sein Imperium der Angst aufzubauen. Doch jetzt stand er vor ihm, in einem schlecht sitzenden schwarzen Anzug, mit blutender Nase, und befahl ihm, aus dem Fenster zu springen. Alphonse sah sich um. Ein Hotelzimmer, ein fremdes Land, weit entfernt von Heimat und Familie. So hatte er sich das nicht vorgestellt.

Markus war mit seiner Geduld am Ende. Er packte Ramirez bei den Handgelenken und schwang ihn sich über die Schulter. Der Mann war erstaunlich leicht, seine knochigen Hüften bohrten sich in Markus' Brust. Er begann sich zu wehren, hieb mit den Fäusten in Markus' Rücken und trieb ihm die Zähne in den Nacken. Wie ein wildes Tier versuchte er, sich kratzend und beißend aus seiner Falle zu befreien. Markus trug ihn durch den Raum und lehnte sich aus dem Fenster, während sich Ramirez mit aller Kraft in sein Jackett krallte. Er packte Ramirez' Hände nacheinander und löste die Finger aus dem Stoff, um sie dann gegen ihr Gelenk zu biegen, bis sie krachten. Ramirez schnappte keuchend nach Luft.

Markus lehnte sich langsam weiter nach draußen, bis Ramirez' Körper nach unten kippte und er ihn nur noch an den Fußknöcheln hielt.

»Sie müssen das nicht tun. Bitte. Tun Sie das nicht.« Alphonse versuchte verzweifelt, sich hochzuziehen, und seine Augen traten ihm aus dem Kopf.

Den gleichen Gesichtsausdruck hatte Markus bei seinem Vater gesehen, in der Nacht, als er im Pool ertrank. Er ließ los. Ein Luftzug, dann ein dumpfes Geräusch, als der Körper auf dem Pflaster aufschlug, mit grotesk verdrehten Gliedmaßen. Auf der gegenüberliegenden Straßenseite blieben zwei Passanten stehen und starrten herüber, die Hände auf den Mund gepresst. Einer deutete mit dem Finger auf das Fenster. Markus wandte sich zum Gehen. In einer Zimmerecke saß seine Mutter. Er blieb stehen und starrte sie an. Sie war klar und deutlich zu sehen. Seine Hände zitterten, und das Fieber pulsierte in seinen Adern. Sie war die einzige Zeugin des Verbrechens. Genau wie damals bei seinem Vater.

Er rannte aus dem Zimmer. Die Wände um ihn herum begannen zu verschwimmen. Er war wieder in dem Haus seiner Kindheit, daheim in Hampstead. Er wollte sie einholen, ihr alles erklären. Sein Vater hatte neben dem Pool auf einer Liege gelegen, eine halb volle Flasche Brandy neben sich. *Warum willst du nicht ins Geschäft miteinsteigen? Ich könnte dich gut gebrauchen. Du würdest diesen Ukrainern, die versuchen, meine Klubs zu übernehmen, einen Haufen Angst einjagen. Sag bloß nicht, du hättest nicht den Mumm dazu, ich habe dich kämpfen sehen. Ich weiß genau, wie du tickst. Du bist wie ich. Es macht dir Spaß, Schmerzen zu bereiten. Du liebst dieses Gefühl. Ich seh dir das an. Hör auf, deine Zeit mit diesen albernen Fotos zu verschwenden.* Markus spürte, wie Wut in ihm aufstieg. Wie viele Jahre lang versuchte er nun schon, seinem Vater aus dem Weg zu gehen, und immer noch glaubte der, er würde ihn besser kennen als er sich selbst …

Ivan musste sich an seiner Rattanliege festhalten, um auf die Beine zu kommen. Er streckte Markus die Arme entgegen. *Du hast andere Talente. Komm an meine Brust. Arbeite mit mir*. Er versuchte, Markus an sich zu ziehen, doch der stieß ihn angewidert weg. Der alte Mann packte ihn am Ärmel. *Lass mich los*, zischte Markus und fasste ihn am Handgelenk. Doch Ivan hielt sich fest, krallte seine Finger in den Stoff, ohne den Blick von seinem Sohn abzuwenden.

Mit voller Wucht stieß Markus ihn weg. Der alte Mann glitt aus und verlor das Gleichgewicht, betrunken wie er war. Im Fallen stieß er sich den Kopf am Beckenrand und versank dann im Wasser.

Markus sah zu und rechnete damit, dass er wieder auftauchen und nach Luft schnappen würde. Er wartete und wartete. Als der Mann an die Oberfläche trieb, war das Wasser um ihn herum blutrot. Selbst jetzt sprang Markus nicht hinein. Der Alte würde sich schon noch von selbst drehen und zum Rand schwimmen, um sich aus dem Wasser zu stemmen. Er war unverwundbar. Doch nichts dergleichen geschah. Er trieb einfach weiter im Wasser, mit dem Gesicht nach unten, und seine Fingerknöchel stießen schlaff gegen den Beckenrand. Seine Mutter sah ihn an, als wollte sie nichts mehr von ihm wissen.

»Sind Sie mit dem Zimmer nicht zufrieden?«

Markus wandte sich der Stimme zu. Der Portier. Er war wieder in der Hotellobby. Irgendwie hatte er es bis dorthin geschafft. Es herrschte Hochbetrieb. Restaurantgäste kamen und gingen, Hotelgäste in Abendgarderobe kehrten aus Oper oder Theater zurück.

»Alles bestens«, erwiderte er mechanisch und kam sich vor wie ein Theaterbesucher, der aus dem Publikum auf die Bühne geholt worden war. Alle spielten ihre Rolle, nur er hatte keine Ahnung, worum es ging. Durch den Haupteingang auf die Straße, ins nächste Taxi, das erste in der Reihe.

»St. Thomas Hospital«, sagte er.

Der Fahrer sah in den Rückspiegel und musterte das wächserne Gesicht. »Sie sind aber nicht ansteckend, oder?«

»Fahren Sie schon«, sagte Markus und holte sein Telefon heraus. Er musste jemanden anrufen. Mit Mühe gelang es ihm, sich zu erinnern. Diesen Banker, dessen Revolver in seinem Hosenbund steckte.

»Alles erledigt«, sagte er in den Hörer.

Am anderen Ende atmete Pieter Wittgenstein tief durch. »Und sonst war niemand da? Kein Widerstand?«

»Nichts«, sagte Markus. »Ich werde mit der Geschichte an die Öffentlichkeit gehen. Welche Rolle Ihre Bank gespielt hat, was mit dem Geld passiert ist, woher es kam und warum es gestohlen wurde. Das wird alles herauskommen.«

»Und was soll ich jetzt machen?«

»Sie fangen am besten damit an, die Leichen auf der Farm zu entsorgen.«

Markus schob das Handy wieder in seine Tasche und tippte dem Fahrer auf die Schulter. »Fahren Sie mal hier ran, Kumpel, ich brauche frische Luft.«

Sie waren auf der Westminster Bridge, und im Hintergrund schimmerten die Houses of Parliament. Markus stieg aus dem Wagen, holte die Waffe aus der Hosentasche und ließ sie in das rasch vorbeifließende Wasser der Themse fallen. Die Ellbogen auf der niederen Mauer, den Kopf über dem Fluss blieb er einen Augenblick stehen. Wenn er sich noch ein wenig weiter hinauslehnte, würde er vornüberkippen und in die dunkle Tiefe fallen. Die Strömung würde ihn hinunterziehen und ihn bis Greenwich mitreißen. Eine minimale Bewegung würde genügen, und er würde statt Luft Wasser atmen.

»Alles in Ordnung?« Der Taxifahrer stand plötzlich neben ihm.

»Klar«, sagte Markus und ging zum Wagen zurück. »Wenn ich hätte springen wollen, hätte ich Sie im Voraus bezahlt.«

Der Taxifahrer nickte und wusste nicht recht, ob er lachen sollte. Es hatte nicht wirklich wie ein Scherz geklungen.

67

Zwei Wochen später

An: markus.cartright@gmail.com
Von: dwiseman241@hotmail.com
Datum: 20. August 2005 14:22

Hey Markus,
freut mich, dass du das Fieber überstanden hast. Mir geht es seit ein paar Tagen auch besser. Ich habe zwar immer noch manchmal Anfälle, weil ich von dem Zeug runterkomme, das die Arschlöcher in mich reingepumpt haben, aber die machen den Entzug hier ganz langsam, Schritt für Schritt, damit mein Körper keinen Schock bekommt.

Der Doc sagt, es war eine Mischung aus Lysergsäure und einem Opiat. Oder auch, für den gemeinen Junkie, Heroin und LSD. Kann sogar sein, dass mich das Zeug am Leben erhalten hat. Weil es den Schmerz betäubt und mein Gehirn aus dem Metallcontainer geholt hat.

Ich habe ein bisschen Hintergrundinfo für dich. Spuren in Guatemala, die du verfolgen solltest. Das Mädchen auf dem Foto, Magdalene, sie wird reden. Sie wird dir ihre persönliche Geschichte erzählen. Du könntest ein paar Fotos von Opfern und deren Familien machen. Sie kann dich noch mit mehr Leuten zusammenbringen. Damit du dir ein umfassendes Bild von Ramirez machen kannst. Was das für ein Typ war, mit dem die Idioten zusammengearbeitet haben. Und dann diese Sicherheitsfirma, die sie eingeschaltet haben. Ich hab ein paar Infos über sie.

Komm mich doch mal besuchen. Ich könnte ein bisschen Gesellschaft gebrauchen. Hier ist ja niemand. Und es ist wunderschön hier zu dieser Jahreszeit. Ich weiß, ich bin dir was schuldig. Ich hätte dich niemals in diese Sache hineinziehen dürfen. Wenn ich das alles geahnt hätte, hätte ich dir nie diesen Umschlag geschickt. Komm, so schnell du kannst. Das Alleinsein macht mich nervös.

D.

Markus stieg aus seinem Wagen und sah sich um. Es war ein warmer Julinachmittag im Norden von Connecticut. Er war vom Flughafen direkt hierhergefahren. Die letzten zwei Wochen waren anstrengend gewesen. Er hatte noch vom Krankenhausbett aus Cameron angerufen, um ihm seinen Bericht für die *Sunday Times* anzubieten, mit einem Nachrichtenreporter einen ersten Entwurf besprochen und einen Rechercheur auf die Überprüfung der Fakten angesetzt. Sie brauchten so schnell wie möglich die Fotos. Der Erscheinungstag war auf Anfang September festgesetzt worden. Markus hatte schon ein paar konkrete Vorstellungen, wie das Layout aussehen sollte, ein paar Hintergrundinfos zum Drogenhandel, Bilder von Opfern und Schauplätzen. Dann die Ranch, wo Danny festgehalten worden war. Der Wassertank, der in der sengenden Sonne glitzert. Im Kontrast dazu Wittgensteins Landhaus mit Indoor-Pool. Und ein Bild von Danny. Er war das Bindeglied, das die verschiedenen Teile der Geschichte zusammenbrachte, der rote Faden. Die Rechtsabteilung würde ihm sowieso mit Freuden aufzählen, was er alles nicht bringen durfte; so gesehen, war es nicht verkehrt, ihnen so viel wie möglich zu liefern.

Der Rasen vor dem stattlichen Klinikgebäude war fein säuberlich gemäht und so grün, dass er fast künstlich wirkte. Ein Sicherheitsmann in einem Wagen kam näher und bremste ab, um den Besucher zu mustern, und schrieb sich das Kennzeichen des Mietwagens auf.

»Herrlicher Tag heute, was?«, rief Markus.

»In der Tat, Sir«, rief der Mann zurück.

Markus öffnete den Kofferraum, nahm seine Kamera heraus und überprüfte noch einmal die Adresse. Ja, er war am richtigen Ort. Was wie ein exklusiver Country Club aussah, war in Wirklichkeit ein Krankenhaus für Intensivpatienten. Er ging die Auffahrt entlang. Der Eingang mit seinem Portikus und den korinthischen Säulen wirkte ein wenig plump, doch im Innern empfingen ihn Glas, Stahl und klare Linien.

»Ich möchte zu Danny Wiseman«, sagte er und lächelte die Empfangsdame an. Heute war ein Tag zum Lächeln.

Die Frau hinter dem Schalter war grauhaarig und trug eine Button-down-Bluse. Sie nickte, als würde sie den Namen auf Anhieb erkennen, verzog dann aber irritiert das Gesicht.

»Ich glaube nicht, dass das möglich sein wird«, erklärte sie und spähte über ihren Brillenrand auf den Monitor.

»Sie verstehen nicht. Ich bin aus England hergeflogen, um ihn zu besuchen. Daniel erwartet mich.«

»Daniel Wiseman?«, wiederholte sie und buchstabierte den Nachnamen. Ihre Stirnfalten sahen aus, als wären sie ihr ins Gesicht geschnitzt. »Sie haben gestern mit ihm gesprochen?«

»Ich habe eine E-Mail bekommen. Gestern oder vorgestern. Ich habe heute Morgen den ersten Flug genommen. Letzte Woche habe ich noch mit ihm telefoniert. Wo ist das Problem?« Er wurde allmählich ungeduldig.

»Ich fürchte, Sie verstehen nicht, Sir. Sie können ihn nicht besuchen, weil er nicht mehr da ist. Tut mir leid, wenn ich Ihnen die schlechte Nachricht überbringen muss. Er ist letzte Nacht verstorben.«

Markus spürte, wie sich sein Magen zusammenkrampfte. »Das kann nicht sein. Unmöglich. Es ging ihm doch schon besser. Wo ist sein behandelnder Arzt?«

Die Empfangsdame blickte auf ihren Bildschirm. »Dr. Adams müsste gestern Dienst gehabt haben. Und er sollte heute im Haus sein. Lassen Sie mich sehen, ob ich ihn nicht irgendwo finde.«

Markus trommelte nervös mit den Fingern auf der Theke.

»Das ist aber merkwürdig. Dr. Adams ist heute Morgen nicht zur Arbeit erschienen. Laut Protokoll ist Mr Wiseman einem Herzstillstand erlegen. Es tut mir so leid, Sir, mein aufrichtiges Beileid.«

»In welchem Zimmer lag er?«

»306. Das ist im dritten Stock. Ein wunderschönes Zimmer mit herrlichem Blick über den See. Er hat seine letzten Tage in der bestmöglichen Umgebung verbracht, da können Sie gewiss sein.«

Markus drehte sich um und steuerte auf die Treppe zu.

»Sir, Sir, Sie brauchen einen Besucherausweis. Ohne den können Sie die Türen nicht öffnen.«

Er machte auf dem Absatz kehrt. »Okay. Wo muss ich unterschreiben?«

»Es muss aber jemand da sein, den Sie besuchen. Wenn kein Patient da ist, kann ich Ihnen keinen Ausweis geben.«

»Hören Sie, Daniel war mein Freund. Ich wäre Ihnen wirklich dankbar, wenn Sie in diesem Fall mal ein Auge zudrücken würden. Ich würde gern das Zimmer sehen, wo er seine letzten Stunden verbracht hat, und mich von ihm verabschieden. Ich bin eigens aus England hergeflogen, um ihn zu besuchen, und das trifft mich jetzt sehr hart.«

Der verzweifelte Ton in seiner Stimme schien sie zu erweichen. »Na ja, auf das eine Mal kommt es nicht an. Aber halten Sie sich bitte nicht so lange auf.« Sie druckte einen Pass aus und bat ihn, sich in eine Liste einzutragen. »Die Zimmer werden recht schnell gereinigt. Seine Sachen sind wahrscheinlich schon längst eingepackt und auf dem Weg zu den engsten Verwandten.«

»Danke«, sagte Markus und nahm den Pass.

»Wenn Sie mit jemandem darüber reden möchten, unser psychologischer Beratungsdienst macht auch Sonderpreise«, rief sie ihm nach.

Markus nahm drei Stufen auf einmal. Zimmer 306 befand sich gleich neben dem Aufzug. Es war leer, bis auf ein funktionelles Klinikbett. Es roch nach Desinfektionsmittel. Er lehnte sich gegen den Türrahmen. Daniel war nicht hier. Nichts wies darauf hin, dass er je hier gewesen war. Markus ging auf das Bett zu und warf einen Blick ins Bad. Das Ganze sah aus wie ein exklusives Hotelzimmer, nur farbloser. Er fuhr mit der Hand tastend hinter den Spülkasten, klappte den Deckel auf, doch da war nichts. Er durchsuchte das kleine Möbel unter dem Waschtisch und den großen Wandschrank im Hauptraum. Nichts. Der einzige Platz, wo er jetzt noch suchen konnte, war das Bett. Er strich mit der Hand unter der Matratze entlang, bis seine Finger gegen etwas stießen. Eine harte Kante zwischen den Metallstreben. Er zog daran und hielt eine Visitenkarte in der Hand.

CeLo Enterprises. Consulting in Industriesicherheit.

Markus las den Namen mehrmals. Eine Telefonnummer stand nicht dabei, nur eine allgemeine E-Mail-Adresse.

»Kann ich Ihnen behilflich sein?«

Markus wandte sich der Stimme zu. Ein Mann mittleren Alters stand in der Tür, mit kurz geschorenem grauem Haar und markantem Kinn. Um seinen sehnigen Hals hing ein Stethoskop. Er sah fast zu sehr nach Arzt aus, um ein richtiger Arzt zu sein. In einer Hand hielt er ein Klemmbrett, als wäre er auf Visite, die andere steckte in seiner Kitteltasche.

»Ich wollte gerade gehen«, sagte Markus, schob sich an dem Mann vorbei und eilte durch das Treppenhaus nach unten in die Eingangshalle. Auf halben Weg hielt er inne, um auf Schritte zu horchen. Doch niemand folgte ihm. Vielleicht war der Mann ja doch ein Arzt. Ein Arzt, der Wert darauf legte, auch wie einer auszusehen.

»Vielen Dank«, sagte Markus zu der Empfangsdame und gab den Pass zurück.

»Keine Ursache. Hat es geholfen?«

»Möglicherweise.« Er tastete nach der Visitenkarte in seiner Tasche. »Hatte er in den letzten Tagen Besuch?«

»Nur sein Vater war hier. Kennen Sie Professor Wiseman? Ein vornehmer Mann. Ehemaliger Botschafter. Seine Pflegerin hat ihn gestern Nachmittag hergefahren. Zumindest konnte er noch ein paar Augenblicke mit seinem Sohn allein sein. Es muss schrecklich für einen Vater sein, den Sohn zu überleben. Er muss furchtbar traurig sein …«

»Sonst keine Besuche?«

»Nein, nur der Vater.«

Das Haus war mit Holz vertäfelt, grau mit weißen Fensterrahmen, und auf der Veranda baumelte ein Hängesessel. Fünfundvierzig Minuten war er vom Krankenhaus hierhergefahren, über mit Bäumen gesäumte Straßen, in deren hohen Ästen die Sommersonne spielte.

Markus stieß das Gartentor auf, ging über den mit roten Pflastersteinen ausgelegten Weg auf den Eingang zu und lehnte sich gegen die Türklingel. Noch wusste er nicht, was er sagen würde. Der letzte Mensch, den Daniel gesehen hatte, war sein Vater gewesen. Von ihm hatte er die Visitenkarte bekommen. Markus erinnerte sich gut, wo er den Namen schon einmal gesehen hatte.

Drinnen wurden Türen geöffnet und geschlossen, dann näherten sich schlurfende Schritte.

»Guten Tag, Sie müssen Elizabeth sein. Mein Name ist Markus Cartright.«

Die Frau in der Tür sah abgezehrt aus. Sie hielt sich ein Taschentuch vor den Mund. »Markus?«, sagte sie und runzelte die Stirn. »Natürlich. Sie sind der Mann, mit dem Edward telefoniert hat. Daniel hat so sehnsüchtig auf Sie gewartet. Verzeihen Sie bitte, die Nacht war schrecklich.«

»Ich weiß. Ich komme gerade vom Krankenhaus.«

»Wer ist da?«, tönte eine Stimme aus dem Hintergrund. Edward Wiseman manövrierte seinen Rollstuhl in die Eingangshalle, und seine dunkle Silhouette zeichnete sich vor der Tür zu seinem Arbeitszimmer ab, das von der Sonne hell erleuchtet war.

»Es ist Markus. Er wollte Daniel besuchen.«

Edward rollte näher und streckte Markus die Hand hin. »Wie schön, Sie persönlich kennenzulernen. Wir sind Ihnen sehr zu Dank verpflichtet.«

Markus ergriff die Hand, die sich kühl anfühlte und trocken wie Pergament. Die Augen des alten Mannes waren blassblau, und sein Blick gleißte wie die Mittagssonne.

»Es tut mir so leid, dass er es nicht geschafft hat. Dabei klang er noch so hoffnungsvoll, als ich zuletzt mit ihm gesprochen habe«, sagte Markus.

»Folter, Hunger und Drogen haben seinem Körper extrem

zugesetzt. Sein Herz war geschwächt. So hat es zumindest der Arzt erklärt.«

»Furchtbar. Der arme Daniel. Ich habe mit dem Personal gesprochen. Er hat etwas hinterlassen. Hier …«

»Vielen Dank. Was ist es?«, erkundigte sich Elizabeth.

Markus nahm die Visitenkarte aus seiner Tasche und reichte sie ihr.

Ihre Miene zeigte Verwirrung, als sie sie in den Händen drehte. »Das? Aber das ist nur eine Karte von Edwards Firma. Warum haben sie Ihnen die gegeben?« Sie drehte sich zur Seite und schob die Karte in die Schublade einer Kommode, die neben der Tür stand. »Kann ich Ihnen etwas zu trinken anbieten? Tee oder Kaffee? Sie müssen müde sein nach der langen Reise.«

Edwards Miene war undurchdringlich. »Ich bin sicher«, sagte er, »Markus braucht ein bisschen Zeit für sich, um zu trauern. Und du solltest dich jetzt nicht mit Gästen belasten, Elizabeth. In den kommenden Wochen werden wir hier genug Trubel haben. Du musst dich ausruhen. Geh nur.«

Elizabeth sah aus, als wollte sie widersprechen, wandte sich dann aber Markus zu und hielt ihm die Hand entgegen.

»Schön, Sie kennengelernt zu haben«, sagte Markus und erwiderte den Handschlag.

Als sie verschwunden war, fragte Markus: »CeLo Enterprises ist also Ihre Firma, Mr Wiseman?«

»Ich bin beratend für sie tätig.«

»Malcolm Fretwell hatte die gleiche Karte bei sich. Sie erinnern sich doch noch an ihn, oder?«

Wiseman ignorierte die Frage und blickte über Markus' Schulter.

»Er war derjenige, der Ihren Sohn entführt und ihn gegen seinen Willen festgehalten hat. Der ihn gefoltert hat.«

Er machte einen Schritt auf Wiseman zu. »Ich hoffe für Sie, dass Sie eine plausible Erklärung parat haben.«

Edwards Augen verengten sich zu Schlitzen. »In dem Wagen auf der gegenüberliegenden Straßenseite sitzt ein Mann. Vielleicht erkennen Sie ihn vom Krankenhaus wieder. Da war er als Arzt verkleidet. Jetzt sieht er mehr nach dem aus, was er wirklich ist, nämlich ein ehemaliger Offizier der US-Marines. Er wird Ihnen zum Flughafen folgen, zusehen, wie Sie ein Ticket kaufen, und dafür sorgen, dass Sie Ihre Reise antreten. In Ihrer E-Mail an Daniel habe ich gelesen, dass Sie einen Artikel planen. Von mir aus können Sie schreiben, was Sie wollen. Ich habe kein Problem damit, wenn Sie die Wittgensteins, Ramirez oder gar Daniel erwähnen. Aber den Namen meiner Firma werden Sie nicht nennen. Gegen jeden Bericht, in dem CeLo oder mein Name erwähnt ist, wird sofort eine Unterlassungsverfügung erwirkt. Dafür werde ich sorgen. Verstanden?«

Markus sah ihn ungläubig an. »Sie wussten, was sie ihm antaten?«

Edward zuckte zusammen. Für einen kurzen Moment lag ein Schatten des Bedauerns auf seinem stählernen Blick, doch mit einem Blinzeln war er verschwunden.

»Ich wusste nicht, dass Daniel die Zielperson war«, erklärte er. »Ich wusste nicht, dass er derjenige war, den wir für die Wittgensteins verhören sollten. Ich habe mit dem Tagesgeschäft nichts zu tun. Darum kümmert sich ein Stab. Leute wie Malcolm Fretwell. Ich stelle nur Kontakte her, vermittle Aufträge. Dass Daniel involviert ist, habe ich zum ersten Mal bei einem Vorstandsmeeting gehört. Ich bin davon ausgegangen, dass er klein beigibt und ihnen erzählt, wo das Geld ist. Ich hatte keine Ahnung, dass Fretwell so ein sadistisches Schwein und dass Daniel so stark ist, mental, meine ich. Ich hatte ihn immer für einen Schwächling gehalten.« *Für einen Schwächling*, wiederholte er in Gedanken, als müsste er sich davon überzeugen. »Fretwell hat verdient, was er bekommen hat, was auch immer Sie mit ihm gemacht haben, aber Daniel hätte nicht aufgehört. Er wusste, wer ihn entführt hatte. Er hätte es Ihnen erzählt. Er hätte meinen Ruf zerstört. Mein Vermächtnis wäre ruiniert gewesen, meine diplomatische Karriere ein Scherbenhaufen. Alles, wofür ich gearbeitet habe, vernichtet …«

Markus sah durch ihn hindurch. »Sie haben Ihren Sohn töten lassen, damit er mir nichts erzählen kann?«

Edward machte eine ungeduldige Handbewegung. »Nicht Ihretwegen, er hätte es jedem erzählt. Über Sie wäre die Geschichte nur am schnellsten an eine breite Öffentlichkeit gelangt. Daniel wollte alles publik machen. Er hat den Lauf der Welt nie begriffen. Für ihn gab es nur Gut oder Böse, Richtig oder Falsch. Wie in seinen albernen Comics.«

»Wie haben Sie es gemacht? Mit einer Spritze? Oder haben Sie ihm etwas in sein Getränk gemischt?«

»Ich erwarte nicht, dass Sie das verstehen.« Mehr hatte Edward darauf nicht zu erwidern.

Markus drehte sich um und ging zu seinem Mietwagen zurück. Hier gab es nichts mehr zu sagen. Sein Gehirn fuhr Karussell. Er stieg ein, ließ den Motor an und fuhr los. Die schwarze Limousine folgte ihm. Er hämmerte mit den Fäusten gegen Fenster und Lenkrad, ohne wirklich auf die Straße vor sich zu achten. Tränen rannen ihm übers Gesicht. Außer ihm und seinem Verfolger war niemand unterwegs. Er trat das Gaspedal durch. Der Wagen hinter ihm beschleunigte ebenfalls. Markus sah zu, wie die Tachonadel immer weiter stieg, hundertsiebzig, hundertfünfundsiebzig Stundenkilometer. Er stieg auf die Bremse, und der Wagen schlitterte mit quietschenden Reifen über den Asphalt. Die Limousine versuchte ihm auszuweichen und kam vor ihm zum Stehen. Markus stieg aus, ging nach vorne, holte aus und durchschlug mit der geballten Faust die Seitenscheibe. Der Fahrer bemühte sich hektisch, seine Waffe aus dem Schulterhalfter zu ziehen, verhedderte sich aber in seinem Jackett. Es war der Mann aus dem Krankenzimmer. Er hatte keine Chance. Markus' hammerharte Schläge lähmten seinen Arm und brachen sein Jochbein. Außer sich vor Wut riss Markus die Tür auf und zerrte den Mann nach draußen.

Er lebte noch, als Markus ihn zurückließ, atmete aber nur noch schwach. Markus kehrte zu seinem Wagen zurück, fuhr zum Flughafen und wusch sich in einer der Duschen. Im Laden einer Boutiquenkette kleidete er sich neu ein, dann kaufte er im Duty-free-Shop eine Flasche Whisky und buchte den nächsten Flug nach Guatemala. Es wartete Arbeit auf ihn. Er musste Fotos machen.

Simon Mockler

verdiente sein Geld u.a. als Künstler, Musiker und Lehrer. Inzwischen arbeitet er für die Advertising Standards Authority, eine Behörde zur Überwachung der Werbung in Großbritannien. Nach »Dunkle Ernte« ist »Das Midas-Kartell« sein zweiter Thriller. Simon Mockler lebt mit seiner Frau und den beiden gemeinsamen Kindern in London.

Mehr von Simon Mockler:

Dunkle Ernte. Thriller (auch als E-Book erhältlich)